TANGUY PASTUREAU

Navarre

roman

Fayard

Couverture : Nuit de Chine
Illustration de couverture : © Iconic Bestiary / Shutterstock

ISBN : 978-2-213-72235-1
Dépôt légal : février 2024

À Karen
À Louka

Il n'y a plus d'ensemble, il n'y a que des divisions
Sous le ciel qui flambe au pays du roi des cons
Il n'y a plus d'été, il n'y a plus de belles saisons
Sans viser personne

Benjamin Biolay, « Sans viser personne »

Face à l'archipellisation de la société française, nous avons besoin d'un sacré républicain.

Sonia Mabrouk, interview à Atlantico.fr, mars 2023

Nulle société ne peut exister sans morale. Il n'y a pas de bonne morale sans religion. Il n'y a donc que la religion qui donne à l'État un appui ferme et durable.

Napoléon Bonaparte,
« Allocution aux curés de la ville de Milan », 5 juin 1800

J'étais assise sur une pierre
Des larmes coulaient sur mon visage
Je n'savais plus comment faire
Pour trouver en moi le courage
J'ai levé les yeux au ciel
Et là, j'ai vu la lumière
J'y ai baigné mon âme

Ophélie Winter, « Dieu m'a donné la foi »

1

« Tout est en place, Monsieur le Président. Dans moins de cinq minutes, nous serons en direct ! »

Jean-Claude Navarre releva le visage des notes qu'il consultait et contempla de manière sans doute trop intense Laurent Dupuis, la star du Journal de 20 heures du service public. Une maquilleuse passa derrière lui et entreprit d'étaler sur son front une épaisse couche de fond de teint, venue s'ajouter aux deux ou trois précédentes. Navarre se sentait sec et usé. La montre connectée qu'il portait au poignet se mit à émettre de petits bips aigus. Le Président de la République savait trop bien qu'il s'agissait d'autant d'alertes destinées à lui signaler l'emballement des pulsations de son cœur. Il faut dire qu'il jouait gros : deux mois après son investiture, il n'avait entrepris aucune réforme d'envergure, et l'opinion publique commençait à lui reprocher son inaction. Il avait choisi pour l'accompagner un Premier ministre au charisme en tout point similaire à celui d'un flotteur de chasse d'eau, et qui envisageait cette fonction comme une revanche sur ses années d'école où les autres élèves raillaient son zozotement.

« Bonsoir, nous sommes le mardi 3 juillet, voici les titres. »

Laurent Dupuis, l'œil plus vif depuis que le témoin rouge de la caméra qui lui faisait face s'était mis à briller, ânonna ce que la rédaction entière avait choisi de présenter au pays somnolent : une vague de chaleur sur l'ensemble de l'Europe, la mort de la légende des spectacles de cabaret Fifou La Vigne (à l'âge vénérable de 104 ans), la sortie d'un film dans lequel l'actrice Juliette Binoche sauvait jusqu'à 80 migrants – « mais, ajouta Dupuis, c'est tout d'abord avec le Président de la République, M. Jean-Claude Navarre, que nous allons nous entretenir au cours d'une interview exceptionnelle.

« Monsieur le Président, en seconde partie d'entretien, vous ferez face à un panel de Français, de tous horizons et d'âges divers. Autant d'individus, de parcours de vie, de difficultés rencontrées, parfois, qui font la société d'aujourd'hui et à qui vous allez pouvoir offrir de nouvelles perspectives. »

L'aisance verbale du présentateur saisit Navarre, qui eut comme un moment d'absence face à tant de lyrisme. Il était difficile de rivaliser avec un être aussi précis, dont chaque mot semblait venir se placer directement à l'endroit idoine de sa phrase. Il y avait quelque chose dans l'emphase de Dupuis qui rappelait à Navarre la figure de François-René de Chateaubriand. « C'est sans doute parce que je n'ai jamais vraiment lu Chateaubriand », se dit-il.

« Monsieur le Président, vos détracteurs affirment que vous n'avez pas mesuré l'ampleur de la fonction qui est la vôtre. »

Navarre contempla le visage maquillé de Dupuis. Il avait autant envie de l'embrasser à pleine bouche que de lui jeter une dizaine de cafés brûlants entre les yeux, sur cette ride du lion contenue à grand renfort d'injections de Botox.

« Vous savez, monsieur Dupuis, je revendique cette phase d'apprentissage. Je veux être le Président de tous les Français. J'ai donc pris le temps nécessaire pour les écouter. J'ai fait – vous pourrez recompter, monsieur Dupuis – une centaine de déplacements sur le terrain en moins de deux mois. J'ai sillonné la France, cette France qui m'est si chère. Et ce que j'ai vu ne m'a pas plu. Ce que j'ai entendu non plus. Notre nation est fracturée. Il n'y a plus une France, mais des France. »

Le Président savait que cette dernière petite phrase serait reprise jusqu'au lendemain par les chaînes tout info. Il avait l'impression d'entendre déjà les polémiques et les disputes des éditorialistes rémunérés à prix d'or pour écouler leurs réactions frelatées. Il venait de prononcer ce qu'on appelle une punchline dans le milieu du stand-up. Soit la phrase qui résume tout un propos. Celle dont on ne se remet pas. Un summum. Une vague chaleur lui monta aux joues : il commençait à éprouver comme un désir pour lui-même.

« Monsieur Dupuis, je vais vous dire la vérité. Je sais que j'ai été élu en partie grâce au rejet du Parti Bleu Blanc Rouge de Mme Cadiou. Je sais aussi que la vague d'attentats islamistes de l'hiver dernier a marqué les esprits. Ces terroristes s'en sont pris à un symbole en précipitant cet hélicoptère sur l'Arc de triomphe en pleine journée. Certes, par un heureux hasard, toutes les victimes étaient des touristes de nationalité étrangère, mais ça n'en reste pas moins des êtres humains. Je sais, enfin, à quel point le communautarisme nous gangrène. C'est pour cela que je vous dis qu'il n'y a pas une France, mais des France. Nous n'avons plus de culture commune, d'élan commun, et même, j'ose le mot, de vision commune. Nous sommes ensemble tout en évoluant les uns à côté des autres. Et ça, ce n'est pas acceptable.

— Justement, sembla s'écrier le présentateur, nous avons en duplex depuis chez elle Estelle Cadiou, présidente du Parti Bleu Blanc Rouge, qui a une question à vous poser. On l'écoute. »

Le visage empourpré de la présidente du parti d'extrême droite apparut, étalé sur un immense écran LED placé derrière Laurent Dupuis, qui donnait la sensation que le journaliste s'apprêtait à se faire avaler par la représentante de l'opposition à chaque fois qu'elle ouvrait la bouche. Estelle Cadiou avait demandé à être filmée devant une bibliothèque qui dégorgeait d'ouvrages jamais ouverts. Le téléspectateur avisé, celui qui aurait à cet instant déclenché la fonction pause de sa box numérique, se serait aperçu que certains étaient d'ailleurs encore sous plastique. Un chat gris passa nonchalamment derrière le champ de la caméra, perché sur l'un des rayons de la bibliothèque, alors qu'Estelle Cadiou commençait à parler. Il s'arrêta un court moment, se lapa l'anus, puis repartit avec le plus d'indolence possible vers une autre pièce.

« Alors, Monsieur le Président, que répondez-vous aux propos de Mme Cadiou ? »

Jean-Claude Navarre, hypnotisé par les coups de langue du félin, indéniablement l'un des plus agiles de son espèce, n'avait saisi que quelques mots épars du discours de son adversaire. Mais il en connaissait le sens général : elle lui reprochait d'être mou, sans aspérité. D'être ce qu'il avait toujours été, au fond, un centriste. Un homme pondéré, dont la quête éternelle était la recherche du compromis permanent. Mais ce soir, il allait casser les codes. Il allait faire bouger les lignes. Il allait se placer au sommet de la chaîne de la disruption mondiale.

2

Samia Navarre avait 27 ans et était habituée à peu voir son mari. Ils se croisaient, tard le soir, alors que le Président rentrait d'une longue réunion ou après un appel en visioconférence avec un autre chef d'État. Il arrivait qu'un film leur soit montré en avant-première dans la salle de projection privée de l'Élysée. La pièce, créée en 1971 par Georges Pompidou, avait vu passer les acteurs les plus sublimes et des dizaines de réalisateurs apeurés, dans l'attente du regard présidentiel sur leur œuvre. Chez les plus anciens membres du personnel du palais, on se souvenait de soirées chaudes peuplées d'actrices légères et de sénateurs séniles invités à frotter leurs fesses nues contre le velours rouge des fauteuils. Mais depuis l'arrivée de Navarre au pouvoir, deux mois auparavant, la salle de projection était restée sans vie. Jean-Claude Navarre n'avait pas la tête à la distraction. Il était comme habité par son grand projet de réconciliation nationale.

Lorsqu'il entra dans son bureau de l'Élysée, installé dans cette pièce toute en dorures rappelant les plus fous des mariages orientaux, il trouva Samia assise à sa place. Il la jugea digne et belle. Dans son ventre, des papillons se mirent à taper contre son nombril, comme pour sortir de son corps entretenu à grand renfort de séances d'abdos-fessiers.

« Je t'ai regardé, mon amour, au JT. Tu as été incroyable. On ne parle plus que de toi sur les réseaux sociaux. Je t'aime.

— Moi aussi je t'aime, bébé. Et j'ai une chose à te demander. »

Samia se redressa légèrement tandis qu'une brume d'amour inconditionnel venait flotter dans son regard. Elle s'était préparée à la demande de son mari.

« Chéri, je suis d'accord. »

Le couple qu'ils formaient paraissait inébranlable. Samia était entrée dans l'équipe de Navarre deux ans auparavant, alors qu'il était député du Centre français, et ç'avait été comme une évidence. Très vite, il n'avait écouté qu'elle, jeune femme moderne dans un monde de vieillards décatis. C'est elle qui lui avait montré comment gérer sa communication en ligne, directement, sans intermédiaire ni community manager. La démocratie directe. Le rapport facilité à l'élu de la nation. Ensemble, ils avaient inventé les apéros Navarre du lundi soir : chaque début de semaine, le député répondait en live sur Facebook et Instagram aux questions des internautes, sans filtre.

Navarre, en parallèle, travaillait sa repartie avec un coach, JP Max, humoriste qui avait connu son heure de gloire sur le Net en parodiant Karine Le Marchand dans *L'amour est dans le pré*. Le visage bruni grâce à une crème spéciale karité-cacao, il apparaissait dans de courtes vidéos mettant en scène de faux éleveurs de veaux qui, immanquablement, tentaient de l'agresser sexuellement. La phrase « je vais t'enfoncer une fourche, ma coquine, ça va te faire quatre orifices de plus » avait été prononcée. Bien entendu, les petits films, tout en culture du viol assumée et peuplés de blackfaces (il avait appris à ses dépens que se noircir les traits pour ressembler à un Noir quand on est Blanc était considéré comme un acte raciste), avaient créé le scandale, et JP Max avait été déprogrammé de toutes les salles de spectacle existantes. Sa tournée avortée, il avait un temps sombré dans l'alcool, plus parce qu'il avait vu des personnages brisés psychologiquement dans des séries de plateformes américaines faire ce genre de choses que par réelle conviction, puis avait rebondi grâce au jeu d'une chaîne de la TNT intitulé « Je suis une star et je refuse de vivre dans le Pas-de-Calais ». Le principe en était simple : d'anciennes célébrités devaient survivre quarante jours à Berck-sur-Mer en février, à quinze dans un Airbnb comprenant deux chambres. JP Max avait terminé troisième, ce qui lui avait permis de retrouver la faveur des médias, dans la mesure toutefois où on considérait qu'une interview « Trois questions à... » dans *Télé Star* constituait un retour tonitruant dans la sphère médiatique.

Cependant, malgré sa disgrâce, JP Max était resté un as de la vanne. Il suffisait que quelqu'un lui cite un mot pris au hasard dans un dictionnaire pour qu'il trouve une blague correspondant au thème voulu dans ses tiroirs mentaux. À la demande de Samia, pour qui JP Max était une victime quasi-sacrificielle du politiquement correct et de la bien-pensance des élites, il avait accepté de reprendre du service auprès de Navarre. Ensemble, patiemment, ils avaient inventé un nouvel être. Un Navarre augmenté. Le centriste faiblard avait laissé la place à un roi du rire en totale maîtrise de son art. Lors des apéros Navarre, alors qu'en webcam il se soumettait à l'approbation d'un public toujours plus dense, il arrivait de moins en moins fréquemment qu'il sèche face à l'attaque cinglante d'un de ses *haters*. À un homme dont le pseudo était « SanglierArdennais88 », il avait conseillé de retourner patauger dans sa mare de boue alors que l'internaute l'avait questionné sur sa différence d'âge avec sa femme. L'avatar de l'internaute, un écusson tricolore brandi par un marcassin trop viril, trahissait son appartenance à la droite radicale.

Les apéros Navarre du lundi soir étaient devenus un appât à trolls, le lieu virtuel où se réglaient les comptes entre un peuple vindicatif et un député persuadé que dialoguer avec les violents, c'était les désarmer. Il s'agissait là d'une violence sublimée : sur la totalité des individus l'ayant menacé de mort, un seul avait un jour entrepris de l'attendre devant sa permanence. D'abord menaçant, l'homme, un quinquagénaire bedonnant fouillant dans la poche de son jean sale à la recherche de son opinel, avait renoncé à toute velléité guerrière après que Navarre l'avait gratifié d'un sourire réconfortant, lui proposant même de partager un café dans son local. Il avait fini, en pleurs, par raconter son licenciement économique survenu en 2002 et son incapacité dès lors à se reprendre en main. « Le travail et moi, ça fait trois », avait-il dit à Navarre, qui n'avait pas eu le cœur de l'inviter à recompter sur ses doigts.

Samia Oulad était devenue Samia Navarre trois semaines à peine après leur rencontre. Le coup de foudre avait été instantané. Quand ils étaient ensemble, le reste n'existait plus, le monde s'effaçait. Les pores du député suintaient alors de désir mal géré. Dès le premier regard, il avait eu envie de lui mordiller la nuque et une sensation de brûlure lui avait parcouru le poitrail. Telle la Californie des reportages de CNN, son bas-ventre semblait littéralement en feu. Il avait envie de vivre, tout simplement. Lui qui avait horreur des formules toutes faites avait même dit « c'est que du bonheur » à un ami, au moment de définir leur relation. Pour Samia, Jean-Claude avait tout plaqué : sa femme, Stéphanie, et sa fille, Julie, âgée aujourd'hui de 13 ans. Il avait, comme on dit, refait sa vie, abandonnant un quotidien confortable au sein d'une famille aimante pour une passion dévorante, et il n'arrivait pas vraiment à savoir s'il avait eu raison ou tort.

« Chéri, tu m'as entendue ? Je suis d'accord.

— Tu es certaine ? Ça signifie que tu renonces à ta religion.

— Tu sais bien que je ne suis pas pratiquante. Cette religion est celle de mes parents. Je vais leur expliquer le projet, et ils comprendront. Ils aiment la France, ils t'aiment toi. Ça va passer comme une lettre à la poste. »

« Il n'y a plus de lettres à La Poste, se dit Navarre. Juste des e-mails épars dans des boîtes de réception gorgées de publicités non sollicitées pour l'achat de Viagra générique. » Il avait à la fois envie de rire bruyamment et d'éclater en sanglots.

3

Ce soir-là, sur le plateau du journal de 20 heures de la première chaîne, le président Navarre avait surpris. Mieux, il avait ébranlé le pays.

« Monsieur Dupuis, je vais vous dire ce que je pense des propos de Mme Cadiou. Je pense qu'ils ne sont pas à la hauteur de l'enjeu, tout simplement. Et j'ajoute qu'ils n'ont plus aucune importance, car Mme Cadiou n'existe plus dans mon esprit. Elle représente la France d'avant, celle des confrontations. Je suis celle du futur. C'est pourquoi j'ai une proposition choc à vous faire. Vous savez la montée des communautarismes religieux à laquelle nous avons affaire ces dernières années. L'islam, notamment, ne nous voilons pas la face, prône un séparatisme mortifère. Je ne reviendrai pas sur cette triste histoire des boulettes.

— Pardon, Monsieur le Président, mais j'aimerais, avant que vous poursuiviez votre propos, rappeler rapidement la chronologie de ce qu'on a appelé le "boulette-gate". C'est un reportage d'Isidore Sanchez et Laetitia Leduc. »

Le boulette-gate avait été le premier accroc notable de la présidence de Navarre. Filmé à son insu par un jeune de cité, alors qu'il visitait le quartier sensible de la Pinède à Valenciennes (lequel jeune avait partagé ensuite la vidéo sur les réseaux), on le voyait à l'image, sur un marché bigarré, dire au maire de la ville qu'il aurait moins de mal à y acheter des boulettes que des poireaux. Il avait ajouté « c'est la fête à la merguez, ici », phrase soufflée par JP Max. Le scandale avait été retentissant, l'ensemble des médias de gauche l'accusant d'islamophobie. Azzedine Sifaoui, le *leader* du FIF (Frères de l'islam français), était allé jusqu'à demander, dans une vidéo postée sur son compte Facebook, la tête de Navarre. Il s'agissait là, bien entendu, d'une métaphore, mais Navarre avait joué la carte du premier degré en criant à l'appel au meurtre. L'affaire avait duré une dizaine de jours, certains journalistes politiques parlant déjà d'une démission du Président, puis une autre actualité, en l'occurrence le décès d'une YouTubeuse mode qui s'était électrocutée en utilisant un fer à lisser défectueux, avait éclipsé le boulette-gate. L'émotion avait été d'autant plus intense que la YouTubeuse en question, Jess la Frange, n'était autre que la fille du champion du monde de football Jérémy Fargue. La photo, deux ans auparavant, de Jérémy Fargue tapotant les fesses de Jess à peine séparées par la ficelle rose d'un string au bord d'une piscine avait questionné les limites de ce qu'on peut accomplir en famille pour des likes sur Instagram.

Navarre profita d'un rapide temps de silence pour observer Dupuis. Ce dernier avait des jambes minuscules, que venait compenser un tronc très long, ce qui démultipliait son charisme chaque fois qu'il était en position assise. Navarre se plaisait à imaginer Dupuis sur ses toilettes, quelque part dans les Hauts-de-Seine, sublime physiquement, régnant sur un monde absurde d'anciens numéros de *Télé Poche* tout à sa gloire et de pots-pourris dégageant une exquise senteur vanille. « Cet homme n'est imposant que quand il n'est pas debout », se dit-il en souriant en coin.

« Monsieur Dupuis, le boulette-gate, c'est derrière moi. Il s'agissait d'une blague inappropriée qui était censée rester entre le maire de Valenciennes et moi, et qui a fuité. Je regrette cette blague dans sa forme mais, en même temps, je vais vous dire, elle m'a permis de constater une fois de plus les divisions auxquelles nous sommes confrontés. C'est pourquoi j'ai une annonce de la plus haute importance à vous faire ce soir. »

Dupuis, surpris par l'air solennel et l'aura qui s'exhalait subitement de Navarre, cette forme de présence instinctive et mammifère qui fait que les autres membres de l'espèce, à proximité, se taisent et attendent de voir, ne put prononcer qu'un timoré « Allez-y, nous vous écoutons, Monsieur le Président ». Navarre se redressa encore un peu plus sur son siège. Il avait l'impression de sentir se tendre la totalité des vertèbres composant sa colonne.

« Monsieur Dupuis, depuis des décennies, le politique n'est plus aux commandes. Ce reproche nous est fait par le peuple français, qui, de manière massive, ne vote plus. L'abstention dans ce pays est affolante. Je serai donc ce soir force de proposition. À compter du début de la semaine prochaine, précisément le 10 juillet, je lancerai, avec mes équipes, une nouvelle religion. »

Il laissa un temps de silence, savourant l'importance du moment.

« Cette religion, elle va être laïque. Ce sera une religion d'État, gérée et animée par la République, avec un but limpide et assumé : remplacer à terme, sur le sol français, les trois grandes religions monothéistes. Puis ensuite, toutes les autres. Le constat est simple : nous nous déchirons par manque de projet collectif. En voici un : le Navarrisme !

— Le Navarrisme ? balbutia le présentateur du journal télévisé.

— Absolument. Il ne s'agit pas là d'une question d'ego mal placé. Simplement, avec mon staff, on a trouvé que ça sonnait bien. "De France et de Navarre", dit l'ancienne expression. Le Navarrisme, c'est simple : nous n'allons garder que les points positifs des cultes déjà existants et bâtir à partir de là une véritable religion d'amour. Rien n'est encore déterminé, mais, pour l'exemple, un dîner navarriste pourrait se composer à la fois de falafels et d'œufs de Pâques. Quant au système de pensée en tant que tel, on garde les textes fondateurs, mais épurés, modernisés. L'exemple de Jésus nourrisson entre l'âne et le bœuf est parlant : avec l'exode rural, ce genre d'imagerie ne parle plus à la population. À nous de trouver des éléments plus actuels, qui soient concernants.

— Y aura-t-il, Monsieur le Président, une incitation quelconque qui ferait que les Français adhéreraient en masse à ce projet de cohésion ?

— Absolument. Elle sera financière. Chaque nouvel adepte touchera 5 000 euros. Notez bien que je parle d'adeptes, et pas de membres ou d'adhérents. Le Navarrisme est bien une religion, de celles qu'on épouse, de celles qui règlent et rythment notre quotidien.

— 5 000 euros, cela ne vous paraît-il pas énorme ?

— Pas du tout. Les calculs ont été faits. Nous serons déficitaires au départ, cela va peser sur le budget du pays, c'est entendu, mais est-ce que la paix retrouvée a un prix, monsieur Dupuis ? Je vous pose la question. Est-ce que la concorde nationale doit s'inscrire dans une ligne budgétaire ? La réponse est non. Je refuse que mon mandat ne soit qu'une succession de sorties et de rentrées d'argent comme ceux de mes prédécesseurs. Certains ne veulent pas s'intégrer ? Se comporter à Rome à la manière des Romains ? D'accord, c'est noté. Mais croyez-moi, contre un virement de 5 000 euros, elle va se faire, l'intégration ! »

Navarre, après l'interview, resta un moment dans la loge prévue à son intention, à quelques mètres du plateau du journal télévisé. Laurent Dupuis l'y rejoignit, chose qu'il ne faisait que rarement, quand son invité était une actrice multicésarisée ou une lauréate du prix Nobel de la paix à la bouche en cœur et à l'œil serein. C'était en réalité la première fois qu'il rejoignait une personne de sexe masculin dans cette petite pièce moite et trop éclairée. Navarre, une lingette démaquillante à la main, se frottait consciencieusement le visage en traçant de légers cercles sur sa peau burinée. Une fois l'opération achevée, il avait retrouvé l'âge qui était indiqué sur sa page Wikipédia.

Dupuis et lui avaient longuement échangé. Le journaliste semblait douter de la raison du Président. Cependant, en voyant ce dernier totalement déterminé, il comprit qu'il ne s'agissait pas là d'un simple buzz à pas cher, mais de la vision globale d'un homme d'État. « Depuis le général de Gaulle, se dit-il, il n'y a pas eu une personne porteuse d'un projet plus grand que lui dans ce pays. » Il contempla son smartphone : les notifications et les alertes push provenant des sites d'info pleuvaient littéralement. Les chaînes étaient toutes passées en alerte *breaking news* (la chaîne France 3 avait même déprogrammé la diffusion de son téléfilm *Meurtre à La Roche-sur-Yon* afin d'improviser un plateau actu animé par Carole Gaessler), et des spécialistes qui n'avaient pas réellement eu le temps de parfaire leur nœud de cravate ni leur raie à droite ou à gauche s'étaient mis, exaltés, à tenter de commenter une situation à laquelle ils comprenaient si peu de chose.

Gilles Petitbon, le conseiller technique chargé des discours et de la communication du Président, se tenait debout au fond de la loge, les joues rosies par l'importance de ce moment d'Histoire. Petitbon, homme malingre d'environ 30 ans, était d'une laideur assez complète. Le teint pâle, le cheveu rare, le nez busqué et les dents mal alignées, il aurait pu, lors d'un *speed dating*, être sélectionné en dernier par les autres participants. Navarre, au départ, l'avait choisi pour briller, partant du principe que l'aspect repoussant de son conseiller allait faire ressortir sa beauté à lui. Il s'était souvenu des boums de son enfance, lors desquelles, au sein d'un groupe de fillettes, une créature sublime à l'haleine Malabar se détachait d'un aréopage de prépubères lambda. Petitbon dut ravaler sa salive trois fois avant d'être en état de s'adresser à Jean-Claude Navarre.

« Monsieur le Président, je suis bluffé. L'impact de votre proposition n'a pas d'équivalent dans toute l'histoire de France. Estelle Cadiou a bien failli s'évanouir en distanciel depuis chez elle. Encore un peu et elle serait morte dans sa bibliothèque en toc ! Elle se serait fait bouffer par ses chats, cette vieille coche ! » Petitbon, le regard abîmé par la frénésie, exultait. Navarre, c'était leur création, à lui, à Samia et à JP Max. Le mulet à trois pattes était devenu cheval de course. Une raideur inhabituelle se fit sentir au niveau du boxer de marque de Navarre. Il songea d'abord à une érection, puis réalisa qu'il s'agissait du badge d'accès qu'à l'accueil de la chaîne on lui avait donné et qui traînait au fond de sa poche avant. Il fut un peu déçu.

Navarre se retourna d'un geste vif et fusilla son conseiller du regard.

« Petitbon, de la tenue, s'il vous plaît. Je vous rappelle que notre ligne de conduite a toujours été de respecter nos adversaires : on ne critique pas, on ne méprise pas, on ne siffle pas, on réunit. Estelle Cadiou nous a été utile, comme à chaque scrutin, puisque sa présence, la présence de l'extrême droite au second tour de l'élection présidentielle, nous a permis de l'emporter. Cette femme sert de repoussoir. C'est l'équivalent de l'odeur qui émane de l'arrière-train de la moufette. Elle nous est donc indispensable. Ce n'est que grâce à elle et à l'existence du Parti Bleu Blanc Rouge que je dors à l'Élysée chaque soir. »

Le refrain reconnaissable entre mille de *La Marseillaise* retentit. Le téléphone portable de Navarre sonnait. C'était sa fille, Julie, qui avait choisi pour lui comme signal d'appel cette version modernisée de l'hymne national, entonnée par la star du R&B français Miss Kokotte. Âgée de 14 ans, cette jeune chanteuse paraissait en avoir 32 grâce au port totalement inapproprié mais plus ou moins affriolant de petites culottes à pois. Ces sous-vêtements étant en général constitués de moitié moins de tissu qu'un masque chirurgical pour nourrisson, personne n'avait encore réussi à en voir les pois.

Navarre, d'un geste précis du doigt qui rappelait les grandes heures du kung-fu et de la proctologie, prit l'appel. Son ex-femme, Stéphanie, avait certainement vu son intervention au JT de 20 heures. Parmi les dizaines d'appels de proches reçus depuis son départ du plateau télé, il n'avait envie de répondre qu'à elle. Stéphanie. Qui depuis le début était là, et dont l'avis lui restait si précieux. Ce prénom sur ce téléphone qu'aucun nom de famille ne suivait rappelait à Navarre l'évidence de leur proximité. Lorsqu'il n'y a d'apparent que le prénom, cela signifie qu'on est dans l'intime le plus pur.

Navarre, aux premiers temps de sa relation adultérine avec Samia, avait pris soin d'enregistrer son numéro dans son répertoire sous l'appellation générique de « Coach Sport ». Il n'avait alors qu'une peur : que son épouse Stéphanie, mue par une subite envie de galbe et de muscles saillants, tente d'entrer en contact avec ledit prof de sport un jour où elle ne trouverait pas son téléphone à elle. Ça n'était pas arrivé : Stéphanie était de ces intellectuelles pour qui tout ce qui touche au corps confine à l'inepte. Cette femme n'était qu'introspection et lectures de choix lovée dans des canapés moelleux. Navarre, qui préférait la fièvre et la vie qu'on vit vite, n'avait jamais compris l'intérêt de son épouse pour les nourritures spirituelles. Sa rencontre avec Samia, tellement plus ancrée dans l'instant, avait été une évidence : il quittait les allées respectables de la médiathèque municipale pour un *spring break* sans fin. Son quotidien, il se l'était promis, serait dorénavant tourné vers le *carpe diem*. Ses ambitions alors n'avaient plus connu de limites. Bien sûr, personne autour de lui, parmi les cadres du Centre français, son parti, n'avait réalisé le changement qui s'opérait, et toutes ces années, alors qu'en lui vibrait Kevin, sorte de jeune tendance YOLO à l'aspect physique affriolant, il avait dû faire semblant de n'être encore que Jean-Claude. Ce bon vieux Jean-Claude, que l'univers entier sous-estimait. En couple avec Stéphanie, il se sentait inférieur, modeste, restreint, domestiqué. Samia, au contraire, l'avait transmuté en similicréature Marvel aux pouvoirs insoupçonnés, et, même s'il n'avait porté son slip par-dessus son pantalon, comme Superman, que lors de soirées de débauche entre parlementaires, il se sentait surpuissant.

« Oui, Stéphanie, je t'écoute.

— Jean-Claude, tu as été époustouflant. Les enjeux actuels, les fractures sociétales, la souffrance de la désunion de notre peuple, tu as su les comprendre. Mieux, les faire tiens. Marcel Gauchet, déjà en 1985, écrivait dans *Le Désenchantement du monde*, attends, j'ai stabiloté la citation, ah oui, je l'ai, il disait…

— Je t'arrête, Stéphanie. Tout ça, je n'en ai plus rien à foutre. Désormais, j'agis. »

4

Sylvain Plaisir savait bien que sa nomination au poste de Premier ministre, il la devait avant tout à ses origines antillaises. Le président Navarre avait été très clair : il voulait, avait-il déclaré dans un entretien accordé au *Parisien-Aujourd'hui en France*, un « gouvernement arc-en-ciel ». Le jour où, pour la première fois, il avait réuni son équipe de ministres, il s'était écrié, en les voyant alignés pour la photo de famille, tous de pigmentations et de types de cheveux mêlés et divers : « On se croirait dans une pub Benetton ! » Il avait fallu expliquer aux moins âgés – ceux qui ne parlaient pas d'équipe gouvernementale mais de « team France » – que Benetton avait été un fabricant de pulls qui, à une époque où le vivre-ensemble était une utopie et pas un sujet de moquerie pour humoristes de droite, concevait des campagnes commerciales mettant en scène des enfants de toutes les ethnies. Les consommateurs n'imaginaient pas qu'alors d'autres enfants, invisibles aux yeux de l'Occident car séquestrés dans des usines sordides de Turquie, s'échinaient pour un salaire zéro à confectionner ces mêmes petits pulls. Une ONG quelconque ayant fini par sortir une vidéo d'un individu âgé d'environ 8 ans en pleine couture, la marque, salie par le scandale, s'était décidé à y mettre fin lors d'une déclaration publique d'un de ses responsables, monté sur une estrade la larme à l'œil et la face déconfite. Afin d'enclencher ce jaillissement lacrymal réclamé par la sphère médiatique et par le grand public bouleversé, ce haut responsable de l'entreprise avait pensé à la chute des actions du groupe qu'avait provoquée l'affaire. Il avait à titre personnel perdu une très forte somme et songeait sérieusement à revendre l'un de ses biens immobiliers, le plus éloigné de la mer, avait-il pensé, afin de ne pas gâcher les prochaines vacances d'été en famille.

L'indicatif sonore d'un appel FaceTime entrant sur le téléphone portable de Sylvain Plaisir tinta, extirpant ce dernier d'une rêverie dans laquelle Océane Lelanno, la secrétaire d'État à la réindustrialisation, se donnait à lui dans une usine désaffectée, lui murmurant à l'oreille des choses comme « viens donc à moi, mon petit Plaisir ». Ce patronyme qui, dans les cours de récréation, lui avait valu bien des moqueries, constituait désormais pour lui un atout indéniable dans le cadre du processus de séduction. S'appeler Plaisir, c'était comme une promesse. L'agenda de Plaisir stipulait ce rendez-vous hebdomadaire avec le Président de la République qui précédait, chaque mercredi, le Conseil des ministres. Il rédigea un SMS à l'attention d'Océane Lelanno lui signifiant qu'il avait pensé à elle, hésitant un instant à y ajouter un émoji aubergine, message qu'il effaça aussitôt, réalisant à quel point cette attitude correspondait à l'ère pré-MeToo. « Hors de question d'achever ma carrière de manière prématurée avec la mention de mon nom dans une enquête de *Mediapart* », se dit-il en boutonnant la chemise blanche en coton brossé lui conférant une élégance racée tout en lui garantissant une sobriété qui permettait, se disait-il, au plus moyen des Français moyens de se reconnaître en lui. Le visage de Navarre apparut en vidéo sur son téléphone.

« Monsieur le Président, mes félicitations. Vous avez été magistral hier soir.

— Merci, Monsieur le Premier ministre. Je sais. Je crois que nous sommes à un moment charnière de notre épopée commune. Il est temps de refaire sens. Je voulais vous le dire de vive voix avant le Conseil des ministres, comme cela a toujours été le cas entre nous : je vais procéder à un remaniement.

— Un remaniement ? Mais enfin, Monsieur le Président, le gouvernement n'est en place que depuis deux mois à peine !

— Je le sais bien, mais il n'est pas à la hauteur de l'enjeu. Nous n'avons quasiment que des centristes dans l'équipe. Chacune de nos réunions est plus ennuyeuse qu'un discours de remerciement d'une Miss Poitou atteinte de bégaiement chronique. Il ne se dit rien, il ne se joue rien. Lors du dernier Conseil des ministres, j'ai dû bien me pincer une trentaine de fois pour ne pas m'endormir.

— C'était donc ça, ces mouvements furtifs que vous effectuiez sous la table, ah ah. Mais vous savez, moi je pensais que...

— Arrêtez, Plaisir. J'ai passé l'âge de ce genre de gamineries. J'ai 51 piges, OK ? Je connais plus mon corps qu'une star du X qui ferait chaque jour des *peelings* sur le sien. C'est aujourd'hui que je renverse la table. Que je crame le système. C'est aujourd'hui que le Navarrisme naît. Vous avez sans doute cru qu'hier soir au JT, je faisait juste le show ? Vous m'avez pris pour un de ces chanteurs de K-pop dont raffole ma fille ? Rendez-vous dans une heure à l'Élysée avec l'ensemble des ministres ! »

Sylvain Plaisir, abasourdi, observa la totalité des meubles de son salon, ces éléments chics si onéreux et trop moelleux, danser autour de lui dans une valse folle. Sa tête tournait, et s'il avait réussi à retenir le prénom de sa femme de ménage d'origine philippine qui œuvrait dans son F9 depuis trois ans, il l'aurait bien volontiers hurlé afin qu'elle vienne le soutenir pour l'empêcher de s'effondrer telle une masse informe sur sa table basse en verre trempé. Il s'agenouilla et tenta de reprendre ses esprits. Là-bas, loin de lui, à deux mètres probablement mais à au moins 2,5 kilomètres ressentis, le signal qu'un SMS lui était parvenu se fit entendre.

D'une voix fiévreuse, il marmonna un : « Dis, Jean-René, lis le message. » Jean-René était l'assistant vocal 100 % français créé l'année précédente par la start-up aveyronnaise French Cocorico. L'entreprise avait conçu une gamme d'enceintes de prestige équipées de cet assistant, lequel, pourvu d'une voix rauque semblable à celle de l'acteur Gérard Darmon s'il s'était fait râper la glotte à la laine de verre par un ouvrier du bâtiment trop zélé, se déclenchait toutes les heures à partir de 17 heures pour déclarer que c'était « l'heure de l'apéro ». Comme l'ensemble des assistants vocaux de la planète, Jean-René ne parvenait à comprendre qu'environ un tiers des ordres qui lui étaient donnés, répondant aux deux tiers restants un vigoureux « mais cré vin dieu, tu vas-t'y pas t'exprimer normalement que j'puisse t'aider ? ». La totalité des répliques de l'assistant vocal étaient de cet acabit, le but étant de recréer artificiellement la présence d'un ami français enivré, un soir, dans un bar de campagne, durant la décennie 1950. Dans l'esprit des geeks qui avaient lancé ce petit bijou, la France, c'était de la rudesse et de l'alcool. La vérité, bien entendu, était tout autre, puisque le pays n'était plus peuplé que d'individus prônant le bien, le doux et les vidéos de chatons sur YouTube tout en s'enfilant des hectolitres de café latte dans des gobelets en carton XXL de franchises américaines.

Il fallut quelques minutes au Premier ministre pour réaliser qu'en réalité Navarre venait de le remercier sur FaceTime. De le licencier. De le foutre dehors. Le rouge lui monta aux joues et la rage à la poitrine, et c'est animé d'un désir d'annihilation de toute forme de vie terrestre que, remis de ses émotions, il se précipita dans sa berline toute en longueur, hurlant à Antonio, son chauffeur, un hystérique : « À l'Élysée, tout de suite ! »

5

Stéphanie était l'une de ces filles nées dans les années 1970. « À un an près, j'avais une chanson de Vincent Delerm parlant de moi », se disait-elle parfois, nostalgique. Stéphanie faisait partie de ces êtres qui pensaient que c'était mieux avant. Elle revoyait dans des souvenirs brumeux les images floues d'une enfance insouciante, composée d'après-midi bucoliques passés à bricoler des cabanes brinquebalantes dans des chênes qui n'avaient rien demandé. À 6 ans, racontait-elle à ses amis la voix systématiquement brouillée par l'émotion, elle se rendait à l'école seule, sans le chaperonnage de quelque adulte que ce soit. Dans le petit village du cœur de l'Ille-et-Vilaine dont elle venait, il n'y avait pas de danger, pas de violence ni d'exactions. Juste des boulangères affables et des paysans moustachus, au débardeur taché et aux mains aussi grandes que l'Albanie, qui figurait sur la carte des républiques populaires socialistes trônant sur le mur de la salle à manger de ses parents communistes. Tout, à cette époque, suintait la bienveillance, les petites attentions réciproques entre voisins et les coups de main donnés par des personnes rougeaudes dont le silence, au fond, n'était dû qu'à la pudeur. Comme une télépathie de la gentillesse. Quand, à la télé, un cadre du Parti Bleu Blanc Rouge, tout en emphase, commentait les derniers faits divers en affirmant haut et fort que « c'est pas le monde des Bisounours ici », Stéphanie ne pouvait s'empêcher de penser que ce monde, pourtant, avait existé. C'était celui de son enfance. Un monde idéalisé, n'ayant que peu de points communs avec celui qui en réalité avait été.

L'immense vague à l'âme généré chez elle par la perte de l'enfance avait repeint en couleurs vives des jours gris sombre. Oubliés, les errements des adultes d'alors trop tactiles. Les regards vides des mecs tapis dans les sous-bois au printemps. Les scènes de ménage, comme on appelait jusqu'à récemment les violences faites aux femmes, si bruyantes, mais que faisaient mine de ne pas entendre des voisins lâches, ou plus curieux de savoir quelle équipe, entre celle de Dax et celle de Valenciennes, allait remporter la confrontation de la semaine dans *Intervilles*. L'alcoolisme rampant, la jalousie entre familles rivales, les potins et les rumeurs, sourcils froncés et mines désapprobatrices, la tenue vestimentaire de celle-ci, la sexualité supposée de tel autre, et les Parisiens de passage dont on dit du mal juste parce qu'ils sont Parisiens et qu'ils sont de passage.

Stéphanie avait été Navarre pendant trente années. C'est à la fac de lettres de l'université de Rennes 2 qu'elle avait rencontré Jean-Claude. Elle était en première année, lui avait cinq ans de plus, et pas mal de semestres de retard. En langage familier, on pouvait dire qu'il n'en branlait pas une. La vie pour lui s'écoulait comme elle s'écoule lorsqu'on est jeune, lentement, emplie d'indolence et d'ennui, entre soirées estudiantines, passion éphémère pour la photo, puis pratique de la guitare, puis pratique du dessin, avant de finir par ne plus rien pratiquer du tout. Le regard de Stéphanie, aussi clair et pur que l'eau de la piscine municipale avant que les gosses du centre aéré urinent de concert dedans, et celui de Jean-Claude, banal, marron (lui disait « brun »), s'étaient croisés à la Fnac, au rayon des CD. Ce devait être en 1995, puisque le magasin avait ouvert une gondole spécifiquement dédiée à la Britpop. Jean-Claude préférait

Oasis, lui avait-il avoué alors qu'elle fouinait dans les bacs à la recherche d'un album du groupe Blur. Tous deux étaient vite tombés d'accord sur le fait qu'en réalité le groupe Pulp produisait de loin la plus belle des bandes-son de ces années-là. C'était avant les playlists, avant la musique à la découpe, on écoutait des albums entiers, un best of pour les plus pressés, et si on avait entendu à la radio un titre sur lequel on avait craqué, il fallait, toute honte bue, le chantonner de façon hasardeuse à un vendeur affligé qui jamais ne reconnaissait le titre en question. L'application Shazam, en cela, avait réduit le champ des ridicules. Les vendeurs de la Fnac d'aujourd'hui n'échangeaient plus qu'avec quelques seniors en perte de repères numériques, puisque tout était streaming. La musique n'était plus classée par ordre alphabétique de noms de groupe, mais par moments de la journée ou par émotion ressentie. La plateforme musicale à laquelle Stéphanie était désormais abonnée lui avait ainsi proposé d'ajouter à sa bibliothèque la playlist « vénère à midi », alors même qu'elle se sentait plutôt bien et qu'il n'était pas loin de 18 heures.

Pulp devait se produire en concert dans les prochaines semaines, alors Jean-Claude avait demandé à Stéphanie son numéro de téléphone, lui disant qu'il serait sympa, voire cool, d'y aller ensemble, et elle le lui avait griffonné au dos d'un prospectus listant, avec dates et lieux, les ciné-conférences Connaissance du monde ayant lieu bientôt dans la région proche. Enivré par le charme délicat de la jeune femme, et aussi parce qu'il n'avait rien d'autre pour occuper ses journées que vivre des histoires d'amour, Jean-Claude n'avait pas pu attendre et, dès le lendemain, il l'avait appelée. Ils s'étaient revus, il la faisait rire ; un soir, après avoir bu chacun trois boissons alcoolisées, ils s'étaient embrassés maladroitement, la langue de l'un peinant à suivre la même rotation que celle de l'autre. Après plusieurs hésitations, ils semblèrent tomber d'accord sur le fait que le sens des aiguilles d'une montre était une bonne solution. Tous les jeux se pratiquaient ainsi, pourquoi pas celui de l'amour ?

Puis un jour, ils s'étaient embrassés lors d'un moment de sobriété totale, et ils avaient compris qu'ils étaient passés de l'amourette à la relation sentimentale véritable.

La suite de leur liaison avait été classique : après leurs études, ils avaient commencé à travailler, elle comme professeure en collège, lui dans la vente clé en main de sites internet à destination des PME. Ils s'étaient mariés lors d'une cérémonie avec DJ où du riz avait été lancé. Après plusieurs années passées à profiter à deux d'une vie frénétique, avant tout composée de rapports sexuels et de voyages dans des pays exotiques, ils avaient eu un enfant, comme la plupart de leurs amis en couple. Une fille, Julie. Stéphanie, sur les conseils du magazine spécialisé *Bébé d'amour*, dont l'article « Soyez toutes les femmes de votre vie » avait suscité comme un déclic chez elle, s'était vouée à elle tout en poursuivant son activité professionnelle. Parallèlement, elle avait soutenu, porté son époux à chaque étape de son évolution au sein du Centre français, où le fait qu'il vienne de la base, sans être passé par l'une de ces écoles politiques dont sortent tous les *leaders*, avait été vécu par les cadres en place comme un gage d'authenticité. Patiemment, il en avait monté tous les échelons, s'imposant en 2005, lors du congrès annuel du Parti, comme secrétaire général. « Jean-Claude, s'écriait-il parfois au moment de répandre la bonne ambiance au sein d'un groupe, ça, ça a toujours été un beau prénom de centriste ! »

Stéphanie l'avait souvent raillé à ce propos : comment un garçon né au début des années 1970 avait-il pu être prénommé comme les enfants de sexe masculin issus de la génération précédente ? L'histoire était connue d'eux deux : sa mère, transie d'amour pour un chanteur à minettes de l'époque, lui avait donné à la naissance le même prénom. Jean-Claude Davy, ponte de la variété française depuis 1971, était décédé en 1973, ce qui avait eu le don de mettre fin à sa carrière. La voiture dans laquelle il rentrait d'un gala sous chapiteau à Mâcon avait croisé la route, aux alentours de 3 heures du matin, d'un platane plutôt vigoureux, dans la mesure où l'on avait retrouvé le véhicule plié en seize, tandis que l'arbre avait dû perdre au maximum un total de deux feuilles dans la collision. Davy avait laissé derrière lui son tube, « Ton visage est comme une fleur », qui avait séduit la France des Carpentier. Il faut dire que le texte en était bien troussé, posant la comparaison entre le faciès d'une femme et le parcours de vie d'une fleur : au départ pâlichon, il bourgeonnait, dans une grande gerbe acnéique, puis flétrissait avant de faner. Certes, l'analogie avait déjà été employée il y a longtemps par Ronsard ; seulement, le public touché par les chansons de Jean-Claude Davy connaissait mal Ronsard.

Stéphanie Navarre, depuis son divorce, prononcé par le tribunal de grande instance de Paris – car l'ambition naissante de Jean-Claude Navarre les avait amenés à emménager dans la capitale –, avait repris son nom de jeune fille : Martin. Stéphanie Martin. L'identité la plus banale qui soit. Des Stéphanie Martin, il devait y en avoir des dizaines de milliers dans le pays. Si d'aventure on avait l'idée d'essayer de retrouver une Stéphanie Martin sur Facebook, apparaissaient, après validation du nom dans la barre de recherche, des centaines de profils de femmes brunes ou blondes, à la couleur de cheveux seulement déterminée par les laboratoires Schwarzkopf. Toutes semblaient avoir entre 45 et 55 ans, et posaient pour des photos sur des plages de sable fin avec des enfants ou des ados qui semblaient ne pas avoir été kidnappés, dans la mesure où ils arboraient des sourires d'une soixantaine de dents.

Redevenir Martin après ses décennies Navarre avait représenté un bond en arrière de presque trente ans pour Stéphanie. Il lui semblait tellement être revenue à l'époque de sa jeunesse qu'elle avait envie de regarder des clips sur MCM. Malgré tout, dans sa chair, elle restait une Navarre. En dépit de la trahison et des errements. Depuis le départ de Jean-Claude, parti comme tant de mâles se rassurer quant à son potentiel de séduction pour repousser l'idée de la mort et la réalité de la décrépitude physique dans les bras et entre les seins de Samia, Stéphanie n'avait pas eu de relation sérieuse. Elle avait plus ou moins rôdé quelque temps sur des avatars de Tinder, mais la différence flagrante entre les photos que postaient les prétendants sur leur fiche et leur corps réel était telle qu'elle avait l'impression de naviguer à vue dans le fake. Et puis Stéphanie était une sentimentale, sorte d'héroïne transie d'amour des romans de Danielle Steel perdue dans un monde de *dick pics*. Ce terme anglophone désignait, elle l'avait appris dans un article de *L'Obs* à destination des boomers largués (comme au fond la totalité des articles de *L'Obs*), les photos de pénis, la plupart du temps en érection, qu'envoyaient des hommes anonymes à des dames avant même, parfois, de les avoir auparavant saluées. Stéphanie avait été éberluée de constater à quel point même ceux qui sur le papier semblaient corrects (hobbies : voile, natation, cherche une femme pour échanger et partager de longues balades dans la nature) pouvaient, à l'issue de seulement trente secondes de *chat* en live, décider d'expédier la photo de leur intimité.

Le pire, c'était que la réciprocité semblait la norme sur ce type de réseaux, mais elle ne se voyait pas se photographier dans le miroir, nue telle une influenceuse un peu dévergondée dont la clim serait tombée en panne. Elle avait déjà du mal à réaliser un selfie potable de son visage, ce n'était pas pour s'autoshooter le bas du bassin, tordue en quatre, compressée sur elle-même comme un César dans sa salle d'eau. « Tout ça est bien sinistre », se disait-elle parfois en se faisant la réflexion que le phénomène de la *dick pic* était le symbole d'une forme de déclin de la civilisation moderne par le truchement de la fin de la dignité. Elle repensait parfois à ce ministre, Victor Brégaux, dont la *dick pic* avait fuité sur les réseaux sociaux, et qui avait dû quitter son poste sous les huées d'une foule accomplissant au quotidien le même acte et qui possiblement était envieuse, compte tenu des dimensions quasi surnaturelles de l'organe en question. « Le général de Gaulle aurait-il envoyé une *dick pic* à sa femme Yvonne ? » avait souligné avec malice l'un des 16 000 éditorialistes d'une des trop nombreuses chaînes d'info en continu.

Pour autant, Stéphanie Martin n'était pas malheureuse. Habituée à sa solitude, elle avait ritualisé chacune des minutes de sa journée, qui semblaient s'écouler dans le même ordre et la même perspective que les minutes de la journée précédente. Son existence était vouée à ses filles et à la recherche sur Google Actualités des infos concernant Jean-Claude Navarre, son ex-mari, dont elle attendait à la fois qu'il fasse preuve de panache et qu'il se rate, animée par ce mélange d'admiration et de colère qui l'habitait quand elle pensait à lui, c'est-à-dire tout le temps.

Elle se saisit de son téléphone portable et se connecta au compte Instagram de Navarre. Ce dernier était suivi par 7 millions de personnes, ce qui était peu pour une star américaine de téléréalité, mais beaucoup pour un président de la République français. Les derniers posts de Navarre reprenaient des extraits de son passage au JT de 20 heures de Dupuis. Afin de susciter l'adhésion des plus jeunes, une version sous-titrée des meilleures punchlines du chef de l'État avait été postée en story, accompagnée d'émojis sourire, l'apparition d'Estelle Cadiou étant quant à elle saturée d'émojis caca. C'était un euphémisme de dire que Stéphanie n'avait pas apprécié le fait que Navarre lui raccroche au nez la veille. Elle avait toujours été, lui semblait-il, de bon conseil, et elle se plaisait à penser que, dans son équipe proche, personne ne lui arrivait à la cheville au niveau de l'intellect. Elle rêvassait en faisant défiler les posts, se demandant l'espace d'un instant comment les personnes qui n'avaient pas de pouce se débrouillaient pour parcourir l'ensemble des publications de tel ou tel compte et se disant dans un demi-sourire que la lèpre, au fond, constituait le vrai accès à la *digital detox*, lorsque la sonnerie de son téléphone retentit. C'était Navarre. Sur l'écran de l'appareil, la simple mention « JC » s'afficha.

« Stéphanie ?

— Jean-Claude…

— Stéphanie, comment va la petite ?

— Bien. J'essaie de la préserver de la tornade médiatique qu'a déclenchée ton JT d'hier. Il n'y a guère que Piwi+ qui ne parle pas de toi.

— Pi… ?

— C'est une chaîne de télé pour les enfants. Tu le saurais si tu n'avais pas choisi de quitter la maison.

— En fait, tu sais, j'ai besoin de toi.

— Et moi de moins en moins de toi », mentit-elle.

6

Une table immensément longue. Des lustres sans doute centenaires. De petits panneaux faits de papier plié indiquant à chaque ministre l'identité de ses congénères. Des visages adipeux et une forme d'ambition malsaine noyant les regards d'une noirceur ténébreuse. Pour Sylvain Plaisir, chaque Conseil des ministres était une souffrance. Seulement, cette fois-ci, il ne s'agissait pas d'un Conseil des ministres. La date du jour n'était pas un mercredi et, à 15 heures passées, il était impossible de continuer à se croire en matinée. À part pour quelques actrices de cinéma alanguies et deux ou trois rappeurs sous cannabis, 15 heures n'était pas l'horaire d'un début de journée. Il s'agissait ici de la réunion exceptionnelle voulue par Navarre. Si le Président n'avait pas été totalement transparent lors de son FaceTime avec Plaisir, ce dernier avait lu dans ses pensées. Il était évident qu'il songeait à le remplacer par un autre Premier ministre, plus navarrocompatible. Mais c'était sans compter le tempérament de Plaisir, ce que, dans les entreprises, on appelait l'ADN. Car l'ADN de Plaisir, c'était le combat. L'adaptation. L'instinct de survie. Que se profilent à l'horizon la perspective de pointer à Pôle emploi ou celle d'une invasion subite de morts-vivants, il était paré pour la bataille. Ses origines modestes, la xénophobie à laquelle il avait été confronté dès lors qu'avec sa famille il s'était installé en métropole, les revers politiques, les petites amies qui l'avaient abandonné, les frustrations qui s'étaient agglomérées dans son esprit et ces nuits d'angoisse à attendre le coup de fil de tel ou tel élu pour tel ou tel poste tant désiré lui avaient tanné le cuir, le rendant aussi dur qu'une peau de chèvre tendue sur un tam-tam au stand « Amitié France-Afrique » d'une Fête de l'Humanité de province. Navarre voulait l'éjecter. Il allait lutter pour que ce projet funeste n'aboutisse pas.

L'ambiance dans le salon Murat, celui qui depuis quelques années accueillait le Conseil des ministres, était pesante. Les pics de stress cumulés des membres de l'équipe gouvernementale généraient une odeur âcre de sueur rance. Sans que qui que ce soit ait à esquisser le moindre mouvement, on avait l'impression d'être plongé au cœur des vestiaires d'une salle de sport, cerné par les effluves malodorants des aisselles de sportifs aux biceps trop proéminents, effluves pas même domptés par les déodorants à bille de type Rexona. Sylvain Plaisir, mentalement, remplissait les + et les – de la liste des arguments justifiant son maintien auprès de Navarre. Il ne parvenait pas à trouver de –.

« Bonjour à tous. Asseyez-vous. »

Le regard fiévreux, la lèvre fébrile, le corps habité, le président Navarre était entré comme par enchantement dans le salon et s'était déjà installé en bout de table. D'un mouvement du pied gauche qui aurait pu rendre jaloux un candidat de *Danse avec les stars*, il éloigna le fauteuil qui lui était destiné. À enjeu nouveau, stature inédite. Fini les réunions tranquilles où chacun restait assis sur son derrière ; désormais, il serait un homme debout. La révolution ne se ferait pas en position assise. À part Jean-Paul Marat, assassiné à demi allongé dans sa baignoire par Charlotte Corday en 1793, il n'avait pas en tête d'exemples de révolutionnaires décédés dans une posture autre que verticale. Navarre, contemplant ses ministres qui, surpris par son arrivée tonitruante, n'avaient pas eu le temps de ranger leurs téléphones portables, se dit, un peu désolé, que, sur le lot, il n'y en avait sans doute pas un qui sache qui était Jean-Paul Marat. Les élites modernes avaient pour modèles des fondateurs de start-up et, pour les plus cultivés, des animateurs de débats politiques sur France 5. Ces paires d'yeux qui semblaient l'observer mouraient en réalité d'envie de se tourner vers des écrans d'iPhone ou de Samsung et de checker des mails, des DM, des notifs. Il eut un demi-sourire : l'addiction au numérique allait être un atout majeur pour le Navarrisme. Il allait débusquer chaque Français un par un au détour de son réseau social favori.

« Je ne vais pas y aller par quatre chemins : j'ai changé. Je ne suis plus le Navarre du soir de mon élection. Je ne suis plus le Navarre d'il y a deux semaines. En fait, je ne sais même pas si le Navarre que j'étais jusqu'à présent n'était pas qu'une version soft, comme anesthésiée, de l'homme que je suis vraiment. »

Navarre, d'un mouvement du bassin quasi aérien, se tourna vers Plaisir.

« Monsieur le Premier ministre, vous allez ce jour me donner votre démission ainsi que celle de l'ensemble de votre équipe. »

Un brouhaha résigné se fit entendre. Le gouvernement semblait ne plus être qu'une masse d'êtres humains fragiles sur qui toute la violence du monde venait de s'abattre. Les épaules s'étaient voûtées, les cambrures paraissaient moins prononcées, les corps se livraient au fatalisme. Jocelyne Cohen, la ministre de l'Industrie, était déjà en train de modifier le statut de son profil LinkedIn, passé à l'issue d'une pression du majeur de « en poste » à « en recherche ». Le salon Murat n'était plus que fatalisme et lassitude.

« Je n'ai rien à vous reprocher, que ce soit à titre collectif ou personnel. Mais, comme vous l'aurez compris, je ne peux pas m'autoriser l'échec. Le pays n'acceptera pas que mon mandat soit un nouveau coup d'épée dans l'eau. Si nous échouons, dans cinq ans, le prestigieux édifice qu'est l'Élysée sera occupé par des populistes, de droite ou de gauche. Par des gens qui vont détricoter le pays. Il faut recoller les morceaux de France éparpillés par les communautarismes et les compromissions envers la laïcité. Et pour ça, je ne peux pas me permettre de sortir mon stick de colle UHU. J'ai besoin d'une forte, d'une grosse dose de super glue ! »

Jean-Claude Navarre déclamait, et tant qu'il déclamait, il se sentait vivant. Les palpitations de son cœur s'emballèrent, dans un mouvement semblable à la montée acide d'un morceau de techno trance.

« Je vous souhaite donc à tous le meilleur pour la suite. Je vais avoir besoin de gens frais, de sang neuf. Des jeunes et des moins jeunes. Mais des individus qui pensent différemment. Les écoles d'administration, les instituts politiques, je connais, sur le papier, c'est très bien, vous en venez tous et ces cursus ont fait de vous des êtres d'exception. Vous êtes efficaces et dociles. Si dociles qu'il m'est parfois arrivé d'avoir envie de vous caresser, à l'issue de soirées certes trop arrosées, alors que mes pensées divaguaient, et que vous étiez l'un ou l'autre à portée de main, comme on caresse, en réalité, des animaux de compagnie. Ce que j'essaie de vous dire, c'est que vous appartenez à l'ancien modèle. Pour le modèle inédit que je lance, je vais plutôt choisir des individualités provenant de la société civile. »

Sébastien Rolland, le secrétaire d'État à la Ville, sembla chanceler en entendant ces mots.

« De la société civile, Monsieur le Président ? C'est-à-dire... je crains de comprendre... de personnes non issues de la sphère politique ?

— Absolument, Rolland. Cette sphère, si je peux me permettre, ne tourne plus rond. Il est fini, le temps où le peuple se rangeait derrière ses élites. Vous le sauriez si vous mettiez le nez hors de votre bureau : vous êtes désormais conspués, houspillés, haïs. Vos diplômes, le confort matériel dans lequel vous évoluez, vos fréquentations, les restaurants dans lesquels vous vous rendez, les voitures avec chauffeur et vos privilèges vous ont éloignés des gens, pour ceux qui avaient même commencé à s'en approcher. Je ne vous en veux pas individuellement, vous n'êtes finalement que la résultante d'un système de castes absurde. Autour de moi, je veux des coiffeuses, des charpentiers, des, je ne sais pas, des moniteurs de ski. De vraies personnes ! »

Son laïus achevé, aussi vite qu'il était entré dans la pièce, Navarre entreprit d'en sortir, laissant derrière lui stupéfaction et sanglots lourds. Sylvain Plaisir, qui avait observé la scène en silence, lança un « Monsieur le Président » sonore qui arrêta net le chef de l'État dans sa course.

« Oui, Sylvain ?

— Ce n'est pas possible, Monsieur le Président. Je sais, je vois, je sens l'humain que vous êtes. Je connais cette fibre sociale qui vous habite. Je me souviens des larmes que vous avez versées face aux ouvriers de l'usine Duku, quand le fabricant a décidé de délocaliser la production de sex-toys au Laos. Ce jour-là, vous fûtes martial. Et à ces travailleurs abattus, vous avez donné de l'espoir.

— Arrêtez, Plaisir. Le charisme qui s'est dégagé de moi lors de cette visite, je ne le dois qu'au fait que je tenais dans ma main droite un sex-toy de grande taille. La photo est depuis devenue un mème sur internet. Je ne peux plus ouvrir un réseau social sans tomber sur un détournement de ce cliché absurde. Où voulez-vous en venir ? Parlez.

— Tout simplement au fait que vous ne pouvez pas remercier tous ceux qui ont cru en vous et accepté de vous accompagner lors de votre début de mandat de la même manière qu'on congédie un intermittent du spectacle qui aurait commis une faute lourde, comme voter pour un parti de droite. Il y a dans ce salon des femmes et des hommes qui sont prêts à tout pour vous. »

Navarre avait toujours apprécié Plaisir. Ses traits étaient fins, son parfum agréable, sa voix ferme et racée. Mais au-delà des apparences, Navarre le savait, Plaisir l'admirait, ce qui nourrissait son ego. Il avait tant besoin d'être aimé. S'il avait pu, grâce à un physique adapté, être star du rock et se faire tripoter par des groupies d'avant le néoféminisme, il aurait signé sans sourciller pour ce genre d'existence. Le bruit, la sueur, les sécrétions et les petits matins comateux. La débauche, le stupre. Le jet-lag et les drogues de synthèse. L'admiration béate d'un public en manque d'idoles, et de repères, et de sensations. Retour à la réalité : pour l'instant, à le « kiffer », comme disaient sa fille et les animateurs de Fun Radio, il y avait qui ? Sylvain Plaisir. Et Navarre le savait, il allait avoir besoin d'un allié fidèle. De quelqu'un qui mouille non seulement la chemise pour lui, mais aussi le tricot de corps en dessous. Voire son slip. « La politique, ce n'est jamais que du désir », se disait-il souvent en se frottant le visage de crème exfoliante. Navarre était un jouisseur contrarié à qui la nature et sa filiation n'avaient pas donné les outils pour jouir : une allure passable, un ascendant sur les autres assez moyen, une peau qui se flétrissait chaque année un peu plus, et un cœur usé par les horaires à rallonge et les litres quotidiens de café. S'il voulait vivre vieux, il était donc préférable qu'il ne jouisse pas, tel un pape ou une enclume. Il eut pour Plaisir un regard d'envie renouvelée.

« Sylvain, je ne changerai pas d'avis. Le pays mérite le Navarrisme. La France vaut bien un nouveau projet. Je me sépare de mon équipe, certes, mais pas de vous. Venez. »

Et il s'éclipsa, franchissant d'un pas rapide l'encadrement de la double porte à la peinture bleu pastel et aux moulures or, après avoir fait à Plaisir un signe du majeur l'invitant à le suivre. De la bouche de Constance Laveine, la ministre de la Pêche, surgirent alors ces mots :

« Monsieur le Premier ministre, de la dignité ! Un homme est jugé sur ses actes. Nous laisser aujourd'hui sur le bord du chemin, tous autant que nous sommes, uniquement pour conserver un poste, dont d'ailleurs vous ne savez rien, vous mènera directement aux poubelles de l'Histoire. Navarre va dans le mur, et ce qu'il appelle le Navarrisme n'est rien de moins qu'un despotisme même pas éclairé. Réprimer les religions pour imposer ce qui s'annonce comme n'étant rien de moins qu'un culte personnel, c'est une dictature laïque, Monsieur le Premier ministre ! Saddam Hussein a eu la même idée autrefois, il a fini pendu, et pire, barbu... Aussi barbu et hideux qu'un graphiste parisien bouffeur de graines ! Il va vous entraîner au fond du trou avec lui, un bon gros trou tellement profond que vous allez vous faire cuire le cul avec le magma liquide situé sous la croûte terrestre !

— Pardon, Constance, chère coll... euh... ex-collègue. Une correction à la logorrhée rébarbative que vous venez de nous asséner contre notre gré à tous : Saddam Hussein a liquidé des peuples entiers et mené des guerres absurdes contre ses voisins. Pensez-vous vraiment que le Président va entraîner le pays dans un conflit contre la Belgique, ou persécuter les Portugais de France ? Navarre n'est qu'amour, là où les dictateurs présents sur la liste que vous avez en tête n'étaient que haine aveugle. Vous étiez ministre de quoi, Constance, rappelez-le-moi, s'il vous plaît ?

— De la Pêche, mais je...

— De la Pêche. Bien. Votre domaine de compétence, ce sont les daurades. Éventuellement les colins, dans le cas, mais ça m'étonnerait, où vous auriez eu le temps d'approfondir vos dossiers. Donc à part pour un rééquilibrage alimentaire axé sur les produits de la mer, ce n'est pas vous que je consulterai en premier lieu. Mesdames et messieurs, au revoir. »

C'est sur cette formule lapidaire, avec la doucereuse impression d'avoir remporté une battle de hip-hop dans un hangar de Détroit ou de Grigny, que Sylvain Plaisir se rua à son tour vers la sortie, à la poursuite d'un Jean-Claude Navarre qui, transcendé par l'action, paraissait déjà bien loin, petit point agité et tremblant tout au bout d'un dédale de couloirs moquettés et de parquets grinçants.

7

Samia et Jean-Claude Navarre, assis sur ce lit conjugal qui avait vu s'enchaîner tant de discussions de fond et de postures sexuelles, se regardaient fiévreusement. Les médias étaient en effervescence, les commentateurs en extase, Jean-Michel Raquesnes, sur l'antenne de BFM-TV, allant jusqu'à déclarer qu'en une soixantaine d'années de carrière il n'avait jamais vu cela. Les lèvres de l'éditorialiste en avaient tremblé d'excitation. La nation tout entière bruissait du coup d'éclat du Président. « Un mandat finalement pas pour rien ? » avait même titré un journal quotidien de la gauche libérale. Le cœur de Navarre, calé sur le rythme des compliments émis, battait de manière plus intermittente que jamais. L'intérieur de son poitrail n'était plus que douleur diffuse. Gilles Petitbon, le conseiller com de la présidence, avait demandé à l'un de ses collaborateurs, tous des étudiants en stage non rémunéré, de concocter au Président une sélection des articles internationaux consacrés à l'annonce du chef de l'État. Quand l'une des jeunes personnes missionnées avait posé sur son bureau un classeur aussi épais que le listing des bonnes raisons pour une femme de ne pas sortir avec Harvey Weinstein, même encadrée par trente gardiens de prison pratiquant tous le krav-maga, Petitbon avait gémi de satisfaction. Les titres de presse les plus prestigieux de la planète couvraient le lancement du Navarrisme.

Samia prit une profonde inspiration. Moins pour se donner le courage de dialoguer de manière franche avec son mari que pour humer l'air de la pièce, délicieusement teinté de l'odeur Fleur de Coton émanant de la bougie Durance posée sur sa table de chevet. Sur celle de Navarre, une pile de livres consacrés aux grands hommes de l'Histoire de France attendait patiemment d'être saisie.

« Chéri, il va falloir la jouer rapide et serrée.

— On me traite déjà de tyran potentiel, ma Samia. Les dignitaires religieux sont comme des fous. Je crois même qu'une fatwa a été émise contre moi par le mufti de Peshawar.

— Agissons vite et bien. Qui as-tu gardé du gouvernement actuel ?

— Personne, à part Plaisir. J'ai eu une discussion avec lui, il est avec nous. J'ai réussi à lui faire accepter le fait qu'il ne serait qu'un personnage secondaire, puisque je serai l'unique homme à être réellement à la manœuvre. On va faire tout ça sans intermédiaire. Mais je lui conserve le poste de Premier ministre, même s'il n'est qu'honorifique. Plaisir est aimé des gens. Je suis allé fouiner sur ses réseaux ; sur les deux dernières heures, il n'a reçu en réponse à ses posts que seize menaces de mort.

— C'est déjà énorme !

— Sur les réseaux, c'est très peu. Quand CrazyPoupie, la star de la pop, a annoncé qu'elle déménageait à Bruxelles pour raisons fiscales, elle en a eu plus de 200 000. Et elle a fini avec le bras gauche brûlé à l'acide à la suite de l'attaque d'un fan déçu. Ça s'est passé à la sortie des NRJ Music Awards. La petite a fini par se donner la mort.

— À cause de ça ?

— Pas exactement, il s'agit d'une sombre histoire. Elle a été accusée d'avoir acheté le bras d'un adolescent brésilien sur le marché noir du trafic d'organes et d'être allée se le faire poser à la place du sien dans une clinique des Émirats à la pointe dans le domaine des greffes. Cette idiote n'avait pas pensé à effacer le tatouage du Brésilien, qui disait : "*La vida es una puta cabron.*" Brut, le média en ligne, ayant repéré l'affaire, a retrouvé le jeune type des favelas aussi sec, et lui a fait faire une vidéo. Ils ont su que c'était lui parce qu'il n'avait plus que son bras droit.

« Sylvain Plaisir est donc avec nous. Exécutant hors pair. Un as du ni-droite-ni-gauche-ni-rien-du-tout. Il se faufile à travers les dogmes et les partis comme une anguille dans la raie des fesses du plongeur qui a enfilé un maillot de bain trop lâche. Le Navarrisme sera son combat.

— De mon côté, faisons le point : j'ai appelé Roberte Angèle, la responsable de l'AFPA, l'Association française de préservation des animaux. Elle est prête à nous suivre. C'est une femme, tu le sais, qui pèse lourd dans le pays. Sa carrière passée de top model international, son combat, à la fin de cette carrière, contre la présence des fourrures animales dans les défilés, font d'elle une star. En tant qu'icône de la mode des années 1960, elle conserve une aura incroyable. Tout le monde se souvient des photos de George Norman la montrant avec pour seul accessoire une cigarette aux lèvres. Le fait qu'il ne s'agisse pas de son visage avait vraiment choqué à l'époque. Et son engagement actuel pour les chiens et les chats l'a propulsée n° 3 du classement des personnalités préférées des Français ! Il nous la faut, comme il nous faut les 49 autres personnalités de ce top ! »

Tout sur le visage de Samia Navarre semblait s'être allumé, comme si chacun de ses pores avait été une diode électroluminescente. Le Président songea au fait que le chroniqueur humoristique Kevin Delabarre avait eu grandement tort, la veille, d'avoir traité cette femme d'Eva Perón de supérette. Il eut une bouffée de haine à la pensée que certains pouvaient ne pas aimer sans limites Samia. En réalité, ça lui paraissait même surnaturel.

« Chérie, les chiens et les chats, j'adore. Je sais à quel point ces créatures remplies d'amour sont importantes pour les gens, qui finalement se retournent vers elles lorsque leur conjoint se met à les aimer moins. Je sais aussi qu'il y a 17 millions de chiens et de chats en France, sans doute plus si on ajoute tous ceux qui n'ont pas de papiers. Donc Roberte Angèle, je valide. Mais comment as-tu procédé pour la convaincre ?

— Je lui ai promis la fin des abattages rituels. Plus de casher, plus de halal, fini. Pour les bœufs, pour les moutons, et même les volailles, une mort plus douce, plus humaine. Un endormissement préalable par ingestion d'un mélange de mélatonine et de millepertuis. Et je t'avoue que si elle m'avait demandé en plus à ce qu'une chanteuse de folk vienne chanter des berceuses aux animaux de boucherie avant qu'on les zigouille, je lui aurais répondu que c'était OK. Il va falloir faire des promesses, y compris celles qu'on ne tiendra pas.

— Parfait. Cale-moi une visio avec cette dame.

— Elle a 84 ans, elle n'a pas d'ordi, il faudra la rencontrer en présentiel.

— En présentiel ? »

Depuis la résurgence des grandes vagues épidémiques, Jean-Claude Navarre traitait ses activités à 80 % en distanciel. Pratique, simple, efficace, le distanciel permettait également, comme son nom l'indiquait, d'établir une distance entre interlocuteurs. Il se souvenait avoir entendu un jour sur Business +, la chaîne de la TNT consacrée au monde des affaires, que près d'un dirigeant d'entreprise sur deux allait jusqu'à licencier des collaborateurs en visio. C'était d'ailleurs ce qu'il avait failli faire lui-même avec Sylvain Plaisir. Il ne savait toujours pas réellement ce qui l'avait poussé à ne pas aller jusqu'au bout du processus. Peut-être était-ce la compassion qu'il continuait à éprouver pour les êtres dont le sort dépendait du bon vouloir d'autrui. Cette humanité, il le savait, le perdrait : véritable atout dans le tissu associatif, où des jeunes si candides, si pleins d'espérance, tentaient, dans la rue, de faire signer à des passants pressés des pétitions contre la guerre au Yémen ou pour l'interdiction de la chasse (pratique qui avait provoqué la mort, sur la dernière décennie, de 800 vététistes pris pour des chevreuils), l'humanité, transposée dans la vie politique, était un talon d'Achille indéniable. Les vautours veillaient, les couteaux chaque jour s'aiguisaient un peu plus, et des milliers de ministres, de secrétaires d'État, de députés, de sénateurs, d'assistants parlementaires, de chefs de cabinet s'échinaient à tenir debout vaille que vaille en espérant la chute d'un plus fragile qu'eux. La politique ressemblait à ce point à une longue et impitoyable épreuve des poteaux de *Koh-Lanta* que Navarre s'attendait presque à ce qu'on lui annonce la nomination à la tête de La Chaîne parlementaire de l'animateur du jeu. Il se rendit compte qu'au fond, c'était l'appartement de Plaisir, ce lieu de vie si richement décoré, à la moquette luxueuse et aux tableaux savamment choisis, cet espace entraperçu en arrière-plan derrière la tête déconfite du Premier ministre, qui avait fait naître en lui la pitié. Il savait quels avaient été les sacrifices du jeune Plaisir, monté à la métropole avec une belle gueule ainsi qu'une soif de réussir insatiable pour seuls atouts, et son penchant libéral l'avait poussé à ne pas briser net cette belle histoire.

« Soit. C'est OK, je rencontrerai Roberte Angèle. Prends-lui un billet de train en première classe. Uniquement l'aller. Si à la suite de notre entretien, elle décide finalement de nous planter, elle paiera elle-même son retour.

— Mon amour, parlons maintenant de Stéphanie. As-tu réussi à la convaincre ?

— Non. Je... je me suis dégonflé.

— Il faut absolument qu'elle soit là pour la première Cérémonie d'Affiliation Navarriste. Toi, moi, elle, votre fille, deux religions, des parcours aux antipodes les uns des autres, une femme délaissée, une autre comblée, une histoire complexe, qui ressemble à celle des millions de familles recomposées vivant en France. Le fait que, face caméra, on puisse, tous autant que nous sommes, mettre les haines et les élans passionnels de côté afin d'épouser le Navarrisme sera le premier symbole de cette ère nouvelle. Nous allons démontrer ainsi que le projet dépasse nos petites personnes. Et que la principale doctrine du Navarrisme, être ensemble, s'applique jusque dans notre intimité.

— Tu... Je ne sais pas... Tu n'as pas peur que ça fasse un peu... mormon ?

— Jean-Claude, tu n'es plus avec Stéphanie. Et nous sommes mariés. Il n'y a pas d'ambiguïté sur ce point. Tu ne penses plus à elle, on est OK là-dessus ?

— Non, je... Non. »

Certains *non* ressemblent tellement à des *peut-être* que, quand on les prononce, ils sonnent à vide. Là où la langue devrait venir claquer l'arrière des dents de la mâchoire supérieure, elle s'y attarde et vient racler le tartre qui s'est accumulé du fait de cette tradition ancestrale que constitue la crainte du dentiste. Samia Navarre, au fond, savait que son époux et son ex-femme étaient restés liés. Le fait d'avoir eu ensemble un enfant laissait entre eux comme un ciment. Un accès de fièvre de la fillette ou le résultat d'une de ses évaluations scolaires sonnant comme un échec étaient autant d'occasions de resserrer des liens jamais vraiment dénoués. Et puis, Samia n'était pas dupe : si elle apportait à son conjoint enthousiasme et folie douce, Stéphanie, elle, lui offrait une stabilité, réconfortante et bourgeoise, en laquelle cet homme qui oscillait entre instants déjantés et réflexes pépères continuait à se reconnaître. Au fond, il les aimait certainement toutes les deux, pour des raisons différentes et dans des situations diverses. Finalement, Jean-Claude Navarre était sans doute plus proche qu'il ne le pensait d'un de ces mormons fantasmés, qui n'existaient peut-être que dans les reportages à sensation ou les séries B américaines.

« Mon amour, Stéphanie, c'est du passé. Et c'est d'accord : je vais l'appeler. Elle sera de la cérémonie d'affiliation inaugurale. J'en prends l'engagement. Embrasse-moi. »

Et il approcha, sans doute un peu trop rapidement, son visage que la nervosité avait fait virer au rougeâtre tout contre celui, discipliné, de Samia. Leurs lèvres se rencontrèrent et une langue tenta de pénétrer une cavité buccale, laquelle la reçut avec abandon, tandis que les ultimes senteurs d'un Mentos goût passion se propageaient dans les deux orifices désormais imbriqués. Navarre, d'une main ferme, renversa Samia sur le lit. Il aimait sentir qu'il avait le contrôle et accomplir son rôle de bonhomme, certes primaire mais tellement moins alambiqué que les nouveaux codes de séduction basés sur le consentement à chaque étape de l'union. C'était finalement ce qu'il était, un gonze à l'ancienne, qui aimait dire d'un autre gonze ayant fait preuve de courage qu'il en avait des en fonte dans le calcif. « Avoir 20 ans aujourd'hui doit être bien compliqué, se disait-il parfois en observant, alors que sa berline de luxe était lancée à toute vitesse dans Paris, des jeunes gens préférant s'envoyer des cœurs en GIF sur les réseaux plutôt que se tripatouiller goulûment, comme tant d'anciennes générations de jeunes l'avaient fait avant eux. Je ne vois même plus l'intérêt d'avoir des mains », se disait-il, plein d'ironie, tant les rapports entre les individus lui semblaient passés du côté du virtuel. À seulement 51 ans, le Président avait une réelle mentalité de boomer. Il était bien entendu conscient qu'il lui faudrait gommer cet aspect de sa personnalité dans le cadre du Navarrisme, afin de devenir l'être universel que tous attendaient. Une sorte de Jésus laïc, et en meilleure forme que l'original. Le fait que des millions de fidèles aient encore pour modèle un prophète blafard, vêtu d'un bas trop ample, agonisant lentement sur une croix, cloué là telle une vulgaire photo de famille sous cadre, avait toujours étonné Navarre. Une chose était certaine : en cette première moitié de XXIe siècle hygiéniste et tout entier tourné vers la réussite individuelle, il allait falloir inventer un nouveau modèle de *leader* charismatique.

Une intense douleur à la poitrine saisit Navarre.

Le lit se mit à tournoyer autour de lui et des cris irréels s'échappèrent de la bouche de Samia.

Il s'effondra sur le tapis de prestige qui ornait leur chambre à l'Élysée, atterrissant sur le sol aussi brutalement qu'un pigeon dont les pattes se seraient prises dans des écouteurs d'iPhone défectueux jetés à même la rue par un passant stressé. Sa dernière pensée avant de laisser l'obscurité envahir son champ de vision fut pour le moelleux insolent de ce tapis qui, jusqu'à présent, n'avait, comme partie de son corps, accueilli que ses pieds.

8

Une succession de couloirs. Une cascade de portes monumentales qui s'ouvrent et se ferment, comme dans les émissions patrimoniales de Stéphane Bern. La volupté et le côté hors-sol de cette République tout entière tournée vers le faste et la célébration de l'homme providentiel. Roberte Angèle, du haut de ses 84 printemps, dont bon nombre du début de sa carrière consacrés à la séduction d'acteurs tous décédés aujourd'hui, avait croisé pas mal de chefs d'État et plus de sommités que Jay-Z et Beyoncé réunis. Elle n'avait plus leur sens du groove, mais avait gardé de « ses années de cinoche », comme elle aimait à en parler, un sens de la séduction acéré. Certains des regards qu'elle avait décochés dans son jeune temps auraient été à même de déclencher des combustions spontanées de pubis masculins si jamais elle avait eu à cœur de faire flancher les cœurs humains. Seulement, depuis toujours, elle préférait la compagnie des animaux. Vivre dans un silence seulement rompu par un miaulement constituait pour elle une merveille.

Si elle s'était récemment rapprochée d'Estelle Cadiou et de son Parti Bleu Blanc Rouge, c'était moins par haine des étrangers en situation irrégulière, qu'elle ne croisait de toute manière pas, étant recluse chez elle, que parce que la cheffe du mouvement nationaliste affichait vidéo après vidéo son amour des félins. En visite privée dans sa jolie propriété des Hauts-de-Seine, elle avait été sidérée par le nombre de chats présents dans les jardins comme dans le salon de la femme politique. Roberte Angèle repensa à cette légende urbaine qui courait à propos d'Estelle Cadiou, dont l'un des proches collaborateurs, Paul-Alexis Dupuis, avait mystérieusement disparu en mai 2004 : il se racontait que Cadiou, furieuse de son départ du Parti Bleu Blanc Rouge pour le mouvement LFPT (La France pour toujours) de son grand concurrent, Raymond Martin, l'aurait séquestré, avec l'aide d'hommes de main, avant de le badigeonner de pâtée Marque Repère pour le livrer à ses chats. Angèle, les pieds si ancrés sur terre qu'elle se refusait même à monter au septième ciel, préférant fréquenter des canidés TBM que des humains mâles dotés d'attributs semblables, ne croyait en rien à ce genre de sornettes.

Un dernier couloir et au bout, à droite, un petit salon. Samia Navarre, pensive, contemplait les arbres des jardins présidentiels. « Quelle taille pouvait donc avoir ce chêne à l'époque de Pompidou, de Giscard ? songeait-elle. Va-t-on devoir le déraciner pour le remplacer par une essence végétale résistant mieux au réchauffement climatique ? » Un toc, puis deux, contre la porte, et l'annonce d'un employé de l'État.

« Madame Navarre, Mme Angèle est là. »

Un sourire immédiat, quasiment robotique, s'afficha sur le visage de celle que la presse people appelait à tort la « Première dame ». Elle s'avança vers Roberte Angèle d'une démarche souple et féline qui n'était pas pour déplaire à une amie des animaux.

« Madame Angèle, nous ne nous connaissons pas, mais je sais à quel point les prédécesseurs de mon mari vous ont déçue. Promesses non tenues, grands discours, que du bla-bla. De la politique de politicards. Ils ne sont plus là, leur temps est révolu, la plupart sont déjà en train de moisir dans des images d'archives de programmes nocturnes de La Chaîne parlementaire.

— Comment va le Président ?

— Mieux. Vous aurez appris par la presse qu'il a eu une attaque cardiaque de faible intensité, mais qui a suffi à le coucher dans une chambre de l'Hôpital américain, à Neuilly. Il gère les affaires courantes à distance, et m'a demandé de manière officieuse de préparer la première Cérémonie d'Affiliation Navarriste. Si l'on en prend les premières lettres, ça fait la CAN. On travaille sur un slogan qui pastichera le *"Yes we can"* de Barack Obama. Je ne sais pas si vous vous souvenez… »

Roberte Angèle affichait cet air blasé des personnes tellement âgées qu'il leur semble avoir connu tout le monde.

« Ma chérie, vous êtes mignonne, mais j'ai traversé la seconde moitié du xxe siècle, et j'ai bien attaqué mon tiers de xxie, car la mort ne veut pas de moi. Si demain je m'allonge sur le rail du TGV, vous pouvez être certaine qu'une panne de caténaire stoppera le train un kilomètre en amont. Des présidents, en effet, j'en ai croisé, et la plupart n'avait rien dans les tripes. Les animaux, ils s'en fichent. Alors que, pour moi, il s'agit de la seule cause qui vaille. Les animaux sont des êtres purs, qui donnent tout et n'attendent rien. Ils méritent qu'on les traite avec respect, et je vois d'un œil empli de joie la montée du véganisme, même extrême : quand une boucherie est attaquée de nuit par des activistes déguisés en lapins au cri de "Oui à la carotte, non à l'entrecôte", j'ai beau être consciente du ridicule esthétique de la démarche, je n'en reste pas moins excitée comme une collégienne devant un volleyeur de plage l'été. J'irai droit au but : vous m'avez fait la promesse de l'interdiction des abattages rituels.

— Oui.

— La promesse tient-elle toujours ?

— Elle tient.

— Et pourtant elle est intenable. Impossible de bannir le halal sans passer aussitôt pour le pire islamophobe qui soit.

Je ne prétends pas ne pas être islamophobe : j'ai juste envie qu'on ne sache pas que je le suis. Derrière moi, j'ai 300 employés et une fondation à faire tourner. Mes équipes de communication, qui s'occupent des vidéos TikTok avec de petits veaux, ont même réussi à mettre le grappin sur La Crevure.

— La... ?

— La Crevure. C'est un rappeur des quartiers chauds de Limoges. Je ne savais pas qu'il y avait des quartiers chauds à Limoges, mais apparemment si. "*Limoges is the new Bronx*" est d'ailleurs le slogan de La Crevure, qu'il imprime sur des tee-shirts végans. J'aime bien ce petit jeune, et pourtant je crois qu'il est musulman. Donc le débat sur l'interdiction du halal, c'est un terrain trop glissant pour que je m'y risque. Quant à l'abattage casher...

— Oui ?

— Eh bien, enfin... Il s'agit des Juifs. Ils sont... intouchables, je dirais. Et il y en a partout. J'ai même appris récemment que le grand rabbin de France était juif. »

Samia Navarre connaissait cet antisémitisme franchouillard bien ancré dans la tradition séculaire du pays traversé de ressentiments qu'était la France. Mais elle y avait rarement été confrontée. Les antisémites auxquels elle était habituée étaient de jeunes gens de sa famille lointaine, des cousins, des neveux, tous biberonnés aux vidéos conspirationnistes sur YouTube, ou RuTube, le YouTube russe, lorsqu'un modérateur ou une intelligence artificielle du YouTube occidental avait détecté le caractère problématique d'un court film portant le titre « De Tel-Aviv à Jérusalem en passant par Manhattan et Sarcelles, ils contrôlent la planète ».

Roberte Angèle était une femme française d'intelligence moyenne de sa génération et, à ce titre, elle était habitée de colères durables contre des communautés dont elle ne fréquentait en général pas un seul membre. Elle s'était par exemple prise de détestation pour les hindouistes depuis qu'elle avait appris, en consultant la page Facebook d'Hugo Clément, l'existence de sacrifices rituels de milliers de chèvres et de bœufs lors de festivals qui ressemblaient à tout sauf à celui des Vieilles Charrues, où seuls des fûts de bière étaient sacrifiés. Le fait que des bouddhistes aient manifesté contre ces fêtes cruelles l'avait au contraire confortée dans son amour pour ces chauves en robe orange à l'allure d'Éric Woerth New Age. Elle avait tenté de joindre le dalaï-lama, sans succès, et avait fini par contacter l'animatrice Valérie Damidot, qui, en 2016, lors d'un photocall quelconque, était apparue devant les photographes portant au cou un bijou réunissant la croix chrétienne, le croissant de l'islam et le *om* bouddhiste. Ne souhaitant pas être dérangée, elle avait surréagi en criant au bout du fil que, si Roberte Angèle l'appelait ne serait-ce qu'une fois de plus, elle enverrait chez elle une équipe d'artisans qui commenceraient des travaux avant de laisser en plan le chantier sur les six mois suivants. Angèle avait raccroché, le corps tremblant d'anxiété, en se disant que, décidément, le monde des médias était toxique. Elle ne savait pas exactement ce que signifiait ce terme, employé à l'excès dans les magazines féminins, mais sa connotation négative ne lui avait pas échappée.

« Madame Angèle, poursuivit Samia Navarre. Je ne vais pas entrer dans ces discussions à propos des religions. Déjà parce que nous voulons aller plus loin que l'interdiction des abattages rituels. L'objectif est, à terme, d'affaiblir, d'annihiler, même, s'il est possible de le faire, les cultes présents sur le sol national. Nous avons parlé au téléphone du Navarrisme : vous savez de quoi il retourne. Nous avons demain une première conférence de presse à ce sujet. Mon mari la tiendra depuis sa chambre d'hôpital, où il va convier les journalistes les plus compétents des rédactions les plus affûtées du pays. Il y aura plus de caméras au mètre carré qu'au Festival de Cannes quand une star latine un peu hot décide de porter une robe échancrée jusqu'au bas des fesses. Je vous ai promis ces interdictions et suis prête à vous suivre concernant tout ce qui se rapporte au bien-être animal. Je vais être honnête avec vous : je n'y connais rien. Mon mari non plus. Petite, j'éprouvais même un sentiment de toute-puissance en écrasant du pied les fourmis que j'appâtais en laissant traîner sur le sol des bâtonnets de Chupa Chups goût cola. Vous aurez donc les coudées franches avec nous. Parce que les chiffres parlent : 69 % des Français, selon un récent sondage Ifop, déclarent considérer le bien-être animal comme un sujet sociétal majeur, au même titre que la sécurité, le pouvoir d'achat ou l'économie.

— Si je voulais résumer, nous pourrions dire que vous avez moins besoin de moi que des combats que je mène et du nombre de Français que je peux toucher.

— C'est ça. Ce qu'on vous propose, le Président et moi, c'est une relation gagnant-gagnant. La fin des abattages rituels ira de pair avec la fin des religions. Le Navarrisme, et je ne dis pas ça parce que je m'appelle Navarre, est en réalité une nouvelle révolution laïque. Une époque des Lumières 2.0. D'ailleurs, savez-vous que le végétarisme a connu un petit âge d'or au siècle des Lumières ?

— Non. Je n'en ai jamais entendu parler. Il faut dire que j'ai passé la moitié de ma carrière dans le milieu du cinéma et sur les plateaux de télévision pour faire la promotion des films. Donc entourée de cons. »

Roberte Angèle inspira longuement. Les yeux plantés dans ceux de Samia Navarre, elle sembla la jauger, alors qu'en réalité sa décision était prise depuis déjà longtemps. Ce pacte, c'était en effet du *win-win*. Le long crépuscule de son parcours de vie pouvait se terminer sur un coup d'éclat, alors pourquoi s'en priver ? Ce baroud d'honneur qui lui était offert sur un plateau, elle n'allait pas cracher dessus. « La vioque en a encore sous le pied », se dit-elle pour elle-même.

« Madame la Première dame, je…

— Je vous arrête. Ce titre n'existe pas. La personne que le peuple a élue, c'est mon mari, Jean-Claude Navarre. Les médecins sont à son chevet, à lui injecter les mêmes produits qu'aux coureurs du Tour de France : dans quelques jours, il sera remis.

— Samia, je suis avec vous dans cette aventure.

— Ma chère Roberte ! Nous allons faire de grandes choses ensemble ! »

Après une longue étreinte, semblable au *hug* que se font les Américains lorsqu'ils se rejoignent pour un barbecue dans le petit jardin de banlieue d'un homme prénommé Steve ou Matt, Roberte Angèle et Samia Navarre cassèrent leur opportuniste fusion corporelle puis, dans une ultime explosion olfactive d'eau de toilette lourde pour vieilles dames adipeuses, la présidente de l'AFPA quitta la pièce. Samia Navarre patienta quelques secondes, comme on attend un peu quand on vient de raccrocher au téléphone afin de vérifier si la communication a vraiment pris fin, à la suite de quoi on peut enfin dire du mal de son interlocuteur.

« Alors, chéri ? Qu'en penses-tu ? »

La voix de Jean-Claude Navarre sortit d'un smartphone Samsung à écran géant posé au fond d'un des tiroirs du bureau qui trônait au milieu de la pièce.

« J'ai tout entendu, mon amour. Tu as été formidable. Et authentique, surtout. Moi qui suis en politique depuis quoi, trente ans, j'aurais été incapable d'une telle parole de vérité. Faire de toi mon ambassadrice apparaît plus que jamais comme une évidence. Je garde Plaisir pour le respect des institutions et pour sa fidélité, mais en réalité, je vous colle tous les deux à la manœuvre.

— Est-ce que tu vas mieux ?

— Moyen, moyen. Être alité en permanence commence à me gonfler. J'ai la sensation d'être une tranche de saumon cru étalée sur du riz à sushi. Je trépigne. Et surtout, je m'inquiète. Je sors de deux heures de lecture sur le Net, il n'y a pas un article de presse qui ne fantasme pas sur ma démission. Ces salauds sont en train de m'enterrer, et mon projet avec ! Je vais les défoncer ! »

Navarre, à présent, criait tel un bûcheron qui n'a pas tronçonné le bon côté du pin et le voit, dans un lugubre craquement, se scinder à la base pour chuter dans sa direction. La fureur et la frustration qui s'accumulaient à l'intérieur de son corps de quinqua étaient de nature à le transformer en punk irascible. Il se voyait gladiateur, livré dans l'arène aux animaux sauvages les plus redoutables. Il fallait retourner la situation.

« Ma chérie, écoute bien. On est mercredi. La conf a lieu vendredi à 17 heures, pour annoncer la tenue de la première CAN lundi. Il paraît évident que je ne serai pas remis. Si ça ne tenait qu'à moi, je le serais, bien sûr, je sens l'énergie couler dans mes veines, c'est comme si j'avais sifflé vingt canettes de Red Bull. Mais tu sais comment sont les médecins, "il faut prendre soin de vous", "laissez du temps à l'organisme pour se refaire", tous ces pisse-tiède me les brisent. Ils sont là à végéter dans leurs blouses blanches, je ne peux plus les voir. Bref, jeudi, je serai dans ce lit, assis, et pour la première fois de l'Histoire de France, je serai filmé, en live. Les bilans de santé truqués des présidents de la République, c'est fini. Les chefs d'État qui sortent de l'hosto comme des fleurs après un AVC et font quasiment du hip-hop sur le parking pour faire comme s'ils n'avaient jamais été aussi en forme, c'est terminé. Le peuple veut de la transparence.

— D'autant, mon amour, qu'on sort de dizaines d'années de téléréalité qui ont complètement changé la donne. Tu as eu un souci de santé ? Filme-le.

— Tu as raison. Je vais appeler JP Max pour qu'on fasse des stories. J'ai déjà l'idée d'une chanson que j'interpréterai avec le personnel soignant. Ils sont très aimés. Sous-payés donc aimés, dans ce pays qui aime tant les losers magnifiques et les éternels seconds. Mais je reviens à la conf. Il va falloir que j'aligne des noms. Qui comptes-tu contacter, à part Mme Angèle ?

— Elle m'a parlé d'un rappeur avec lequel elle travaille. La Pourriture ?

— La Crevure ?

— C'est ça.

— Génial. C'est le meilleur. Ma fille en est folle, en tout cas depuis qu'il fait du rap-variète. "Avant, c'est pas pareil, il faisait dans le sale", m'a-t-elle dit.

— Mais… Elle n'a que 13 ans, je crois ?

— Oui. Je sais. On a tout tenté, avec sa mère. Petite, on l'a abonnée à *Astrapri*, et les six premières années de sa vie, elle n'a été soumise qu'à des stimuli plus mignons les uns que les autres. Cinq Noëls de suite, elle a vu le spectacle des fêtes de Petit Ours Brun. Je n'y étais pas, je travaillais. Je ne l'ai pas vue grandir, la louloute. Mais j'ai des photos de Julie avec Petit Ours Brun. Dont une prise par Papa Ours lui-même. Tu sais, c'est l'affaire de la quenelle de Petit Ours Brun.

— …

— Mais si ! Souviens-toi. Le type à l'intérieur de Petit Ours Brun était apparemment un fan du polémiste Dieudonné et, quand il a compris qu'il s'agissait de ma fille en voyant Romuald, mon agent de sécurité, surveiller la gosse, il a eu ce geste déplacé. Le cliché est sorti sur PurePeople et ça a fait le plus gros *bad buzz* depuis Néandertal. Tout ça pour te dire qu'à 13 ans Julie, et ça me rend bien triste, aime La Crevure. Appelle-le. On aura besoin des jeunes.

— OK. J'ai aussi sous le coude différents philosophes de plateaux télé, des YouTubeuses. J'ai rappelé Laurent Dupuis pour qu'il me connecte à quelques stars du PAF. Depuis que tu as fait exploser les compteurs audimat chez lui, il te mange dans la main. Jeudi, tu auras déjà une belle liste de noms et prénoms de soutiens à annoncer. J'ai réservé quatre vidéastes pour demain, on va filmer toutes ces personnalités, certaines te souhaitant un bon rétablissement, les autres encourageant le public à adhérer au Navarrisme. Sylvain Plaisir est à fond, il tente de débaucher en secret plusieurs gros poissons à droite comme à gauche. Pour lui faire plaisir, j'ai fait semblant de l'écouter, mais en réalité, on sait tous que l'ère des politiques est révolue. Ce qu'on veut, c'est de la star. Bref, on a tous renoncé au sommeil et on est derrière toi.

— Merci, ma chérie. J'aimerais que tu sois à mes côtés, là, tout de suite.

— Moi aussi…

— Je n'ai pas fini. Habillée en infirmière. Tu entrerais dans la chambre avec dans les bras une énorme seringue en plastique et tu me demanderais si j'ai été sage et si j'ai bien pris mes médicaments. Et… tu n'aurais pas de culotte.

— Mon amour, j'ai Sylvain sur la ligne pro. On se rappelle.

— Non, attends, je… »

Un brusque claquement dans l'écouteur fit comprendre au Président que sa femme avait raccroché. Samia Navarre était lancée.

« Puisse l'ensemble des citoyens du pays être plongé dans la même ferveur. »

Jean-Claude Navarre ferma les yeux et s'assoupit. Sombrant dans ses rêves, alors qu'un début de rigidité intime le rassurait sur son état de santé, lui faisant réaliser qu'il n'était donc pas tout à fait mort, il vit se mélanger des infirmières plantureuses, des couleurs pastel, un brouillard moite comme dans les vieux films X italiens, et il sombra dans un sommeil aussi réparateur que troublant.

9

Jean-Patrick Delacour avait jadis été désigné « homme de l'année » par le magazine *CB News*, journal des métiers de la communication et de la publicité, mais il ne parvenait plus à se souvenir en quelle année cela avait eu lieu. Trop de travail, trop de soirées, trop de cocktails, trop de relations professionnelles, trop de relations intimes, trop de relations professionnelles devenues intimes à l'issue d'un cocktail, trop de tout. Delacour avait brûlé la chandelle par les deux bouts. À 68 ans, bientôt 69, il en faisait pourtant vingt de moins : ses chirurgiens esthétiques, qui l'appelaient par son surnom, Jean-Pat, avaient chacun pu s'offrir grâce à lui une villa dans le Sud, ou trois au Portugal, où tout était moins onéreux. Delacour s'était fait remonter les paupières, les pommettes, la peau du cou. Son combat était celui qui consistait à défier la pesanteur. Conscient que l'existence le ramenait irrémédiablement vers le bas, il s'employait à filer vers le haut.

Delacour était ce que l'on appelle communément un *winner* : propriétaire d'une vaste demeure à Chatou, une banlieue chic et sage de l'Ouest parisien, il se déplaçait majoritairement en jet privé lorsqu'il voulait rejoindre ses autres points de chute dans le monde : La Baule, Marrakech, la Barbade, Miami, ainsi que l'île anglo-normande de Jersey, qui présentait à la fois des avantages au point de vue de la qualité de vie, puisque tout y était calme et reposant (la plus notable déflagration possible dans cet Éden étant la flatulence d'une de ces vaches remplies d'un lait très crémeux ayant fait la réputation de l'île), et des avantages en matière de fiscalité. Jersey n'imposant aucun impôt sur les entreprises étrangères, c'est avec allégresse qu'il s'était empressé d'y ouvrir plusieurs sociétés, toutes dans le domaine de la communication. Si Delacour avait dû réactualiser son CV, auquel il n'avait pas touché depuis ses 22 ans, tant les opportunités s'étaient enchaînées avec fluidité pour lui, il aurait pu écrire sensiblement les mêmes mots qu'un homme comme Donald Trump du temps de sa gloire dans la section « centres d'intérêt » : golf, femmes, grands vins, voyages, passion pour la domination sous toutes ses formes. Comme Trump, Delacour était un prédateur : dès lors qu'un objet ou qu'un être lui plaisait, il les lui fallait dans la minute.

C'est enfant qu'il s'était rendu compte qu'il aimait humilier autrui. En grande section de maternelle, il avait profité de ce que les petite section, partis s'allonger pour la sieste, aient aligné leurs chaussures devant l'entrée de leur classe pour déféquer dans les souliers de l'un d'entre eux. La consternation avait été totale au sein de l'équipe éducative, certains instituteurs menaçant l'administration de se mettre en grève. Delacour repensait souvent à cet épisode du début de sa vie, et à la jouissance qui avait été la sienne lorsque les yeux du petit aux chaussures souillées s'étaient mis à cracher ce qui lui avait semblé des hectolitres de larmes. Bien des années plus tard, en 2014 plus précisément, lorsqu'il avait appris que Cyril Hanouna, la star de la télévision, avait lui-même déféqué dans les mocassins d'un chroniqueur de son émission, il s'était reconnu avec celui-ci comme une filiation.

Le smartphone de Delacour avait sonné ce matin-là à 6 h 30, alors qu'il faisait son sport dans la salle de fitness qu'il avait installée au sous-sol de sa villa des Yvelines. Une dizaine de machines dernier cri. Un tapis de course équipé d'un écran sur lequel il est possible d'envoyer ses e-mails. Des haltères et des tapis. Tout pour se faire le corps de Stallone, « pas celui qu'il a aujourd'hui, celui d'avant », disait Delacour lorsqu'il présentait son antre à transpiration à des amis qui ne pouvaient s'empêcher de décocher un regard envieux vers son ventre ne présentant aucun des renflements imputables à son âge.

« Monsieur Delacour ? Je suis Samia Navarre.

— Oh, je...

— Je suis l'épouse du Président, M. Jean-Claude Navarre.

— Oui, bien sûr... Comment va le Président, madame Navarre ?

— Pas top, vous avez regardé les chaînes info comme tout le monde. Cet âne a dû se boucher deux ou trois artères en mangeant mal depuis si longtemps, si bien qu'au premier effort il y a tout qui lâche. Mais c'est fini. Il est bien encadré, par une équipe médicale formidable, et je peux vous dire que le lundi, ce n'est plus raviolis mais brocolis. Épinards sans crème. Pain sans fromage, et encore, biscotte allégée à la place du pain. Un mois à ce régime et mon mari, physiquement, c'est Lily-Rose Depp si elle jeûnait H24, et sur quatre mois. Mais si je vous appelle, ce n'est pas pour parler selles molles et diète à l'eau de Vichy. On a besoin de vous, monsieur Delacour.

— Pardon, mais... Quelle serait la mission ?

— Parfait ! Vous parlez contenu avant de parler argent. J'aime ça. Le Président vous veut pour tenir à ses côtés un rôle majeur : celui de chapeauter toute sa com. Vous savez qu'il monte une forme de religion d'État à l'esprit laïc, le Navarrisme. Pour l'instant, on travaille sur des pistes, mais on a besoin de quelqu'un pour organiser tout ça, gérer les équipes, recruter des *people,* et établir le plan marketing de lancement. Ce qu'on vous propose, c'est d'être la rampe de lancement du Navarrisme.

— J'ai vu comme tout le monde l'intervention du Président au JT, mais il me faudrait plus d'éléments... Tout cela paraît flou. Ce narratif d'une France gangrenée par la division et le communautarisme, je n'y crois pas. »

Jean-Patrick Delacour, tout en faisant la conversation à Samia Navarre, exécutait des allers-retours d'un bout de la pièce à l'autre avec un haltère de huit kilos dans chaque main. Pour une capacité de déplacement optimale, il avait glissé son téléphone dans son short de sport, la coque froide de l'appareil lui provoquant des frissons au fur et à mesure qu'il descendait vers son pubis. Ses écouteurs Bluetooth calés dans les oreilles, il écoutait Samia Navarre en pensant qu'il aurait préféré entendre sa propre voix.

« Monsieur Delacour, pardonnez-moi de vous parler franchement, mais que connaissez-vous de la France actuelle ? Nous savons que vous habitez Chatou. Je sais à titre personnel, car j'ai demandé à des amis qui sont à BFM Business de me livrer un petit topo sur vous, que vos parents étaient fortunés et ont investi massivement leurs capitaux dans le montage de vos premières sociétés. Vous possédez une Tesla, et pas l'entrée de gamme. Vous ne dînez que dans des restaurants étoilés. Vous n'êtes pas dans la vraie vie. D'ailleurs, je suis persuadée que je suis la seule personne d'origine arabe à laquelle vous parlez depuis, combien de temps ? Votre naissance ? »

Devant le silence gêné de Delacour, l'épouse du Président se fit plus douce. Si l'on devait comparer le ton qu'elle employait à des matières physiques, on pourrait dire qu'elle passa subitement de la feuille de papier de verre à celle du papier-toilette le plus soyeux qui soit, le triple épaisseur de chez Scottex. Ce papier à effet coussinet caressait plus qu'il ne raclait le derrière occidental, et le chiot en photo sur l'emballage plastique conférait au produit un aspect universel. Il paraissait évident que si la marque avait choisi, à la place de l'image du bébé chien si craquant, d'afficher la photo d'un septuagénaire de l'Indre prénommé Michel, les ventes en hyper auraient été moins massives.

« Vous permettez que je vous appelle Jean-Patrick ? Jean-Patrick, en un mot comme en cent, vous êtes le meilleur dans votre domaine. Vous avez été élu “homme de l'année” par *CB News* en 1997.

— Ah, c'était en 97 ?

— Et depuis, vous avez accompli un parcours sans faute. J'ai admiré votre travail en 2012 sur la candidature de Lionel Durand, le candidat communiste. “Durand, un homme qui s'appelle comme les autres pour un projet extraordinaire.” C'était brillant. J'ai même lu la biographie qui vous a été consacrée. Je sais que vous êtes un tueur, que vous vendriez toute votre famille pour une bonne idée de com, je sais le mâle alpha que vous êtes et, si j'en juge par les bruits qui courent à votre propos, la prochaine vague MeToo, vous allez vous la prendre dans la tête. Mais mettons de côté le fait que vous soyez possiblement un charognard doublé d'une ordure. Je l'ai dit, vous êtes le meilleur.

— Merci, madame Na…

— Laissez tomber. Pour vous, ce sera Samia. Vous commencez immédiatement. Je vous attends à l'Élysée. Votre badge d'accès sera à récupérer à l'accueil. Pour la photo du badge, on a pris celle du portrait que vous avait consacré *Libé* pour sa “der”. Vous étiez certainement sous l'emprise d'une substance quelconque lors de l'interview donnée pour l'occasion, car vous vous étiez décrit vous-même comme “l'homme qui fait et défait les hommes”.

— Oui, non, mais il faut voir le contexte de cette déclaration…

— Je vous arrête, je ne suis pas là pour vous juger. J'espère que vous êtes déjà dans votre voiture. À tout de suite. »

Jean-Patrick Delacour resta un long moment immobile dans cette pièce qui l'avait vu faire tant de séries d'abdominaux, les bras ballants le long du corps, le téléphone mollement lové dans sa main droite, son organisme entier bourdonnant d'angoisse et d'excitation mêlées. Il le savait, il le sentait, cette proposition qui était plus un ordre qu'une offre d'emploi allait être sa plus importante mission, celle qui associerait son nom pour la postérité soit à une réussite folle, soit à un échec cinglant. En gros, s'il performait, pour reprendre son langage, il y aurait sans doute un jour, dans l'une des 35 000 communes de France, une rue Jean-Patrick-Delacour. En réalité, il jouait ici son entrée dans l'Histoire de France.

Réalisant qu'il n'avait personne avec qui partager la nouvelle, il s'assit sur son vélo-trainer de biking, appareil que les anciens appelaient vélo d'appartement, et se mit à sangloter. Delacour, à cet instant, se sentait plus seul que le patron du MEDEF devant le stand du PCF de la Somme lors d'un rassemblement altermondialiste. La faute à une vie entière tournée vers l'ambition, les marchés, le fric, le pouvoir. Dans un monde professionnel en tension permanente, il n'avait pas eu le loisir de se poser. Le regard incrédule qu'il jetait, bien calé dans sa berline avec chauffeur, sur les gens en phase de repos, qu'ils discutent sur un banc, pêchent ou s'embrassent avec avidité, les langues venant taquiner dents creuses ou appareils dentaires en fonction de l'âge des amoureux, témoignait de son incapacité à profiter du moment. Bouddha, la méditation, la pleine conscience, les érables auxquels on fait un câlin afin de vampiriser leur énergie, très peu pour lui. Delacour n'était que stress et réseaux, cafés forts et petits culs. Il était plus ou moins en guerre, même si la rage qui l'animait semblait ne reposer sur rien. Il ne venait pas de la rue, n'avait connu ni la faim ni les bas-fonds. La preuve : lorsqu'il avait dû meubler son appartement d'étudiant, un F4 situé rue du Faubourg-Saint-Honoré, il s'était rendu sans hésiter au magasin Ligne Roset le plus proche, où le moindre pouf coûtait plus cher qu'une cuisine équipée chez Leroy Merlin.

Delacour étant, selon ses propres termes, « de la race des gagneurs, de la race des seigneurs », il reprit sans difficulté le contrôle de lui-même. Sans prendre même le temps d'une douche, il s'aspergea le torse puis les aisselles d'eau de parfum Bois d'Arménie de chez Guerlain, enfila un costume de Fursac alliant distinction et détente, et se précipita dans le garage attenant à la propriété. Frédéric, le chauffeur qu'il partageait avec d'autres individus aisés du quartier en fonction des besoins et de l'emploi du temps de chacun, profitait de son jour de congé.

« En même temps, comment est-ce que j'aurais pu prévoir le coup de fil des Navarre ? » fulmina Delacour, qui avait horreur de ne pas anticiper même ce qui ne pouvait pas l'être. Il démarra la Tesla, regrettant d'avoir craqué pour une électrique, car il était exactement dans l'une de ces situations où faire ronfler un moteur thermique avant de démarrer en trombe, projetant des graviers de l'allée jusque sur la pelouse immaculée, lui aurait fait un bien fou. « L'écologie nous a castrés collectivement, nous, les mecs », pensait-il parfois en observant les coups d'œil affables que lui réservaient, dans les rues de Chatou, des familles souriantes composées d'un papa + une maman + trois enfants plus blonds qu'une bougie à la cire d'abeille + un chien généralement couleur sable boosté à la croquette premium qui semblait sourire lui aussi. Quand, plus jeune, il avait eu des Porsche, dont il poussait la mécanique dans une explosion sonore digne des grandes heures du death metal, les familles Cyrillus ne le contemplaient pas de la même manière. Le conquérant du bitume s'était transformé en légère brise.

Au GPS intégré qui affichait un point d'interrogation dans la barre « destination », il cria « l'Élysée », et le véhicule se mit en route. Les tempes de Delacour battaient si fort qu'il regarda son visage dans le rétroviseur intérieur et s'étonna de ne pas les voir vibrer. Le corps en alerte, le cerveau bouillonnant, il sombra dans une telle exaltation qu'il eut envie de pousser un cri primal, là, seul dans cette auto qui l'emmenait vers son dernier combat, son ultime expérience.

10

« Laurent Dupuis. La première chaîne. Je suis attendu par le Président. Dans sa chambre. »

En prononçant ces quelques mots à l'agent d'accueil de l'Hôpital américain de Neuilly, Laurent Dupuis ressentit un long frisson, plus proche d'ailleurs de la secousse sismique, le parcourir de la tête aux pieds. Il était, semblait-il, dans les petits papiers du Président. Le coup d'éclat de Jean-Claude Navarre, perpétré la semaine précédente sur son plateau, n'avait pas eu comme unique effet de le propulser au firmament des gloires journalistiques du pays : il s'était dans le même temps attiré les grâces de ce qu'il appelait « la Navarrie ». Soit un patchwork hétéroclite de religieux défroqués, d'anciennes gloires du *star system* et de politiques opportunistes, prêts à toutes les alliances pour conserver véhicules de fonction et frais de bouche à volonté.

En cette première quinzaine de juillet, Dupuis aurait dû être en congé. C'était son joker au JT, une femme, Aïssatou Diagne, qui le remplaçait sur l'ensemble des périodes de vacances, tandis que lui filait vers le Cap-Ferret où, en compagnie de son épouse et de ses trois enfants, tous si beaux que le petit dernier avait été casté sur la dernière campagne de pub d'IKKS Junior, il se remplissait l'estomac d'huîtres encore gaillardes qui devaient, jusqu'à cinq ou six heures après l'ingestion, continuer à vivre leur petite vie quelque part dans les entrailles de Dupuis, puisque ce dernier les gobait. S'il en appréciait le goût, salé comme les torses des jeunes stagiaires sous son emprise à qui il fantasmait de faire l'amour sur son temps de travail, il détestait la texture des huîtres. Dupuis était de surcroît un homme pressé, qui prenait rarement le temps de mastiquer ses aliments.

Il rêvassait dans les couloirs de l'hôpital en contemplant le ballet des soignants en blouses et charlottes, tous poussant ou tirant des brancards sur lesquels avaient pris place des gens fortunés ressentant peut-être pour la première fois que le plus important, c'était la santé (ça n'avait pas été faute de le leur rappeler à chaque début d'année), lorsque la porte de la chambre s'ouvrit sur la personne de Gilles Petitbon, le conseiller com de l'Élysée. Dupuis l'avait croisé dans les loges de son journal télévisé et avait ressenti pour lui une haine viscérale et immédiate. Cette assurance de l'*Homo communicatus*, qui gérait ses VIP comme on administre des têtes de bétail, en se demandant comment les vendre au mieux auprès du public, il l'avait en horreur. Mais dès le premier regard échangé avec Petitbon dans ce couloir, cette envie mammifère de lui ouvrir le ventre à coups de laguiole puis de plonger le visage dans ses tripes encore fumantes afin de s'emparer de sa force vitale disparut. À l'évidence, le communicant n'avait plus les coudées franches : dans ses yeux ne brillait plus la flamme du free-lance, mais celle, semblable au brasillement qu'on obtient avec difficulté en tentant de faire s'allumer du bois humide, du banal employé. Dupuis sut tout de suite que Petitbon, désormais, était cornaqué. Face à lui se tenait maintenant un sous-fifre. L'homme du Président lui tendit la main, geste auquel Laurent Dupuis répondit en avançant son poing, dans l'intention de le checker.

« Vous savez, depuis le retour des pandémies, des virus, je ne serre plus les mains. »

Gilles Petitbon eut un regard furieux.

« Vous n'êtes pas au collège, ici, monsieur. Vous allez entrer dans la chambre d'hôpital du Président. Vous êtes en quelque sorte dans le saint des saints de la Ve République. La présence même du Président rend ce lieu sacré. En gros, vous êtes bien gentil, mais ici on se serre la main. Nous survivons aux virus car le pouvoir nous rend immortels. Si je vous dégoûte tant, vous trouverez dans la pièce des dizaines de litres de solution hydroalcoolique. »

Tout au long de son monologue, Petitbon n'avait pas baissé le bras. Dupuis n'eut pas le choix : se mettre l'homme à dos signifierait rentrer chez lui la tête basse et annoncer à sa famille proche que la conférence de presse du siècle se déroulerait sans lui. Il avança sa main et la plaça dans celle de Petitbon, que la nervosité avait trempée. D'instinct, il se retira vite, comme on quitte une mer finalement trop froide, alors qu'en août dans le sud de la Bretagne on espérait, confiant dans le réchauffement climatique généralisé, pouvoir profiter d'éléments rendus favorables avant leur effondrement définitif. Puis, le corps de nouveau libre de tout contact (Dupuis aimait choisir les personnes contre qui frotter son organisme et quels organes de ces mêmes personnes il souhaitait saisir), il suivit Petitbon dans la chambre d'hôpital, qui ressemblait en réalité à une chambre d'hôtel de prestige dans laquelle on aurait disposé du matériel médical çà et là, et en fait partout. Des tubes, des perfusions, des bips et une flopée de médecins affairés s'ingéniaient à créer un bric-à-brac gigantesque, sorte d'agrandissement du sac à main d'une dame un peu dispersée. Un écran de télévision géant relié au Wi-Fi était accroché au mur, éteint. Dupuis tressaillit de surprise : cela faisait plusieurs années qu'il n'avait pas vu de téléviseur en mode off. Dans les bars, chez lui, chez les autres, sur les smartphones, dans les bureaux, tout n'était qu'écrans allumés, hypnotisant des millions d'âmes à qui personne n'avait expliqué la brièveté de la vie humaine, et qui regardaient défiler des vidéos lol et des replays de clashs médiatiques.

Au centre de ce capharnaüm était Jean-Claude Navarre. Tout sourire, assis dans le lit qui trônait au milieu de la pièce, il accueillit Dupuis d'un clin d'œil complice. Ce dernier, rouge de plaisir, émoustillé à l'idée de se sentir si important, s'empourpra davantage, puis s'avança vers le Président à pas de loup, et même de louveteau tant son avancée se faisait lente et timide, tant il espérait que ce moment ne s'arrête jamais. « Je suis ta chose autant que toi la mienne, Navarre », pensa-t-il en réalisant que sa chemise blanche en coton égyptien lui collait à la poitrine, qui suintait l'humidité mal canalisée. Dupuis, en résumé, était excité. Mais ce n'était pas là l'excitation brute qui l'assaillait lorsqu'une collègue affriolante venait à s'approcher de lui dans la tour vitrée de la chaîne privée qui l'employait ; il s'agissait de l'excitation, plus primale encore, due à la proximité des cercles de pouvoir qui se rappelait à lui. S'il n'avait pas été focalisé à ce point sur la personne du Président, il aurait immédiatement constaté que le chef de l'État n'était pas seul.

À vrai dire, la chambre était plus fréquentée qu'une backroom dévolue à l'exploration bisexuelle dans un quartier interlope d'Amsterdam. Autour de Navarre se tenaient Samia, son épouse, qui tapotait frénétiquement sur son téléphone portable, Gilles Petitbon, qui l'avait introduit, ainsi que cinq à six personnes que Dupuis ne connaissait pas et qui devaient être ses conseillers. Il identifia en revanche parfaitement Timéo Labbé, le secrétaire général de l'Élysée, que Navarre avait imposé malgré sa jeunesse, inédite à ce niveau de responsabilité, puisqu'il n'avait que 23 ans. Enfin, Dupuis prit acte de la présence du gourou de la pub Jean-Patrick Delacour, qui, observant cette hétéroclite confrérie depuis un des coins de la pièce, semblait prendre mentalement des notes sur les forces en place et les individualités présentes. Il avait à de nombreuses reprises croisé Delacour, et jamais lors de fins de soirée recommandables. Les deux hommes se savaient de la même race, celle des rapaces. Le monde en libre-service et sans frontières. Choisir les gens comme on choisit la salade de museau plutôt que la piémontaise au buffet Flunch. Les jeter ensuite, de la même manière qu'on enfonce dans une poubelle jaune ou bleue les restes d'un repas. Tous deux étaient sensiblement de la même génération, fréquentaient les mêmes lieux branchés, sortaient avec le même type de femmes, et parfois avec les mêmes femmes, une Virginie, une Céline ou une Emma les soirs où, leur promettant une ascension professionnelle, ils parvenaient à finir la nuit avec une JEUNE. Les confidences obtenues au petit matin de leurs conquêtes respectives faisaient qu'ils connaissaient chacun les secrets les plus inavouables de l'autre.

Samia Navarre releva les yeux de son smartphone et chuchota à l'oreille de son mari, lequel afficha le même air réjoui que l'amoureux des bêtes qui, sur l'autoroute A13, vient d'éviter de justesse une perdrix égarée sur le bitume.

« Excellente nouvelle, mon amour ! »

Dans un glissement d'oreillers et de cathéters, Navarre se tourna lentement vers les membres de son équipe nouvellement formée et pour le moins hétéroclite.

« La Crevure, le rappeur dont je t'ai parlé, nous rejoint d'ici un petit quart d'heure. Son VTC a pris du retard, le chauffeur est apparemment décédé au volant.

— Décédé ? balbutia Dupuis.

— Oui, mais heureusement le véhicule est venu doucement s'encastrer dans un arbre. À part la responsable parisienne d'Europe Écologie – Les Verts, qui a réagi en dénonçant ce qu'elle affirme être *un ignoble attentat contre le vivant*, tout le monde est soulagé. La police est sur place, et apparemment le chauffeur en était à sa dix-septième heure consécutive de conduite. Le cœur n'a pas tenu, le reste non plus. Tout ça pour vous dire que le ralliement de La Crevure au Navarrisme est un fait majeur et un geste en direction de la jeunesse. Si on ajoute le chèque de 5 000 euros qu'on va leur faire à chacun en échange de leur entrée dans la foi d'État, dans moins de quinze jours on va avoir plus de jeunes qu'il y en a dans les rues de

Cancún au moment du *spring break*. Chers amis, le grand lifting de la vie politique française a commencé ! »

Le regard exalté, les joues empourprées et la mâchoire conquérante, Navarre semblait avoir perdu vingt ans en quelques secondes. Il ressemblait à ces rockeurs usés qui, une fois sur scène, transfigurés par l'amour inconditionnel des foules, parviennent à arquer les cuisses de manière spectaculaire, faisant ressembler la partie inférieure de leur corps aux arches dorées de McDonald's.

« Bien. Samia, ma chérie, mis à part La Crevure, nous sommes au complet. Veux-tu faire les présentations, afin que chacun ici sache bien qui sont les autres ?

— Bien sûr, poussin. Vous connaissez tous l'indéniable numéro un du monde de la publicité, Jean-Patrick Delacour. Secondé par Gilles Petitbon, qui assurait jusque-là la communication de l'Élysée, Jean-Pat est en train de rédiger les principes fondateurs du Navarrisme. Il a bientôt une réunion avec les représentants des principaux cultes présents en France pour tenter de les rallier à nous. *Spoiler* : dans un premier temps, ils vont refuser. Ces idiots ne réalisent pas que leurs versets millénaires concernant la foi sont en décalage total avec la réalité du pays aujourd'hui. Il faut du simple, du fun, du MDR. Cette partie-là sera gérée par l'humoriste JP Max, qui travaille pour Jean-Claude depuis plusieurs années. Il est avec nous en Skype. JP ? »

Sur l'écran de télévision de la chambre, que Gilles Petitbon avait allumé, s'affichait le visage grimaçant de JP Max, simplement vêtu d'un slip à trompe. Ce dernier se mit à glapir plus qu'à parler, la pâleur de son torse gris pâle le faisant ressembler à une immense tranche de jambon de porc sans nitrites.

« Oui, madame Navarre ! Tout est prêt. On lance les stories demain matin ! Avec ce slogan pour les réseaux : "Des barres avec Navarre." J'ai contacté pas mal de collègues du monde de l'humour qui sont OK pour se filmer en train de répéter le gimmick. Des jeunes du stand-up qui tous ont au minimum

100 K followers sur Insta. Mais aussi Jean-Pierre Thierry, qui a quand même rempli le Parc des Princes à douze reprises pour son spectacle des *100 plus belles blagues à Toto*. Il était même partant pour un numéro de pétomane, parce que c'est un homme de challenges, mais là, madame Navarre, vous m'avez dit non.

— C'est ça, et j'assume, JP. Nous ne convaincrons personne par la vulgarité ou l'obscénité. Du *feel good*, bien sûr. Des petits films rigolos, *why not*. Mais il faut que ça reste bon enfant. Merci, JP, je te laisse retourner à ton travail. »

Gilles Petitbon éteignit l'appareil et revint se placer derrière Jean-Patrick Delacour, dont le charisme éclaboussait les murs de la chambre. Son silence et la concentration dans laquelle il semblait engouffrer toute son âme le rendaient surhumain.

« JP Max comme Jean-Patrick et Gilles restent des hommes de l'ombre, attention. Le public n'a pas à les connaître, pas plus qu'ils ne connaissent Timéo Labbé, enchaîna Samia Navarre. Ceux qui seront en première ligne sont évidemment Jean-Claude ainsi qu'une poignée de célébrités, à laquelle viendront s'ajouter d'autres *people*, puisque ces gens se suivent les uns les autres. Je n'irai pas jusqu'à dire que ce sont des moutons parce que ces animaux sont trop sympathiques pour qu'on les compare à des stars – ces parvenus tous prêts à vendre leur mère pour subsister. En people, nous avons donc La Crevure, ainsi que Roberte Angèle, la présidente de l'Association française de préservation des animaux. Roberte est une dame influente, mais un peu dépassée, elle ne peut donc pas être avec nous en visio. Son petit-neveu lui a installé un logiciel adapté sur son ordi, mais elle n'a jamais réussi à le démarrer. Pire, elle a vu son visage dans la fenêtre vidéo et, depuis, elle déprime.

— Ah bon ? Mais pour… pourquoi ?

Sylvain Plaisir, le Premier ministre, avait su faire oublier sa présence dans la pièce par le biais d'une prestance nulle et, quand il se mit à parler, ce fut comme si un spectre révélait soudainement son existence : tout le monde eut un léger sursaut.

— Roberte s'est fait la promesse, en 1998, de ne plus jamais croiser son reflet dans un miroir, afin d'échapper symboliquement au vieillissement. C'est une dame, qu'elle rémunère en chèques emploi-service, qui, tous les matins, la maquille. Il faudra d'ailleurs, dit Samia en se tournant vers Dupuis, que, lors de la première CAN, elle ne soit confrontée à aucun retour vidéo. Les écrans, vous vous débrouillez, je ne veux pas les voir ! »

Le présentateur vedette de la première chaîne se redressa et prit un air à la fois pro et décontracté.

« Ce sera fait, madame Navarre. Mais dans l'immédiat, parlons de la conférence de presse. Il est 15 h 10, elle démarre à 19 heures. D'ici à vingt minutes, le dispositif technique va être installé. Au vu des dimensions de la chambre, on va devoir faire light. Quatre caméras, un prompteur pour votre discours de début de conf, Monsieur le Président.

— Et une dizaine de journalistes triés sur le volet, ajouta Delacour.

— Bien sûr. Et puis moi en intervieweur principal, comme nous l'avons défini avec Mme Navarre.

— Vous parliez de la taille de la pièce, monsieur Dupuis. Est-ce que ça ira ? s'enquit le Président.

— On est au maximum sur du 40 m^2, donc ce n'est pas folichon mais on va faire au mieux pour que tout soit beau, répondit Dupuis.

— Bien. Parce que vous savez que j'ai la chambre la plus grande de tout l'Hôpital américain ? Celle qu'ici ils appellent la Kim Kardashian, à la suite de son hospitalisation en 2019 dans cette pièce même. Une histoire de prothèse de fesse mal installée et qui s'est enflammée. Je vous passe les détails, mais une infirmière m'a dit hier que la pauvre ne rentrait plus dans ses jeans. Même les leggings, c'était compliqué. Je crois que sur dix jours, ils lui ont fait porter une bâche de chantier. Mais bref, ne nous égarons pas. Tout est OK vous concernant, Dupuis. Mon intervention dans votre JT la semaine dernière a été le buzz politique du siècle : je vous dois presque autant que vous me devez à moi. Votre nom a fait le tour du monde, et je ne serais pas étonné qu'aujourd'hui vous receviez des textos d'amour de consœurs coréennes ou guatémaltèques. Pour le reste, Samia a mandaté M. Delacour. C'est à vous, Delacour : il nous reste peu de temps. Que prévoyez-vous ?

— Simple. Basique. (Delacour scruta les individus l'entourant, affligé que personne n'ait la référence.) Vous dans ce lit, vaillant et fragile à la fois. Un homme auquel on peut s'identifier et dans les faiblesses duquel on se reconnait. Dupuis à la manœuvre en partie 2, après votre court monologue. J'insiste : ça doit être bref, percutant, cinglant même. Vous proposez de réconcilier le pays, ce qui n'a jamais été fait autrement que dans de belles phrases écrites sur mesure pour des politiques à la ramasse. Je le sais : la plupart de ces phrases, c'est moi qui les ai rédigées. Il faut donc révolutionner aussi la syntaxe. Partie 3 : quelques questions de journalistes. Les *people*, répartis autour de votre lit, accroupis, offerts, comme à la cour du roi. Le Premier ministre, ainsi que Mme Navarre, à votre niveau, vous encadrant. Puis la conclusion avec Dupuis, et l'annonce du lancement du Navarrisme. Il va falloir décrire en deux mots le *process* pour les gens.

— Le *process* ?

— La manière dont, concrètement, on devient adepte de la religion d'État. Ne vous inquiétez pas, on bosse dessus jour et nuit. Personnellement, sur les dernières trente-six heures, j'ai avalé l'équivalent d'un semestre entier de production de café en Colombie. Je pense que ce pays va me remettre une médaille. Donc ça va être simple. On a préparé une appli, qui sera lancée ce soir, pile au moment où vous l'annoncerez : *Navarre +*. En fait, c'est un formulaire : nom, prénom, adresse, sexe. On propose même une option non genrée, pour les personnes fluides. Et un espace téléchargement, pour mettre son RIB sur le NN, le Nuage Navarre. C'est un cloud, en fait, sauf qu'au niveau du visuel, quand on arrive dessus, il y a votre visage, Monsieur le Président, incrusté dans un gros nuage, c'est très joli, on a fait faire ça par l'équipe qui a réalisé *Abattoir*, l'*Avatar* français, qui se déroulait en Franche-Comté avec des vaches bleues. Ça a eu un petit succès dans les festivals de cinéma indépendant, Quentin Dupieux a même déclaré que c'était le film qu'il aurait rêvé faire.

— Est-ce important qu'il y ait mon visage dans le nuage ? Est-ce que ce n'est pas… ridicule ? »

Le Président se tourna vers son épouse, qui le gratifia d'un regard d'amour sans limites.

« Chéri, le Navarrisme c'est nous tous ici réunis. Mais surtout, c'est toi. On doit voir ta tête partout. Personne ici ne veut la fin des croyances, mais l'émergence d'une nouvelle croyance. D'un nouveau dieu. Et ce dieu, c'est toi. »

11

Pour Samia, Jean-Claude Navarre était comme une œuvre d'art. Récupéré à l'état brut, elle aimait se dire que, jour après jour, elle le façonnait. Avec patience et passion. Du centriste dépassé d'hier, elle avait fait une créature du futur, prête à embrasser une destinée que même l'astrologue le plus en connexion avec les astres n'aurait pu prédire. Un homme amélioré. Une forme de rêve eugéniste, en moins aryen et en plus voûté.

Samia Navarre était âgée de 27 ans, mais ça ne concernait que ses artères. En elle-même, psychiquement si l'on peut dire, elle se sentait deux fois centenaire. Une star de téléréalité, la rencontrant, aurait pu lui dire le plus sérieusement du monde que son âme était vieille. Et donc rusée, car l'expérience faisait les hommes et les femmes. Perspicace. Affûtée. Une Présidente par procuration, toute en manipulation technique de son loulou de mari. Technique parce que les sentiments, eux, étaient là. Même si elle n'arrivait pas à se souvenir si elle aimait Jean-Claude Navarre pour ce qu'il était intrinsèquement (le Navarre de la version 1.0, dans son jus) ou pour ce qu'elle en avait fait. Ce qui serait revenu au fait, à travers lui, de s'aimer un peu elle-même ; or cette idée la dérangeait.

Alors que, depuis son lit d'hôpital, le Président procédait avec l'équipe de la première chaîne aux dernières modifications sur le conducteur de l'émission, Samia quitta des yeux les messages qui pleuvaient sur son téléphone pour observer les artisans de la genèse du Navarrisme. Déjà fière du travail accompli, elle regarda ses poulains se mettre au diapason les uns des autres, dans une forme d'osmose qui aurait fait chialer le DRH le moins sentimental du monde. Jean-Patrick Delacour, tout en stylet venant effleurer son iPad, finalisait les premières propositions avec Gilles Petitbon. Attentif, Timéo Labbé, le secrétaire général de l'Élysée, qui portait des chemises moulant un peu trop ses pectoraux saillants (les boutons du vêtement, mis sous tension, semblaient en permanence vouloir céder, avant d'aller s'encastrer dans le mur adjacent à la vitesse d'une balle servie par Rafael Nadal dans ses jeunes années), paraissait réaliser que son job prenait une direction inédite ainsi qu'une ampleur folle. Sylvain Plaisir, le Premier ministre, en retrait, attendait son heure, celle de la mise en œuvre et de l'exécution scrupuleuse des tâches qui lui seraient à l'avenir confiées. Laurent Dupuis, ce journaliste star qui, après tant de reportages dans *Gala* le montrant dans son salon entouré de sa femme, de ses enfants et d'un chien prêté par un ami dans le but de le faire ressembler du mieux possible à un être humain, mangeait Navarre des yeux, le corps rendu fébrile par l'approche du direct.

« Voici une team d'hommes dans laquelle il faudra incorporer quelques femmes », se dit Samia, consciente de l'image négative que générerait la parution dans la presse des photos d'une dizaine de mâles alpha semblant se partager la nation. Dans l'immédiat, pour pallier le manque d'individus porteurs de chromosomes XX, elle avait demandé aux médias invités à la conférence de presse d'envoyer des journalistes femmes. Même *Girly Fun*, le magazine des 13-17 ans, avait promis de mandater une fille, Kelly, qui en réalité s'appelait Gwendoline, mais c'était peu vendeur quand on écrivait dans *Girly Fun*.

Samia Navarre, à la fréquentation des autres femmes, avait toujours préféré celle des hommes. Seule fillette au sein d'une fratrie de quatre, elle avait été élevée comme un garçon, dans un univers de foot, de consoles de jeu, de paris stupides consistant à parcourir 200 mètres sur la roue arrière d'un VTT. Elle connaissait les montées de testostérone et la difficulté de bien des types à redéfinir leur masculinité. Elle savait la toxicité de certains milieux professionnels : de la communication, dont elle était issue ; de la politique, qui avait brisé bien des gens et anéanti tant de carrières ; des médias, notamment par le malaise qu'elle ressentait au contact de la libido ingérable de Laurent Dupuis, et par le fait que tant de contacts femmes lui aient conseillé de ne jamais se retrouver seule avec lui dans un ascenseur. Depuis, systématiquement, elle empruntait les escaliers de secours, même si le plateau ou la pièce qu'elle devait atteindre se situait au vingtième étage, avec dans la main une mini-lacrymo et dans le cerveau une noirceur accouplée à une rage qui la rendaient, se disait-elle, invincible. « Qu'ils essaient, ce Dupuis, ou d'autres, ne serait-ce que de m'effleurer l'épaule, et je les détruis », pensait-elle. « Je les nique », ajoutait-elle parfois, comme si la trivialité pouvait lui insuffler plus de combativité encore que n'en recelait son mètre 74.

Ce qui lui avait plu en premier lieu en Jean-Patrick Delacour, c'est qu'il était du même bois qu'elle : lui aussi était en guerre, même si l'élément déclencheur de la revanche qu'il avait à prendre sur la vie n'était pas clairement identifiable. Leur entretien, réglé en quinze minutes, car ni l'un ni l'autre n'avait de temps à perdre, avait été un bras de fer mental sans réel vainqueur. Ou plutôt avec deux vainqueurs : dans le Navarrisme, elle trouvait une opportunité de mettre à bas les religions édifiées par des hommes pour des hommes. Dans le Navarrisme, Delacour se découvrait, lui, la possibilité de faire un dernier coup avant le noir final. Il se disait que mourir d'épuisement, tard un soir, sur l'une des machines de sport du VIP Fitness Club, la salle la plus sélecte de la capitale (Justin Bieber y avait été refusé au motif que le directeur n'appréciait pas sa nouvelle coupe de cheveux), ça aurait de la gueule. Il imaginait déjà les faces extasiées des bodybuilders en short se pencher vers son corps aux biceps démesurés, murmurant des « je te dis que c'est Delacour, le faiseur de gagneurs » et des « il faut faire entrer cet homme au Panthéon immédiatement, tel qu'il est maintenant, le torse humide et le cerveau dégorgeant de dopamine, car il n'a jamais été aussi beau ». Delacour, quand il s'agissait de lui-même, était animé d'une imagination débordante.

« Oui, se dit Samia, 80 % des gens qui constituent cette première équipe sont toxiques, et envoyer là-dedans une stagiaire un peu timorée, ce serait de la boucherie. Seulement, ce sont les meilleurs dans leur domaine, et si aujourd'hui je les utilise, leur retour de karma viendra le jour où nous, les Navarre, n'aurons plus besoin d'eux. Leur déchéance sera vécue par les innombrables victimes qu'ils ont pu faire comme la plus sombre des vengeances. »

Le front plissé en une multitude d'éclairs lézardant sa peau que la jeunesse tendait pourtant à l'extrême, le regard noir au point de le faire ressembler à une toile de Pierre Soulages, les orteils contractés par l'enjeu au fond de ses bottines en daim Jimmy Choo, l'épouse du Président ruminait des lendemains qui, à défaut de chanter, hurlaient la revanche qui venait. Une voix familière la sortit de sa torpeur mortifère.

« Chérie, qu'est-ce que tu en dis ? Tu valides ? lui demanda Navarre.

— Je… Pardon, j'ai décroché, mon amour.

— Je te demandais si la liste des journalistes présents à la conf était validée ?

— Oui, on a géré ça avec Jean-Pat et Gilles. Il y en a dix, en plus de Laurent. Dix femmes, pour le symbole. Dont l'une a un handicap, et j'ai veillé à ce qu'on ait aussi une lesbienne. Inclusivité maximale. »

Les yeux de Samia Navarre se baissèrent sur une feuille de bloc-notes raturée et parcourue d'annotations diverses. La réalité du papier dans un monde où tout était virtuel rendait selon elle les choses plus palpables. La liste établie comprenait en effet dix noms de médias, avec quelques mots sibyllins inscrits à la suite de chacun.

- *L'Obs* : Chantal Jégu – polie, 30 ans de métier, spécialisée politique, très bonne observatrice de la vie du pays
- *Valeurs actuelles* : Charlotte de la Dague – nationaliste, a beaucoup écrit sur la théorie du grand remplacement, va aborder le sujet de l'islam (son obsession)
- *Brut* : Iris Jérémy – jeune, branchée, pas de fond mais sait aborder plus de 10 sujets en moins de 5 minutes (lui vendre des punchlines à incruster sur la vidéo)
- *Girly Fun* : Kelly – super, très rigolote, à fond sur la pop culture (comparer JC et sa transformation à celle des superhéros)
- *Ruralité Mag* : Florentine Le Roux – vit dans la Sarthe et déteste Paris (la rassurer sur le caractère national du Navarrisme – pas un truc d'élite mais le souhait de rassembler ruralité et urbanité dans un projet national)
- *Judaïsme TV* : Esther Drach – vit entre Tel-Aviv et Paris, va craindre la disparition de sa religion – la rassurer en lui vendant le caractère moderne du Navarrisme – esprit start-up, on tente un truc, etc.
- France Info : Marlène Delaunay – meneuse du 5/7 de la radio (déçue de ne pas avoir décroché le 7/9, va chercher à exister en faisant preuve d'agressivité – JC peut montrer sa sérénité en lui répondant calmement – voix ferme mais douce)
- *Magazine S* (comme « Sophie ») : Sophie Biphore – LA star de la conf après Dupuis (la filmer en permanence et plus que les autres)
- NBC : Jessica Smith – ne connaît rien de la laïcité à la française, le Navarrisme va lui apparaître comme une forme de despotisme – s'attendre à de dures attaques (les journalistes américains sont très cash, contrairement à leurs homologues français, plus dociles et polis)

• *Miaou Mag* : Poupoune – chat femelle missionné à titre symbolique par ce magazine antispéciste – ne posera pas de questions mais prévoir un coussin et une litière – faire le lien avec le ralliement de Roberte Angèle

« C'est parfait, acquiesça Jean-Patrick Delacour une fois que Samia eut terminé de lire ses notes à la cantonade. Quelques médias traditionnels mais pas trop, plusieurs à consonance communautaire, une star, Sophie Biphore, un animal… D'ailleurs, pour être repris en hashtags partout, veillez bien à ce que Poupoune soit placée à côté de Biphore, et si possible coiffée de la même manière. Ça va buzzer, je vois déjà le truc. On peut même avoir un post Insta de Marc Baugé, le chroniqueur fashion. Je crois qu'on a un joli panel de ce qui fait la France. D'accord, ce panel est absurde. Mais il est à l'image de ce que ce pays est devenu. Monsieur Dupuis, enfin, Laurent, antenne dans combien de temps ?

— À peine deux heures. Les journalistes arrivent dans une heure et demie.

— OK. La presse, c'est bon. Les piliers du Navarrisme, c'est bon. On diffuse les cinq premiers en live ce soir plus un par jour sur les réseaux. L'appli, elle est prête. Roberte Angèle, on a sa vidéo filmée chez elle à Antibes. Conformément à ce qu'elle souhaite, elle n'apparaît pas à l'image puisqu'on l'a recouverte d'une housse de couette. J'ai pris un partenaire, Dodo, dont le logo sera visible à l'écran, pour faire rentrer des sous mais surtout pour que le grand public ne pense pas qu'il s'agit d'une burka trop épaisse. Le Navarrisme étant un reboot total de la foi, il ne faut surtout pas qu'il rappelle aux gens les anciennes religions. Il ne nous manque que La Crevure. Gilles, des nouvelles ? »

Petitbon, le faciès rongé par d'intenses plaques rouges générées soit par le stress soit par une allergie à son nouveau gel de rasage, pourtant enrichi à l'aloe vera, contempla, désœuvré, l'écran vierge de son smartphone.

« Non. Rien. Je suis désolé. Je le rappelle. »

12

Yoann Michaud n'était pas un mauvais garçon. Il était même de la race de ceux dont on dit, dans les reportages suivant un meurtre sordide, qu'ils étaient des voisins affables et qu'ils avaient été vus plusieurs fois aidant une dame âgée du quartier à porter ses packs de six bouteilles d'un litre et demi d'eau Cristaline. Longtemps considéré comme un rappeur hardcore, car faisant partie du groupe de hip-hop controversé « 95KKKrew », auteur en 2012 du hit underground « Une balle pour les trous de balles », La Crevure, soit Yoann Michaud sous pseudonyme, avait changé son fusil (lui disait « *gun* ») d'épaule huit ans plus tard. Aujourd'hui âgé de 31 ans, il était en quête de respectabilité, mais surtout d'argent. Or la posture du rappeur-gangster, si glamour fût-elle, ne déclenchait plus l'hystérie que de quelques milliers de jeunes à la tête cuite au cannabis de mauvaise facture et qui, vivant pourtant à Dreux ou dans les alentours de Mulhouse, se voyaient comme de potentiels 2Pac. La Crevure avait donc pris, comme bon nombre de ses semblables, un virage « variétés », et troqué le flow cisaillant de ses couplets antisociaux pour de suaves suppliques à l'intention de l'être aimé. Une fille, systématiquement, car son ouverture d'esprit nouvelle n'était pas allée jusqu'à l'ambiguïté sexuelle. Tout cela restait très hétéronormé.

Des voitures, de la maille, des filles. Son titre « Trop trop love de toi baby » avait été le plus streamé sur Spotify l'année de sa sortie, et il n'était pas une cour de récré dans le pays dont la moitié des élèves au moins ne connût par cœur une chanson de La Crevure. Bien sûr, au moment d'opérer cette transmutation, Yoann Michaud s'était posé la question de troquer ou pas son nom d'artiste pour un avatar plus tendre, mais son label lui avait déconseillé de le faire. Cela risquait de faire sauter ses référencements sur les plateformes d'écoute, et le public, désemparé, n'allait plus savoir où le retrouver. Un responsable du label, un quinquagénaire qui avait de la bouteille dans l'industrie du disque, était allé jusqu'à lui raconter les soucis rencontrés par le chanteur Prince lorsqu'il avait choisi de remplacer son nom d'artiste par un symbole représentant l'amour. Les disquaires ne sachant plus trop où classer le bonhomme, puisque aucun bac de rangement n'était destiné aux symboles, ils avaient peu à peu disposé ses albums derrière ceux des autres, et l'artiste avait terminé sa carrière dans une semi-indifférence polie. Comme souvent, il avait fallu qu'il décède pour raviver l'intérêt des foules. Mais, malgré l'efficacité de cette technique de vente, La Crevure n'avait pas l'intention de décéder. Son planning de sorties de singles et de tournées étant surchargé, il n'avait de toute manière pas le temps de mourir.

La stratégie de son équipe pour adoucir son image avait été finement élaborée : tout d'abord, une interview au magazine *ELLE* dans laquelle il exprimait ses regrets d'avoir si mal parlé des femmes par le passé. Sa chanson « Toutes mes bitches, même ta mère » avait de fait repoussé toutes les limites de la misogynie en 2014. Une apparition de La Crevure au sapin de Noël de la police du Val-d'Oise, son département d'origine, lui avait ensuite permis de se réconcilier avec les forces de l'ordre, mises à mal dans son titre de 2015 « Matraque dans le Q », dans lequel il décrivait de façon imagée et fantasmagorique des relations homosexuelles entre fonctionnaires de police, une fois le commissariat fermé et le calme de la nuit tombé sur la cité. Enfin, La Crevure s'était décidé à placer à l'adoption ses trois chiens de combat, deux american staffordshire portant les noms de Racaille et Ronge-Mollet (il les avait eus l'année des *R*), et un mastiff, qui répondait au sobriquet évocateur d'Apocalypse. En échange, et devant les caméras de l'émission *Les Animaux de la 8*, il avait accueilli une paire de chihuahuas, Arc-en-Ciel et Beignet, dans son vaste appartement de Saint-Germain-des-Prés.

C'est à ce moment-là qu'il avait croisé la route de Roberte Angèle, la Pasionaria des bêtes, pour qui il s'était pris d'amitié, cette dernière le ramenant au souvenir ému de sa grand-mère. Ou plus exactement une expression figée de sa grand-mère sur une vieille photo jaunie, seule réminiscence de ce membre de la famille disparu avant même sa naissance à lui. Sur la photo, prise seize jours après un AVC qui l'avait laissée dans un état végétatif, Mémé Irène, comme tout le monde continuait à l'appeler, posait le regard absent, un filet de bave sur le côté droit du menton. L'existence de la pauvre femme avait alors pris les caractéristiques de celle d'un légume, au point qu'on aurait pu la coller dans une salade de saison. C'est au moment où les narines de Roberte Angèle, atteinte ce jour-là d'une sinusite, s'étaient mises à évacuer dans de grandes giclées une morve plus liquide qu'une sangria sans fruits que La Crevure avait fait le parallèle.

Le téléphone du rappeur, qu'enrobait une coque vintage à l'effigie de D12, le premier groupe d'Eminem, se mit à diffuser le titre de Vegedream « Ramenez la coupe à la maison ». Mollement parce que résolument cool, La Crevure poussa un maigre : « Wesh, ça va, Thomas ? » Thomas Dufour, le directeur artistique du label Zone-Zone-Zen, avec lequel il avait signé au moment de sa conversion à la pop, émit alors une sorte de longue plainte. Un « mais non mais non mais enfin qu'est-ce t'as fait » qui incita La Crevure à envisager la possibilité d'un échange conflictuel.

« Tu fais de la politique, toi, maintenant, connard ? hurla Thomas Dufour, depuis son bureau situé quelque part dans l'Ouest parisien.

— Thom, je… Laisse-moi t'expliquer…

— Tu es où, là ?

— Euh… Je sors de l'Hôpital américain, je suis à Neuilly. Je suis dans le taxi, en fait.

— Attends, que je comprenne… Tu as prévenu qui, dans l'équipe, avant de t'afficher à côté de ce pourri de Navarre ? Ce fils de chien ? Tu veux que je te dise ce que je pense des politiques, eh bah, à gauche comme à droite, ils sont pareils, ce sont tous d'énormes en… »

La Crevure posa l'appareil contre sa cuisse, observant de l'autre côté de la vitre fumée de son taxi G7 Business Pass la succession des immeubles cossus de Neuilly-sur-Seine et des haies mieux taillées que des pubis de go-go danseuses amstellodamoises. Alors que les vociférations de Thomas Dufour semblaient laisser place à des « allô ? allô ? » agacés, il replaça le smartphone au niveau de son oreille droite.

« OK, laisse-moi t'expliquer… Si tu veux juste te taire deux minutes, en fait…

— Vas-y, répondit Dufour d'un ton fataliste.

— Tu te souviens de Mme Angèle ? La dame des animaux, là. C'est elle qui a placé Beignet et Arc-en-Ciel chez oim, mes deux mini-clebs qui font trop craquer les filles. Grâce aux deux lascars, j'ai pas passé une seule nuit depuis six mois avec mon bas de pyjama sur les fesses. Alors que quand j'avais mes trois pits, j'étais tout seul. En chien… Oh ! En chien… Alors que je te parle de chiens ! »

Le rappeur partit d'un rire hystérique, tandis que le chauffeur du G7 le contemplait dans le rétroviseur intérieur, consterné. Si La Crevure avait brillé un jour, ça n'avait jamais été par son humour. Deux décennies de drogues douces roulées dans des papiers à la qualité de plus en plus premium au fur et à mesure des succès lui avaient plus ou moins rongé le cerveau.

« Écoute, Thom, finit-il par articuler, essoufflé. Mme Angèle, je l'aime beaucoup. Elle m'a présenté à la femme du Président, Samia, une sorte de MILF en plus jeune, je l'adore. Samia ensuite m'a présenté le Président, l'autre, là, Lazare.

— Navarre.

— Ouais, c'est ça. Eh bah ça a matché grave ! Son truc de filer 5 000 euros à tout le monde, jamais aucun président n'a fait ça avant ! Sarko, Hollande, Macron, eux ils en avaient de la caillasse, mais ils ont tout bien gardé pour eux ! Navarre, lui, il est pas comme ça, c'est Robin des bois en vrai, le mec.

— Attends, Crev'. T'as rien compris, je crois. Je savais en bossant avec toi qu'on n'allait pas concurrencer la rentrée littéraire, mais là on atteint des sommets de connerie ! T'es le Thomas Pesquet de l'idiotie, en fait... Toujours plus haut !

— Oh hé, ça va all...

— Ce que fait Navarre, c'est qu'il remplace toutes les religions par une nouvelle religion directement organisée par l'État. Donc, déjà, avec nos sous, OK ? Mais surtout, réfléchis : ton public, c'est qui ?

— Bah... des gens.

— Ah oui, des gens, je te confirme, t'es pas écouté par des hamsters, et tu sais pourquoi ? Parce qu'avec leurs petites griffes, ils sont incapables d'appuyer sur le bouton lecture de ton album sur YouTube ! Et attends, nous, dans les bureaux, tu dois certainement penser qu'on fout rien, eh bah surprise ! On bosse ! On a plein d'études, effectuées sur des panels de consommateurs de pop, de rap, et tu sais quoi ? Tes fans, à 55 % ont moins de 40 ans. Il y a autant d'hommes que de femmes. On a galéré pour les rattraper les femmes, je t'assure, et, oh ! petite précision : 32 % de musulmans là-dedans. 7,2 % de juifs, il y a un an, tu étais à 2 %, mais ton duo avec Mariam, la petite chanteuse franco-israélienne, à la Fête de la musique de France 2, a changé la donne.

— Mais, balbutia La Crevure, c'est légal, ces statistiques ?

— On s'en fout, c'est rémunéré. Les gens qui répondent reçoivent une carte-cadeau multienseigne, à la condition qu'ils nous disent tout de ce qu'ils sont. Bref, pour tes fans, là, c'est quoi, le message ? Votre religion est nulle, ce que vous avez au plus profond de vous, ça vaut rien ?

— Tu penses vraiment, Thom, que la foi, c'est ce qu'il y a de plus important ?

— Mais non, tu plaisantes ! On s'en tape ! L'expansion de notre univers découle directement du big-bang, j'ai lu plein de choses là-dessus, notamment un article dans *Ça m'intéresse* il y a longtemps. Ce que je veux te dire, c'est que tu enfreins la règle n° 1 pour un artiste comme toi : ne pas s'engager ! Rappelle-toi Faudel : le type était au top, il faisait *Hit Machine* sur *Hit Machine*, la tournée 123 Soleils. À la SACEM, quand il déboulait, le directeur venait lui serrer la main et dans l'autre il tenait une coupe de champagne. Là, il annonce son soutien à Sarkozy, et BAM ! »

Joignant le geste à la parole, Thomas Dufour venait de frapper avec une intensité qui le surprit lui-même la surface vitrée de son bureau design. Dans cet univers professionnel où bien souvent les colères étaient feintes, destinées à tester l'interlocuteur ou à jouer avec ses nerfs, Dufour était ici réellement furieux.

« Tous ces mois passés à rebâtir une image, un personnage, à faire d'un lascar foireux en survêt qui pend un adorable hidalgo en costume cintré, avec le petit pantalon moule-fesses qui va bien, histoire de faire suer la ménagère, et en une soirée tout s'effondre, maugréait-il pour lui-même alors qu'il n'écoutait plus ce que lui disait La Crevure.

— Thom ? Thom ?... Thomas ?

— Oui. Je suis là. Mais je suis fatigué, Crev'. Et déçu. Je pensais qu'on était toi et moi sur un rapport de confiance. J'ai eu tort.

— Faudel...

— Quoi, Faudel ?

— Tu ne m'as pas dit ce qui lui était arrivé quand il a soutenu Sarkozy ?

— Son public l'a lâché. Il a cessé de vendre des disques. Sa tournée, finito. Il a pris ses cliques, ses claques, sans rien, tout nu, avec une babouche devant, une derrière, et il a quitté la France.

— C'est pas un peu raciste, le truc des babouches ?

— Je réunis tout le monde au label tôt demain matin, vers 11 heures, et on voit ce qu'on fait. Je ne te souhaite pas une bonne nuit, Crev'. Parce que là, tu nous l'as bien faite à l'envers, hein, merci ! Merci ! »

Il raccrocha avec la même rage qu'un cycliste stéroïdé dont on aurait volé la bicyclette.

« Vous êtes arrivé, monsieur. 12, rue de Buci. Je vous souhaite une agréable soirée. Merci d'avoir choisi la G7.

— Ouais, merci, au revoir. »

Quand La Crevure se sentait minable, il n'était plus La Crevure, mais Yoann Michaud. Et là, il était en plein moment Yoann. Son double magnifié par la gloire et les projos avait laissé place, une fois encore, au type un peu perdu, pas très glorieux, qui, entre la pomme juteuse et la poire blette au rayon primeurs du Carrefour Market, a choisi, par manque d'analyse ou de temps, de mettre au fond de son panier de plastique la poire blette, et qui ne s'en aperçoit qu'une fois rentré chez lui.

Son appartement était magnifique, du genre de ceux qu'on achète après avoir vendu plusieurs dizaines de milliers d'albums. Un vaste espace à sa gloire, dont les murs débordaient de disques d'or et de mots doux de célébrités US avec qui il avait fait un jour un featuring. Dans les toilettes trônait un poster dédicacé de Mariah Carey, sur lequel la star de Noël avait écrit les mots « *love you my Crevure, xoxo Mariah* ». Ludivine, la compagne du rappeur, s'était assoupie sur le canapé, qui faisait en surface la moitié d'un logement de taille classique à Paris, les chihuahuas contre elle. Beignet, le plus minuscule des deux, qu'elle avait serré entre ses bras, semblait étouffer, ses yeux globuleux menaçant de gicler hors de leurs orbites. Il émettait un râle sourd semblable au bourdonnement d'une mouche tsé-tsé qui se serait endormie en se piquant elle-même.

Alors qu'il s'apprêtait à rejoindre la chambre en silence, le portable de La Crevure se mit une nouvelle fois à sonner, ce qui sortit Ludivine du sommeil. Les machines, qui paraissaient s'être unies dans une volonté de nuisance contre l'être humain, entrecoupaient depuis déjà plusieurs décennies le repos de ceux-ci de tintements variés empêchant toute pause. Une alerte par ici, un WhatsApp par là, quelques likes sur un post Facebook signalés par les algorithmes qui dorénavant régissaient l'existence de chacun. L'*Homo sapiens*, dix-sept à dix-huit heures par jour, le pouce plus musclé que le mollet d'un prof de zumba, était invité à réagir à ces sollicitations afin de nourrir un peu plus encore la bête. L'humanité se composait maintenant de semi-fantômes, errant dans les rues de la ville sans rien y vivre, l'attention squattée par Google Maps, que systématiquement on démarrait, y compris pour parcourir moins de 50 mètres à pied. La possibilité d'avoir à demander son chemin à un autre humain était devenue une épreuve (la sociabilité n'étant plus qu'une ringardise) et chacun se noyait dans le vide rempli de tout et n'importe quoi organisé par les géants du web, ces sociétés infernales habitées par une ambition simple : aspirer les élans, les énervements, les émotions, les passions de leurs utilisateurs, leur psyché, tout simplement, pour les revendre à prix d'or à d'autres géants du web.

« Pardon, Ludi. Je voulais pas te réveiller.

— C'est pas grave… Je t'ai vu avec le Président, répondit-elle en relâchant son étreinte sur Beignet, qui prit une longue inspiration de retour à la vie.

— Comment j'étais ?

— Tellement beau. Le plus beau de la conférence de presse. Je t'aime, tu sais. Et j'ai peur pour toi.

— Peur ?

— Oui. Se lancer en politique, pour un artiste, c'est terriblement risqué. Et puis, ton public va s'élargir. Tu vas devenir encore plus célèbre. Il y a un moment où notre histoire va devenir publique. Et ça, ça m'effraie tellement ! En réalité, j'ai peur pour nous. »

Ludivine n'avait jamais appelé La Crevure La Crevure, mais Yoann. Leur relation était née le jour où le rappeur avait répondu à l'invitation d'un collège de Seine-Saint-Denis dont l'atelier d'écriture, qui regroupait une cinquantaine d'élèves, avait remporté le prix Talent de Jeunesse. Le ministre de l'Éducation nationale, ainsi que Michel Field et Amélie Nothomb s'étaient déplacés afin de remettre le trophée à l'équipe pédagogique, une sorte de hideuse représentation de stylo-plume en argent posée à même un socle, sur lequel était gravée une citation confondante de candeur concernant la jeunesse tirée d'un livre d'Alexandre Jardin, que l'auteur définissait lui-même comme son ouvrage le moins réussi. « Une sombre merde, écrite en un mois sous panaché Force 4 », avait-il confié des années plus tard à Anne-Élisabeth Lemoine dans *C à vous*, laquelle, hébétée, s'était dit que même les individus les plus purs pouvaient cacher des démons insoupçonnés.

Un moment de tension avait eu lieu lorsque Amélie Nothomb, alors qu'elle s'apprêtait à quitter le collège, avait réalisé qu'on lui avait volé le large chapeau noir avec lequel elle était venue. À la suite d'une enquête rapide, l'objet avait été retrouvé dans les WC, découpé en morceaux, et il avait fallu fouiner dans les comptes Snapchat des élèves les moins débonnaires de l'établissement pour retrouver une vidéo mettant en cause trois jeunes écrasant le couvre-chef de leurs baskets, l'un d'entre eux allant jusqu'à bifler le chapeau sous les encouragements de ses compagnons. Amélie Nothomb était repartie avec une casquette Jacquie et Michel confisquée le mois précédent à un élève de sixième en guise de compensation.

En plus de Michel Field et de la célèbre autrice, le collège avait voulu convier une star aimée des jeunes faisant office de cadeau de Noël. Leur choix s'était alors porté sur La Crevure, pour ses textes désormais policés et son envie de devenir, avait ajouté le proviseur, « une belle personne ». Et, il faut bien le dire, ce qui devait n'être qu'une intervention banale dans un département, le 93, où, depuis la célébrité, il ne mettait plus les pieds, avait en vérité été une bénédiction, bouleversant sa vie intime. La Crevure, biberonné au porno slave depuis ses 10 ans, nourri des visions dégradantes de la femme débitées au kilomètre par les rappeurs bas du front qu'il admirait alors, n'avait jamais été intéressé par les sentiments. Ce qui lui plaisait, c'étaient les chiffres, du moment qu'ils s'appliquaient à la mesure d'un tour de poitrine ou d'une taille de jean déchiré sur la poche arrière. Pourtant, lorsqu'il rencontra Ludivine, professeure de lettres dans ce collège, ses yeux ne descendirent pas le long de son corps comme à l'habitude, mais ils furent comme happés par les siens. Une forme d'intensité à laquelle il n'avait jamais eu accès émanait de ce regard, et il sentait bien qu'en y plongeant il se livrait à tous les possibles.

« Chère Ludivine, c'est à vous, avait dit avec un entrain surjoué le proviseur alors que l'être déjà aimé s'approchait du micro sur pied, monté sur une estrade branlante.

— Merci. Madame Nothomb, monsieur Field, monsieur le ministre, monsieur le proviseur. Je ne sais comment décrire l'émotion qui me saisit à cet instant, alors que le travail de toute notre équipe, mais aussi de nos élèves, est reconnu ce soir par des personnalités telles que vous. J'aimerais aussi remercier, avait-elle dit en se tournant vers le rappeur, celui que nos jeunes ici connaissent sous le nom de La Crevure mais que moi je vais appeler par son véritable nom : Yoann Michaud. En tant que professeure de lettres, j'ai étudié et lu aussi bien les auteurs classiques que contemporains, moins des artistes de rap. Je me suis donc penchée sur les textes de Yoann. Je vous en livre quelques strophes, tirées de sa chanson "Kiff kiff t'es trop mon kiff". »

La professeure esquissa un raclement de gorge et déclama, avec une emphase rappelant Fabrice Luchini un soir de remise des molières après que France 3 a mis un minibar bien garni à disposition dans la loge de chaque artiste invité.

Kiff kiff, t'es trop mon kiff
Tu me lacères le cœur comme avec un canif
Quand t'es là, love, je suis en caniche
Un jour on sera vieux, je t'appellerai ma biche.

L'assistance, composée pour moitié de professeurs de français et de sommités départementales du monde de la culture, et pour moitié de jeunes troisièmes du collège, avait été partagée entre affliction et enthousiasme. La Crevure aurait tout donné pour disparaître et être téléporté dans un endroit où, à cet instant, il se serait senti mieux, comme un terrain de guerre ou une finale de télé-crochet pour enfants au moment où celui qui s'apprête à gagner réalise, éberlué, qu'il est en train de muer. Il ne savait pas si la professeure de lettres venait de réciter quelques-unes des paroles d'un de ses tubes pour l'humilier ou si elle l'admirait sincèrement.

Du haut de l'estrade, qui culminait à quinze centimètres du sol, celle-ci, pourtant, l'avait observé avec la même fougue que s'il avait été un critique cinéma pour *Télérama* et elle une actrice en manque de reconnaissance. Une fois la cérémonie achevée, alors que les convives s'étaient réunis autour d'un saladier rempli à ras bord de punch bas de gamme, la jeune femme s'était approchée de lui, dans un mouvement au ralenti qui semblait sortir d'une comédie romantique multidiffusée sur la TNT gratuite, et lui avait dit, les lèvres trop proches de sa tête à lui :

« Si je vous ai cité dans le texte, Yoann, c'est parce que je sais ne pas m'arrêter à Ronsard et à Hugo. Vous savez, dans ce type de collège, en quartier défavorisé comme disent les médias, il faut aller vers les élèves. En valorisant leur culture, leurs références, je leur ouvre d'autres portes. Et puis, j'aime le temps long et les histoires de romance. "Un jour on sera vieux je t'appellerai ma biche", ça me parle. Mieux, ça me fait rêver.

— Je..., balbutia La Crevure, ému de devenir de son vivant une référence dans au moins un établissement scolaire. Je vous remercie infiniment. Je sais pertinemment que mes textes ne sont pas de première volée, la preuve en est que ceux qui les écrivent le font à condition que leur anonymat soit préservé. Par exemple, “Roule ton boule, ma poule”, savez-vous qui en est l'auteur ? Philippe Djian.

— Vraiment ? L'écrivain ?

— Absolument. Travailler pour lui-même lui demande un investissement intellectuel trop profond. C'est pourquoi, de manière régulière, il vend sa plume au R&B. Mais pas uniquement : la chanson des Zouk Folies, “Bibi montre ton kiki”, qu'ils ont enregistrée au 69, le studio de Francky Vincent, c'est lui également.

— Je peux vous parler en toute sincérité, Yoann ?

— Oui... Bien sûr.

— Pour préparer cette soirée, j'ai écouté beaucoup d'interviews de vous. Et il me semble que vous ne vous exprimez pas de la même manière que d'habitude.

— Oui... Je... Je sais. La Crevure, c'est un personnage. Je lui ai inventé une sorte de *street credibility*, comme on dit.

— Une... ?

— C'est le fait de prouver, à travers son langage, son comportement, qu'on vient de la rue. En fait, je suis né à Saint-Germain-en-Laye dans une famille aisée, et, si j'ai été en échec scolaire, c'est parce que je n'étais pas très assidu en cours, car j'avais déjà conscience que mon destin était ailleurs. J'ai eu très tôt dans la tête l'idée de faire carrière dans le *star system*. Et il ne faut pas avoir l'air trop intelligent, là-dedans, sinon les autres ne vous acceptent pas.

— Qu'est-ce que vous faites ensuite, après la soirée ?

— Je rentre.

— Je reformule : qu'est-ce que vous faites ensuite, après la soirée, avec moi ? »

Trois années et quelques jours plus tard, Ludivine restait sa tentation ultime et son secret le mieux gardé. Les gens du label et son attachée de presse l'avaient prévenu : si La Crevure révélait sa liaison avec une prof, une *intello*, c'en était fini de sa réputation, donc de sa carrière, à cette époque où l'image est tout et le fond rien. Que de la surface, toujours, des sourires, des fringues, des retouches numériques pour virer les ridules et repulper le bas des joues, du superficiel. Des soirées ineptes plus fréquentées par les photographes des sites people que par les *people*, et qui les shootent à quatre contre un, tels des lions usés par la vie dans la savane, lorsqu'ils sont entourés de jeeps débordantes de touristes à smartphones, quelque part, là-bas, loin, en Tanzanie.

La Crevure se laissa tomber sur le canapé tandis que Ludivine lui faisait un peu de place.

« Je comprends ta peur de la récupération politique. Thomas et le label sont furieux, ils doivent même statuer sur mon sort demain matin. J'ai noyé le poisson au téléphone en jouant à La Crevure, je me suis fait passer pour un crétin pas même capable de retenir le nom du Président de la République pour lequel il s'engage. J'ai confiance : ça va passer. Sur les douze derniers mois, j'ai placé deux singles numéro un des ventes, donc même s'ils jouent les méchants, je sais qu'ils me mangent dans la main. Mais là où j'ai un doute, je suis d'accord, c'est sur l'adhésion ou pas du public à ma démarche. Quant à notre histoire… J'ai envie de tout balancer.

— Tu perdrais tes fans. Ils seraient aussi déroutés que si tu faisais un duo avec Vincent Delerm à la bibliothèque François-Mitterrand.

— Oui, je… Je ne sais plus. Je suis épuisé. Cette journée a été folle. »

Les paupières mi-closes, le rappeur *mainstream* se repassa comme en vitesse rapide la chronologie de ses dernières heures.

Ce VTC, d'abord, dont le chauffeur avait succombé à une attaque, provoquant ce choc terrible contre un arbre bien trop vigoureux. Le chauffeur du VTC appartenant à la catégorie des esclaves modernes dont la vie a été ubérisée, les papiers avaient été vite remplis, et on avait confié à une stagiaire le soin de prévenir la famille, des Pakistanais originaires de la ville de Mingora qui n'avaient pas eu l'occasion d'apprendre le français. La jeune recrue, dans l'embarras, avait bredouillé quelques mots dans un anglais parlé plus approximatif que celui pratiqué par un muet, et ce n'est qu'au mot « *dead* » qu'ils s'étaient mis à hurler de désarroi dans l'appareil. Il avait fallu dans un second temps avertir la compagnie de VTC, qui avait pris le numéro d'identification du chauffeur et enclenché une procédure de remplacement de celui-ci nécessitant la moitié d'une minute.

La Crevure, encore sous le choc, quoique physiquement indemne car protégé par son immense doudoune streetwear à capuche qui avait fait office d'airbag, avait choisi de ne pas poursuivre son chemin en voiture et s'était rabattu sur un Vélib. Ce système de vélos en libre-service avait été lancé en 2007 et proposait, attachés à des bornes disposées le long des trottoirs, des vélos dont les trois quarts attendaient d'être réparés. C'est donc en sueur qu'il était arrivé à l'Hôpital américain, où il avait été accueilli par un homme nerveux qui s'était présenté à lui sous le nom de Gilles Petitbon.

« Vous êtes terriblement en retard, la conférence de presse a lieu en live dans sept minutes », lui avait soufflé Petitbon, l'air excédé, l'invitant à grimper quatre à quatre les marches menant au troisième étage, celui qui accueillait la chambre du Président. À la question « pourquoi est-ce qu'on ne prend pas l'ascenseur ? », Petitbon avait répondu que tout chanteur qu'il était, il ne connaissait pas l'une des règles primordiales du show-business, qui voulait qu'avant une prestation l'artiste n'emprunte jamais l'ascenseur, de peur qu'il se bloque et que le public, s'impatientant à la vue d'une scène vide, soit déçu. Ou pire, qu'il manifeste par la suite sa déception en attribuant au spectacle la note catastrophique d'une étoile sur un total de cinq envisageables sur les sites de réservations en ligne. « Les Stones, par exemple, continua Petitbon, avant de faire un concert dans un stade, ils ne prennent jamais l'ascenseur. Ils doivent avoir 350 ans au total, mais les mecs se tapent plus d'escaliers que les techniciens de surface qui nettoient la tour Eiffel. »

Arrivés dans la chambre, La Crevure avait constaté que tout était impeccablement géré. Au président Navarre, alité mais martial, on avait relevé le buste en lui plaçant derrière le dos trois oreillers qui avaient l'air terriblement fermes. Face à lui, il avait reconnu le présentateur du premier JT de France, Laurent Dupuis. Le journaliste était entouré d'une dizaine de consœurs et, de manière plus surprenante, d'un chat, portant autour du cou un badge signalant son appartenance à la rédaction de *Miaou Mag*. Samia, l'épouse du Président, l'avait gratifié d'un sourire d'une chaleur folle en le voyant.

« Est-ce que..., avait glissé La Crevure à Petitbon, qui ne l'avait pas quitté, est-ce que Mme Angèle sera là ?

— Oui, mais en duplex depuis son domicile, on a tout validé, jusqu'au casting des chiens qui devaient l'entourer. Avec Delacour, qui chapeaute tout le process – c'est le monsieur bien bâti que vous voyez chuchoter à l'oreille de Navarre –, on a pris le classement des chiens préférés des Français, et on a fait en sorte que seules ces races-là soient visibles sur la vidéo. Ce soir, c'est opération séduction ! » avait répondu Petitbon, fébrile.

Un homme d'âge mûr et au teint puissamment mat s'était approché du rappeur, la main tendue.

« Nous sommes très heureux de vous avoir avec nous ! »

La Crevure avait reconnu Sylvain Plaisir, le Premier ministre, pour avoir vu sa photo l'année précédente dans le classement *GQ* des 50 hommes qui font la France.

« Wesh, ça va, frérot ? avait-il ânonné en évitant de croiser le regard de Plaisir, reprenant son costume de trublion de la zone.

— Le Président est très fier que vous l'aidiez à rassembler la jeunesse autour de son projet. Il faudra qu'on se voie bientôt pour organiser la première CAN. Vous en serez, bien sûr.

— La quoi ?

— La CAN, Cérémonie d'Affiliation Navarriste. Il s'agit du rituel de passage à la religion d'État, au Navarrisme. Vous retirerez vos anciens habits pour commencer enfin à vivre le premier jour du reste de votre vie.

— Ah non, gros ! Pas question que je me mette à oilpé !

— C'est au sens figuré. Moi aussi je vous préfère habillé, rassurez-vous. Et… Tenez, ce sera fait. »

Sylvain Plaisir, du geste habile de l'homme qui bien souvent règle des achats, s'était saisi de son portefeuille et en avait tiré un chèque comportant, à la ligne du montant, le nombre 5 000.

« Je l'ai mis au nom de Yoann Michaud. »

Une légère brise avait traversé la pièce : il s'agissait de Samia Navarre.

« Deux minutes avant le direct ! Tout le monde à sa place ! »

Les créatures de l'ombre, Plaisir, Delacour, Petitbon, Labbé, avaient rejoint l'ombre, tandis que celles de la lumière, les Navarre et Dupuis, avaient fait face aux projecteurs installés par la chaîne de télé. Un assistant de production s'était emparé du bras de La Crevure et l'avait placé à la gauche du Président, sur un tabouret réglé de telle sorte qu'il paraisse plus petit que le chef de l'État.

« Yoann, viens te coucher… Tu as l'air épuisé. »

La Crevure ouvrit péniblement un œil, puis deux, pensant que s'il en avait eu un troisième, il n'aurait pas trouvé en lui suffisamment d'énergie pour l'ouvrir également. Puis, péniblement, tout en continuant à se remémorer cette journée charnière et pour lui et pour la nation, il traîna son corps meurtri par les années de danse hip-hop avant de chuter sur le lit *king-size* qui semblait vouloir le happer tout entier.

13

« Mes très chers concitoyens. »

Le spectacle pouvait commencer.

« Vous me voyez aujourd'hui dans la chambre d'hôpital que j'occupe depuis mon léger incident de santé récent. Je vous rassure, je vais bien. Mais le personnel soignant, qui ici fait un travail formidable – je tiens à rendre hommage à ces Français d'exception – a insisté pour que j'aille au terme de la période de repos qui m'a été fixée. Je suis comme vous : il arrive que je traverse des périodes de difficultés. Mes prédécesseurs n'ont tous eu de cesse de se montrer sous leur meilleur jour, toujours en forme, conquérants. Je vais vous livrer ce soir un scoop : il s'agissait de manipulations de l'opinion. La France, depuis quarante ans, est gouvernée par des comédiens. »

Navarre marqua un temps d'arrêt, afin que le public, le panel de journalistes, puissent digérer la petite phrase qui, il en était certain, devait déjà se dupliquer à grande vitesse sur les réseaux.

« Tout a été faux dans l'action – ou peut-être devrais-je dire l'inaction – des hommes qui se sont succédé à l'Élysée. Ils ont joué avec vous, ils ont perdu. Perdu votre confiance. À ne pas prendre les problèmes du pays à bras-le-corps, ils se sont coupés du pays. Tant pis pour eux : nous ne les regretterons pas. Je vous offre ce soir une nouvelle voie, en nommant ce qui nous mine : le communautarisme religieux. Il doit cesser. Nous devons nous libérer collectivement de l'empreinte des Églises. Je vous l'avais promis il y a de cela quelques jours, lors de mon allocution dans ce journal télévisé qui a tant fait parler : l'État, le service public, qui nous appartient à tous, lance une foi universelle appelée à réunir les femmes et les hommes de ce pays : le Navarrisme. Mais assez de discours, je me suis engagé à vous proposer une action forte. Lançons ensemble le Navarrisme ! Mesdames et messieurs de la presse, j'attends vos questions ! »

Laurent Dupuis vint se placer, de manière aussi stratégique que racée, sur la gauche du Président, au côté de La Crevure.

« Monsieur le Président, tout d'abord, au nom de toutes mes consœurs ici présentes et de moi-même, laissez-moi vous remercier pour la tenue de cette conférence de presse. Notre dernier entretien ensemble a provoqué un choc mondial. Comme une déflagration. Les médias du monde entier, toute cette semaine, n'ont parlé que du Navarrisme, chacun, d'ailleurs, avec sa définition propre. J'ai envie de vous dire : Et vous ? En deux mots, comment définiriez-vous le Navarrisme ? »

Navarre avait préparé avec Delacour les réponses les plus efficaces afin de marquer l'opinion aussi nettement qu'elle devait l'être.

« Le Navarrisme, c'est simple. C'est la combinaison de toutes les religions existantes aujourd'hui, afin qu'il n'en reste qu'une, à laquelle vous pouvez tous et toutes vous consacrer corps et âme, puisqu'elle est vidée de toute velléité guerrière. C'est une religion d'amour, gérée par l'État et mon équipe, et appelée, car c'est le but de toute religion, à régir l'existence des citoyens.

— Mais, s'avança Dupuis, est-ce que cet équilibre, cet apaisement que vous appelez de vos vœux, on ne le trouve pas simplement dans l'exercice de la laïcité ?

— La laïcité est un échec, monsieur Dupuis. Pourquoi ? Parce qu'elle est vécue comme une entrave au mystique. Les gens ont soif d'un ailleurs plus grand qu'eux. Si l'être humain est profondément religieux, c'est parce que le religieux est beau. Parce qu'il est grand. Parce qu'il nous dépasse. La laïcité est terre à terre, tristounette. Elle n'a pas de sens profond. Celui qui emprunte les voies de la laïcité se retrouve sans quête personnelle à mener. Tenez, un exemple. Monsieur Dupuis, vous êtes, je crois, marié ?

— Oui, en effet, je…

— Quatre fois, même. Je suis bien renseigné sur vous, et c'est votre vie, je vous la laisse. Vos trois précédentes femmes, vous les avez épousées (il fit mine de relire ses notes) à la mairie du 16e arrondissement de Paris. Ce devait être un moment émouvant. La signature du registre. Le maire qui vous accueille avec un large sourire. Le buffet du midi auquel on invite les personnes qu'on n'apprécie pas suffisamment pour les avoir sur la durée du mariage… »

Le Président savait que l'une des choses que le public aimait en lui, c'était sa causticité. Lors des apéros Navarre, alors qu'il n'était que député, il avait appris à retourner l'aigreur des internautes en se moquant d'eux, en frontal. Comme le lui disait alors JP Max, « une bonne vanne est plus efficace que quatre heures de bla-bla de politicard ».

« Bref, monsieur Dupuis, un mariage en mairie, c'est sympa. Mais votre dernière épouse, votre stagiaire de troisième…

— Pardon ! protesta Dupuis. Ex-stagiaire ! J'ai attendu qu'elle soit majeure avant de faire ma demande !

— Oui, oui. Une fois de plus, je ne juge pas. Vous êtes libre de vivre votre intimité comme vous le souhaitez. Mais revenons à mon raisonnement : votre dernière épouse, vous l'avez épousée où ?

— En l'église Notre-Dame d'Auteuil.

— Pourquoi ? Est-ce que depuis les trois noces précédentes, vous vous étiez découvert un amour sans limites pour Dieu ?

— Non, je… je voulais que ce soit beau.

— Et solennel, n'est-ce pas ?

— Oui.

— Vous aviez envie, pour cette étape importante de votre vie, d'être confronté à quelque chose de plus grand que vous ?

— Oui, je crois...

— Eh bien c'est parce que la République, c'est dépassé. Les édifices sont jolis, les élus ont des écharpes seyantes en travers de la poitrine, mais la réalité, c'est qu'on se marie dans le même bâtiment que celui où on fait renouveler sa carte d'identité. Où est le rêve ? Ce même rêve auquel, concrètement, vous avez accès en entrant dans une cathédrale... Ces vitraux majestueux. Ces bancs alignés. L'habit du curé. »

Navarre se redressa un peu plus encore dans le lit soutenant cette enveloppe corporelle qui n'était plus qu'ambition, et se mit à haranguer un peuple français qu'il savait statique devant ses écrans.

« Nous méritons plus qu'une République bas du front qui ne permet pas la transcendance spirituelle des individus ! Nous valons mieux que les errements, les renoncements, les idéologies mortifères des religions existantes, qui nous mènent au repli, au chaos, à l'intégrisme et, à terme, à la guerre civile ! TAISEZ-VOUS, DUPUIS ! »

Le journaliste, qui avait entrepris de lever l'index, souhaitant poser la question suivante comme il était convenu, baissa le bras, penaud, désœuvré. Il valait mieux ne pas intervenir : Navarre, en effet, était entré en transe. Cet état qui dépassait tous les autres en intensité et qui saisissait l'homme et parfois la femme politique lorsqu'en meeting, devant des militants chauffés à blanc, il cessait de parler de manière raisonnée pour livrer tout son être à l'agitation la plus pure. Le regard dément, Navarre plongea tout ce qu'il était dans l'œil de la caméra.

« Navarrisme, l'aventure commence tout de suite ! À l'instant où je vous parle, l'application Navarre + est lancée, disponible sur Apple comme sur Android. Vous qui me regardez, prenez votre destin en main et transformez non seulement votre vie, mais aussi celle de la France ! Sur Navarre +, dès maintenant, identifiez-vous, rejoignez la religion Navarriste et profitez immédiatement des 5 000 euros offerts pour toute adhésion ! Je vous promets, sur la tête des êtres qui me sont le plus chers, comme celle de Samia, mon épouse… »

Navarre se tourna vers la créatrice du Navarre nouveau en lui tendant les cinq doigts de sa main droite, qu'elle s'empressa de saisir de ses propres doigts, au mépris des règles élémentaires d'hygiène, puisque l'un comme l'autre avaient dû serrer plusieurs dizaines de mains lors de cette journée d'une sociabilité complète.

« Oui, je vous promets sur la tête de mon épouse, et sur celle de ma fille, que je ne vous lâcherai pas. Pas moi. Jamais mon bilan ne sera celui de la désillusion, contrairement à celui de tous ceux qui ont été élus avant moi. Ainsi, voici en exclusivité ce soir les cinq premières règles du Navarrisme :

« Première règle : l'office navarriste tu suivras. Une fois par semaine, avec un badge à scanner à l'entrée du lieu de culte. En cas d'absence non justifiée à plus de deux messes consécutives, les 5 000 euros devront être restitués à l'État. Le Navarrisme est un engagement, un contrat.

« Deuxième règle : tes proches tu convaincras. Un système de parrainage va être mis en place. Chaque membre du Navarrisme qui parviendra à enrôler un membre supplémentaire percevra 100 euros supplémentaires par proche convaincu.

« Troisième règle : aux signes religieux tu renonceras. Voile, kippa, croix chrétienne en pendentif seront interdits. Ces marques d'appartenance nous éloignent les uns des autres. Dans le Navarrisme, qui reprend les grands principes républicains, le devoir de chacun et de chacune est de tenter au maximum de ressembler à son voisin et à sa voisine.

« Quatrième règle : de la vie tu profiteras. Le Navarrisme reprend ce qu'il y a de mieux dans les religions existantes, sans les souffrances et les privations. C'est une religion *feel good*. Personne n'aura plus à jeûner pour expier ses péchés car la République navarriste ne reconnaît pas les péchés. Dans la limite de ce qu'admet la loi, bien sûr.

« Cinquième règle : le Navarrisme tu approuveras. Contrairement à ce qu'ont affirmé certains éditorialistes en manque d'inspiration, je ne suis pas un despote. Le projet sera donc soumis à référendum. »

Dupuis, rassemblant toute la témérité dont il était capable, osa une question face à un Navarre qui semblait faire trois mètres de haut sur deux de large tant il venait de changer de stature.

« Monsieur le Président, vous confirmez la tenue d'un référendum national sur la question du Navarrisme ?

— Absolument. Je souhaite que ma connexion avec le peuple français soit totale, et je veux que ce soit lui qui me donne les moyens d'agir. Je vais mettre tous les agents de l'État en ordre de bataille afin que ce référendum ait lieu au maximum dans les quinze jours. En attendant, la foi étatique, autrement appelée Navarrisme, est lancée officiellement ce soir. Si le "non" l'emporte à l'issue du référendum, je m'engage non seulement à stopper ce lancement, mais aussi à quitter mon poste.

— Mais, poursuivit Laurent Dupuis, le référendum est un processus qui a rarement été utilisé dans notre démocratie.

— Oui, et ce parce que notre démocratie n'en a en réalité que le nom. Je vous remercie. Étant donné que je ne peux pas me déplacer, je vous demanderai à vous tous de bien vouloir sortir. Quant à vous, chères Françaises et chers Français, je vous dis à très bientôt. Tous et toutes sur Navarre + ! C'est parti, et c'est avec vous ! »

Stupeur. Affolement. Jean-Patrick Delacour regarda Gilles Petitbon qui regarda Sylvain Plaisir qui regarda Timéo Labbé et tous regardèrent, effarés, le président Navarre. Laurent Dupuis, décontenancé, n'était plus que gestes rapides demandant l'arrêt soudain du signal. Sur la première chaîne, on bascula en catastrophe sur la publicité pour les saucisses végétales Knacki. À l'image, un enfant croquait avec un air trop exalté dans une saucisse et déclarait à ses parents charmés par la bouille candide du chérubin que ça avait le même goût que les saucisses Knacki à la viande de porc, mais sans que cela fasse du mal aux porcs, ce qui pour lui était une excellente chose.

Dans la chambre d'hôpital qu'occupait le Président, c'était la confusion. Le panel de journalistes refusait de quitter le lieu, Chantal Jégu de *L'Obs* criait à la censure, protestations elles-mêmes couvertes par les miaulements paniqués de Poupoune, la mascotte de *Miaou Mag*. L'intervention musclée des hommes du GSPR, le Groupe de sécurité de la présidence de la République, serait décisive pour le retour au calme.

Delacour, l'haleine coupée, s'approchant du Président, chercha dans son regard le début d'une explication, mais il ne vit rien, à part une détermination farouche rappelant celle d'Attila, le roi des Huns, au moment de la conquête de la Gaule.

« Monsieur le Président, pourquoi n'avez-vous pas suivi notre stratégie ? Les questions des journalistes ? Tout avait été planifié, on a bossé comme des dingues ! »

Navarre, se relevant tant et si bien qu'il finit quasiment debout au milieu de son lit, répondit, alors qu'un halo de lumière provenant de l'extérieur et semblant ricocher sur le haut de son crâne lui donnait une allure christique :

« Je viens tout simplement de légitimer le Navarrisme. Ça va être le triomphe du peuple par le peuple et pour le peuple, au service d'une ambition : la mienne. Dès lors, je ne m'appartiens plus. J'appartiens à tous. »

Le corps revigoré par un élan nouveau, il arracha d'un geste ferme l'ensemble des tubes reliant ses bras à des machines produisant des bips réguliers et, après avoir attendu que les gens des médias aient quitté l'établissement, il se dirigea d'un pas rapide vers la porte de sortie.

14

« Il est 23 heures, et News-TV est en mesure de vous donner le chiffre précis de la victoire du "oui" au référendum proposé par le président Navarre : il est de 76,9 % des suffrages exprimés contre 23,1 % au "non". Le Président a pris la parole ce soir depuis l'Élysée, à 21 h 30, mais avant de revoir les images, Pauline Richard, je rappelle que vous êtes cheffe du service politique de News-TV. Comment analyser ce résultat ? »

Le présentateur se tourna vers Pauline Richard, une femme blonde pour qui porter des baskets blanches avec un ensemble de costume de grande marque était envisageable, et dont le physique était moins un physique qu'un prospectus de présentation de son hygiène de vie impeccable : cuisine légère au wok et cours de pilates à domicile, puisque, depuis que des milliers de start-up s'étaient donné pour but de décliner l'ensemble des services offerts par la société occidentale sans que le consommateur ait à se déplacer, Pauline Richard ne sortait plus guère de chez elle que pour travailler. Ses courses d'alimentation étaient livrées jusqu'à son appartement par des dizaines d'hommes précaires que la pratique intensive du vélo avait rendus aussi malingres que des addicts au crack dans une ville gérée par la gauche inclusive. Elle recevait tant et tant de colis qu'elle avait fini par demander au livreur qu'elle voyait le plus souvent de lui révéler quel était son prénom. L'homme, étonné d'être envisagé comme autre chose qu'une machine à délivrer des produits dispensables, avait bredouillé une identité que Pauline Richard avait mis moins de trois secondes à oublier. Un soir de déprime, alors que son rédacteur en chef lui avait reproché un « *off* » balancé à l'antenne sans trop de précaution et qui s'était avéré faux (François Bayrou aurait été surpris dans une boîte échangiste de la communauté africaine de Pau), elle avait même commandé du cannabis en ligne, que lui avait apporté jusqu'à son appartement un homme entre deux âges acceptant le paiement sans contact.

« Eh bien, Martin, d'abord, notons le chiffre de l'abstention, en forte baisse par rapport à tous les autres scrutins, puisqu'elle n'est que de 19,3 %. Les Français, on peut le dire, se sont déplacés en masse. On a vu des images inhabituelles de files d'attente devant les bureaux de vote. Pas étonnant, puisque le Navarrisme est au cœur du débat public depuis son lancement et, même mieux, depuis l'annonce de son lancement. Ensuite, le résultat est clair : 77 % des votants ont validé le projet du Président de la République, ce qui lui donne les coudées franches pour la suite. On peut le dire, c'est un plébiscite. »

Pauline Richard marqua une pause, la cervelle bouillonnante, se demandant jusqu'où elle pouvait aller dans la déférence envers le nouveau pouvoir qui s'annonçait. N'en pouvant plus, aussi fébrile qu'une amatrice de soirées électro quand le DJ hurle aux fêtards de lever les mains aussi haut que possible, elle osa :

« Plus qu'un plébiscite, Martin, ça ressemble, allez… à une Navarre-mania. »

Martin Le Goff, le présentateur de la tranche du soir, se sentait moite, nerveux, prêt à succomber à la folie de l'instant, à l'extase névrotique proposée par Navarre. Conscient d'être un contemporain de la démence ambiante, il jouissait du chaos généralisé, qui était autant de grain à moudre pour les chaînes d'info comme la sienne.

« Pauline, le terme est approprié, je crois qu'on peut parler d'une Navarre-mania. Attention tout de même, modérons notre enthou… enfin, ces informations. Le Navarrisme a ses opposants, nombreux, et nous avons déjà parlé ici du fait que la famille du Président était sous protection rapprochée.

— Oui, Martin, mais c'est le propre d'une famille de président en activité.

— Sauf que là, elle l'est encore plus. Une source à l'Élysée nous a confirmé que chaque pièce du palais présidentiel est désormais sécurisée par un contrôle d'accès à reconnaissance faciale et pectorale.

— Pectorale ?

— Absolument. Une fois que votre visage a été scanné par l'appareil, vous devez retirer votre chemise et lui présenter vos tétons, dont la forme et les rugosités ont été préalablement enregistrées.

— Il s'agit là du plus haut niveau de protection ?

— Non, au-delà, il y a la reconnaissance pubienne. Le processus est le même, à la différence que…

— Martin…

— Pardon. Tout ceci pour vous dire que le peuple français semble s'être uni autour de Jean-Claude Navarre, dont l'aura était pourtant nulle il y a encore quelques mois, n'est-ce pas ?

— On peut le dire, Martin. Si on remonte au début de l'année, avant que la campagne électorale décolle réellement, Jean-Claude Navarre n'était que le chef de file d'un parti centriste dont personne n'attendait plus rien. Première surprise en avril : son accession au second tour, provoquée par une dispersion des voix à gauche…

— On rappelle en effet que onze candidats issus des différents partis de gauche étaient en lice.

— Absolument, dont certains d'entre eux ont d'ailleurs obtenu un score de 0 %.

— Ce qui est peu, nota Martin Le Goff, un sourire empli de malice sur les lèvres.

— Ce à quoi est venu s'ajouter l'échec retentissant d'une droite désormais à l'agonie, et qui s'embourbe dans les théories identitaires. Souvenez-vous de la proposition de Bertrand Le Brun, le *leader* du Parti Français de souche, d'imposer une carte d'identité à points pour tous les citoyens issus de l'immigration.

— Avec cette idée de "une infraction = un point en moins".

— Et la difficulté de n'avoir que deux points au départ sur la carte d'identité. Bon, la suite de l'histoire, tout le monde la connaît : Navarre, au second tour, élimine sans difficulté Estelle Cadiou, présidente du Parti Bleu Blanc Rouge. Une élection gagnée, selon lui, par défaut, et à laquelle il a voulu donner un sens : de là est né le Navarrisme. Ce grand projet national qui nous manquait sans doute. Et qui fait sens dans la France actuelle.

— Pauline, je propose que nous revoyions les images de la victoire du président Navarre ce soir au référendum. Les caméras de News-TV étaient au plus près de l'action, nous avons pu vivre à ses côtés la victoire de son camp.

— Oui, Martin, et j'aimerais remercier l'épouse du Président, Samia Navarre, qui a autorisé cette incursion dans leur vie privée. Une femme généreuse, forte, une femme puissante. Indéniablement de celles qui vont faire la société de demain.

— Oui, heu… Bien, on regarde. »

Dans la régie technique de la chaîne, des intermittents mal rémunérés entreprirent d'appuyer sur les boutons qu'ils connaissaient le mieux parmi ceux de leur impressionnante console, et les images s'affichèrent en simultané sur plusieurs écrans. Une voix off, trop dramatique, avait été posée sur le film volontairement saccadé des événements de la soirée. Pour insuffler encore plus de réel et de sensations, le cadreur avait ordonné qu'on fasse trembler les caméras, comme sur une scène de guerre lorsque les obus pleuvent, mais sans obus. Les traits aimables du président Navarre semblaient s'organiser harmonieusement autour de son visage ridé. Il n'avait jamais semblé aussi en paix avec lui-même et sûr de lui quant à sa place dans le cosmos. Si le Grand Tout était une copropriété, il en détenait la moitié des quotes-parts.

On devinait que l'action se situait à l'Élysée au fait que, parmi les meubles disséminés tout autour de l'auguste silhouette du Président, aucun ne provenait d'un magasin de zone commerciale. Il s'agissait là de canapés et de commodes issus du mobilier national, ce trésor inestimable régulièrement pillé par des fonctionnaires véreux à des fins mercantiles, lorsqu'un businessman étranger dégorgeant de cash s'entichait d'un authentique chiffonnier Louis-Philippe dans le but d'y ranger ses slips, chez lui, ailleurs dans le monde, à Shanghai ou à Doha. Navarre, les fesses posées à l'extrémité d'un fauteuil ancien, tenait le poignet de Samia. Ils n'étaient plus qu'un et paraissaient tellement unis que, pour les dissocier, on aurait pu penser à contacter un chirurgien spécialiste de la séparation des siamois humains. Navarre descendit sa main puissante, qui aurait fait tant de prodiges s'il s'était orienté vers un métier manuel comme ébéniste ou assistant sexuel, jusqu'au coude de Samia. Son smartphone ne cessait de vibrer, et les notifications succédaient aux notifications dans un brouhaha technologique absurde.

« Mon amour, s'écria-t-elle soudain. Oh ! la la, c'est… C'est super ! J'ai les chiffres du ministère de l'Intérieur. On est aux alentours de 77 % pour le "oui" ! »

Navarre, tout en zénitude et concentration mêlées, ouvrit doucement les lèvres et, dans une sérénité semblable à celle qui précède les tornades, dit :

« Ce chiffre, ma Samia, s'il est confirmé, signifie que 23 % des Français qui se sont exprimés n'ont pas été convaincus par le projet. Ce sont ces gens-là que désormais je vais aller chercher. La rencontre entre un *leader* et son peuple ne se fait pas par tranches de millions de gens, il faut que l'intégralité de ce peuple soit derrière celui qui prend les rênes. »

*

Le reportage s'arrêta et Martin Le Goff reprit la main. Durant la diffusion du film, il avait été recoiffé, repoudré, et ressemblait désormais à la fois à une tarte Tatin dans laquelle on aurait mis trop de farine et à une poupée Ken à peine sortie de sa boîte.

« Pauline Richard, les images sont assez incroyables ! Ce qu'on voit, c'est un président Navarre qui paraît, quoi ? À peine content de son score ! Qui pourtant est très très bon.

— Oui, Martin, on sent bien que le Président veut faire consensus. Je peux en parler, je le suis depuis des années. Quand il n'était que député du Centre français, j'étais déjà là. Eh bien je le revois m'expliquer, dans sa chambre d'hô... enfin... dans le hall de son hôtel, à Châteauroux en 2004, que s'il a choisi le centre, c'est pour mettre fin au clivage gauche/droite. Cet homme ne jure que par l'unité.

— On voit sur les images, Pauline, que l'épouse du chef de l'État est omniprésente à ses côtés. Quel est son rôle exact ?

— Elle est très importante pour lui. Plus que ça, même. En fait, je ne crois pas qu'il y ait de mot assez fort pour décrire leur liaison. Samia Navarre guide le Président, elle l'influence, et je pense pouvoir dire que le Navarrisme est autant son idée à elle que celle du chef de l'État.

— Qui sont les autres hommes ou femmes de l'ombre autour de Navarre ?

— On n'en connaît que peu : il y a Jean-Patrick Delacour, le gourou de la pub. C'est lui qui, dès 1986, avait fait poser des prêtres nus ainsi que des bonnes sœurs intégralement épilées pour la campagne d'une marque de tee-shirts.

— Ce qui ne se faisait pas en 1986.

— Non, on était plus sur l'épilation dite en ticket de métro, et encore, pour les plus audacieuses.

— Je parlais de ce genre de campagnes publicitaires destinées à choquer le grand public.

— Ah, je... Non, en effet. Bon, derrière Navarre, il y a aussi l'humoriste JP Max, qui est chargé de toute sa communication digitale. C'est l'homme qui l'a vraiment poussé à se lâcher. Avant le boulette-gate, c'était un comique très apprécié du public. Sylvain Plaisir, le Premier ministre, est bien sûr un des fidèles du Président. Enfin, Timéo Labbé, dont on a tant parlé pour sa précocité en politique, et qui est aujourd'hui secrétaire général de l'Élysée, donne, par son sérieux et sa droiture, une véritable colonne vertébrale, solide, au chef de l'État.

— Ce qui surprend le plus, Pauline, c'est la rapidité avec laquelle le Navarrisme se met en place.

— Oui, puisque entre la tenue du référendum aujourd'hui et la première Cérémonie d'Affiliation Navarriste, trois jours seulement se sont écoulés.

— C'est vertigineux. On regarde, si vous le voulez bien, les images de la CAN. »

Alors qu'en régie on s'activait de nouveau, la France estomaquée revécut l'événement de l'avant-avant-veille dans un tourbillon d'images hypnotiques. Le président Navarre, désormais debout, semblait inébranlable et apaisé. La cérémonie se déroulait dans les jardins de l'Élysée, sur une idée de Delacour qui souhaitait que cela ressemble autant que possible à un mariage, le projet étant ici de faire convoler en justes noces des citoyens et une nation, à travers l'incarnation physique de Navarre. Samia Navarre était présente, dans tous les sens du terme, c'est-à-dire qu'elle se tenait aux côtés du Président, mais aussi qu'elle dégageait une aura similaire à celle d'une chanteuse pop d'envergure internationale faisant son entrée uniquement vêtue d'une culotte et entourée d'une cinquantaine de danseurs sur la scène d'une Arena sponsorisée par un soda. Étaient également visibles à l'image l'ancienne femme de Navarre, Stéphanie Martin, ainsi que sa fille, Julie. De la bave semblait sortir de la bouche de l'enfant chaque fois que son regard croisait celui du rappeur aimé des familles, La Crevure. La petite semblait en éruption.

Roberte Angèle, la « Madame Animaux » du Navarrisme, s'approcha de Navarre, un large chapeau de couleur noire vissé sur le crâne, le visage masqué par une voilette qu'elle n'écarterait qu'au moment d'embrasser Navarre. Roberte Angèle se saisit de la main de La Crevure, qui ne put s'empêcher de penser au nombre important de bêtes pas toujours au maximum de l'hygiène que la vénérable dame avait dû toucher avant lui, et il eut un léger haut-le-cœur, vite réprimé car il savait que tout est image. « La CAN va être retransmise en simultané dans plus de 70 pays », lui avait précisé juste avant Gilles Petitbon. Il prit à son tour la main de Stéphanie Martin, et c'est une véritable chaîne humaine qui se forma : Stéphanie, sa fille Julie, La Crevure, Roberte Angèle ainsi qu'une vingtaine d'anonymes tirés au sort parmi les personnes inscrites sur l'application Navarre + firent face au Président qui se mit à réciter le texte qu'il avait appris avec soin.

« Mes chères amies, mes précieux camarades. Je vous regarde aujourd'hui devant moi et je vois la communion que je souhaitais réalisée. Ce jour est le jour 1 de la réunification de la France. Et, aux présidents des pays étrangers qui nous suivent en live en ce moment même, je voudrais dire ceci : le Navarrisme, vous y viendrez vous aussi, tôt ou tard. Si la mondialisation a échoué, c'est parce qu'elle était pleine de vide : le Navarrisme est un universalisme empreint de mysticisme. Et surtout, c'est de la joie. J'ai devant moi des hommes et des femmes de tous horizons, des religieux, des agnostiques, qui étaient autant, je le sais, je le sens, d'êtres humains égarés. Vous voici réunis, chers tous, chères toutes, par le Navarrisme. »

Le chef de l'État se tourna vers son ex-femme, venue au secours de sa fille Julie, laquelle, au moment où La Crevure avait humidifié sa lèvre inférieure d'un discret coup de langue, avait perdu connaissance. « Stéphanie, je sais à quel point rejoindre cette CAN a été une épreuve pour toi. Il te faut entrer en lien avec celle avec qui je vis désormais, Samia. Mais tu sais quoi ? Nous sommes à cet instant de la vie du pays où l'on se parle, où l'on se pardonne, où l'on envisage l'osmose. Je t'en prie, Samia. »

À ces mots, l'épouse actuelle du Président se déplaça lentement, avançant vers l'ex-épouse du Président comme on avance vers l'autel le jour de ses noces, et, une fois arrivée à sa hauteur, les yeux embués de larmes, prit ses mains dans les siennes. Stéphanie, d'ordinaire peu tactile, se laissa faire docilement, saisie par un phénomène de dissociation qui lui donnait l'impression d'être sortie de son corps et d'observer de haut tout ce qu'on pratiquait sur elle en bas, sur la terre ferme. Les deux femmes se regardèrent un moment, Samia l'air déterminé, Stéphanie l'air interdit, puis Navarre, happé par cette inclination masculine à confondre émotion et sexualité, comme gêné par l'intimité qui se dégageait de la scène, reprit la parole.

« Stéphanie, tu étais jusqu'à présent catholique. Acceptes-tu ce jour d'abandonner cette foi et d'affilier ton être au Navarrisme ? »

Stéphanie, la tête posée sur l'épaule de Samia, comme cela avait été chorégraphié et pensé par Delacour, qui imaginait les CAN comme des répliques des clips vaporeux de la chanteuse Lana Del Rey, se redressa vaguement, sa longue robe blanche venant flotter autour de son corps d'ordinaire rigide et, dans un murmure, dit :

« Je l'accepte.

— Très bien. Je vais te demander, Stéphanie, de mettre la croix chrétienne que tu portes au cou en guise de médaillon dans la B.A., la Boîte d'Abandon », répondit Navarre, alors qu'un enfant métis censé représenter la mixité et l'amour qui dépassait les couleurs et les codes lui présentait une boîte en bois clair.

Tandis que Stéphanie Martin faisait glisser son crucifix argenté dans la fente de l'urne, Navarre regarda son épouse.

« Samia, tu étais musulmane. Acceptes-tu ce jour d'abandonner cette foi et d'affilier ton être au Navarrisme ? »

Celle-ci, d'un geste précis du buste, fit se mouvoir sa chevelure, qu'elle avait au préalable truffée de paillettes scintillantes,

Delacour lui ayant intimé de ressembler le plus possible à une licorne.

« Oui, je l'accepte, et non seulement je l'accepte, mais je conseille à toutes celles et à tous ceux qui nous regardent de me rejoindre dans ce choix. Ensemble, nous formerons la famille que vous n'avez jamais eue. »

Navarre, comme extasié, prit une voix qui n'était pas la sienne, une voix d'abandon qui semblait venir du fond de ses tripes, là où tout n'était normalement que gargouillis et organes en états de fonctionnement divers.

« Stéphanie, Samia, vous voici dans la religion d'État. Vos différences ne sont plus. Votre but est similaire. Vos existences suivent la même voie. »

Une fois de plus, par l'action du réalisateur, tapi en régie derrière une dizaine de gobelets en carton vides ayant contenu des cafés, les images s'arrêtèrent et le visage tout en os et en interventions chirurgicales de Martin Le Goff réapparut à l'écran.

« Voilà, alors, bien sûr, nous n'allons pas rediffuser toute la CAN, mais nous avons choisi LE moment marquant de cette cérémonie, Pauline.

— Oui, Martin. Nous avons ici deux personnes, deux femmes, qui avant le Navarrisme se détestaient peut-être, l'une ayant remplacé l'autre dans la vie du Président. Et ici, le symbole est puissant, que voit-on ? Ces deux mêmes femmes qui communient. Le message est clair : le Navarrisme réunit. Aujourd'hui, comme l'ensemble, je crois, des Français qui nous regardent, je suis submergée par une énorme sensation d'amour. Un besoin de communion.

— Moi aussi, Pauline », balbutia Martin Le Goff, qu'un sentiment de terreur mêlé d'excitation avait envahi.

15

Quand Sylvain Plaisir était stressé, le léger bégaiement que toute sa vie il avait combattu avait une fâcheuse tendance à revenir. Il n'avait que peu dormi la nuit passée, la faute à une chaleur accablante et très post-réchauffement climatique, et à l'angoisse qui semblait enserrer son cœur dans un étau. C'était comme si un catcheur, alors qu'il était allongé sur le dos au milieu de son lit insolemment large, lui avait sauté dessus de tout son poids, tandis qu'éveillé il fixait les moulures de l'appartement haussmannien qui faisait sa fierté. Paris, peu à peu, avait recommencé à produire ses bruits familiers, au fur et à mesure que la lumière se faisait : klaxons, disputes, chiens tout en aboiements, conducteurs de trottinettes électriques qui chutent. Cette ville, comme l'ensemble des villes, était devenue invivable aux yeux de tous, chacun, depuis l'explosion des prix de l'immobilier en zone urbaine, rêvant désormais de loger dans un pavillon avec jardin, au sein d'un lotissement propret aux pelouses mieux taillées que les cheveux d'un footballeur de ligue 1, quelque part dans le Cher.

Cette moiteur impitoyable d'un été qu'il n'aurait jamais pensé connaître ailleurs que chez lui, aux Antilles, et qui venait se fondre dans le nuage permanent de particules fines, était insupportable. En ce 18 juillet, Sylvain Plaisir aurait voulu être ailleurs. Avoir des projets de vacances. Plonger toute son anatomie dans une piscine d'hôtel-club 5 étoiles et n'avoir comme unique préoccupation que de se demander si oui ou non son inscription à l'activité aquagym avait été prise en compte par le responsable des sports de l'établissement, immanquablement un beau gosse à la peau sablée et à la chevelure lâchée, à qui tout le monde avait envie de faire l'amour par tous les côtés de son être. Mais ce 18 juillet n'était pas un 18 juillet comme les autres, puisque le président Navarre avait bouleversé le calendrier, la marche du pays, les repères.

C'est ce jour précis que Plaisir avait choisi pour réunir les responsables de culte, comme voulu par Navarre, et il allait tenter d'éteindre l'incendie que le Président avait allumé. Depuis la diffusion de la première CAN, les religieux de tous poils étaient révulsés. Un archevêque jusqu'alors absent des réseaux sociaux avait été jusqu'à se créer un compte TikTok, postant des vidéos dans lesquelles il hurlait sa haine du Navarrisme depuis la cathédrale de Reims, soutenu par des fidèles en loden et serre-tête, les lèvres tordues par la haine, osant des slogans tels que « Navarre, y en a marre », ou « tu périras par la croix ». Un curé de La Rochelle, particulièrement jeune, et par conséquent au fait de ce qui se pratiquait sur les réseaux, avait été jusqu'à se filmer criant « joue avec Jésus, et tu l'auras dans le cul », avant que le pape en personne lui demande par message privé de supprimer la vidéo au nom de la dignité et du respect de la personne humaine, ce à quoi le curé avait répondu en rompant avec l'Église, avant de poster une longue story annonçant sa reconversion immédiate dans le métier d'influenceur foi.

La sonnette du splendide appartement de Plaisir retentit, et, une fois la porte d'entrée ouverte, la non moins mirifique carrure de Jean-Patrick Delacour apparut. Vêtu d'un costume cintré, d'une chemise bleue soyeuse ne cachant rien du diamètre de ses tétons, qui semblaient musclés eux aussi, Delacour ne faisait pas son âge. En réalité, il ne faisait aucun âge, son corps sculpté contredisant la quasi-totalité des informations inscrites sur sa carte d'identité, notamment sa date de naissance.

« Bonjour, Monsieur le Premier ministre. Vous êtes prêt ? Vous êtes reposé ? Je vous veux à 100 %. On joue gros, très gros, aujourd'hui ! »

Sylvain Plaisir, pour la forme, proposa au publicitaire un ristretto, lequel gicla d'une machine à café qu'on trouvait ordinairement dans les bars italiens, et il fut surpris de voir à quel point Delacour, tel un félin particulièrement détendu, évoluait dans son intérieur comme s'il était chez lui. Le monde entier semblait lui appartenir, et il l'imaginait ravir de ses anecdotes sur le monde de la pub aussi bien des clients avinés d'un Balto de banlieue que des filles de comtesse lors d'un rallye dansant saturé de codes anciens et de cocaïne. La capacité de Delacour à imposer sa présence, que le moment soit propice ou non, rassurait Sylvain Plaisir, qui avait besoin d'un individu fort à ses côtés. Il se savait homme de dossiers, à l'aise dans l'application des décisions, seul devant son bureau, à faire avancer les projets des autres. Mais la rhétorique n'était pas son fort, et lorsqu'il parvenait à développer, s'il était dans un bon jour, l'éloquence d'un collégien de sixième, il s'estimait heureux. Il contempla de manière trop admirative Delacour qui, à demi allongé sur l'immense canapé scandinave du salon, sirotait sa boisson chaude à petits coups de langue étudiés. Si le regard de Plaisir avait été un allume-barbecue et Delacour une brochette, ce dernier aurait brûlé jusqu'au dernier gramme de viande.

« Bien, l'interrompit dans sa rêverie Delacour. Allons-y. La réu a lieu à Matignon ?

— Bien sûr. Dans la salle du Conseil. Nous avons voulu, le Président et moi, que les responsables des cultes soient reçus avec tous les honneurs. Il ne s'agit pas de les humilier mais de leur faire comprendre qu'ils appartiennent au passé. Quoi de mieux qu'un cadre ancien, qui leur fasse ressentir le poids des siècles, pour ça ?

— J'ai demandé à ce qu'une équipe de tournage soit présente pour alimenter en vidéos l'application Navarre +. Rien ne sera caché aux membres déjà inscrits. Inutile de vous préciser que je vais vous demander d'en prendre compte. D'avoir l'air cool, comme vous savez le faire, relax, glamour. Et détendu. Vous ouvrirez le dernier bouton de votre chemise. Quand on a l'épiderme chocolat au lait comme vous, il faut le montrer. Il faut que les gens aient envie de vous comme ils auraient envie de craquer pour une tablette de Milka au Monop de la gare de Lyon alors qu'au départ ils avaient prévu de prendre une salade composée.

— Je serai détendu, je... je... serai comme vous vou... voulez.

— Que vous arrive-t-il, Plaisir ? Ce n'est pas votre bégaiement qui repart ? Parce que là, on n'a vraiment, mais alors vraiment pas besoin de ça.

— Je su... sui... je suis juste un peu anxieux. Ça va passer.

— OK. Pourquoi est-ce que je vous demande d'être cool ? Parce que, en face de nous, on va avoir des religieux qui, eux, ne le seront pas du tout. Les mecs sont remontés comme des syndicalistes d'une société dont le patron annonce un gel des salaires le jour où on apprend que les actionnaires vont se partager une prime de 18 millions d'euros. Si j'ai souhaité qu'une équipe de tournage soit là, c'est aussi pour montrer ça : ces vieux dévots, ces culs-bénits, ces vestiges, la bave aux lèvres, face à vous, serein, zen, qui leur avez proposé les ors de la République et un putain d'énorme saladier à chouquettes ! On va les défoncer sur le plan de l'image ! »

Le visage cramoisi, les veines saillantes, Delacour était monté si haut sur ses grands chevaux qu'on aurait pu lui remettre son galop 7. À l'évidence, il bouillait d'impatience à l'idée de mener un nouveau combat. Ça tombait bien : il était l'heure d'y aller. L'appartement du Premier ministre n'était séparé de l'hôtel de Matignon que par quelques immeubles bourgeois livrés à la spéculation, mais pour des raisons de sécurité plus prégnantes encore depuis le lancement du Navarrisme, Plaisir et Delacour devaient s'y rendre en voiture de fonction. Le Premier ministre expédia un bref texto à son chauffeur, Antonio, et, ouvrant la porte d'entrée, avisa les deux agents en faction dans le couloir de sa volonté de quitter les lieux. Ceux-ci, après un signe de tête indiscernable, accompagnèrent les envoyés du Navarrisme jusqu'à l'ascenseur tout en fer forgé de l'édifice, et leurs silhouettes furent vite happées par la berline destinée à Plaisir.

Après un laps de temps si court que ni l'un ni l'autre n'eurent le temps d'échanger autre chose que des regards résolus, Plaisir et Delacour furent introduits dans la salle du Conseil de Matignon, où les attendaient, le visage fermé et la barbe en friche, les principaux responsables des cultes. Plaisir, qui avait passé de longues minutes à consulter les fiches de synthèse accompagnées des photos d'identité de chacun, n'eut aucune peine à coller des noms sur les visages tout en colère. Il reconnut, dans le désordre, Amos Nehemia, le grand rabbin de France ; Ahmed Fellous, le président du Conseil français du culte musulman ; le cardinal Jean XIX, président de la Conférence des évêques de France ; Nicolas Ivanenko, le porte-parole de l'Assemblée des évêques orthodoxes de France ; François Charpentier, le président de la Fédération protestante de France ; et enfin Marc Zang-Muller, le président de l'Union bouddhiste de France. Si on avait dû noter la convivialité de ce moment sur un site dédié aux instants *cosy*, il aurait obtenu la note de zéro, juste devant l'accueil réservé aux hôtes dans un camping-caravaning venant d'être dévasté par une tempête tropicale requalifiée avant son arrivée en ouragan. Mais le Premier ministre paraissait étonnamment à l'aise, la présence de Delacour, ce cowboy de la vie quotidienne, le rassurant presque sur sa propre capacité à convaincre. Il vint se placer à l'extrémité de la longue table qui occupait la quasi-totalité de la salle du Conseil, Delacour à ses côtés, tandis qu'un jeune vidéaste dont personne n'avait retenu l'identité balayait la pièce de mouvements fluides, un smartphone en mode vidéo dans les mains.

« Messieurs les responsables du culte, bonjour, dit Plaisir. Je commencerai par vous faire remarquer que nous sommes ici entre hommes. Or, d'après le dernier recensement, la France compte presque 52 % de femmes. Où sont-elles ?

— Monsieur le Premier ministre, vous n'allez tout de même pas nous attaquer sous l'angle démagogique de la place des femmes dans l'Église, protesta Jean XIX.

— Mais si, je vais le faire. Je comprends que pour vous il s'agisse d'un sujet secondaire, mais le Navarrisme c'est l'égalité de tous et de toutes. De tous ceux et de toutes celles, en fait, qui acceptent de confier leur existence à Jean-Claude Navarre.

— C'est ridicule ! Ce sont des siècles de traditions et de croyances que vous foulez aux pieds !

— Calmez-vous, répondit Plaisir en prenant bien soin de jeter un œil tranquille et maîtrisé au jeune vidéaste anonyme.

— Non, je ne me calmerai pas ! Les autres responsables du culte et moi-même avons longuement discuté, et notre message pour vous est clair : nous ne nous laisserons pas faire. Nous n'allons pas disparaître en quelques jours pour un projet aberrant qui pervertit les âmes des fidèles. Et vers lequel les gens viennent pour l'argent. »

Au mot « argent », Jean-Patrick Delacour se redressa et, d'un discret contact sur l'avant-bras du Premier ministre, geste qui fit bouillir ce dernier intérieurement, lui indiqua qu'il prenait la main.

« Messieurs, vous connaissez sans doute mieux le Premier ministre que moi. Je m'appelle Jean-Patrick Delacour, j'ai fait carrière dans la publicité, et je dois dire qu'au niveau de la com les Églises ont toujours su faire très fort. L'océan qui s'ouvre en deux, Jésus sur la croix, et tout le reste (il se tourna vers Marc Zang-Muller). Pardon, je connais mal le bouddhisme, mais le dalaï-lama, ce symbole de paix total, qui lutte avec un énorme sourire contre la répression chinoise, le message est top. Donc ne me parlez pas d'argent. Ni à moi ni au Premier ministre.

Parce que l'argent, vous le prenez, alors que nous, on le distribue. Ensuite... »

Un bruit de chaise qu'on repousse se fit entendre et Delacour sortit de la bulle d'admiration qu'il avait édifiée autour de lui afin de se concentrer sur l'origine du fracas. Le grand rabbin, la barbe tremblante, s'était mis debout, avec dans le regard un ciel foudroyé d'éclairs.

« Je quitte cette réunion. Je ne vois d'ailleurs même pas pourquoi je suis ici.

— Très bien. Vous êtes libre, monsieur, répondit Delacour du tac au tac. Nous vous avons réunis dans une démarche de dialogue et même, disons-le, d'amour. Le président Navarre est conscient de l'équilibre que vos religions ont apporté à la République. Je sais, par exemple, à quel point l'islam est facteur de pacification dans certains quartiers sensibles. Enfin, ça et le trafic de drogue. Le Navarrisme n'est pas une tentative de vous réduire à néant. Au contraire, il vise à reprendre les aspects bénéfiques de chacune de vos fois et à les mixer pour aboutir à une religion commune. Le Président vous aime, vous savez, et son amour rayonne sur l'offre qu'il nous a demandé de vous présenter aujourd'hui. Rasseyez-vous, monsieur le grand rabbin. Le Premier ministre va tout vous expliquer.

— Oui, en effet, euh... bredouilla Plaisir. Le Pré... Président nous a confié un message pour vous, et ce message est le suivant : tous autant que vous êtes ici, vous êtes invités à rejoindre le Navarrisme. Pas en tant que fidèles, puisque vous occupez les uns et les autres les plus hautes fonctions au sein de vos Églises respectives ; en tant que Messagers. »

Plaisir claqua des doigts comme on le fait sur une musique un peu *groovy* quand on veut montrer qu'on a le sens du rythme mais qu'on n'ira pas jusqu'à danser, et un assistant semblant sortir d'un placard secret installa rapidement un tableau de type paperboard. L'homme vint se placer à la droite du tableau et, armé d'un marqueur noir, se mit à écrire en lettres capitales le mot « MESSAGERS ».

« Être messager, c'est plus qu'être cardinal, imam, archevêque, rabbin, simple prêtre : c'est être le porteur d'une idéologie commune. Je sais que, durant si longtemps, vous vous êtes concentrés sur vos différences. Eh bien c'est terminé. J'ai le plaisir de vous annoncer que, désormais, vous allez travailler ensemble, sur vos points communs. Mais pas seulement... »

Plaisir, un sourire enfantin lui barrant le visage, se mit debout, car l'annonce qu'il avait à faire exigeait une certaine solennité.

« Vous allez aussi, sur la base du volontariat, prêter au président Navarre vos lieux de culte respectifs. Églises, mosquées, synagogues, temples. Dans un premier temps, nous vous autoriserons à pratiquer votre religion en plus des cérémonies navarristes. Tout ce que nous vous demandons, c'est d'ouvrir vos espaces aux Navarristes une fois la semaine, le samedi à 20 heures. C'est ce jour précis et à cette heure-là que, nationalement, l'office Navarriste aura lieu. Il durera une heure, ce qui ne pénalisera pas ceux et celles qui veulent enchaîner sur un resto, pas plus que ceux et celles qui souhaitent passer l'après-midi à se reposer.

« Mais d'abord je me tourne vers vous, monsieur le cardinal. L'office du samedi 20 heures sera retransmis en live sur France 2, la présidente de France Télévisions, qui a d'ailleurs prononcé son affiliation au Navarrisme avant-hier, a accepté. Elle est avec nous, et est même allée, à la demande du Président, jusqu'à licencier Élise Lucet, qui s'apprêtait à lancer une grande enquête sur les dessous du Navarrisme. »

Brusquement, le Premier ministre se souvint que la réunion était retransmise sur Navarre +.

« Élise Lucet, à qui il a été bien sûr proposé un autre travail, bien mieux rémunéré, puisqu'on l'adore, et le Président aussi : celui de chasseuse de religieux. L'idée est simple : cette dame a fait craquer pas mal de patrons du CAC40 et même des secrétaires d'État en les poursuivant jusque dans leur salle de bains au moment où ils se brossaient les dents. Bon, eh bien, nous lui avons proposé de vous pourchasser vous, ainsi que vos collègues, un par un, jusqu'à ce que vous vous affiliez vous aussi au Navarrisme. Encore une fois, c'est dans votre intérêt que nous faisons cela : est-ce que vous n'en avez pas marre des privations, des jeûnes, du repentir permanent, des rites marmonnés par des types tristes ? Il est temps d'injecter du plaisir dans la religion !

— Du fun, ajouta Delacour.

— Pourquoi me regardez-vous en disant cela, monsieur le Premier ministre ? Qu'attendez-vous de moi ? demanda Jean XIX, qui semblait à la fois émoustillé par la perspective de sortir un jour du recueillement que réclamait son culte et soucieux de respecter les traditions inhérentes à la chrétienté.

— C'est simple, cher cardinal. Nous aimerions que vous mettiez à notre disposition, chaque samedi à 20 heures, l'église de la Madeleine, ici même, à Paris. Le lieu est somptueux, incite au respect et à l'élévation de l'âme, et puis les Français connaissent cette église, puisque c'est là qu'ont eu lieu les funérailles de Butch Goodnight, le rockeur.

— Autoriser cela, ce serait valider le Navarrisme, monsieur le Premier ministre.

— Qui entretient l'église de la Madeleine, cardinal ?

— Je... je ne vois pas le...

— C'est la Ville de Paris. Autrement dit, les deniers publics. Et même si, officiellement, je n'ai pas à mettre mon nez dans ce genre de comptes, il se trouve que j'ai une relation privilégiée avec la maire de Paris, Mme Rimini. Nous étions jeunes et un peu fous et avons tissé lors d'une année en Erasmus des liens indéfectibles. Sur fond d'alcool et de coucheries, si je dois être totalement transparent, mais aujourd'hui on s'apprécie toujours énormément, dans une sobriété pourtant inébranlable.

— Mme la maire kiffe le Premier ministre, ajouta Delacour. S'il n'a plus rien, pas une miette à donner aux pigeons, c'est parce qu'elle lui mange dans la main.

— Il ne faudrait pas, reprit Plaisir, que les travaux de rénovation de l'église prennent du retard, et qu'il faille fermer celle-ci à cause de ce retard. Vous savez ce qu'on dit à propos des chantiers...

— On sait quand ils commencent, jamais quand ils s'arrêtent », dit Delacour.

Outré par l'arrogance des deux navarristes, le cardinal suivit le grand rabbin vers la porte de sortie, à reculons, comme s'il avait peur que l'un des hommes ne fonde sur lui subitement, par-derrière. Sans un mot, il quitta la pièce, tandis que Plaisir, galvanisé par l'audace dont il se réalisait capable, criait à son adresse, alors qu'il s'effaçait : « Je vous laisse quarante-huit heures ! Quarante-huit heures pour accepter de mettre à notre disposition cette église, ainsi que toutes les autres ! »

Puis il pivota sur lui-même, aussi vivement qu'un tabouret tournant de Photomaton et, en regardant les autres responsables des cultes dans les yeux, prononça ces mots qui sonnaient comme une sentence : « Messieurs, ceci est valable pour vous aussi. Vous avez quarante-huit heures pour décider d'être avec nous ou contre nous. J'ai ouvert un Google agenda partagé, avec vos adresses mail personnelles. La prochaine réunion est déjà inscrite dessus. Je vous dis à après-demain. On fera le point. »

Plaisir et Delacour se levèrent d'un même élan et s'élancèrent à leur tour vers la porte massive aux ornements chics, Plaisir dressant comme gimmick d'au revoir un pouce triomphant vers le téléphone en mode caméra du vidéaste anonyme de l'application Navarre +.

16

À l'Élysée, Jean-Claude Navarre visionnait les vidéos de la section « nouveautés » de Navarre +, lorsque son épouse Samia entra en trombe dans l'imposant bureau qui constituait son quotidien professionnel. « C'est génial ! » cria-t-elle à son mari qui eut du mal à la reconnaître, tant le calme méthodique de cette femme de pouvoir paraissait s'effacer au profit d'une exaltation qui ne lui ressemblait pas. C'est formidable. 5 millions ! Nous sommes presque 5 millions d'inscrits ! C'est fou ! J'ai envie de toi, Jean-Claude. Comme jamais encore je n'ai eu envie de toi… »

Un peu désemparé par cet accès de désir soudain, que Navarre savait devoir plus au succès de leur entreprise commune qu'à son physique somme toute classique, il ne réagit pas réellement, ce qui eut sur Samia l'effet d'une douche glacée prise dans une salle de bains trop humide envahie de moisissures. L'homme de la modération qu'il était marmonna un timide :

« 5 millions ?

— Oui, 5 millions ! enchaîna Samia, dont l'odeur de transpiration, qui embaumait la pièce et qui en temps normal l'aurait terriblement excité, lui levait maintenant le cœur. Depuis la première CAN du 14 juillet, on a gagné 3 millions de membres.

Nous sommes le 25. À ce rythme-là, toute la France va être navarriste avant l'automne ! »

Jean-Claude Navarre se leva lentement et vint se placer devant la porte-fenêtre qui donnait sur le jardin. L'air était sec et caniculaire, comme tous les mois de juillet depuis que l'activité humaine avait détraqué le climat. La fontaine crachait péniblement une eau trop chaude, tandis que les rares insectes ayant résisté à quarante ans de glyphosate voletaient avec difficulté, narguant les derniers spécimens d'oiseaux quasi éteints depuis déjà trop de temps. Navarre, à l'aube, car il était trop excité pour réellement dormir, avait appris en regardant une rediffusion de *C dans l'air* que le Rhin était désormais à sec. Le fait que l'hydrologue Rosa Habiba éclate en sanglots dès le premier quart d'heure de l'émission ne l'avait pas rassuré quant au fait que le grand fleuve se régénère un jour.

« Je ne sais pas, Samia. Je te remercie de tenir ce projet à bras-le-corps, de le porter comme tu le fais. Tu es belle et forte et je t'aime. Mieux, je t'admire, continua-t-il en fixant la masse de végétaux terrassés. Mais je me sens un peu dépassé par cet engouement, à vrai dire. »

Samia le contempla d'un air navré. Elle le savait, Navarre était de ces soldats qui déclarent les guerres mais qui, alors que l'essentiel de la bataille reste à mener, se glissent dans le fond d'un canapé qui les avale et zappent des séries télé vieillottes, dans un renoncement tout masculin, dépassés qu'ils sont par l'ampleur de la gloire qui les attend. « J'en ai trop bavé pour tout stopper maintenant », se dit-elle en résistant à l'envie de lui planter ses ongles dans les joues pour secouer son crâne indécis d'avant en arrière et de gauche à droite jusqu'à ce que le doute le quitte.

« Jean-Claude, tu es l'homme que le pays attendait. Tu as laissé le choix à ce peuple : carton plein. Quoi que tu en penses, le résultat est dingue. Tu as fait la CAN, nouveau carton, les images étaient top, c'était tellement magique que j'ai eu envie d'embrasser Stéphanie à pleine bouche, de lui lécher les dents une par une. Les gens se sont reconnus dans cette famille décomposée qui se recompose. Notre situation, une femme quittée, une autre qui arrive, un homme qui bouleverse le cours de sa vie, une gosse qui fait ce qu'elle peut pour suivre les coups de cœur et les plans sexe des adultes, ils vivent tous ça. Et puis cet espoir de faire société enfin, tous ensemble ! On a rebooté la République ! »

Samia avisa un fauteuil cossu dans le coin opposé de la pièce et s'y lova tout en ouvrant son ordinateur portable dont le fond d'écran était une vieille photo d'eux en congés en Croatie, sous le soleil, devant une mer calme et d'un bleu intense, alors que leur existence n'était qu'amour désintéressé.

« Bien, reprit Samia. Dans un sens, tu as raison : 5 millions, ce n'est pas 10 ni 20. Nous en sommes au début du projet. Sylvain vient de m'appeler : il a fait la deuxième réunion avec les responsables des cultes. Aucun n'a accepté de rejoindre le Navarrisme. Par contre, le cardinal accepte de nous prêter la Madeleine, en échange de matériaux de meilleure qualité pour le chantier de rénovation de l'église. J'ai vu avec la maire de Paris : elle a signé un bon de commande pour du marbre brut, et les chaises seront dessinées par Philippe Starck. On a ajouté dans le paquet cadeau un buste du cardinal Jean XIX lui-même, de trois mètres de haut, conçu par l'artiste nord-coréen qui en temps normal réalise les sculptures représentant Kim Jong-un. Résultat : il est OK. Le samedi, à 20 heures, l'office navarriste sera diffusé en direct de la Madeleine, sur Navarre + et sur les chaînes du service public. Ça promet d'être magnifique.

— Oui, répondit Navarre, mais les religions restent en place.

— Pour l'instant ! On va les avoir à l'usure. Avec les *people*, notamment. Je n'arrête pas de bosser avec Delacour, qui a de très bonnes idées. La Crevure, tu sais, le rappeur, ça a fait son petit effet chez les jeunes. Il faut continuer dans cette voie. Donc pour chaque office du samedi, on va essayer d'avoir trois, quatre grosses stars, et l'office va être divisé en trois : d'abord la messe proprement dite. Très courte séquence, quelques phrases bateau tirées de livres de développement personnel. Puis les stars présentes deviennent des fidèles du Navarrisme, elles mettent leurs signes religieux dans la Boîte d'Abandon. Et là démarre la troisième partie : un show de vingt minutes, un peu comme celui de la mi-temps du Superbowl aux États-Unis, avec du chant, de la danse. Delacour a résumé cette partie par, je le cite, "de l'*entertainment*".

— Et les autorités religieuses sont d'accord pour que ce genre de choses se déroule dans l'église de la Madeleine ?

— Disons qu'on a ajouté deux ou trois petits cadeaux pour ces gens-là. Des voitures, des voyages, et on a eu Bono, le chanteur de U2, qui a promis de faire venir le pape en France sur trois semaines complètes.

— Mais comment va-t-il faire ?

— Apparemment, il a prévu de dire au pape qu'il chanterait devant lui tant que ce dernier ne calerait pas une longue visite chez nous. Le pape déteste U2. Il n'aime que le hip-hop, d'après Difool de Skyrock que j'ai eu au téléphone pour lui proposer de faire gagner dix adhésions gratuites au Navarrisme aux auditeurs de sa radio.

— Bon. Parlons-en justement. Les 5 000 euros offerts à l'entrée dans le Navarrisme. Est-ce que le système fonctionne bien ?

— Oui, Jean-Claude, c'est encore un succès. JP Max a lancé un hashtag sur les réseaux, #mes5000boules, que les internautes reprennent par milliers. Ils se filment avec les objets qu'ils ont pu s'offrir grâce aux 5 000 euros. En fait, c'est pour la rentrée que je me fais un tout petit peu plus de souci. »

Le front de Samia Navarre s'affaissa et une ride apparut, lui barrant le haut du visage. Le Président en connaissait la signification : un obstacle menaçait le plan parfaitement huilé de sa femme.

« Je me fais du souci, poursuivit-elle, pour les cérémonies, les offices de la rentrée. Pour l'instant, l'été bat son plein, il fait beau, il fait chaud, ils se font tous en extérieur. Divers navarristes, propriétaires terriens comme responsables d'infrastructures communales ou paysans nous ont prêté des champs, des arrière-cours, des stades. Le secrétaire général du Parti socialiste nous alloue même les locaux de son siège, dont il n'a plus l'utilité. Mais ça va à l'encontre du Navarrisme, qui promet du beau, du solennel, dans des endroits d'exception, qui inspirent la foi. En gros, il nous faudra rapidement les églises, les synagogues et les mosquées, quitte à en prendre possession par la force. »

Le front de Navarre descendit encore plus bas que celui de son épouse, et il parut aussi fatigué qu'un derviche tourneur qui, à cause d'un dysfonctionnement de son oreille interne, aurait totalement perdu le sens de l'équilibre. Lui qui redoutait le clash sentait pourtant l'affrontement arriver. Malgré la présence de 5 millions de supporters, attirés pour la plupart par la prime d'entrée de 5 000 euros, il savait le Navarrisme fragile. Il allait falloir décupler les arguments, rendre plus enthousiasmante encore la religion d'État. Il allait falloir innover.

« Appelle Delacour et dis-lui de venir ici au plus vite. Et également Plaisir. Timéo Labbé ne doit pas être loin. On se fait une réunion au sommet, tous les cinq, et on brainstorme. »

Alors que la bête politique en lui s'était réveillée, il quitta du regard le jardin accablé de chaleur, fit volte-face et regarda Samia avec le sourire carnassier du loup des forêts qui voit s'ébrouer trop près de son museau un marcassin peu au courant du principe de la chaîne alimentaire. À présent, lui aussi avait très envie d'elle. Leurs pulsions, cependant, semblaient s'être comme désynchronisées puisque au moment où ses mains descendirent pour retirer sa ceinture, elle attrapa son téléphone portable et, alors même qu'il s'apprêtait à lui susurrer des folies douces au creux de l'oreille, elle aboya littéralement l'ordre de se rendre au plus vite au palais de l'Élysée à Jean-Patrick Delacour. À peine avait-elle fermé cette bouche qui laissait voir des canines impeccables, plus blanches qu'une neige sur laquelle n'a déféqué aucun ours polaire, que Timéo Labbé, le secrétaire général de l'Élysée, entra dans la pièce, avec l'assurance de son jeune âge et en exécutant de petits sauts. D'autres pas lointains se firent entendre, puis, rapidement, car Jean-Patrick Delacour vivait chacune de ses foulées comme une performance physique, se rapprochèrent du bureau du Président.

« Vous avez fait vite, Delacour, l'apostropha Navarre alors que sa silhouette affûtée s'encadrait dans la porte.

— J'étais à côté, au bar de l'hôtel Paris Paradise, Monsieur le Président, répondit Delacour. Si je veux être à 100 % dans la mission que vous m'avez confiée, je ne dois pas m'éloigner. Pour tout vous dire, en deux semaines, je suis à peine rentré chez moi.

— Est-ce qu'on a des nouvelles du Premier ministre ? demanda Navarre à son épouse qui, au fond de la pièce, discutait vivement au téléphone avec un interlocuteur quelconque.

— Non, je suis désolée, mima-t-elle du bout des lèvres sans émettre de son tandis qu'elle bouchait du plat de sa main droite le combiné.

— Monsieur le Président, coupa Delacour. Je pense sincèrement que nous pouvons débuter à quatre. J'ai du respect pour le Premier ministre, mais soyons honnêtes : c'est un exécutant. Là, tout de suite, vous avez besoin d'un créatif.

— OK. Samia ? Tu viens ? »

Navarre n'aimait pas que sa femme s'éloigne de plus de quelques mètres de lui, non pas qu'il fût animé d'un désir pathologique de possession, mais parce que, sans elle, il se sentait fragilisé. Réalisant qu'elle était en présence non pas du Président de la République nouvelle star mondiale des médias mais du petit garçon craintif qui sommeillait en Navarre, elle mit un terme à sa conversation.

« J'étais avec Laurent Dupuis. Il a mal pris la conférence de presse du début juillet à l'hôpital. Il dit, Jean-Claude, que les questions que tu lui as posées sur ses nombreux mariages étaient inappropriées. Et puis, il n'a pas eu la place que tu lui avais promise dans le dispositif : tu as tout arrêté avant même qu'il intervienne. En fait, il se sent humilié.

— Humilié ?

— Bien sûr. Mets-toi à sa place. Tout au long de sa carrière, qui est incroyable, il a interviewé les plus grands, dont quatre présidents américains, mais aussi George Clooney, Greta Thunberg, et même, souviens-toi du JT avec effets spéciaux où il avait interrogé René la Taupe, ce personnage virtuel qui plaisait tant aux enfants !

— Écoute, Samia, pour Dupuis, je ne vois pas de quelle façon rattraper le coup. En plus, je te le dis sincèrement, on n'a plus besoin de lui. 100 % de notre com va passer par le digital. Les anciens médias sont morts. Laissons Dupuis mourir étouffé par les tonnes de maquillage qu'on lui met sur la tronche pour lui donner l'air d'avoir non pas un écart de trente ans avec ses conquêtes, mais seulement de vingt-cinq.

— Mon amour, tout mais pas ces vieux clichés ! Notre écart d'âge à nous, il est réel aussi…

— Ce n'est pas pareil. »

Un raclement de gorge provenant de la bouche de Jean-Patrick Delacour se fit entendre face à eux, ce qui les aida à se rappeler sa présence dans le bureau au décor ostentatoire du Président.

« Bien, enchaîna Delacour. Nous n'avons que peu de temps pour, je dirais, *pimper* le Navarrisme. Les bases sont posées et elles sont vendeuses : les 5 000 euros à l'entrée dans la religion d'État en constituent le principal point fort. On n'a pas fait mieux que l'argent pour amener les gens à faire quelque chose.

— Cette somme, dit Samia, attention. Elle est remboursable en cas d'abandon de la pratique du Navarrisme. Où en est-on là-dessus ? Timéo ?

— Eh bien, répondit Timéo Labbé, qui était en charge de l'aspect pratique des choses, tout est désormais en place. L'ensemble des lieux dans lesquels se pratique le Navarrisme sont désormais équipés de lecteurs de QR codes. Code que reçoit chaque membre à son inscription sur Navarre +. Une seule absence non justifiée est autorisée. Au bout de deux, le remboursement s'effectue par prélèvement immédiat sur le compte bancaire de la personne. Pour ça, on a mis un astérisque à la toute fin des conditions générales dans l'appli. D'ailleurs, parlons de la data…

— La… ? s'enquit Navarre.

— La data, ce sont les infos qu'on récolte sur les utilisateurs. Navarre +, ce sont déjà 5 millions de Français qui nous ont laissé toutes leurs données : nom, prénoms, adresse postale, coordonnées bancaires, âges. Ces millions de personnes, on les tient. Ce n'est pas un simple groupe d'êtres humains : potentiellement, et en le manipulant de la bonne manière, c'est une armée.

— Reste, dit Navarre, préoccupé, que 5 millions de gens n'en font pas 70. Il faut convaincre. La pacification de la nation ne se fera pas avec 20 % de la population.

— Justement ! »

Delacour, d'un élan démesuré, sauta sur ses jambes et sortit de sa housse la tablette tactile grand format qu'il tenait en permanence tout contre lui.

« Je me suis permis d'avancer sur le Navarrisme. D'abord, les lieux de culte. Nous n'allons pas convaincre tous les religieux de nous les prêter. À terme, il faudra contraindre. Et ce dès la rentrée de septembre. Le Navarrisme est source de paix, mais cette paix doit être apportée par une main forte. Si je devais faire une synthèse graphique de ce que je viens de dire, je dessinerais un symbole "*peace and love*", mais cerclé de barbelés.

— Pardon, réagit Navarre, comment les contraindre ?

— On sort la planche à billets. On les arrose comme des porcs, on leur fout des biftons au travers de l'élastique du slip, comme on le fait pour des stripteaseuses qui se dandinent !

— Calmez-vous, Delacour.

— Pardon, le projet me tient à cœur, je vis Navarre, je respire Navarre, je mange Navarre.

— Alors non, le coupa Samia dans un sourire. C'est moi qui mange Navarre. Le samedi soir. Enfin, plus maintenant, puisque le samedi soir, nous avons l'office. »

Tous éclatèrent d'un rire gras qui sentait bon la France de toujours. Le communicant qu'était Delacour, qui connaissait tout des explosions humaines, attendit le moment opportun, alors que les rires baissaient en intensité, pour reprendre.

« Je sais, ça va coûter de l'argent. Beaucoup de sous. Mais un peuple serein, qui se définit ensemble et vit un objectif commun, consomme moins de stupéfiants. Moins d'antidépresseurs. Il commet moins de suicides. Le fait de ne plus voir l'autre comme un ennemi à abattre mais comme un partenaire de ping-pong consolide le lien social. Je vous parle de milliards d'euros de remboursements de soins en moins pour la Sécurité sociale. Donc, premier point, on fait des chèques aux responsables religieux. Mais il n'y a pas que l'argent ; on ne parle pas assez du fond du Navarrisme : ce mélange des religions existantes, il faut le théoriser vite, il faut le faire exister.

— À quoi avez-vous pensé ? demanda Samia.

— Le Président l'avait annoncé, le Navarrisme reprend ce qu'il y a de plus enthousiasmant dans les religions actuelles. Ce qui est cool. En gros, les fêtes, les feux de joie, les moments d'effusions. Bien sûr, en fin d'année, on garde Noël, mais on le prolonge : quinze jours minimum. Pour coller à l'esprit laïc du Navarrisme, on va changer tous les noms. À la place de Noël, j'ai choisi un autre prénom. Et quel prénom correspondra mieux aux fêtes Navarristes que celui du fondateur du Navarrisme ? Noël sera Jean-Claude.

— Jean-Claude ?

— Tous les mois de décembre, ce sera "la fête à Jean-Claude". Exit les sapins, ça n'a pas de sens face aux défis écologiques de continuer à en couper des millions chaque année. Chaque Navarriste recevra par la poste un petit autel en plastique avec une pince en fer, pince à laquelle sera accrochée une photo de vous, Navarre. Avec un kit de 31 bougies, une par jour de la fête à Jean-Claude. Pâques, on garde, ce sont de bons moments en famille, mais on appelle ça "la fiesta du chocolat". J'ai appelé Jeff de Bruges, ils sont d'accord pour fournir des tas de Navarre en chocolat.

— Des Navarre en chocolat ? demanda Navarre, éberlué.

— Oui, vous voyez les lapins en chocolat ? Bon, eh bien il s'agit ni plus ni moins de les remplacer par une représentation de vous, Monsieur le Président, en chocolat.

— Est-ce qu'on gardera la clochette ? Je me souviens que ma fille, quand elle était petite, ne nous réclamait des lapins au chocolat que pour en conserver ensuite les clochettes.

— Pourquoi pas ? Ça adoucira encore votre image. Personne ne peut détester un homme qui est représenté avec une clochette.

— C'est vrai.

— Bref, vous avez compris le principe. Le ramadan, on garde, mais on étend le repas du soir à l'ensemble de la journée. Plus de jeûne, puisque les privations sont proscrites dans le Navarrisme. Je n'ai pas trouvé d'équivalent laïc pour le terme "ramadan" mais je propose de le rendre inclusif en le rebaptisant le "ram-Adam et Ève". Quant au judaïsme, on garde tout ce qui est falafels, boulettes et communion familiale. Mais, comment s'appelle cette fête durant laquelle on s'abstient de manger et boire pendant, je crois, vingt-cinq heures ?

— Il s'agit de Kippour, le renseigna Navarre.

— Voilà. On supprime. La vie est courte, donc mangeons et buvons. Le principe de base du Navarrisme, c'est la jouissance. Les sens en éveil. Mais avec des valeurs. Pas question de revenir aux déviances de l'après-Mai 68, quand les gens se sont mis à tripoter tous ceux qui déambulaient devant eux, y compris, pour certains, des enfants.

— D'autant que nous avons doté l'application Navarre + d'une sorte de mouchard qui nous renvoie en temps réel la position géographique de chaque fidèle, ajouta Timéo Labbé. Plus d'une dizaine de minutes passées en position statique devant une école, pour un adulte, et aussitôt une alarme remonte à la police. »

Alors que son épouse Samia recevait en AirDrop le fichier de Delacour contenant les lignes directrices du Navarrisme, le Président, l'air plus tourmenté que jamais, faisait les cent pas dans le bureau.

« Je… je ne le sens pas, finit-il par lâcher, à l'immense surprise de son équipe réunie. Je veux dire, ajouta-t-il, tout ça tient uniquement sur moi. Je suis partout : en photographie, en chocolat, sur l'appli… Et si je lâche ? Ou pire, si je meurs… Est-ce que rien de tout ça ne me survivra ? Le pays, par conséquent, reviendra à ses anciennes divisions, à ses chimères, à ses disputes incessantes ? Miser sur moi, c'est risqué. J'ai 51 ans, une santé vacillante, je vous rappelle qu'il y a quelques jours encore, j'étais alité à l'Hôpital américain… Samia ?

— Oui, Jean-Claude, oui, mon amour ? »

L'épouse du Président savait que le moment était arrivé. Cet instant crucial qu'elle attendait tant. Le partage du Navarrisme, toi + moi = la France.

« Samia, tu es une Navarre. Dès l'instant où tu es entrée dans ma vie, tu étais une Navarre. Je veux faire ça avec toi, et je souhaite que toi aussi tu apparaisses dans le plan de com. Delacour, il y aura deux Navarre en chocolat à cacher dans le jardin pour les enfants au moment des fêtes de Pâ… de la fiesta du chocolat. »

Alors que Samia Navarre s'apprêtait à se précipiter vers son mari pour l'enlacer aussi intensément qu'il était possible de le faire, un bip sonore se fit entendre, puis une voix synthétique imitant celle du Président sortit de son téléphone mobile, disant « nouveau fidèle premium ! ». C'était l'une des fonctions innovantes de la dernière version de Navarre + : celle permettant de connaître l'identité des célébrités qui rejoignaient le Navarrisme. Samia attrapa son appareil, qu'elle plaçait systématiquement dans la poche arrière de son jean, ce qui lui faisait un fessier au relief accidenté, et vit apparaître le nom et la photo de l'un des chanteurs les plus populaires du pays : Franck Christophe, l'auteur de « Aimer est un verbe intransitif » et du hit « Mon cœur ne dit rien mais il n'en pense pas moins ». L'adhésion de celui que les critiques surnommaient « l'inventeur du style humoristico-romantique » était un événement. L'homme, un habitué des raouts humanitaires aussi bien que des pince-fesses entre vedettes, avait déjà été invité plus d'une dizaine de fois à *50 Minutes Inside*, à tel point qu'après son appartement parisien, sa voiture, sa famille, son chalet à la montagne et sa nouvelle compagne, l'équipe de rédaction ne savait plus quoi montrer de lui. Pour sa dernière apparition en date dans le magazine, il avait donc été décidé de découvrir son intérieur, non pas les bibelots hors de prix qui ornaient les étagères tout aussi luxueuses de son pied-à-terre dans la capitale, mais son véritable intérieur : lors d'une ablation partielle du foie due à un cancer avancé, les chirurgiens tout sourire avaient montré les organes de Franck Christophe au public peu habitué à voir des tripes ailleurs qu'en Basse-Normandie dans un restaurant traditionnel.

Une deuxième alerte Navarre + émit un bruit strident, et le nom de Natacha Da Silva, la top model franco-portugaise avec qui Franck Christophe avait eu quatre enfants, s'afficha. « Ce n'est qu'un début, jubila Samia Navarre. Si Franck (elle avait pour habitude de n'appeler les stars que par leurs prénoms, pour afficher au grand jour l'intimité qui les liait), oui, si Franck vient, ils vont tous venir. » Elle savait à quel point les vedettes s'emboîtaient le pas, et qu'il suffisait qu'une star influente s'engage dans une voie pour que 99 % des autres aillent dans le même sens. Lorsque Justine Siméon, l'actrice aux sept césars, avait décidé de passer plus d'un mois sous sa couette afin de protester contre le port de la burqa imposé aux femmes dans l'Afghanistan des talibans, une centaine d'autres actrices de par le monde l'avaient imitée. La cérémonie des Oscars, en direct de Los Angeles, avait d'ailleurs pris un tour cocasse, dans la mesure où la moitié des invités présents s'étaient dissimulés sous d'épaisses couettes. Un homme, le cinéaste américain James Stenfield, ayant choisi de laisser dépasser de la couette un solide édredon illustrant la puissance de son phallus, avait provoqué le scandale en allant à l'encontre du message dispensé par les comédiennes. Didier Allouch, qui commentait pour le public français la soirée sur Canal +, avait déclaré, dans un des moments d'ingéniosité qui faisaient sa truculence : « On se croirait plus à la Maison de la Literie qu'au Dolby Theatre à Hollywood. »

Samia Navarre adressa à son mari un grand sourire.

« Mon amour, je suis une Navarre et j'en suis fière. Cette chance que tu m'offres de figurer à tes côtés en tant que *leader bis*, si je puis dire, du Navarrisme, je la prends, je la saisis et je t'aime.

— Madame Navarre, monsieur Navarre, l'interrompit Delacour, je vous aime quant à moi tous les deux. J'envoie immédiatement un SMS à l'équipe de veille de Navarre + pour qu'ils vous fassent apparaître en tant que couple sur la com officielle. »

Il ajouta, à destination de Samia, alors que le Président s'affaissait aussi près de la moquette de son bureau que l'aspirateur le plus puissant de la gamme sans fil Dyson :

« Je file, j'ai rendez-vous au Paris Paradise avec les CEO des plus gros sites de rencontres installés en France.

— Ah bon ?

— Oui, le Navarrisme, c'est l'amour. Et qui dit amour dit amour physique. Je veux que nous dynamitions le concept de la fidélité. Ça aussi, c'est ancien et imposé, créé même de toutes pièces par les religions.

— Oh… dit à voix basse Samia Navarre. Est-ce que… vous me faites une proposition ?

— Pas du tout. J'ai énormément de travail. Petitbon m'attend, on brainstorme rapidement et il vous envoie le rapport de la réunion. »

17

À 44 ans, Jil Stevenson incarnait la réussite ultime de l'économie numérique. Autodidacte, sa passion pour l'informatique l'avait menée de la banlieue de Dijon, où elle était née d'un père américain dont elle parlait beaucoup pour éviter d'évoquer l'existence bien moins exotique de sa mère bourguignonne, jusqu'au cœur de la Silicon Valley. Là, bien avant les autres, son travail occupant l'intégralité de ses journées et raccourcissant ses nuits jusqu'à les transformer en brèves périodes de repos (elle ne fermait jamais les paupières plus de deux heures consécutives, comme les journalistes aimaient à le rappeler lorsqu'ils décidaient de lui consacrer un portrait), elle avait atteint un niveau de conscience aiguë de ce qu'était la misère sexuelle. Si, étant de nature solitaire, cet état de latence lui convenait, il n'en était pas de même pour les personnes qu'elle croisait dans le cadre de son triomphe professionnel, et que l'absence de relations intimes minait. Elle avait alors eu l'idée, plusieurs années avant ses concurrents, de lancer ce qui était alors une révolution : le premier site internet de rencontres, eattheapple.com. Sur la page d'accueil s'affichait une femme à la poitrine opulente mal masquée par ses cheveux longs, et qui semblait fixer du regard l'utilisateur tout en léchant une énorme pomme outrageusement juteuse.

Les mouvements religieux, très actifs aux États-Unis, avaient exprimé leur réprobation vis-à-vis de ce lancement tape-à-l'œil, mais le succès immédiat du site, en dollars sonnants et trébuchants, avait fait taire l'opposition, dans ce pays où ce qui dégageait de l'argent paraissait par essence béni de tous les dieux. La mondialisation aidant, Jil Stevenson n'avait pas même eu à traduire le nom du site dans les différentes contrées d'implantation, et c'est assez naturellement que les Français s'étaient mis à se rencontrer virtuellement avant de franchir le cap de la relation en présentiel (même si le terme n'était alors pas utilisé, on disait « se voir en vrai »). Globalement, le nombre de lieux d'interaction sociale s'étiolant au fur et à mesure que les êtres humains se consacraient exclusivement à leurs réseaux sociaux, le visage plongé dans des posts Facebook vains, les sites de rencontres étaient devenus la norme.

Alors qu'elle avançait d'un pas rapide vers l'hôtel Paris Paradise, un 5 étoiles récemment repris par un consortium d'entreprises chinoises dans le quartier de l'Élysée, et qui avait mis à disposition de Jean-Patrick Delacour le plus *cosy* de ses salons de réception, elle reçut un SMS de ce dernier l'invitant à se hâter bien plus encore, dans la mesure où la réunion devait débuter à peine cinq minutes plus tard. Tous ceux qui un jour avaient eu affaire à lui le savaient : on ne faisait pas attendre Delacour. Encore moins depuis que les Navarre avaient fait de lui leur homme de confiance, le grand initiateur du Navarrisme, celui qui en écrivait les codes et en suivait le déroulement. Un jour sans doute, sur les vitraux des temples navarristes, apparaîtrait la silhouette dessinée à la fonte et imbibée de boissons énergisantes de Delacour, le crâne inondé d'un halo de lumière céleste, juste en-dessous de celles des Navarre.

« J'A-riv », écrivit-elle en abrégé, prisonnière volontaire de cette époque de l'instantanéité où retirer ne serait-ce qu'une lettre à un mot, elle le savait, était perçu comme une quête d'efficacité bien vue dans le métier.

« Bienvenue au Paris Paradise, madame, lui dit sobrement un portier dont la présence était devenue symbolique depuis que l'entrée de l'hôtel bénéficiait d'une ouverture automatique.

— Merci, j'ai rendez-vous avec M. Patrick Delacour.

— Jean-Patrick Delacour, la corrigea aimablement l'homme. Veuillez me suivre. »

Tandis qu'il l'entraînait dans un dédale de couloirs plus feutrés les uns que les autres, dont certains proposaient un degré de confort supérieur à la plupart des appartements parisiens environnants, Jil fit remonter, grâce à une technique asiatique ancestrale développée par son coach de vie qui venait pourtant de Melun, toute son énergie, ses fluides, vers son visage, afin d'être certaine de rayonner à son maximum au moment où Delacour l'apercevrait. Férue de manuels de développement personnel, « la papesse de l'amour 3.0 », comme l'avait surnommée un soir Julien Courbet dans l'émission *Capital*, savait que la première impression qu'on laissait à une personne se faisait durant les vingt premières secondes de la relation. Tout le reste, donc potentiellement des dizaines d'années d'échanges commerciaux et parfois, après un séminaire, un moment hot passé sous silence d'un commun accord, dépendrait de ces vingt secondes cruciales. Cependant, alors qu'elle n'était qu'à 90 % du transfert de ses énergies vitales du bas vers le haut de son corps, elle vit Delacour sortir avec vigueur de la salle de réunion pour s'avancer vers elle la main tendue et le sourcil levé. « On n'attendait que vous, madame Stevenson. Entrez vite. » Elle en était certaine : il s'agissait là d'une tactique de Delacour pour prendre ses interlocuteurs au dépourvu et les juger sur pièce, alors qu'ils n'avaient pas eu le temps de se préparer au maximum.

À son entrée dans le salon de réception, elle reconnut l'ensemble des convives présents. Tous les pontes de la rencontre en ligne étaient là, sagement alignés autour d'une énorme table, laquelle avait été étrangement recouverte d'une nappe descendant jusqu'au sol. Il y avait le Français Marc-André Sylvestre, du site lovesenior.com, la plateforme de référence des rencontres pour les plus de 65 ans, et qui venait d'en ouvrir une nouvelle, dédiée aux 80 et plus. L'actrice nonagénaire Joséphine Leymarie, qui en était l'égérie, apparaissait dans les spots télé de la marque au bras d'un vieil homme à l'hygiène parfaite et au sourire immaculé, qu'on imaginait sans peine revenir d'un week-end passé à jouer au golf quelque part dans le sud-ouest de la France. Jil aperçut Théo XX, l'ancien DJ disco-house parisien reconverti dans le monde des start-up, puisqu'il avait lancé avec succès un site de rencontres pour les jeunes, chopetameuf.fr, dont l'appellation avait entraîné une levée de boucliers dans les milieux féministes. « *Hi, Jil, how are you?* » lui demandèrent dans un anglais atroce les sœurs Salmi, des jumelles originaires de Casablanca qui régnaient sur le secteur des « rencontres entre Méditerranéens », comme mentionné dans leur dossier de presse qui prenait bien soin de ne jamais utiliser le terme « arabe ». Gwendal Scouarnec, le Breton qui, en 2002, avait lancé duobreizh.com, site dont le sous-titre, qu'il avait choisi par provocation, était « interdit aux Français », se trouvait aussi dans la pièce. Mais, de tous les individus qui attendaient que Delacour s'exprime, Jil Stevenson remarqua particulièrement la présence de son principal adversaire dans le business, l'Indien Amrish Khan, qui connaissait un succès mondial avec son site wedecide.com, qui consistait, pour l'utilisateur, à s'en remettre au hasard, dans la mesure où c'est l'algorithme qui tirait au sort, parmi des centaines de milliers d'abonnés, celui ou celle avec qui vous alliez faire votre vie, selon des critères que personne ne s'expliquait réellement.

« Bonjour à tous et à toutes, démarra Delacour. Je vais faire la réunion en français, en prenant soin de bien articuler et de ne pas parler trop vite pour que M. Khan, qui nous suit via Google Translate, ait le temps de bien tout comprendre. » Se retournant vers l'Indien, il lui cria en détachant chaque syllabe : « *I AM GO-ING-TO-SPE-AK-VE-RY-SLOW-LY* », alors que Khan levait les yeux au ciel, exaspéré. « Il manque deux personnes, enchaîna Delacour, qui n'ont pas pu être là, l'une parce qu'elle a la phobie des voyages et l'autre parce qu'il est atteint de coliques néphrétiques ("*HE-CAN'T-PEE*", dit-il en parlant trop fort à l'intention d'Amrish Khan). Je veux parler ici de l'Irlandais Jamie O'Brien, qui vient de lancer chez nous la version française, entreroux.fr, de son site qui fait un carton à Dublin. Mais aussi, malheureusement, de la star de la tech, l'homme qui se fait appeler Jasper ++, qui ne supporte plus de prendre l'avion, ce qui est d'autant plus gênant qu'il vit désormais dans le désert Mojave et est donc totalement seul. Il aurait dû être avec nous en visio cet après-midi, mais j'ai reçu un mail de son équipe me disant qu'une roche était tombée cette nuit sur le panneau solaire qui alimente sa tente en électricité. Le sorcier-gecko, un rebouteux habillé en écailles de lézard, est arrivé sur place afin de désenvoûter l'installation avant qu'elle ne soit réparée. Écoutez, tout ça me rend perplexe, mais l'essentiel est que vous, vous soyez là. Je vais vous parler du Navarrisme, qui est désormais la religion officielle de la France. Les autres sont tolérées, dans la mesure où Jean-Claude et Samia Navarre ne sont qu'amour. Vous qui êtes des artisans de l'amour sur le web, ça doit vous parler. Oui, Jil, je vous vois lever le doigt, exprimez-vous…

— Je crois, dit Jil Stevenson dans un français mâtiné d'un léger accent nord-américain, que vous vous trompez, monsieur. Nous ne sommes pas, comment dire, sur le même type d'amour.

— J'y viens. Les religions actuelles, j'entends par là celles d'avant le Navarrisme, sont dépassées dans leur conception de la sexualité. L'existence de vos sites le prouve : ce que veulent les gens, c'est du sexe.

— Pardon ? lancèrent presque en même temps les sœurs Salmi. Pas uniquement ! Prenez les Méditerranéens : les hommes et les femmes vivent dans des sociétés parallèles, qui ne se mélangent que rarement. La première des souffrances dans ces pays est la solitude.

— Oui, enfin, bon, on va pas se mentir, dit Delacour d'un air obtus. J'ai 68 piges, je commence à comprendre comment fonctionne le monde. La solitude, elle est pesante pourquoi ? Parce qu'on ne couche pas, point barre. On reste avec l'ensemble de son liquide séminal à l'intérieur de soi, et au bout de plusieurs mois à être seul, on en vient à se demander si notre corps va réussir à le contenir. On se transforme en gourde ! Avec la peau de ton oncle à la place de celle du chamois ! Mais je m'égare. »

Delacour réalisait que les directeurs des sites web de rencontres le regardaient, tous sans exception, avec une forme de consternation.

« Ce que je veux vous dire, reprit-il, c'est que les religions font du sexe une obsession, et que la femme y est discriminée. Le corps des femmes y est caché, alors que, pardon, mais quelle beauté ! Enfin, souvent... Parce qu'il y en a, bon... »

Si le propos de Jean-Patrick Delacour paraissait confus, c'était parce qu'il souffrait. Le bas-ventre littéralement en feu, il sentait sa vessie tendue à l'extrême car, il avait beau eu tout faire pour soigner son aspect extérieur, il n'existait ni haltères, ni lifting et guère de transformations possibles pour ce qui était de l'intérieur du corps. Même s'il avait pu penser un jour, brièvement, à la possibilité d'acheter des organes viables d'adolescents étrangers écoulés par la mafia mondiale sur le darknet, cette pensée l'avait vite quitté, puisqu'il avait en horreur les opérations chirurgicales. Comme tous les hommes de son âge concernés par la lente défaillance de leur prostate, Delacour devait se rendre aux W-C les plus proches au minimum une fois par heure, et la première information qu'il prenait, alors qu'il arrivait dans un lieu inconnu, était l'emplacement exact du lieu dédié au recueil des urines. Seulement, pris dans l'enthousiasme qui était le sien, il n'avait pas pensé à s'y rendre, par précaution, avant la réunion. Une goutte de sueur perla sur son front alors que des poignards aiguisés semblaient lui pénétrer le pubis, qu'il avait toujours impeccablement épilé, dans le cas où il s'engagerait dans une rencontre charnelle non planifiée.

« En fait, reprit-il avec difficulté, ce que je veux vous dire, c'est que dans le Navarrisme, le sexe sera autorisé, et même encouragé. Nous allons annoncer cette nouveauté lors de l'office de samedi, en direct de l'église de la Madeleine, et en live sur Navarre +. Notre point de vue est simple : avec une sexualité axée sur les tabous et les interdits, nous créons de la solitude. Et des déviances. J'ai toujours dit que si les prêtres étaient autorisés à avoir une femme, ils n'auraient pas à se tourner vers de jeunes enfants afin d'assouvir cette énergie sexuelle qui reste tapie en eux, prête à se libérer au passage de la première personne aperçue dans l'église. Et c'est pourquoi je vais avoir besoin de vous : nous allons, ensemble, lancer le pass NavarreSex !

— Le pass NavarreSex ? balbutia Jil Stevenson, de moins en moins à l'aise.

— Oui, nous allons vous rétribuer pour que chaque fidèle, chaque navarriste, puisse bénéficier d'un abonnement à vie à l'un de vos sites. Vous ne perdrez pas un centime : c'est l'État qui paiera. Deuxième point : si vous acceptez – mais vous n'avez pas le choix, puisque nous ferons fermer votre plateforme en cas de refus – il faudra gommer toute référence à l'amour, aux sentiments, pour ne se consacrer qu'au sexe. Le sexe pur, le sexe libérateur ! La génération de gens que nous sommes sera la dernière à se palucher sur du porno bas de gamme ! Ce que nous voulons, c'est une société du plaisir !

— Mais… quel est le but de tout ça ? demanda Gwendal Scouarnec. Prenez mon site, duobreizh.com, je l'ai pensé non pas pour partager des activités sexuelles, mais pour valoriser la culture bretonne.

— Oui, oh, l'interrompit Delacour. J'ai connu deux, trois Bretonnes qui avaient le bas du corps plus chaud que des crêpes complètes. »

Il observa les visages atterrés des professionnels du *dating*, réalisant que son humour sexiste et souvent graveleux pouvait se révéler obsolète. C'est alors qu'un nouveau coup d'électricité au niveau de la vessie le fit presque se plier en deux, comme si la douleur s'apprêtait à le transformer en origami. Il fit un signe à Gilles Petitbon, qui se tenait debout dans le fond de la pièce, et dont personne n'avait encore remarqué la présence.

« Je dois vous laisser quelques secondes avec M. Petitbon, l'ancien conseiller en communication du président Navarre, et qui désormais est sous mes ordres. Gilles, je vous en prie. »

Et, tandis que Petitbon s'approchait lentement de l'extrémité de l'ensemble de tables disposées en rectangle pour prendre la place de Delacour, celui-ci lança son corps dans une course qu'il voulut la plus digne possible vers les toilettes. Arrivé à l'endroit adéquat, mixte puisque l'hôtel Paris Paradise appartenait à une chaîne anglo-saxonne prônant le non-genré, il réalisa que les pissotières avaient été démontées et que seules subsistaient trois cabines prévues aussi bien pour les femmes que pour les hommes, les deux sexes à égalité devant attendre qu'elles se libèrent en cas d'affluence. À l'énorme soulagement de Delacour, celle de droite était libre. Il s'y précipita, et quelques secondes plus tard, faillit pousser un cri d'extase lorsque enfin le liquide doré gicla de ce membre démesuré, qu'il avait fait agrandir une quinzaine d'années auparavant au sein d'une clinique suisse – une histoire obscure d'e-mail non sollicité intitulé « *enlarge your penis* », sur le lien duquel il avait cliqué, ce que faisaient sans doute moins de 0,0001 % des destinataires de ce type de courriers. Seulement, Delacour était curieux et aimait son pénis.

Alors qu'il entreprenait de secouer son sexe de gauche à droite, puis de droite à gauche, dans une chorégraphie digne de la troupe des Ballets russes si la costumière avait quitté son poste, il passa aussi près de la mort qu'il était possible de passer. Ce qu'il entendit, il eut du mal à l'expliquer, plus tard, aux forces de police présentes sur les lieux de l'explosion, alors que tout le flanc ouest du Paris Paradise avait été soufflé par la déflagration. Un sifflement aigu, suivi d'une détonation, de projections de gravats qui produisirent un bruit sourd, puis, enfin, le silence. Autour de lui, dans ces toilettes pourtant situées à bonne distance des salles de réunion, il constata que les pans en plastique imitation bois des cabines W-C étaient couchés sur le sol, et il resta un long moment estomaqué, le pénis sortant de sa braguette ouverte, face à sa voisine de toilettes, une dame d'un certain âge qui se rendit compte bien tard aux yeux de Delacour qu'elle était toujours en position assise sur la cuvette, une large culotte lui descendant sur les genoux, comme pétrifiée par la stupeur. « Vous... allez... heu... ça va ? » bégaya Delacour en replaçant l'expression physique de sa masculinité dans son boxer en soie de marque italienne.

Puis, reprenant ses esprits et redécouvrant le sens des priorités, il se précipita vers la sortie et ne reconnut rien, comme dans ces reportages tournés dans des pays en guerre et dans lesquels un père de famille effaré pousse la porte de sa maison avant de réaliser qu'elle est la seule à être restée en place. Du couloir cossu qui desservait les diverses salles de l'hôtel Paris Paradise ne subsistait qu'une moquette balafrée, parsemée de débris de ce qui avait un jour été des matériaux de construction écoulés par un Point P de grande banlieue. Delacour aperçut, au loin, une employée de l'hôtel qui, depuis la partie non détruite de l'établissement, hurlait. Il ne le savait pas encore mais ce long cri d'effroi, il allait l'entendre mentalement tout le restant de sa vie, et il paierait bien des psychologues spécialistes du stress post-traumatique pour tenter d'éliminer ce son de sa tête, comme on efface un fichier audio de son ordinateur. Dans sa confusion, Delacour se dit que c'était bien la première fois qu'il croisait le regard d'une jeune femme terrorisée sans ressentir jusqu'au fond de ses tripes la volonté maladive de la consoler d'une manière réprouvée par la plupart des pouvoirs législatifs de la planète.

Il s'avança au milieu des ruines, tentant de repérer ce qui naguère, c'est-à-dire quelques minutes auparavant, avait été l'entrée du salon de la réunion avec Petitbon et les créatifs du web circonspects. Il ne la trouva pas. Lui qui avait passé la moitié de sa carrière à crier des slogans insipides pour des marques sans intérêt réel, entouré de jeunes loups admiratifs qui en même temps rêvaient de l'abattre lui, le chef de la meute, se retrouvait plongé dans un silence total. Un coup d'œil rapide à la dame qui hurlait lui permit de constater qu'elle gisait au sol, évanouie, et que ses collègues, hébétés, ne faisaient rien pour la ranimer, subjugués qu'ils étaient par l'étendue des dégâts et l'incompréhension béate face à ce qui était une scène de désolation.

Puis la femme se tut et il n'y eut plus de cris, aucun râle, uniquement un silence atroce et cette odeur du sang chaud qui pousserait les secouristes, plus tard dans la journée, à annoncer rapidement au chef de l'État qu'il n'y avait « rien à faire de plus ». Des traces d'ADN seraient collectées, des familles prévenues, une cellule de soutien psychologique mise en place, des yeux cracheraient des pleurs ; sur le temps long, certains diraient de ne pas céder à la haine, d'autres se radicaliseraient et, à longueur de forums internet, épingleraient des coupables tout désignés. Jean-Patrick Delacour eut la fulgurance d'esprit de penser que c'était sa vessie qui l'avait sauvé. S'il en avait eu la force, il aurait éclaté de rire. Lui qui n'était qu'amélioration quasi eugéniste de son être s'était vu épargner à une mort brutale grâce à la seule faiblesse contre laquelle il n'avait pas pu techniquement lutter : l'âge de ses entrailles. Ce jour de fin juillet, alors que l'air extérieur et l'air intérieur se défiaient pour savoir lequel se ferait le plus âcre, la prostate usée de Delacour lui avait permis de rester vivant.

Un bruit de verre brisé se fit entendre sous l'un de ses mocassins à mors de chez Gucci. Se baissant, il ramassa puis identifia rapidement l'objet : il s'agissait de l'Apple Watch de Gilles Petitbon, qu'il avait fait graver à l'Apple Store des Champs-Élysées de ses initiales, GP. Delacour connaissait mal Petitbon, la faute au manque de considération qu'il avait toujours eu pour lui et qui l'avait freiné dans sa découverte de l'individu caché derrière le collaborateur. Avait-il des enfants qui allaient le pleurer ? Une femme, un compagnon ? Dans son soulagement d'être encore là, en vie au milieu des morts, Delacour se sentait en effet même prêt à tolérer l'homosexualité. « Sans doute un signe du destin », se dit-il, comme, lorsque dans les séries B d'Hollywood à destination des cerveaux las du monde entier, un héros est empêché de prendre un vol à destination de l'Europe avant de voir plus tard, au-dessus de lui, déjà haut dans le ciel, l'avion se désintégrer. Son téléphone sonna, ce qui le fit sursauter, tant le silence post-apocalyptique était intense. « Navarre », affichait l'appareil. C'était donc le Président, puisqu'il avait entré le numéro de son épouse à « Samia ». Une voix dégoulinante de stress se fit entendre.

« Delacour ! Vous m'entendez ?

— Oui, Monsieur le Pré…

— C'était quoi, cette détonation ? Le service de sécurité de l'Élysée m'a déjà exfiltré, je suis en partance pour la Lanterne. Vous êtes bien resté dans le quartier pour votre réunion, non ? Tout va bien ? »

« Par où commencer ? » se dit Delacour, qui ressentait un mal fou à faire jaillir voyelles et consonnes de ses cordes vocales.

« Je, en fait, je ne sais pas grand-chose, mais ça a pété. L'hôtel.

— Le Paris Paradise ?

— Oui. Je sais que ça paraît bizarre, dit comme ça, mais il y a un énorme trou dans l'immeuble. Là par exemple, je suis dans un couloir, enfin, ce qui était un couloir, mais je suis dehors.

— Mais enfin, qu'est-ce qui s'est passé ? Je n'ai pas d'infos sur Navarre + !

— Je ne sais pas, une fuite de gaz ? On a perdu Petitbon. Je pense qu'il est mort. Et Jil Stevenson, et la moitié du Nasdaq. Je regarde autour de moi, là, je ne vois plus personne. Ils sont tous… Ils sont tous morts. »

C'est alors que les muscles de Jean-Patrick Delacour, tendus à l'extrême depuis l'explosion, se relâchèrent brusquement, entraînant la chute de son téléphone, qui vint rebondir mollement contre les tapis épais de ce qui avait été le Paris Paradise. Il entendit la voix de Navarre qui, paniqué, s'égosillait dans le combiné, s'éloigner de lui, jusqu'à ne plus être qu'un bruit diffus, puis il s'affaissa sur le sol et, alors que ça ne lui était jamais arrivé auparavant, se mit à pleurer à chaudes larmes. Le visage transformé en cours d'eau au débit hivernal, il distingua de manière approximative des ombres humaines s'approcher de lui à travers l'humidité qui s'agglomérait à la surface de ses pupilles. Il voulut croire qu'il s'agissait de Gilles Petitbon, accompagné des patrons de start-up, qui, dans un soulagement partagé, s'apprêtaient à lui annoncer qu'ils avaient survécu. Mais c'est une voix inconnue qui lui dit : « Monsieur ?... On est là, monsieur. On est les pompiers. Accrochez-vous à moi », tandis que la personne à qui appartenait cette voix le soulevait du sol avec précaution, comme on l'aurait fait d'un nonagénaire dans un Ehpad au moment de passer dans le réfectoire.

18

À la Lanterne, l'ancien pavillon de chasse contigu au parc du château de Versailles dédié au repos des présidents de la République, Samia Navarre fulminait. « Bien sûr qu'il s'agit d'un attentat ! Une fuite de gaz ? Aucune conduite ne passe sous l'hôtel à cet endroit-là. Et les cuisines sont à l'autre bout de l'édifice ! Tu déranges, Jean-Claude ! ON dérange... » Elle dévisagea Navarre, qui n'était que fatalisme et dévastation.

« J'aimerais faire un tour dehors, les bois sont si beaux l'été, et on pourrait y trouver un peu de fraîcheur », se disait-il, dans une forme de déni qui touchait à l'hébétude. Samia Navarre se tourna vers Didier Solignac, le directeur de la sécurité de la présidence de la République, qui désormais accompagnait le couple 24 heures sur 24, ce qui avait provoqué une forte réaction d'humeur de Samia. Sans l'ombre d'un sourire dans la voix, elle lui avait demandé s'il ne souhaitait pas également intégrer le lit conjugal. Le Président, à cette évocation, avait eu un début d'excitation qu'il avait réprimé bien vite en pensant à la mort de Gilles Petitbon, tandis que le fonctionnaire, zélé jusqu'à l'excès, avait poliment détourné le regard sans répondre à la provocation.

« Petitbon était l'un de nos plus fidèles compagnons, Jean-Claude ! Le jour où pour la première fois nous nous sommes vus, à la convention du Centre français de la Loire-Atlantique, il était déjà là, avec toi. Son assassinat est un coup direct porté contre toi, contre nous ! Sans compter qu'ils auraient pu éliminer en même temps Delacour ! S'il n'était pas allé pisser à ce moment-là, il nous resterait qui, maintenant ? Juste un tas de fonctionnaires, qui travaillent pour toi comme ils ont travaillé avant pour d'autres ! Solignac, est-ce qu'on a des nouvelles de Delacour ?

— Il va bien, madame, physiquement, en tout cas. Les psychiatres sont à son chevet pour établir un diagnostic concernant sa santé mentale. Étant donné qu'il est en pleurs depuis qu'on l'a sorti du Paris Paradise, je crains malheureusement que ce diagnostic soit peu favorable.

— D'accord, le coupa sèchement Samia. Vous êtes psychiatre, Solignac ?

— Non.

— OK. Je connais mon Jean-Pat, c'est un battant. Il a une force vitale incroyable et un physique qui, pour son âge, est dément. Il se remet de tout. Sa créativité fait qu'il est le grand penseur du Navarrisme, sans lui, il y a juste une façade de boutique vide. »

Le Président, assis dans un fauteuil Chesterfield dont le cuir usé témoignait du fait qu'il avait connu bien des fessiers, aurait aimé se lover plus intimement encore à l'intérieur du siège, jusqu'à ne plus faire qu'un avec lui. Il se fantasmait roulé en boule, dissimulé sous un plaid de mémère à chats, bien à l'abri de la fureur du monde. Accablé, il réalisa que sa conjointe avait raison : ils avaient lâché la bride à Delacour, qui, dès lors, s'était comporté comme un jeune poney venant de se faire piquer par un taon et qui, d'une ruade, expédie l'enfant qui le monte jusque dans un buisson de houx. Habités l'une par la soif de réussir, quel que soit le projet, l'autre par l'envie sincère de réunir le pays, leur couple ne valait rien sans ce roi de la pub sans vergogne, ce saltimbanque friqué, ce coureur de jeans slim qui avaient remplacé les jupons qu'était Jean-Patrick Delacour. Navarre le savait : les précédentes révolutions politiques s'étaient cristallisées autour d'êtres exceptionnels à la pensée fulgurante et à l'intellect démesuré. L'époque voulait que, désormais, toute révolution passe par un pubard. Aux grandes envolées lyriques avaient succédé une ribambelle d'accroches publicitaires et de *pitchs* en « prêt-à-gober » pour médias paresseux. Le constat était accablant : le Navarrisme n'était au final qu'une vaste start-up.

« Bien. On réunit les effectifs, dit Samia à l'intention de Timéo Labbé, le secrétaire général de l'Élysée, qui se tenait près de la cheminée, de façon si discrète qu'on aurait pu le prendre pour une bûche. Je veux Sylvain Plaisir au plus vite ici même. JP Max. On va avoir besoin de bonnes blagues pour communiquer et faire comprendre aux terroristes qu'ils ne gagneront pas. Roberte Angèle. Qu'elle vienne avec des chats. Il paraît qu'en fréquenter a des propriétés relaxantes. J'en veux vingt. Appelez La Crevure, qu'il bosse, s'il le veut bien, sur un rap concernant l'attentat.

— Mais, madame Navarre, intervint Solignac, il n'y a aucune preuve tangible qu'il s'agisse d'un attentat.

— Et vous pensez sans doute qu'on va attendre les résultats de l'enquête ? Ils arriveront quand, d'ailleurs ?

— J'appelle tout de suite la sous-direction antiterroriste pour savoir ce qu'il en est.

— Oui, oui, je m'en fous. Labbé, c'est noté ? Je vous donne une heure pour réunir tout le monde. Il faut d'ores et déjà penser réplique et contre-attaque. »

« Quatre personnes, pensa Samia Navarre, déconfite. De proches parmi les proches, nous n'avons que quatre personnes. » Elle se retourna vivement vers Timéo Labbé qui, les pouces virevoltants, envoyait des SMS aux contacts dont on désirait la présence.

« Timéo, pardon, je vais te tutoyer, mais je n'en peux plus de dire "vous" à quelqu'un qui a l'âge d'être mon petit frère. Il est temps d'agrandir la bande. Franck Christophe, le chanteur de variété, nous a rejoints il y a peu, on a tous reçu l'alerte de Navarre + à ce sujet : qu'il s'engage ! Fais-le venir aussi. Ainsi que sa femme, Natacha Da Silva.

— Son ex-femme, répondit Labbé.

— Ça m'est égal. Rien ne tient plus le temps long, donc on est toujours l'ex de quelqu'un. Qu'elle vienne. Elle est bien top model ?

— Oui, enfin, elle a 41 ans, je crois, donc elle est plus sur les pubs pour les produits anti-âge.

— Ce n'est pas elle qui fait la campagne Peau Nette pour les huiles au monoï et à l'extrait de papaye contenant du lait maternel ?

— Si, il a été prouvé par des scientifiques, chinois je crois, que le lait de femme appliqué sur la peau du visage avait tendance à bien la raffermir.

— C'est pour ça que les bébés paraissent si jeunes. Grâce aux éclaboussures de lait qui leur arrivent sur les joues.

— Je ne sais pas...

— Appelle-moi tout ce beau monde. Il faut qu'on passe la seconde niveau *people*.

— Timéo ? »

Depuis le fond du canapé de cuir tanné, la voix caverneuse du président Navarre sembla remonter des entrailles de la terre, comme si, ayant chuté au fond d'un ravin en faisant son jogging, on venait de lui descendre un panier pique-nique après quatre jours passés à le chercher en vain et qu'il revenait lentement à la vie.

« Timéo, je soutiens ma femme dans ses choix, donc d'accord pour les stars. Mais j'aimerais que pour ce point de situation, le chef d'état-major des armées soit présent. Si jamais il s'agit bien d'un attentat... Autre chose : je tiens à protéger Stéphanie, ma première épouse, ainsi que ma fille Julie. Pour m'atteindre moi, il est possible que les terroristes cherchent à s'en prendre à elles. J'aimerais donc qu'elles s'installent à l'Élysée afin de bénéficier de la plus haute protection possible. Samia, ça ne te dérange pas ? »

L'actuelle conjointe du Président eut un sourire pincé.

« Pas du tout, du moment que tu les colles à l'autre bout du Palais. Depuis la CAN, j'ai tissé un lien avec Stéphanie, mais il n'ira pas jusqu'à la vie en communauté. Elle dans son lit, moi dans le tien. C'est OK ? dit-elle sans le regarder.

— Bien sûr, enfin, Sam, tu sais que Steph ne représente plus rien pour moi.

— Steph ? Tu l'appelles Steph ?

— Oui, bah ça va plus vite que de dire Stéphanie et...

— On ne donne des diminutifs qu'aux gens qu'on adore, Jean-Claude.

— Je te rappelle que tu appelles Delacour "Jean-Pat".

— Ce n'est pas un poisson que tu essaies de noyer, Jean-Claude, c'est un banc de thons ! Je... »

Un raclement de gorge aussi discret que peu guttural les fit se tourner vers Didier Solignac.

« Pardon, Monsieur le Président, de vous interrompre, mais les services dédiés à la lutte antiterroriste le confirment à l'instant : c'est bien un attentat. Les traces trouvées dans ce qui était la salle de réunion de l'hôtel le prouvent : un engin explosif était placé sous la table centrale. Delacour a été entendu, il se souvient d'avoir remarqué que sur cette grande table avait été disposée une nappe, qui tombait jusqu'au sol, et qui empêchait toute personne présente de voir ce qu'il y avait dessous.

— Est-ce que cet ignoble attentat a été revendiqué ? s'enquit Navarre.

— Malheureusement non. La piste de l'extrême droite est étudiée. Estelle Cadiou, de Bleu Blanc Rouge, le parti qui se rapproche le plus idéologiquement de ces mouvances, a été entendue. Après s'être défendue de toute collusion avec ces organisations, elle a téléphoné à leurs responsables et ils ont juré, un par un, n'avoir rien à voir avec l'explosion.

— Ils l'ont juré sur quoi ?

— Sur la France. Nous pouvons donc les croire.

— Pour ce qui est du chef d'état-major des armées... Je suis d'accord avec vous. En tant que chef de la sécurité de l'Élysée, je ne peux rien faire de plus. Vous en remettre aux militaires est la bonne solution. Eux sauront riposter.

— Merci, Solignac. »

Moins de trois heures plus tard, dans le jardin de la Lanterne, en cette chaude soirée de fin juillet, perché sur une estrade montée à la va-vite, le président Navarre faisait face à une foule de journalistes pour une conférence de presse improvisée. En l'absence de professionnels de la communication en poste à ses côtés, puisque Petitbon était décédé et que Delacour luttait pour ne pas laisser les névroses accumulées au plus profond de son être l'envahir lors de son premier moment de relative faiblesse, les Navarre y étaient allés au feeling. Samia avait ainsi suggéré que son époux, habituellement roulé dans un costume cintré conçu autant pour masquer ses légers bourrelets que pour mettre en valeur les rares muscles s'étant formés sur son anatomie abîmée, se présente en bras de chemise, les manches relevées, dans une posture censée suggérer l'action. « Pas de maquillage, avait-elle ajouté à l'intention d'une jeune femme s'approchant du Président, pinceaux et tubes à la main, tel Auguste Renoir si, en 1877, il n'avait pas choisi comme support une toile mais quelqu'un. Il faut que l'épreuve que nous traversons, et que traverse la France, se lise sur nos visages. » La lumière chaude des projecteurs se fit, et les moustiques présents dans ce coin des Yvelines volèrent en masse vers le halo entêtant des éclairages de la télé.

« Nous sommes prêts, Monsieur le Président, lança un journaliste de la première chaîne, celle qui, par son audience importante, avait été désignée pour donner le départ de la contre-attaque.

— Attendez, les amis, répondit Navarre, concentré. Je donne la priorité à Navarre +. On fait cinq minutes de coulisses en exclu pour les fidèles, et ensuite je bascule sur les canaux traditionnels.

« Eh bien, bonsoir ! enchaîna-t-il en se tournant vers un post-ado timide qui gérait la partie live de l'appli. J'espère que vous allez bien. Je vous aime. Mon épouse Samia vous aime également. D'ailleurs, elle va vous le dire. » Samia Navarre rejoignit le Président dans le cadre et, les lèvres formant ce que partout, et pas seulement dans la Sarthe, on appelle une « bouche en cul-de-poule », dit tout en coulant un regard de braise vers l'objectif du smartphone :

« Salut, les loulous, bonjour, la team ! Ils ont essayé de nous abattre aujourd'hui, mais vous et nous, tous ensemble, on est les plus forts ! Bisous ! »

Jean-Claude Navarre coupa son téléphone portable, geste qui marqua le début de la conférence de presse.

« Mesdames, messieurs, navarristes d'hier et de demain. Mesdames et messieurs les journalistes. » Navarre ruisselait autant qu'une éponge à la sortie du bac à vaisselle. « L'heure est grave. Le projet qu'ensemble nous menons, que vous avez plébiscité par référendum, a été attaqué cet après-midi même par un groupe inconnu. À l'heure qu'il est... » D'un geste rapide du bras, il jeta un bref regard sur sa montre connectée, constatant qu'elle émettait une alerte concernant son rythme cardiaque. « À l'heure qu'il est, c'est-à-dire 23 h 05, nous ne savons pas qui a perpétré cet atroce attentat. Les forces antiterroristes sont au travail et nous vaincrons ! » Il frappa avec force son pupitre en plastique transparent, sur le devant duquel figuraient les mots : « 31 juillet – retour de karma ». « Le karma, et ensuite je serai à vous pour quelques questions, c'est quoi ? C'est la croyance selon laquelle le destin d'un individu, son avenir, sont déterminés par les actions, bonnes ou mauvaises, qu'il a commises dans le passé. Eh bien, je peux vous dire que le karma des assassins qui aujourd'hui ont sévi vient de virer au noir le plus sombre ! Nous irons les chercher jusque dans leurs salles d'eau, au moment où ils contemplent dans la glace leurs visages de salauds ! » Navarre se saisit de la serviette de bain estampillée du logo de l'application Navarre +, avec en dessous ce slogan brodé : « Navarre +, c'est le Navarrisme et bien plus », et plongea brièvement son visage trempé dans le coton doux, au contact tellement rassérénant pour l'épiderme. « Mesdames et messieurs les journalistes, je vous écoute. » Un silence se fit puis, une par une, des mains se levèrent pour demander le micro, que faisait tourner un éphèbe androgyne métis semblant représenter l'ensemble des minorités du pays par sa seule apparition.

« Céline Olivier, de Public Sénat. Monsieur le Président, Navarre + a annoncé la mort de Gilles Petitbon, votre conseiller en communication, sans afficher d'informations concernant les autres participants à cette réunion. Comment vont-ils ?

— Ils sont tous décédés dans l'explosion. Navarre + étant un service conçu pour les navarristes par des navarristes, il applique la préférence navarriste.

— Ce qui signifie ?

— Que je pleure Gilles Petitbon, en tant qu'ami, bien sûr, mais avant tout en sa qualité de navarriste car, lors de la CAN à laquelle il s'est converti, il a quitté sa condition d'individu pour fusionner avec le grand tout.

— Bonsoir, monsieur Navarre. Jean-René Salomon, du *Figaro*. L'attentat d'aujourd'hui a coûté la vie à une dizaine de personnes, et partiellement détruit le Paris Paradise, l'un de nos fleurons dans le secteur de l'hôtellerie. Or vous aviez promis de résoudre le problème de l'insécurité via le Navarrisme. Est-ce que cette attaque est le premier signe de l'échec de votre politique ?

— Pas du tout. Au contraire, elle démontre le fait que nos ennemis, quels qu'ils soient, voient en nous une menace. Et quoi de mieux que d'incarner une menace aux yeux des terroristes ?

— D'accord, mais cependant, je…

— Merci. Personne suivante.

— Bonsoir, Monsieur le Président. Dans un souci de transparence, je précise que je suis navarriste. Je m'appelle Madeleine Bellefleur, je travaille pour TV5 Monde.

— Bonsoir, madame. Tout d'abord, en tant que navarriste, vous aurez droit à deux questions au lieu d'une.

— Oh, merci ! Alors, a-t-on des nouvelles de Jean-Patrick Delacour, qui, je crois, construit de concert avec vous le Navarrisme ? Et, deuxième question, est-ce qu'on pourra faire un selfie ensuite avec Samia, vous et moi ?

— Delacour se remet. On a besoin de lui très rapidement, donc on a réuni une équipe de plus de trente médecins, venus de tous les pays du monde, qui se relaient à son chevet et testent sur lui aussi bien des méthodes issues de la médecine traditionnelle que des médicaments en cours d'expérimentation. Pour ce qui est de votre demande de selfie, ce sera avec plaisir. Sur l'appli Navarre +, il vous suffit de vous abonner à l'option VIP Navarre Premium, au tarif de 599 euros par mois seulement, et qui donne accès à des avantages inouïs : coussin à votre nom pour être à l'aise lors des offices du samedi, message audio le jour de votre anniversaire par une célébrité Navarriste, et bien sûr des moments privilégiés avec Samia et moi-même. Je vais prendre une dernière question.

— Monsieur le Président, bonsoir. Charles-Henri de Perseclair, de la revue *Survivre et riposter*. J'imagine qu'actuellement vous préparez une contre-attaque. En quoi va-t-elle consister ?

— Je ne peux rien dire pour l'instant, mais j'ai fait appel à nos militaires, en effet. Le chef d'état-major des armées, le général Thomas Roger, travaille actuellement sur un plan d'action et de déploiement sur l'ensemble du territoire.

— De déploiement ?

— Je vous remercie. »

C'est le pas lourd et la démarche usée que le président Navarre prit congé de la presse, quittant avec soulagement l'atmosphère trop pesante de l'extérieur pour aller se rafraîchir sous un climatiseur réglé sur dix-huit degrés. « Chéri, bravo, lui souffla son épouse alors que la gravité, dont le principe semblait s'être renforcé, l'attirait vers le sol. Tu as été très bien. Et combatif. Tu es en direct sur Navarre +, est-ce que tu pourrais regarder Josquin, derrière toi, et dire quelques mots de conclusion pour les inscrits ? » Brusquement, Navarre attrapa un masque africain exposé sur la grande commode de la salle de séjour, offert à Jacques Chirac en 2002 par le président malien Amadou Toumani Touré, et le lança avec la force d'un discobole surentraîné en direction du jeune employé de Navarre +. Ce dernier, atteint en plein front, tomba à la renverse, entraînant dans sa chute le smartphone dédié au live. N'écoutant que son sens de la com, Samia Navarre bondit sur l'appareil, en redressa l'image, passa la vidéo en mode selfie, avant de bégayer : « Bon, les amis, vous l'avez vu, le Président est fatigué, elle a été difficile cette journée, VDM j'ai envie de dire, mais une bonne nuit de sommeil là-dessus et zou ! demain il revient fort comme un lion. On vous aime, on vous embrasse, et vive le Navarrisme ! »

D'un doigt expert, elle mit fin au direct et, tandis que le Président rejoignait la chambre à coucher à l'étage, entreprit de le suivre, hurlant à son intention des insultes que même La Crevure de l'époque *bad boy* n'aurait pas osé proférer. Navarre fit volte-face, et ce qu'elle vit la désarma : il n'avait jamais autant fait son âge. S'asseyant sur l'une des marches de l'escalier, il se mit à pleurer, doucement, comme une héroïne de manga japonais qui comprend que plus jamais elle ne reverra son ami Kabuto, l'esprit de la forêt, que les bûcherons ont chassé en même temps qu'ils tronçonnaient l'arbre constituant son habitat.

« Ça va trop loin, Samia… Petitbon, mort… Delacour… Des cadavres partout. Déchiquetés. J'ai tenu à voir les images filmées par les pompiers, il y avait du sang… Des organes. On a retrouvé un foie, ils ont été contraints de l'analyser pour savoir à qui il appartenait…

— Mais comment ?

— Je ne sais pas, je suppose que si on y trouve des traces de burgers, c'est que c'était celui d'un Américain. Peut-être celui de Jil Stevenson, la star de la Silicon Valley. Elle a trouvé la mort chez nous… Le monde entier ne parle que de ça. C'est… le Navarrisme, ce n'était pas ça. C'était le plus beau des rêves.

— Ne bouge pas. »

Samia Navarre descendit quatre à quatre l'escalier, revenant dans le séjour où l'employé de Navarre + reprenait peu à peu ses esprits, le front suintant d'hémoglobine fraîche, tel un kangourou qui se serait trouvé sur la trajectoire du boomerang lancé par un Australien meublant ses RTT. « Je suis tellement déçu, dit-il à Samia, l'œil lourd. Votre mari, c'était mon idole. Regardez ce qu'il m'a fait. Je me retire du Navarrisme. » Et, empoignant son téléphone ouvert sur l'application Navarre +, il fit défiler le menu principal, alla dans « réglages », puis dans « profil » et appuya sur « supprimer mon compte ». Le teint rosé que lui conférait la jeunesse vira alors au pâle et, éberlué, il fixa Samia.

« Le système me dit que je dois rembourser les 5 000 euros ?

— Bien entendu, répondit-elle avec une froideur digne des plus grands congélateurs. Cette somme est ce qui vous lie au Navarrisme. Si vous partez, vous remboursez. En fait, vous achetez votre liberté.

— Comme… comme les esclaves, murmura le jeune homme, réalisant subitement à quel point le monde des adultes était d'une cruauté sans limite.

— Je n'aurais pas dit ça comme ça, mais si vous voulez, répondit Samia Navarre, occupée à fouiller dans son sac à main, brassant de ses doigts les dizaines d'objets hétéroclites qu'elle avait réussi à y faire entrer. Ah ! Les voilà ! »

Se redressant sur les talons hauts qui ne la quittaient jamais, elle rejoignit le Président, qui semblait si liquéfié qu'elle songea un court instant à le recouvrir d'une serpillière. « Tiens, Jean-Claude, mon amour, avale ça », lui dit-elle tendrement en lui tendant trois cachets blanchâtres ainsi qu'un verre de Perrier. Docile, ce dernier obéit et, quelques dizaines de minutes plus tard, c'est un Navarre apaisé et ronflant qu'abritait la chambre maritale. Il passa une nuit sans rêves et, de manière plus surprenante, sans cauchemars. Si à un moment ou à un autre le sommeil l'avait quitté, et qu'il eût pensé à parcourir du regard les contours de la chambre, il aurait noté la présence de son épouse qui, tapie dans l'obscurité, le couvait d'un regard glacial, les lèvres tordues de fureur.

19

Stéphanie Martin bouillait, ce qui ne se reflétait absolument pas sur son visage. Tout restait à l'intérieur. Stéphanie était une femme d'intérieur, au sens littéral du terme. Ses traits, eux, affichaient une sérénité digne des plus belles heures de la méditation transcendantale. Consciente d'être entourée de dizaines de personnes ayant lié leur destin à celui de la France, sacrifiant pour la nation leur vie intime, leurs soirées, ainsi que tout le reste de leur existence, elle savait qu'il était important de donner le change. « *Never complain, never explain* », la devise de la reine britannique Victoria enseignée au futur Édouard VII, elle l'avait faite sienne. Après tout, Stéphanie était une ex-Navarre. Elle portait le nom du seigneur du château. De la personne en poste. Celle qui, bien assise au sommet de la pyramide, position sans doute douloureuse quand on y réfléchissait, contemplait affligée le peuple tout en bas.

« Vous n'avez besoin de rien, madame Martin ? Comment allez-vous ? »

La face joviale du jeune Timéo Labbé était apparue devant elle alors qu'elle était plongée dans ses rêveries.

« Je vais bien, Timéo, merci. Mais appelez-moi Stéphanie.

— Votre installation s'est bien passée ?

— Oui, j'ai déjà sympathisé avec la moitié des agents de sécurité ici, mais je dois dire que l'importance de leurs effectifs m'inquiète un peu. Et puis… En réalité, on ne m'a pas vraiment demandé mon avis. Ni pris en compte le fait que j'ai une vie, un appartement, une fille que j'élève seule. Je sais que ça fait un peu Spice Girl, mais…

— Un peu ?

— Les Spice Girls ?

— Je ne vois pas.

— Pardon, c'est vrai, vous venez de naître. C'était un groupe pop de filles, dans les années 1990. Jean-Claude et moi les détestions. Trop formatées, trop marketées. Ce qu'on aimait, c'était le rock, les guitares… Les bières partagées sur la plage de Brighton à 4 heures du matin. Tout ça était également formaté, mais ça se voyait moins. Bref, ces filles revendiquaient le "*girl power*". Elles étaient très entreprenantes, l'une d'elles avait même caressé en public les fesses du prince Charles. Il avait rougi, ce qui l'avait rendu aussi rouge que d'habitude. Tout ça pour vous dire qu'être enfermée ici, à l'Élysée, avec ma fille, c'est un enfer. J'ai les inconvénients de la vie maritale avec le Président sans les avantages.

— Le président Navarre a pris la décision de vous loger ici pour vous protéger, vous et Julie.

— Je sais bien, mais… »

Et Stéphanie Martin, qui n'était jamais aussi à l'aise que tout là-haut dans ses songes, se remit à fixer le vide, dans une attitude mélancolique que n'aurait pas reniée la scène new wave des années 1980. Elle repensa au coup de fil, la veille, d'un Navarre anxieux, dont les mots s'entrechoquaient au moment de franchir la pulpe de ses lèvres. Le message du chef de l'État avait été clair : il fallait se saisir d'un nombre réduit de sacs de voyage, les remplir de produits de première nécessité, à la suite de quoi une voiture passerait les prendre, elle et sa fille, pour les emmener à l'Élysée, où elles vivraient désormais. L'attentat du Paris Paradise, elle le savait, était une blessure purulente dans la psyché de Navarre. L'homme de la communion entre les êtres devait se rendre à l'évidence : il était, parmi eux, des poignées d'individus qui refusaient cet amour. Et pire que ça, qui prônaient l'exact inverse : la désolation, le feu, le sang, et ces alarmes hurlantes provenant de bâtiments éventrés. Alors, parce qu'elle était disciplinée, qu'elle n'avait jamais transgressé la moindre règle, et parce qu'elle voulait rassurer un Navarre mal en point, elle avait accepté. Elle avait poussé la porte de la chambre de sa fille de 13 ans, qui lisait les dernières news du site internet officiel de La Crevure, et l'avait regardée dans les yeux, comme on fait quand les choses sont d'importance et l'instant crucial. Elle l'avait entendue dire qu'elle était heureuse de la situation. « On va vivre avec Samia, alors ? Je l'adore ! » avait glapi la petite d'une manière bien trop spontanée. « La France en état d'urgence » titraient les quotidiens que plus personne ne lisait, les actualités du jour se résumant pour la population à la consultation de quelques titres putassiers déroulés à la verticale sur des réseaux sociaux chronophages.

« Madame Martin ?

— Oui… Vous êtes encore là, Timéo ?

— Oui, je… J'ai pensé que vous aviez besoin de parler. J'ai été diagnostiqué hypersensible par mon psychologue, et c'est vrai que je ressens ce que les autres ne ressentent pas.

— Je n'ai rien à vous dire. Merci pour votre bienveillance. Si ce n'est le fait que je me sens comme une lionne en cage ici, tout va bien.

— Vraiment ? Et si j'insiste ?

— Je peux être honnête ?

— J'aime l'honnêteté. C'est une vertu qu'on rencontre si peu dans le monde politique.

— Bien. Dans ce cas, je vais être franche : ce n'est pas pour moi ou pour Julie que je m'inquiète. Ici, nous sommes choyées, le confort est incroyable, la literie meilleure encore que celle d'un palace, et même si j'y avais découvert des punaises de lit, je n'aurais pas eu envie d'en sortir ce matin. Par contre, Jean-Claude, je le sais, je le sens, n'est pas bien. Vous êtes hypersensible, Timéo ? Dans ce cas, prêtez-moi allégeance, car je suis la reine incontestée de l'hypersensibilité. Tout le monde a un jour pleuré la mort de la maman de Bambi en regardant le film de Disney : je continue à pleurer ce décès tous les jours. L'image de ce faon privé de l'amour parental disparu dans la forêt me hante. C'est de là que me vient ma détestation de la chasse, et c'est quand j'ai appris que Roberte Angèle rejoignait le Navarrisme que j'ai été tentée pour la première fois de le faire aussi.

— Ah ! Roberte ! Elle est formidable, on l'aime tous ici. Vous savez qu'elle a demandé à ce qu'il y ait un deuxième service à l'Élysée, au moment du déjeuner, pour les animaux des collaborateurs du Président ? Sylvain Plaisir a pu faire inviter le chat de sa sœur. Quant à Jean-Patrick Delacour, il a fait rire toute l'équipe en disant qu'il allait en parler à ses poux du pubis. C'est quand on a constaté que lui ne riait pas que la gêne s'est installée.

— Comment va-t-il ?

— On a peu de nouvelles. Samia Navarre appelle l'hôpital toutes les heures. Il ne ressort pas grand-chose de positif des conversations qu'elle a avec les médecins.

— Vous croyez toujours au Navarrisme, Timéo ?

— Bien sûr ! Comment le contraire serait-il possible ? Je… Et vous ?

— Je commence à douter. La peur s'est emparée de mon ex-mari. Et comme dit l'adage, la peur est mauvaise conseillère. J'ai l'impression que le rêve se brise, Timéo.

— Je dois vous laisser, Stéphanie. »

« C'est certainement une folle remplie de ressentiment pour son ex et qui souhaite secrètement qu'il sombre. Le Navarrisme est sans faille. C'est de l'amour pur. Or l'amour triomphe toujours », se dit pour lui-même Timéo Labbé en quittant la chambre de Stéphanie Martin, pendant que les doutes éventuels qui polluaient son esprit s'éloignaient au même rythme que ses pas légers sur le sol feutré du luxe élyséen.

20

Ce samedi soir du mois d'août, aux alentours de 19 h 50, devant la cathédrale Saint-Étienne de Bourges, une foule compacte était amassée. Le Navarrisme, comme partout ailleurs, avait entamé localement une inexorable conquête des cerveaux et des âmes, et l'office de 20 heures était devenu le repère temporel le plus emblématique de la semaine. Hommes et femmes, jeunes et vieux, se toisaient dans une forme de complicité évidente, unis par la religion triomphante du président Navarre. Tous le savaient car à longueur d'éditos la presse s'ingéniait à décrire le profil type du navarriste : l'engouement venait plutôt des athées et autres non-croyants, même si la collaboration de certains diocèses, comme l'archidiocèse de Bourges, avait entraîné un début de fusion entre la chrétienté et le Navarrisme. Restaient à convaincre les catholiques les plus fervents, les musulmans, les Juifs pratiquants, ainsi que les divers descendants de soixante-huitards élevés dans la haine de la soutane, et qui ne voyaient dans le projet de l'État qu'un outil d'aliénation de plus proposé à un peuple français trop soumis. Surtout, était venue se heurter à l'ambition navarriste l'hostilité des chefs religieux de l'ensemble des pays de la planète, lesquels avaient proféré soit une vive condamnation, soit une fatwa, soit un mauvais sort pour les tenants d'un culte primitif.

« Michel !

— Alain !

— Tu es venu, ça me fait plaisir.

— Comme chaque samedi. Pas envie de perdre les 5 000 euros.

— Personnellement, il ne me reste plus grand-chose de la somme de départ…

— Moi non plus, mais j'ai souscrit au programme Service + sur Navarre +. Après l'office, tu verras, je vais rester en peu, pour remettre la cathédrale en ordre et retirer les symboles du Navarrisme. Je vais passer un coup de balai, aussi. Et en échange de ces petites tâches simples, je serai crédité en points sur mon badge, transposables ensuite en euros.

— Pas mal. Je ne connaissais pas. »

Michel, qui depuis une trentaine d'années tenait une pharmacie dans le centre historique de Bourges, avait connu Alain en février 2012, alors que ce dernier était entré dans son officine le visage en sang. Agressé par ce qu'Alain avait appelé « des jeunes délinquants », Michel avait senti à la retenue de cet homme, qui s'était dispensé, même en plein cœur de l'émotion, d'utiliser le terme de « racailles », qu'il appartenait aux rangs de la social-démocratie tendance gauche libérale. Quelques mois plus tard, le fait qu'Alain, à la fin d'une soirée passée à déguster des vins blancs du Berry, ait fait part devant une dizaine de convives de son admiration pour le travail et la personnalité de Pierre Moscovici, pourtant désigné par un tabloïd anglais sous le sobriquet de « *France's most boring politician* », était venu confirmer cette intuition. Michel, qui croyait en la puissance de l'homéopathie, avait soigné Alain à grands coups de pommade à l'hibiscus et, tandis qu'il massait avec douceur l'épiderme endolori du quinquagénaire, il avait senti qu'une relation d'amitié allait naître. Alain était vif et cultivé, soit les qualités que Michel aurait notées pour parler de lui-même s'il avait entrepris de se connecter sur un site de rencontres.

Lorsque leur tour fut venu de se présenter devant le lecteur de QR codes qui permettait d'accéder à l'intérieur de la cathédrale, ils bipèrent, puis se dirigèrent vers les premières rangées de bancs, ceux placés devant l'autel, qui étaient réservés aux navarristes de la première heure.

« J'aime vraiment ce moment, dit Michel.

— Moi aussi, répondit Alain. La paix ressentie à la fin de l'office, je dirais même la plénitude, équivaut à celle qui nous envahit à la fin d'une séance de sport. J'ai rendu mon abonnement à Ener'gym.

— Et puis le fait qu'enfin cette cathédrale appartienne à tous ! Ce qui n'était que la maison de Dieu est désormais celle du peuple.

— Par contre, l'ambiance est en train de changer, je trouve. Regarde ! »

Alain tendit le majeur en direction d'une ligne impeccablement formée de militaires à l'air sombre. Depuis l'attentat au Paris Paradise, l'hôtel sélect du triangle d'or parisien, le président Navarre avait décrété l'état d'urgence, et confié au chef d'état-major des armées, le général Thomas Roger, le soin de sécuriser le territoire, et notamment les lieux de culte, en tout cas aux heures des offices navarristes. Dans les gares, sur les places, à proximité des restaurants et jusque dans les halls d'immeuble des quartiers prioritaires, des soldats en armes avaient été disposés, officiellement pour veiller à ce que les forces d'opposition à la politique des Navarre ne perpètrent pas un second meurtre de masse, officieusement pour surveiller la population et démanteler les trafics de cannabis. « La seule drogue autorisée, c'est le Navarrisme, avait martelé Samia Navarre au général Roger, tandis que son époux fixait le parquet ancestral ciré à l'huile naturelle, l'air absent. Le Navarrisme sera l'opium du peuple ! avait-elle poursuivi avec emphase. On va fumer Navarre, sniffer Navarre, se faire des fixes de Navarre ! »

« Tu sais, je viens de recevoir une alerte de Mediapart, mais je n'ai pas eu le temps de lire l'article. Apparemment, ils ont reçu une vidéo de revendication, dit Alain.

— Les islamistes ?

— Alors toi aussi ? Tu fais désormais partie de ceux qui disent que c'est toujours la faute de l'islam ?

— Pas de l'islam en tant que tel : des fous de Dieu qui sont en guerre contre nous.

— Là-dessus, je ne te suis pas et tu le sais.

— Parce que monsieur est de gauche...

— En attendant, la presse de gauche, elle informe, elle.

— Est-ce que tu peux consulter l'article, vite fait ? chuchota Michel. Qu'on en sache plus.

— J'aimerais bien, mais mon mot de passe n'est pas enregistré sur mon téléphone. Et impossible de m'en souvenir.

— Essaie "motdepasse".

— En mot de passe ?

— Oui. »

Son smartphone dissimulé dans la veste en velours qui ne le quittait jamais malgré la chaleur subsaharienne qui régnait sur la ville de Bourges en cette année 20 ou 30 de la catastrophe climatique, et qu'il avait roulée en boule sur ses genoux, Alain tapa « motdepasse » dans l'espace destiné à la saisie du mot de passe, ce qui eut pour effet de valider son entrée sur le site.

« Je suis idiot, quand même, souffla-t-il. Choisir "motdepasse" en mot de passe.

— Il paraît que c'est le mot de passe le plus courant. Sauf dans les pays anglo-saxons, où c'est "*password*".

— Ah, eh bien, ils ne sont pas aussi bêtes que nous.

— Si. "*Password*", en anglais, ça veut dire "mot de passe".

— Bon, maintenant, je peux donc lire l'arti... »

La voix préenregistrée du président Navarre se mit alors à sortir des imposants murs d'enceintes sur roulettes disséminés partout dans la cathédrale, l'interrompant.

« Je coupe, murmura Alain. Pendant l'office, seule l'utilisation de Navarre + est autorisée. »

« NAVARRISTES, LEVEZ-VOUS ! » cria la voix de Navarre, et tous se levèrent comme un seul homme, dans une chorégraphie léchée digne des plus belles années professionnelles aussi bien de Maurice Béjart que de Kamel Ouali. Un écran géant descendit du plafond de l'édifice, et l'image de Navarre, « en duplex live depuis l'église de la Madeleine à Paris », était-il précisé dans le coin inférieur droit de l'écran, apparut. Le Président, en chemise blanche, était assis derrière l'autel de l'église, sur lequel avaient été disposées des caméras numériques, son épouse à ses côtés. Les plus anciens fans de Navarre notèrent la présence en arrière-plan de JP Max, l'humoriste de la navarrosphère qui, installé derrière un ordinateur, assurait la modération du chat sur Navarre +. Ce dernier, réalisant qu'il était filmé, fit un geste avec les doigts semblable à celui que font les rappeurs dans les clips vers la caméra, boudeur.

« Mes chers fidèles, quel plaisir de vous retrouver pour la troisième fois dans l'épopée du Navarrisme pour l'office du samedi. Tout d'abord, je voudrais remercier l'épiscopat français, qui a mis cette semaine à notre service un nombre record d'églises et de cathédrales.

— Je rappelle, ajouta Samia Navarre, que chaque prêtre, chaque curé qui s'éloigne de Jésus-Christ pour faire un pas vers Jean-Claude devient automatiquement Messager. Avec à la clé des cadeaux, des bonus, on vient également de décider d'un abattement fiscal qui va être mis en place très bientôt. J'aimerais aussi, à titre personnel, saluer mon ami, Khelid Abou el Faz, l'imam de Plougastel-Daoulas, qui a bien voulu ce soir mettre sa mosquée à disposition des navarristes de la pointe bretonne. C'est le premier imam français à le faire, ceci malgré les intimidations et les menaces qu'il subit puisque les identitaires du groupuscule Pureté celte ont menacé de le rouler vivant dans une immense crêpe de blé noir contenant du jambon de porc. »

Quelques heures plus tard, le journal *Ouest-France* parlerait du canular réussi de Gwendal Georges, animateur sur France Bleu Breizh Izel, sous le titre : « Il a piégé Samia Navarre ! »

« L'office du samedi, vous le savez peut-être, ce ne sont pas des prières, puisque nous ne croyons ni au divin ni à l'au-delà, reprit Navarre, qui paraissait à la fois éteint et en état de surexcitation, comme ces invités de plateaux télé épuisés par la promo dont on devine qu'ils ont ingéré un remontant tombant sous le coup de la loi dans l'intimité de leur loge. Nous croyons en nous-mêmes, peuple de France, et en notre unité. L'office, c'est juste un temps ensemble, un espace partagé pour vous dire que nous formons la plus belle des communautés : la communauté nationale. Je vous laisse quelques secondes pour vous applaudir. »

Dans la cathédrale Saint-Étienne de Bourges, l'assemblée se leva et, obéissant aux directives, comme si le Président avait lancé le plus monumental des « Jacques a dit », se mit à applaudir à tout rompre. Des sifflets enthousiastes se firent même entendre, alors qu'une femme entre deux âges entrait dans un état de transe, se tordant à demi allongée sur le pavé humide de l'église en hurlant des « Je t'aime, Jean-Claude » extasiés, avant d'être accompagnée vers la sortie par deux des militaires présents. « Ça fera deux points de moins sur votre pass Navarre +, lui dit un responsable navarriste qui portait un tee-shirt à l'effigie du président Navarre. C'est sérieux, le Navarrisme », ajouta-t-il, tandis qu'on éloignait la personne sans ménagement. « Qu'est-ce que c'est que cette histoire de points ? » demanda Michel à Alain alors que le silence revenait dans l'ensemble des lieux de culte partenaires.

« On me dit qu'à l'instant même s'est déroulé en la cathédrale de Bourges un incident, reprit Navarre en distanciel. La personne a été identifiée grâce à son profil sur Navarre + : elle s'appelle Karine Desfours, vit à Bourges, son dossier médical n'indiquant aucun antécédent psychiatrique. Elle ne représente donc aucun danger mais, pour autant, a eu un comportement indigne en plein office. Elle perd donc deux points. Et cela me permet de vous parler ce soir, mes chers fidèles, du système de récompenses que nous avons mis en place. Voici : chaque navarriste dispose, à l'entrée dans le Navarrisme, de dix points. Une bonne action en tant que citoyen, qui suscite l'approbation de vos pairs, et ce sont des points en plus. Une attitude détestable, voire antisociale, des points en moins. Je vous invite dès ce soir à consulter sur Navarre + l'échelle des points, car au bout d'un certain nombre de points accumulés, ils donnent droit à des cadeaux. Ce processus, qui est appelé à fusionner avec l'ancien programme Service +, va permettre de générer un top 10 départemental des navarristes. Ceux-ci auront droit à des goodies exclusifs et à des privilèges. »

Le visage du président Navarre se figea tandis que son épouse lui chuchotait à l'oreille.

« Tu as raison, Samia. Il convient de le leur dire. »

Il contempla un instant ses mains délicates, qui depuis l'origine avaient été hydratées par les crèmes les plus douces, les onguents les plus fins, de ceux qui répandent autour d'eux des senteurs de citrons de Sicile ou de vanille de Madagascar, puis releva la tête, et ce fut comme s'il venait d'enfiler un masque : son expression s'était faite plus dure et ses nerfs s'étaient tendus.

« Samia, mon épouse, qui est sans doute la personne la plus pure au monde, à égalité avec les chiots, ne veut pas que je vous cache la moindre information. Et je suis d'accord avec ça : le Navarrisme, c'est nous et vous, en direct. Sans intermédiaire. L'application Navarre + a ainsi permis de nous libérer de l'emprise du système médiatique. Cet univers corrompu, déviant, où tout n'est que *buzz* et vaines polémiques, nous n'en avons plus besoin. Nous avons décidé que nous n'accorderions plus d'interviews à ces démons. Cependant, un média en ligne a reçu ce jour un message de revendication quant à l'attentat sanglant de l'hôtel Paris Paradise. Il s'agit d'une vidéo, qui a été authentifiée par nos services, et qui met en scène Azzedine Sifaoui, le *leader* des Frères de l'islam français. Le FIF. »

À l'énoncé de ces initiales, un postillon jaillit de la bouche de Navarre et alla se poser sur l'objectif de la caméra qui lui faisait face, le grossissant de façon ridicule. Le Président, placé derrière ce rideau de bave, ressemblait plus ou moins à un poisson rouge dans son aquarium qu'on regarde en s'approchant trop près du verre. La main d'un employé de l'État apparut, armée d'un mouchoir en papier, et entreprit d'essuyer l'appareil.

« Dans un premier temps, avant de fonder le Navarrisme, et alors que je n'étais que député du Centre français, j'avais encouragé la création du FIF, que je voyais comme un moyen d'intégrer les musulmans de France à la vie de la République. Ce n'est que quand M. Sifaoui a parlé sur ses réseaux sociaux de décapiter l'ensemble des non-musulmans – à la petite cuillère rouillée, avait-il précisé, pour que ça dure plus longtemps –, que j'ai compris la radicalisation qui était la sienne. Je précise qu'à 98 %, selon un sondage Ifop réalisé sur plus de 300 imams français, les responsables du culte se prononcent contre les thèses et la politique de M. Sifaoui – y compris l'imam de Pornichet, qui pourtant sur Snapchat a appelé ses abonnés à brûler leurs albums de musique urbaine, la musique étant selon lui l'œuvre du diable. La plupart des jeunes gens qui le suivent étant passés depuis longtemps au streaming, certains sont allés, par sa faute, jusqu'à mettre le feu à leur ordinateur, s'intoxiquant gravement. Rien que l'année dernière, il a fallu greffer un millier de poumons, et malheureusement il n'y a pas assez d'accidents de voiture pour pouvoir en prélever sur des cadavres. D'où la proposition que j'avais faite il y a trois ans, vous vous en souvenez, de relever la limitation de vitesse sur nationale à 120 kilomètres/heure, et de créer des virages dangereux sur des portions de route droite.

« Oui, M. Sifaoui s'est radicalisé. Il reconnaît aujourd'hui être l'auteur de l'explosion qui a provoqué la mort de l'ensemble des créateurs de sites de rencontres, ce qui fait plonger l'indice Nasdaq de 42 points. À titre personnel, j'ai perdu Gilles Petitbon, un ami de toujours. Je vais être honnête avec vous :

nous ne savons pas où se cache actuellement M. Sifaoui. Dans la vidéo de revendication, qui sera publiée dans la nuit sur Navarre +, on l'aperçoit dans une grotte, aux côtés de deux personnes non identifiées car cagoulées. »

Un éclair morbide passa dans les yeux de Navarre.

« Je vous promets que nous le retrouverons.

— Et il paiera, ajouta Samia. Le Navarrisme n'aura pas la main qui tremble face à la menace terroriste, comme l'ont eue la totalité des gouvernants avant nous. Tous ces collabos qui se sont couchés devant les factieux. »

Un smiley colère fit son apparition en haut de l'écran, accompagné de la phrase : « On va les éclater ! » Il s'agissait d'une initiative de JP Max. À la vue du personnage jaunâtre grimaçant de haine, les fidèles présents en la cathédrale Saint-Étienne de Bourges se dressèrent sur leurs jambes et scandèrent à l'unisson : « On va les éclater ! On va les éclater ! » L'intense brouhaha empêcha la foule d'entendre la fin de l'office du couple présidentiel, et il fallut l'insistance des militaires présents qui, le fusil automatique en main, poussaient l'attroupement vers la sortie, pour vider le lieu de culte de ses fidèles. Des cris de rage se firent entendre longtemps après la fin de la cérémonie. Le temps des allumages de bougies par de gentilles hippies habillées en lin équitable, modestes chandelles mélangées aux ours en peluche sur lesquels on avait brodé les noms des disparus, le tout s'empilant pour former un improbable mémorial, ce temps n'était plus. Les cervelles des citoyens avaient atteint leur taux de résilience maximal, et ce que chacun voulait désormais, c'était la vengeance. Une vengeance glaciale et imperturbable, rythmée d'une moue de satisfaction sourde au moment, en quelque sorte, d'appuyer sur la détente. Michel et Alain restèrent un moment sur le parvis de la cathédrale à observer la colère collective.

« Je ne sais pas quoi penser de l'office de ce soir.

— Moi non plus. Je sais par contre que ce à quoi nous avons assisté n'est pas le Navarrisme. C'est un détournement idéologique du Navarrisme. Un Navarrisme des armes et de la coercition. Doublé d'une obsession de la com : le Service + machin remplacé par le Pass truc, on n'y comprend plus rien, franchement.

— À ton avis, qui sont les deux personnes cagoulées, sur la vidéo avec Sifaoui ? »

21

« Tu vas me prendre pour une folle, mais tant pis, s'exclama Ludivine. Yoann, je te jure que je sais de qui il s'agit ! »

La Crevure avait été tiré du sommeil par les cris de sa jeune compagne sur les coups de 11 heures du matin, ce qui, pour lui qui avait choisi la vie d'artiste pour ne pas se voir imposer d'horaires, correspondait au milieu de la nuit. Il parcourait l'existence dans un *jet lag* permanent, sans même avoir à prendre l'avion, ou des drogues, ou les deux. Il se releva, encore sous la couette, simplement vêtu d'un tee-shirt à l'effigie du rappeur Snoop Dogg, ressemblant ainsi à un baron urbain de la côte ouest des États-Unis si, en congés dans les Landes, il s'était converti au naturisme. Il ouvrit les yeux avec difficulté afin de tenter de saisir ce qui animait sa conjointe, et comprit vite qu'à l'instar de l'ensemble des abonnés de Navarre +, celle-ci consultait la vidéo de revendication d'Azzedine Sifaoui, le chef des Frères de l'islam français. Ludivine quitta le mode pause, et la figure velue de Sifaoui s'anima. « …rrisme est une horreur ! L'islam survivra à cette dictature laïque préparée par les puissants pour nous uniformi… » Pause. L'index droit de Ludivine pointa le visage masqué d'un individu à cagoule.

« Là ! Regarde ses seins ! »

La Crevure, flairant le piège (il prenait toujours soin d'effacer les messages à caractère sexuel de ses fans pour qu'elle ne tombe pas dessus et que leur relation puisse se poursuivre sur des bases certes mensongères, mais apaisées), tenta un pas très convaincant :

« Ses seins ?

— Oui, répondit Ludivine, dont le regard ne quittait pas l'image du top sans manches à motif camouflage qui ornait le tronc d'une personne dont même les théoriciens de la fin du genre auraient reconnu qu'il s'agissait d'une femme. Je connais cette poitrine par cœur. Et ce grain de beauté, très léger, qu'on ne voit que si on agrandit l'image, qu'elle a près de l'aisselle… C'est Carolina Bisou ! »

La Crevure fit semblant de ne pas savoir qui était Carolina Bisou, alors même qu'il était classé 229ᵉ internaute ayant le plus fréquenté la page BibiPorn de Carolina Bisou. Ludivine, qui le savait aussi, accepta d'entrer dans son jeu et composa aussi vite que possible un personnage d'une candeur extrême.

« Carolina Bisou est la plus importante star du X des années 2000 ! Elle n'a tourné qu'avec son mari, James Hugedick, à part sur un film, mais sans le prévenir au préalable. Fou de jalousie quand on lui a montré les rushes, il a empoisonné l'acteur en question, Silvio Butt, en roulant ses comprimés de viagra dans du beurre de cacahuète avant de les essuyer !

— Dans du beurre de cacahuète ?

— Oui. Parce que je ne t'ai pas dit que Silvio Butt était gravement allergique à la cacahuète, au point qu'un jour il a été pris de convulsions à New York, juste en passant devant la boutique M&M's.

— OK. Mais comment est-ce que tu connais Carolina Bisou ?

— Je… Bon, tu promets de ne pas te fâcher ?

— Non.

— J'ai fait du X. »

Certaines phrases, prononcées par des personnes à qui on ne les aurait jamais attribuées, font l'effet d'un uppercut asséné par un champion régional de *free fight*. La Crevure tomba en arrière, son crâne venant s'affaisser dans l'épais oreiller qui était son meilleur ami. « On devrait toujours avoir un édredon, une housse de couette, un matelas à proximité de soi en cas de coup dur », pensa-t-il en enviant durant quelques secondes les vendeurs-conseil Dunlopillo.

« Tu ne trouveras jamais la moindre vidéo de moi nulle part, Yoann, dit Ludivine en s'allongeant près de lui, la voix aimante et consolante. En réalité, Carolina Bisou s'appelle Estelle, c'était une camarade de classe, ma meilleure amie au collège. On a gardé le contact longtemps après. Et puis un jour, on se revoit, elle me dit qu'elle fait du X, elle m'explique combien elle gagne par jour de tournage, moi à cette époque-là, je prépare le Capes, je n'ai pas un sou, tous les jours je mange des pâtes, à tel point que je me dis que quelqu'un de chez Rivoire et Carret va venir sonner chez moi pour me remercier et m'annoncer que j'ai sauvé la boîte de la faillite, ou un truc dans le genre. Alors je me dis : “Pourquoi pas ?” J'ai fait une scène, un seul jour, avec Estelle, enfin Carolina, dans un hôtel à Saint-Ouen. Il y avait un homme recruté sur un forum amateur, environ 35 ans, physique passable, pas excitant du tout. On devait toutes les deux s'occuper de lui, mais moi, j'ai... j'ai éclaté de rire.

— Quoi ?

— Oui, je ne sais pas, tout ça me paraissait tellement absurde. Quand il a retiré ses habits, il ne dégageait tellement rien, à part une trop forte odeur de musc, une sorte d'Axe pour homme de marque distributeur... J'ai trouvé ça ridicule de voir ce pauvre type, ballant, piteux, dans cet hôtel sordide de banlieue glauque, avec son pénis minuscule qui se balançait de gauche à droite pendant qu'il était sur un pied à essayer d'enlever son caleçon, que je suis partie en fou rire... Estelle m'en a voulu, le réalisateur de la vidéo aussi, ils m'ont fait sortir du champ de la caméra. Je me suis rhabillée, j'ai assisté dans l'ombre à la suite de la scène, en tant que spectatrice, et je ne regardais qu'Estelle. Je la trouvais tellement belle. En fait, je crois qu'avec toi elle a été mon seul grand amour.

— Et vous... avez gardé le contact ?

— Non, la vie nous a séparées. Moi j'ai commencé l'enseignement, elle a continué dans le X. J'ai suivi sa carrière depuis. J'ai regardé tous ses films. C'est mon jardin secret, en quelque sorte. »

Ludivine se releva d'un bond du lit.

« En tout cas, sa poitrine, je la reconnais... Galbée, légèrement refaite. Et même avant l'opération, elle était magnifique. Tu sais qu'Estelle a été élue Miss tee-shirt trempé au camping des pins d'Andernos-les-Bains ? Avant la révolution néoféministe, il y en avait plein, des concours comme ça...

— Il faut appeler Samia ! »

La Crevure, animé par la perspective, le temps d'une journée, d'incarner le rôle d'une sorte d'enquêteur de série pour ménagères sur TF1, s'empara de son smartphone. Alors que ses doigts le parcouraient avec souplesse, Ludivine remarqua qu'il avait classé Samia dans ses favoris, afin de retrouver plus vite son numéro, et un léger feu de jalousie commença à chauffer son organisme. « Samia, c'est Yohann. Oui... Oui, ça va. Écoute, à toi je peux le dire, j'ai une petite amie qui s'appelle Ludivine. Et alors, ne va pas croire qu'elle a fait du porno, ou quoi que ce soit, elle est plutôt mesurée concernant tout ce qui se rapporte au sexe... Oui, très sage... Bref, Ludivine est formelle : la personne à droite de Sifaoui sur la vidéo reçue par Mediapart, c'est Carolina Bisou. Une star du X. Plus de 4 000 vidéos recensées sur crocoporn.com. Michel Houellebecq, dans une interview à Boulevard Voltaire, la décrit comme "la dernière raison d'apprécier réellement l'Occident". »

À l'autre bout du fil, alors que le président Navarre somnolait, les neurones engourdis par les anxiolytiques que lui administrait son épouse à un rythme quotidien (il avait même retrouvé un cachet blanchâtre dans l'une des tomates farcies de son dîner de la veille), Samia se mit à fulminer. « Ainsi, se dit-elle, les services du ministère de l'Intérieur sont sur les dents, ils doivent être 400 fonctionnaires à décortiquer la vidéo, et il faut que ce soit une sombre vedette de la pop qui identifie les terroristes ! » Dégainant son téléphone comme Clint Eastwood un revolver bien chargé dans l'un de ces westerns spaghettis multidiffusés sur TCM Cinéma, elle envoya un SMS groupé contenant les mots : « Qui connaît Carolina Bisou ? » Sylvain Plaisir fut le premier à répondre par la négative, un peu trop rapidement pour ne pas attirer sur lui la suspicion. Thomas Roger, le chef d'état-major des armées, envoya en réponse un simple point d'interrogation. Timéo Labbé, le secrétaire général de l'Élysée, releva la tête des imposants dossiers qu'il avait posés sur ses genoux et indiqua à Samia qu'il se situait dans la même pièce qu'elle, et qu'ils pouvaient communiquer en direct, par le langage verbal.

« Je sais, répondit-elle. Mais tu es tellement silencieux, Timéo, tellement appliqué, que j'oublie ta présence. Je suis persuadée qu'à l'école la maîtresse se retrouvait dans le même cas...

— C'est vrai. Une fois, ils ont même fermé le groupe scolaire, à la fin de la journée, alors que j'étais encore assis à ma place. C'était une veille de week-end. J'ai subsisté en mangeant de la craie pendant trois jours.

— De la craie ?

— Le lundi matin, j'avais le sourire le plus immaculé de l'école. J'aurais pu devenir consultant pour Colgate. Mais revenons-en au fait : je sais qui est Carolina Bisou. C'est une star de l'érotisme. Enfin, si on peut encore appeler érotisme le fait de faire l'amour à vingt dans un appartement de la banlieue de Prague. Mais surtout, je connais son dossier : avant l'élection de M. Navarre, j'étais au cabinet du ministre de l'Intérieur précédent. Et il se trouve que j'ai travaillé sur le cas.

— Tu veux dire que vous regardiez du porno ensemble ?

— Non ! Loin de là. Carolina Bisou est devenue l'une des grandes figures françaises du complotisme. Avant que sa chaîne soit supprimée par YouTube, à la suite de la publication de sa vidéo intitulée “Les juifs sont en réalité des reptiliens”, elle a mené une campagne féroce contre la vaccination, et a insinué qu'Adolf Hitler était un hologramme testé par les aliens et que personne n'a marché sur la Lune.

— Rien que ça ! Cette pauvre femme conteste la conquête de la Lune ?

— Non, elle dit que personne n'a marché sur la Lune, mais qu'on a couru dessus. Un soir où il était ivre, elle a fait analyser par Nelson Monfort les photos des traces de pas laissées à l'époque sur la Lune, et ils sont tombés d'accord sur le fait qu'au vu de l'empreinte laissée les astronautes fuyaient.

— Mais fuyaient quoi ?

— Eh bien voilà. C'est ce qu'elle se demande publiquement. C'est pour ça que ça fonctionne.

— Et donc, le rapprochement avec Azzedine Sifaoui ?

— Il s'est opéré l'an dernier. Carolina Bisou, depuis la naissance de sa fille Ventoline, qu'elle a appelée ainsi parce que enfant elle-même était asthmatique, rejette son passé dans le X. Elle a cassé son livret A pour racheter sur Ebay des centaines de DVD de ses anciens films et les détruire. En quête de religieux, de profondeur, elle s'est rapprochée de l'imam Henri-Pierre du Tilleul, un ancien aristocrate qui s'est converti à l'islam en 1977 pour imiter Cat Stevens, un chanteur de folk de l'époque. On entend parfois ses chansons en illustration de *L'amour est dans le pré*. Tilleul lui a présenté Sifaoui, et depuis ils ne se quittent plus. »

Le corps en mouvement, comme chaque fois qu'un grand nombre d'informations se présentait à elle, Samia Navarre enregistrait tout. « J'ai besoin d'en savoir un peu plus », dit-elle à Timéo Labbé alors qu'elle composait déjà le numéro de Thomas Roger, le chef d'état-major des armées.

« Thomas, c'est Samia.

— Oui.
— Je suis avec Timéo, vous êtes sur haut-parleur.
— Très bien.
— Dites-moi, quelles sont les nouvelles de Delacour ?
— Il va mieux. Demain matin il sera en piste.
— Parfait.
— Depuis votre message, je me suis renseigné. Carolina Bisou est une activiste, proche d'Azzedine Sifaoui. Ancienne reine du X, c'est la raison pour laquelle je ne la connaissais pas, elle…
— Je vous arrête. Je sais déjà tout ça. Ce que j'aimerais connaître, c'est la raison pour laquelle Carolina et Sifaoui se sont associés dans le cadre d'un acte terroriste.
— Il l'explique dans la vidéo : il refuse la laïcité puissante que propose le Navarrisme. D'après nos renseignements, ce sont en effet plus de 50 000 musulmans de France qui nous ont déjà rejoints, abandonnant par là même l'islam, puisque le Navarrisme impose l'adieu à son ancienne foi. Quant à elle, elle est devenue très rigoriste depuis sa sortie du porno. Comme les anciens fumeurs deviennent souvent les personnes les plus intolérantes ensuite vis-à-vis du tabac, Bisou exige un monde plus chaste. On l'a vue il y a quatre ans dans la manifestation organisée devant le siège de Zara, à La Corogne, en Espagne, avec plusieurs Françaises manipulées par les Frères musulmans. Un groupe d'une vingtaine de femmes, toutes en niqab, qui criaient ce slogan : "Zara, on veut des burqas !"
— Je m'en souviens. La vidéo avait tourné sur les réseaux sociaux. Les sites identitaires se sont saisis de la polémique, ont fait gonfler l'affaire, qui ensuite a été relayée par les chaînes info.
— Le processus habituel, en fait.
— Vous avez raison. Carolina Bisou est donc une musulmane intégriste ?
— Pas du tout, et c'est là que l'errance psychologique de cette dame est stupéfiante. Les services antiterroristes l'ont

fichée Z, ce qui est le niveau ultime de la dangerosité potentielle, les autres sont en S. Au-delà du Z, il y a juste eu le chef néonazi Edmond 88, surnommé “le mangeur de mangeurs de boulettes” dans les milieux d’extrême droite, qui n’avait pas de lettre attribuée tant son ignominie était grande. Il est mort officiellement à la suite de son suicide en 2002.

— J’étais très jeune à ce moment-là.

— Vous avez de la chance, madame Navarre. J’étais moi-même déjà suffisamment âgé pour réaliser l’horreur du monde dans lequel nous vivons. À propos de cette affaire, il y a prescription, et vous avez accès au secret-défense. De plus, je vous appelle depuis une ligne sécurisée. La vérité, la voici : c’est l’État français qui a assassiné Edmond 88. Nous l’avons kidnappé, endormi et assis à la table de la famille lors de la bar-mitsva d’un jeune Juif de région parisienne. Quand il s’est réveillé, il avait des petits-fours casher plein la bouche. Il n’a pas supporté et s’est donné la mort en sautant du bâtiment.

— Ça a suffi à le tuer ?

— La bar-mitsva avait lieu au rooftop bar de la tour Montparnasse.

— Bon. »

Samia Navarre, tout en conversant avec le chef d’état-major des armées, se regardait faire comme si elle vivait dans un film d’Hollywood. La moindre de ses intonations, la plus banale de ses phrases, devait être parfaite, afin qu’elle s’inscrive dans le cadre de l’histoire avec un grand H. « Plus tard, se disait-elle, les témoins de notre présidence, à Jean-Claude et à moi, discourront avec grandiloquence dans le cadre de documentaires politiques de France 5 sur la période du Navarrisme et, en parlant de moi, diront : “Je me rappelle le jour où Mme Navarre, qui pour moi a été, entendons-nous bien, la clé de voûte de cette aventure prodigieuse qu’on a appelée la France, je me rappelle Mme Navarre me disant…” Et là, figurera une citation de moi, du genre de celles dont on dira “voilà une pensée digne de cette dernière génération de grands politiques qu’on ne retrouvera plus jamais." » Elle regarda le Président, qui dormait à poings fermés, et se souvint du jour où les images de Carolina Bisou manifestant voilée devant le siège de Zara étaient entrées en collision avec leurs deux paires d'yeux. Ensemble, ils avaient longuement discuté de la montée du religieux, de celle du communautarisme, du fait qu'il n'y avait plus d'impulsion collective, qu'un Français X, par essence, chercherait désormais la présence d'un autre X plutôt que d'un Y, comme dans une partie de *Des chiffres et des lettres* fondée sur l'intolérance et l'absence de voyelles. Ils avaient sans le savoir posé les bases du Navarrisme. Il avait néanmoins fallu des centaines d'actes antirépublicains de cet acabit pour qu'ils franchissent le pas et intègrent l'action.

« Thomas, reprit Samia, je vais donner ces infos au président. Il travaille à l'heure qu'il est dans son bureau et vaque aux affaires courantes.

— Est-ce que le Premier ministre n'est pas là pour ça ?

— J'ai envoy... le Président a envoyé M. Plaisir aux États-Unis, qui sortent meurtris de l'attentat du Paris Paradise. Un bon quart de la Silicon Valley est décédé dans l'explosion, et les sites de rencontres en ligne sont touchés par la désaffection du public, qui les identifie désormais à un événement tragique, loin du glamour et des soirées chaudes à choisir son parfum de préservatif en prévision de la rencontre en chair et en os. J'ai tout de même, avant de vous quitter, une dernière question : connaît-on l'identité de la troisième personne apparaissant sur la vidéo avec Sifaoui et Bisou ?

— Absolument, ça vient de tomber. Il s'agit de Pompon. »

22

« Nom ?

— Pompon.

— Je reprends. Votre vrai nom ?

— Wilfried Rodriguez. Je viens d'une famille aux origines très diverses. »

Sept ans avant le début du Navarrisme (ce que les navarristes appelleraient l'année N–7). Commissariat de police de Mende, en Lozère. Un trentenaire en toge jaune, portant au cou un médaillon argenté représentant le symbole « ensemble vide », arborant une barbe fournie et affichant un air canaille, était assis face à un bureau. De l'autre côté du meuble, le commissaire Rouvière, 64 ans, l'observait, subjugué. La clarté ainsi que la profondeur du regard de Rodriguez auraient pu le mener sur les podiums de la Fashion Week de Milan, ou tout du moins lui assurer une jolie carrière de mannequin lunettes chez Alain Afflelou. Rouvière comprit que l'on puisse suivre jusqu'au bout du monde, et même en Lozère, une personne possédant un tel regard. Des yeux chauds. Des yeux apaisants. Des yeux qui disaient « ce que tu as connu avant était vain ». Des yeux qui incitaient, qui donnaient envie, qui attisaient et qui excitaient. Pas des yeux malades, tournant étrangement dans leurs orbites, comme l'étaient ceux de Charles Manson, ce rockeur frustré qui, un soir des sixties finissantes, avait poussé trois de ses adeptes à massacrer une star du cinéma d'alors, épouse d'un réalisateur contesté des décennies plus tard. Les yeux de Pompon étaient comme un feu de bois l'hiver lorsque, à vélo, on n'a pas pédalé assez fort pour revenir jusqu'à la maison avant l'averse. Du réconfort dans une époque qui ne proposait que de la distance, du glacial, du numérique.

« Monsieur Rodriguez, je résume, vous habitez donc un terrain que vous avez acheté à la veuve de M. Farges, éleveur, et sur lequel vous avez entrepris d'installer des… des yourtes. C'est bien ça ?

— Tout à fait. Ce sont des yourtes de type mongol, dont des individus de notre groupe ont entrepris de tisser les toiles. Patiemment. Avec tant d'amour. Au service de la communauté.

— Des femmes ?

— Nous réfutons le principe de genre.

— C'est-à-dire ?

— C'est-à-dire que nous voyons des gens, et même, au-delà de ça, nous voyons des âmes. L'enveloppe corporelle n'est rien. Pas plus que la fonction. Toi, par exemple, je te considère à la fois comme mon frère et comme ma sœur. Je t'aime. »

Un peu perdu, le commissaire Rouvière marqua un temps d'arrêt. Lui qui avait effectué l'ensemble de sa carrière en Lozère avait, quand il était jeune, entendu les anciens des villages alentour lui parler des communautés autogérées de babas cool hirsutes qui, lorsqu'ils ne faisaient pas l'amour, binaient inlassablement des potagers aux légumes dégorgeant de fraîcheur et promettant un incomparable croquant en bouche. Mais tout cela datait du début des années 1970, et quelques tirs trop bien cadrés de hippies devenus consécutivement braqueurs fous puis tueurs névrotiques sur des policiers puis des badauds, au cœur de l'Ardèche proche, avaient mis fin à l'utopie *flower power*. Seulement, le fait qu'un demi-siècle plus tard, l'élevage de chèvres et les frotti-frotta entre pubis négligés soient revenus à la mode le laissait interdit. Absorbé dans sa réflexion, Rouvière ne réalisa pas que Rodriguez ne l'avait pas lâché du regard.

« Monsieur Rodriguez...

— Pompon.

— Si vous voulez. Monsieur Pompon.

— Pompon.

— D'accord. Pompon, vous êtes entendu aujourd'hui parce que l'un de vos voisins s'est plaint de tapage nocturne. Chaque samedi soir, nous dit ce monsieur, il subit, provenant de votre terrain, une série de déflagrations sonores invivables. Cet homme est venu de Paris avec sa famille s'installer dans un lieu qu'il convoitait pour sa tranquillité.

— Je l'aime. Je sais de qui il s'agit.

— Que se passe-t-il le samedi soir ?

— Nous brûlons des livres.

— Mais... pourquoi ?

— Je sais ce que tu penses. Tu fais le rapprochement avec les SS d'Adolf Hitler. Mais nous, nous ne jetons au bûcher que des livres contenant des propos visant à l'oppression et à l'exploitation de minorités bafouées. Nous sommes *woke*.

— ... ?

— Le terme est relativement nouveau mais c'est un phénomène qui ne va faire que monter. Nous effaçons les œuvres qui posent problème et supprimons les personnalités présentant des valeurs *old school*. Nous sommes éveillés face aux injustices.

— Vous les supprimez ?

— Pas physiquement. Nous sommes amour et énergie bénéfique de l'astre solaire. Simplement, nous avons une armée de geeks qui sur internet, 12 heures sur 12, et même en décalé au niveau des horaires s'il s'agit d'annuler une personnalité américaine, par exemple, discréditent ces individus. Est-ce que tu lis, mon amour ?

— Je... Assez peu.

— Nous chantons également des tubes dont nous modifions les paroles, face à un cactus géant, la Plante de la Sagesse, que nous avons planté au milieu de l'Éden. L'Éden est le nom que j'ai donné au terrain de M. et Mme Farges.

— Un cactus géant ? Ce ne sont pas des végétaux du désert ?

— Si. Nous anticipons le chaos climatique provoqué par l'action humaine. Et puis, le cactus est un arbre qui vient d'ailleurs, donc inclusif. Si la Plante de la Sagesse bouge légèrement ses épines au moment, par exemple, où nous entonnons un vieux titre de Michel Sardou, nous l'interprétons comme un signe que nous donne Gaïa.

— Je suis perdu.

— Notre planète la Terre.

— …

— Je t'aime. Bien. Je suppose que nous allons chanter moins fort les samedis soir afin que ces petits conflits avec le voisinage se tassent.

— Mais vous êtes combien, sur ce terrain ?

— L'Éden accueille actuellement 458 personnes.

— Des hommes, des femmes ?

— Des âmes. »

Le commissaire Rouvière n'avait rien de concret contre Rodriguez, qui comprenait parfaitement qu'il pouvait quitter son bureau exigu sans dommage. Dans un froissement d'étoffe de lin de sa tunique, il se leva avec agilité, sa silhouette malingre semblant flotter dans le commissariat, et s'envola jusqu'à la sortie.

« Madame Farges ? » Rouvière, déjà, était au téléphone. « J'ai eu à l'instant un entretien avec votre voisin. Il s'est engagé à être plus discret le soir. Seulement, ils sont quand même presque 500 là-dedans, donc il y aura forcément des nuisances. »

Rouvière, cédant au réflexe qu'il avait acquis avec les années, se rendit sur Google et tapa « Pompon ». Des milliers de résultats s'affichèrent, tous en lien avec Rodriguez, signes d'une aura médiatique certaine. « L'illuminé de la lutte pour les minorités », avait titré le *JDD* un an auparavant. « Pompon ou la France des pigeons », telle était l'accroche d'un article récent du *Parisien*. L'homme intriguait. Peu à peu, Rouvière parvint à tracer le portrait-robot du *leader* New Age. Originaire de Narbonne et ancien séducteur de la jet-set internationale, il avait réussi, à seulement 18 ans, à faire valoriser sa start-up à hauteur de 20 millions d'euros par des investisseurs russes. L'entreprise éditait un site marchand, starsclothes.com, qui mettait en vente des vêtements ayant la particularité d'avoir été portés par des stars et jamais lavés par la suite. Des slips de Brad Pitt étaient ainsi proposés à 10 000 euros la pièce. Un jour, celui qui n'était encore que Wilfried Rodriguez se baladait dans les rues chics du quartier le plus huppé de Los Angeles avec sa petite amie de l'époque, la star de la méditation naturiste sous hypnose June Taylor, lorsque devant eux surgit un SDF noir, menaçant, c'est-à-dire qu'il se mit à tenter de communiquer. Plus précisément, le malheureux leur demanda une pièce afin de survivre une nuit de plus et d'avoir la chance de voir le soleil le lendemain, dans cette région où l'astre éclatant s'affiche chaque jour plus fièrement qu'un tatouage de feuille de laitue sur le biceps d'un végétalien. Les États-Unis étant ce qu'ils sont, une patrouille de police, alertée par les cris de June Taylor, qui indiquait trop bruyamment qu'une demande de financement aussi brutale était de nature à clore définitivement ses chakras, intervint, et c'est au moment où le sans-abri, dans un geste de paix, formait un cœur avec ses doigts que les policiers tirèrent vers lui quatorze balles, toutes en direction de sa tête.

La bavure, filmée par plus d'une cinquantaine de touristes, entraîna un tsunami de protestations partout sur le territoire américain, et Rodriguez, entendant à la télévision Oprah Winfrey, la voix brisée par l'émotion, insinuer que la vie des Noirs valait moins que celle des citoyens ayant une pigmentation de l'épiderme différente, ressentit comme un déclic. Voir un homme mourir devant lui constitua la perte de son innocence, et c'est traumatisé qu'il commença à se lever contre toute forme d'oppression. En quelques mois, le coupable idéal, la source inépuisable des malheurs du monde, Rodriguez l'avait identifié : il s'agissait de l'homme blanc. Le mâle alpha, tout en testostérone et en sueur, qui prenait, pillait, violait à loisir, en souillant l'Histoire de son influence néfaste et de ses névroses funestes.

La suite du parcours de Rodriguez, Rouvière la trouva sur YouTube dans un reportage de la chaîne TMC concernant les sectes. On pouvait y voir une jeune journaliste devant un large portail orné du symbole de l'ensemble vide. Elle appelait, poussant de sa voix claire une phrase type, du genre « Y a quelqu'un ? », à la suite de quoi, tout sourire, Pompon venait.

« Je t'aime, âme du cosmos, qu'est-ce qui te mène à moi ? disait-il en serrant les mains de la jeune journaliste dans les siennes.

— On dit que vous êtes à la tête d'une secte, répondait cette dernière, alors que le visage de Rodriguez paraissait à chaque instant plus affable.

— Si par secte tu entends ce que les médias insinuent, c'est-à-dire un groupe de gens sous emprise mené par un gourou frappadingue, alors nous n'en sommes pas une. Nous sommes la Communauté de l'Effacement. Nous sommes *woke*. Ceux qui depuis des siècles détiennent le pouvoir et écrasent les faibles, les exploités, les racisés, les femmes, les handicapés, les pauvres, les LGBT, ces gens-là, nous allons les annuler. Ce n'est que justice, mon ange. Je t'aime. »

Rouvière éteignit son ordinateur. Il était perplexe. À l'évidence, il ne comprenait pas les enjeux du combat de Pompon. Il avait vu, à l'air de la jeune journaliste sur la vidéo, qu'elle non plus n'avait pas réellement saisi son discours. Nous étions à N–7, les oppresseurs dormaient encore sur leurs deux oreilles, et s'ils en avaient eu trois, ils auraient dormi également sur celle-ci. Deux ans plus tard, le nom de Harvey Weinstein, producteur hollywoodien quasi inconnu du grand public mondial, serait sur toutes les lèvres, et le système se mettrait à craquer doucement. Plus personne ne parlerait de Wilfried Rodriguez puisque ce dernier serait alors devenu Pompon.

*

N–3. Trois ans avant le début du Navarrisme (ce que les navarristes appelleraient « l'obscurantisme »).

« Et aujourd'hui, sur le livestream de Génération Pompon, on pose la question suivante : faut-il annuler Michel Sardou ? Ta réponse, Pompon ? »

La barbe épaisse, le crâne pas encore grignoté par l'alopécie, Pompon fixa comme à son habitude son interlocuteur, ersatz de journaliste comme il en pullulait désormais sur les réseaux sociaux, issu des jeunes pousses de la Communauté de l'Effacement.

« Bien sûr que oui. Ses chansons sur le bon temps des colonies sont à vomir. Dans "Être une femme", il genre de manière éhontée la moitié de la population, la cantonnant, je cite, à "faire bander la France". Et, de manière générale, il a vendu beaucoup trop de billets de concert, ce qui est une discrimination envers les artistes qui remplissent moins. Mais au-delà de cet individu, je crois qu'il faut annuler la chanson française, puis la musique. Prenez le rock : il s'agit d'un aréopage de mâles blancs shootés à leur propre testostérone qui ont pris un jour une guitare dans l'unique but de coucher avec des femmes. Quand je dis femmes, attention : dans 90 % des cas, il s'agissait d'ados à peine pubères qui passent en trois semaines de "Je bouquine" à "Je tapine".

— Tu as toujours le sens de la formule, Pompon ! s'écria l'animateur.

— Je sais qu'une phrase bien marquante vaut tous les discours. Je t'aime.

— Je t'aime moi aussi.

— Le rap : un vivier de machos débiles, de puceaux boutonneux pas foutus de manier un Bescherelle qui vantent les mérites de l'argent facile, des drogues douces et des SUV allemands de kékés. Donc on efface. Les musiques électroniques : un ramassis de punks à chien débiles qui finissent la tête collée à une enceinte dans un champ squatté d'Ille-et-Vilaine – on efface. Le classique : des connards élitistes à coupe de poètes qui assomment le peuple de références trop pointues et jouent dans des salles pour ultra-riches – on efface. Le reggae : des mystiques dégueus qui ne connaissent pas le shampoing et se défoncent le cerveau au lieu de lutter contre la Babylone dont ils nous rebattent les tympans à longueur de morceau mou – on efface. Le métal : des amateurs de bière tiède qui s'ébattent et se bousculent dans des festivals de groupes kitsches à peaux de bêtes et qui se sapent tout en noir même quand dehors il fait 42 – on efface.

— En cela, Pompon, tu rejoins certains imams, qui par le passé ont suggéré que la musique était une création du diable.

— Ils n'ont pas tort et j'ai de l'admiration pour l'islam dit radical, qu'à titre personnel je considère comme le plus pur des islams. Mais mon propos est tout autre : ce que je dénonce, c'est ce processus d'exploitation des personnes. Des artistes qui s'autorisent tout, destructions de chambres d'hôtel, voyages en jet privé, caprices de diva, comme cette salope de Mariah Carey…

— Est-ce que tu ne vas pas un peu loin, là, Pompon ?

— Non. J'aime la personne qu'elle est, au fond d'elle, la fillette si pure qu'un jour elle a dû être, mais je conspue la star humiliante et snob qu'elle est devenue. Ces gens méprisent le peuple. Détruisent la planète. Inculquent à nos jeunes des valeurs déviantes. Ils sexualisent leurs shows, dans une attitude genrée insupportable. Mariah Carey est une salope. Drake, une ordure. Ed Sheeran, un vampire. Que vont-ils faire ? Venir me chercher en France ? Ils ne s'intéressent à notre pays uniquement quand il s'agit de venir nous pomper nos économies. Le carré or au concert d'adieu d'Elton John, c'était combien ? Donne un tarif.

— Je ne sais pas, euh, 90 euros ?

— 260. Pour voir un papy à moumoute en train de crever derrière son piano. Je dis ce que les gens pensent.

— Merci, Pompon. On t'aime. Moi d'abord, et je crois que le public aussi. N'est-ce pas ? »

Une cohorte d'individus de tous âges et de physiques divers, d'un même homme, se mit alors à hurler : « On t'aime ! »

« Moi aussi, je vous aime, vous savez. Comment tu t'appelles ? Oui, toi, au milieu, avec le tee-shirt représentant le logo de la Communauté de l'Effacement ?

— Bonjour, Pompon, je t'aime.

— Je t'aime aussi.

— Je m'appelle Mathilde.

— Non. Car tu n'as pas de genre.

— Oh, c'est vrai. Pardon, Pompon. Je ne m'appelle pas.

— Parfait. Tu as quel âge ?

— Je n'ai pas d'âge, Pompon, car mon parrain à la Communauté de l'Effacement m'a bien expliqué la dynamique des discriminations dues à l'âge.

— Très bien. Tu nous viens d'où ?

— Je n'ai pas d'origine, Pompon. Nos lieux de naissance sont des indications susceptibles de déclencher envers nous des discriminations. Je n'ai pas non plus d'accent ni de couleur de peau. Être blanche, ce que je ne suis pas, serait en effet vécu comme une insulte par d'autres individus de couleurs différentes, puisque le blanc est la couleur de l'Homme Souilleur. Le Grand Destructeur, comme il est décrit dans le *Pompon-guide*, la bible de la Communauté de l'Effacement.

— Est-ce que tu m'aimes, personne indéfinie ?

— Je t'aime, Pompon.

— Serais-tu prête pour me le montrer à me baiser les pieds ?

— Bien sûr, Pompon, je suis prête à le faire tout de suite si jamais…

— Rassieds-toi. C'était un piège. Je n'ai pas de pieds.

— Pardon ?

— J'ai, tout au bout de mon corps, des membres indéfinis qui ne sont pas des pieds. Car affirmer que j'ai des pieds serait discriminer fortement les personnes qui n'en ont pas.

— Oui, Pompon.

— Pour tout le reste, c'est très bien. Le seul problème que je vois par rapport à toi, entité vague, est que tu t'exprimes en français. Ce qui peut tout à fait être vécu comme une oppression par des gens pratiquant une autre langue. D'autant que le français est l'idiome du colon. »

Un mouvement d'incompréhension à peine perceptible balaya la foule réunie dans le hall 3 du Parc des expositions de la porte de Versailles, à Paris, que la Communauté de l'Effacement avait loué pour le livestream, une diffusion en direct sur internet, via les nombreux sites pro-Effacement. Une personne anciennement connue sous le prénom de Mathilde leva timidement l'index, les joues rougies par sa propre audace.

« Oui, esprit à l'identité aléatoire ?

— Tu as prononcé un mot, Pompon, que la plupart d'entre nous ici n'avons pas compris, je crois. “Idiome”.

— “Idiome” est un terme littéraire pour désigner le langage.

— C'est surtout un mot élitiste, Pompon. Je crois que l'employer discrimine les individus effacés ici qui n'auraient pas eu la chance de faire des études.

— Tu… Tu as raison. Je suis confus. Je m'en veux. Je vais donc m'effacer pendant une durée de cinq minutes, c'est-à-dire que je vais quitter le hall. Pendant ce temps, je demande à chacun·e de réfléchir à ce qu'iel pourrait faire pour un monde plus inclusif et gentil. »

Pompon, d'un geste solennel, se leva lentement, les épaules voûtées et le crâne baissé, comme pour mieux symboliser la honte qui l'habitait, fit face à la foule de 2 000 personnes qui, apparaissant ensorcelée, l'observait sans même battre des paupières, puis se dirigea vers une porte en tôle, située à l'extrémité droite de la scène, au-dessus de laquelle un néon bégayant éclairait une pancarte sur laquelle était inscrit le mot « sortie ». De l'autre côté de la porte, une personne à l'âge indistinct, qui portait une barbe et du rouge à lèvres, lui demanda : « Pompon, que vas-tu faire de ces cinq minutes d'effacement ? » Toujours surpris lorsqu'il constatait à quel point la stratégie de l'effacement avait pris auprès de ses ouailles, Pompon marmonna un évasif « je vais pisser », ce à quoi son interlocuteur réagit en s'arrêtant net, comme foudroyé par une vérité à laquelle il ne s'attendait pas.

« Mais, balbutia-t-il, Pompon… Cela voudrait dire que tu as un pénis ?

— Qu'est-ce qui te fait dire ça ?

— Tu viens de pousser la porte des toilettes de ce qu'avant on appelait les hommes. Regarde ! »

La personne effacée montra d'un doigt tremblant, sans même se rendre compte qu'il s'agissait d'une discrimination contre les manchots, le visuel indiquant qu'effectivement le lieu était réservé aux personnes non effacées de sexe masculin. Pompon, comme à son habitude, réagit au quart de tour.

« Si j'ai poussé cette porte-ci, amour, c'est pour vérifier qu'aucun être défini comme étant un homme ne s'y trouvait, auquel cas j'aurais tenté de le convertir. Je n'ai ni pénis ni vagin, puisque ce serait un jugement envers les personnes qui auraient l'un ou l'autre. Je vais donc uriner ici, dit-il en désignant l'interstice situé entre la porte des toilettes des anciens hommes et celle des toilettes des femmes de l'époque.

— Ouf ! Tu me rassures, Pompon ! Je t'aime…

— Je t'aime aussi », murmura Pompon, tout en réalisant qu'il avait généré un mouvement qui, au fond, commençait à le dépasser un peu.

*

N–0.

« Mets-toi bien face cam, Pompon ! Est-ce que quelqu'un peut redresser le panneau en arrière-plan avec le symbole de l'ensemble vide ? Merci. Je demande le silence plateau ! Pompon, c'est à toi dans cinq, quatre… proclama à la cantonade une personne indéfinie.

— Pardon, juste une minute, l'interrompit Pompon. Que t'est-il arrivé, amour ? Cet énorme pansement que tu as sur le visage… Ne me dis pas qu'en tant qu'Effacé tu t'es fait agresser dans la rue par des cisgenres, ou pire, des identitaires du Sud-Ouest désireux de conserver leur accent chantant ?

— Pas du tout, Pompon. C'est juste que je viens de me faire retirer le nez.

— Retirer le... Mais pourquoi ?

— Je suis en couple avec une personne effacée auparavant connue sous le prénom d'Emma. Et il se trouve qu'elle est anosmique, c'est-à-dire qu'elle n'a pas d'odorat.

— Et ?

— Elle m'a reproché, avec raison, d'en avoir un et s'est sentie discriminée. Elle a failli me plaquer pour un aveugle.

— Quand tu dis "elle", tu te trompes.

— C'est vrai, elle n'a pas de genre. Je m'excuse, Pompon. Je t'aime.

— Je t'aime aussi. Est-ce que l'ablation du nez t'a retiré l'odorat ?

— Non, Pompon, c'est là que je réalise que j'aurais dû mieux me renseigner avant de la pratiquer. Je m'en suis rendu compte hier quand dans une fromagerie où je faisais mes courses, j'ai nettement senti l'odeur d'un fromage de couleur indéfinie.

— Un quoi... ?

— Un fromage anciennement connu sous le nom de "bleu".

— OK. Go ! »

Le *leader* de la Communauté de l'Effacement se mit dans la posture physique la plus adéquate pour, alors que l'on est filmé, insuffler au spectateur à la fois l'idée de gravité et celle de grandiloquence. Le dos aussi dressé que si on lui avait posé un tuteur à ficus, il prit sa voix des grandes heures et coula vers le dispositif d'enregistrement vidéo un regard vibrant.

« Gens indéfinis du pays qui avant était décrit sous le nom de France, bonjour. Ce matin, Samia Navarre, la très genrée personne qui partage la vie du président Jean-Claude Navarre, a pris la parole sur Navarre + pour mettre en accusation trois personnes : Azzedine Sifaoui, le *leader* des Frères de l'islam français, Carolina Bisou, ex-star du X, ainsi que moi-même,

Pompon. Je suis de mon côté le guide de la Communauté de l'Effacement. Il est possible que tu aies entendu parler de moi sur les plateaux des chaînes info où, systématiquement, je suis vilipendé. Ma réponse reste la même depuis toutes ces années : l'amour. L'amour pur, inconditionnel, le même que celui qu'ont les teckels adultes envers leur chiot venant de naître. Je t'aime, toi qui m'écoutes. »

Pompon marqua une courte pause, durant laquelle il se saisit d'un verre posé à côté de lui sur un guéridon, et but une gorgée d'un breuvage rosâtre.

« Je tiens à préciser qu'il ne s'agit pas de sirop de cassis dilué dans de l'eau, puisqu'une étude ayant déterminé que 0,001 % de la population européenne se trouve être allergique aux fruits rouges, ce serait là un déni de leur affection. Et je ne parle même pas des cueilleurs de baies du Mozambique, que l'homme blanc portugais, lors de la colonisation, a oppressés, et qui pourraient à juste titre m'accuser d'appropriation culturelle. J'en profite pour saluer ici, et les assurer de ma compassion, l'ensemble des populations opprimées de la planète. Mais venons-en au fait. Si je suis ici devant toi aujourd'hui, éclatante beauté humaine qui me regarde, mon petit bijou, c'est pour revendiquer ma présence aux côtés d'Azzedine et Carolina, que j'aime. »

Alors qu'un jeune athlète, sportif embauché par l'équipe de la secte pour sa propension, de par son flamboyant état physique, à s'effacer rapidement, lui plaçait entre les mains un mug avec écrit dessus, en lettres capitales, les mots « POMPON T'AIME », le *leader* lapa plus qu'il ne but une boisson chaude.

« Je tiens à dire qu'il ne s'agit pas de café, eu égard à la manière dont sont traités les petits producteurs colombiens par des multinationales dont le but est de générer toujours plus de profits. Bref. Tout ça pour vous dire qu'en effet la personne cagoulée présente sur la vidéo d'Azzedine, c'est moi. Certains auront d'ailleurs reconnu mon corps gracile. Je revendique ma présence sur ce film. En effet, le président Navarre ainsi que son épouse ne sont que de vulgaires plagiaires. Cette forme de sacré qui dépasse les religions, c'est moi qui l'ai créée, avec la Communauté de l'Effacement. Ensemble, avec des individus indéfinis, qui chez moi ont la liberté d'être ce qu'ils désirent être (hier est arrivé parmi nous un Sénégalais de 61 ans se définissant comme une jeune Suédoise), depuis tant d'années, nous avons bâti cet avenir commun. Ce mieux-vivre ensemble. Cette harmonie. Nous possédons des fermes partagées. Nous cultivons nos potagers. Nous faisons l'amour, dans le noir, afin de ne pas discriminer ceux qui auraient un organe sexuel difforme. Je veux dire, ceux·elles. Navarre nous a volé ce concept, mais là où nous ne sommes qu'amour, lui est fichage des utilisateurs, répression militaire, culte de la personnalité et entourloupes politiques. Oui, nous avons organisé l'attentat contre le Paris Paradise et nous le revendiquons. Étaient rassemblées ce jour-là dans cette salle de réunion parmi les plus grandes crapules qu'a pu engendrer notre époque. Les sites de rencontres sont une aberration qui découle du culte du genre : ces individus persuadés d'être des hommes souhaitant rencontrer des gens qui se vivent comme des femmes, et inversement, oui, c'est une aberration. Cela revient à emprisonner chacun dans son identité. »

Les larmes aux yeux, Pompon continua.

« J'aimerais préciser que l'émotion que j'affiche n'est pas une manière de juger négativement les personnes dénuées d'empathie. Pour en revenir à l'attentat du Paris Paradise, donc : j'assume. Totalement. Chacun parmi nous avait ses raisons d'agir. Carolina Bisou a voulu dire que le sexe était une impasse. Sifaoui a eu envie de défendre la place de l'islam, anéanti par le Navarrisme et qui, avant, était sur une croissance hors du commun. Quant à moi, tu l'auras compris, j'ai souhaité dénoncer l'attitude des Navarre. L'arrogance des Navarre. L'inclination naturelle des Navarre à transformer notre démocratie en dictature qui ne dit pas son nom. Parfois, pour imposer la paix et l'amour, il faut tuer les ennemis de l'amour. J'aime leurs âmes redevenues pures, j'en suis certain, une fois au ciel.

— Purée, on vit un moment dingue. »

L'un des jeunes vidéastes qui filmait Pompon, dissimulé sous un masque d'animal afin de pouvoir exister sans s'appuyer sur un physique qui le résumerait à quelques informations visibles, se mit à pleurer.

« Je comprends ton émotion, lui dit Pompon. Comment t'appelles-tu ?

— C'est un piège, Pompon. Je ne m'appelle pas.

— Bien joué. Je t'aime.

— C'est moi qui t'aime.

— Je t'aime plus.

— Non, moi.

— Moi.

— Non.

— Bien. Je vois que tu portes un masque de... Winnie l'Ourson ?

— Non, parce qu'il pourrait aussi bien s'agir d'une oursonne. Ou d'une loutre, d'ailleurs.

— C'est vrai. On reprend. Ça tourne ? Tu feras un montage, il faut que la totalité de mon intervention tienne sur une minute trente. Au-delà, le public zappe. Les gens n'ont plus la capacité de concentration nécessaire pour un long propos.

« Mes amis, je vous aime. Collectivement. C'est animé par cet amour que je me suis décidé à combattre le Navarrisme. Je te demande, mon joyau, de me rejoindre dans cette lutte. Je sais qu'après la diffusion de cette vidéo les membres non définis de la Communauté de l'Effacement seront traqués, persécutés. Il y aura des passages à tabac, des disparitions, des menaces et des meurtres maquillés en suicides, puisque c'est ainsi que l'État, depuis toujours, maintient sa mainmise sur le peuple. Ne crains rien pour moi, mon doux rubis. Je suis actuellement à l'étranger, d'où va s'organiser la rébellion. Je t'aime. Je t'aime tant. »

« Coupez ! » Une femme entre deux âges affublée d'une barbe postiche s'approcha de Pompon.

« Ç'a été un plaisir de travailler pour toi, Pompon. Quinze années que je suis là à tes côtés.

— Pardon, mais qui es-tu ?

— Je gère ta com et tes réseaux sociaux, mais je n'ai pas de nom.

— Veux-tu bien tirer un peu sur ta barbe ?

— OK.

— Ah, Christine ! Je ne t'avais pas reconnue ! Qu'as-tu fait de tes cheveux ?

— J'ai pris pendant douze mois une hormone chinoise vendue sur le darknet et qui les a fait tomber.

— Mais pourquoi ?

— Parce qu'il n'y a aucune raison que seules les personnes se définissant comme des hommes accèdent à la calvitie. Pompon, je t'aime.

— Je t'aime aussi.

— Seulement, je crois que nous sommes sur une grosse erreur de jugement de ta part aujourd'hui. J'ai longtemps eu des contacts discrets avec Gilles Petitbon, l'homme de l'ombre de Navarre, qui est mort au Paris Paradise. Il m'a dit à quel point Samia Navarre est redoutable, sans concession, d'une détermination extrême et prête à conquérir le monde. Hannibal traversant les Alpes avec ses éléphants, à côté, c'est ta nièce qui fait de la raquette à Avoriaz.

— Tu veux parler de Jean-Claude Navarre ?

— Non. De Samia. C'est elle qui a le contrôle désormais.

— Je n'en crois rien.

— C'est fini, Pompon. Tu es allé trop loin. Tu vas crever. Dès l'instant où Samia va voir cette vidéo, tu seras sur la liste noire des opposants à faire disparaître.

— J'y suis prêt. Je suis prêt à rencontrer Dieu.

— Qui, possiblement, est une déesse.

— Absolument. »

23

Gilles Petitbon semblait revenir du royaume des morts. Sa peau était translucide, ce qui laissait voir l'ensemble de ses parties internes. On constatait d'ailleurs qu'il était en train de digérer le contenu d'un déjeuner d'affaires trop copieux. Le mélange chatoyant des aliments en cours d'assimilation par son organisme semblait démontrer qu'il avait choisi de terminer le repas par un café gourmand. Mini-tiramisu, mini-panacotta, mini-moelleux au chocolat, crème brûlée si minuscule qu'on avait dû la caraméliser avec une allumette, et un café. Petitbon étendit ses bras, semblables aux tentacules d'une pieuvre aux dimensions surnaturelles, et happa le crâne de Navarre, pour mieux l'approcher de son visage. Il ouvrit la bouche, dont jaillit une puanteur extrême. Navarre hurla, se débattit, donna des coups en l'air, et une main fine, aimante, une main qui lui donnait beaucoup de plaisir dans le cadre de grasses matinées ou de douches très monoï, se posa sur son front, avec la légèreté d'une feuille A4 sur laquelle on aurait imprimé les dires ineptes d'un chanteur pop quelconque.

« Calme-toi, mon amour. Je suis là. Tout va bien. »

Il reconnut la voix de Samia, l'odeur de Samia, la présence de Samia, mais elle paraissait se trouver si loin de lui, spectre parfumé, tendre, et à la fois décidé à prendre le contrôle. Navarre était dans le gaz, tout au fond du coton, depuis des semaines : vieillissement prématuré ? maladie grave ? cookie avalé lors d'un salon du goût en province qui se serait avéré un *space cake* ? Il ne savait plus, car il avait perdu toute notion du temps et de l'espace. Parfois, subrepticement, il sortait de sa léthargie, le temps de signer quelques documents, d'appeler au téléphone des chefs d'État, tous désireux d'en savoir plus sur le Navarrisme (« cette doctrine serait-elle transposable dans mon pays ? » étant la question qui revenait le plus fréquemment), puis c'était de nouveau le brouillard, le quotidien réduit à une série de perceptions, de sensations, de flottements, de décollages mentaux aux trop rares atterrissages.

Cette nuit-là, lorsque Petitbon était revenu le hanter, Samia l'avait embrassé, comme on embrasse un petit garçon occidental qui, en vacances en Tunisie, a attrapé la tourista, vomissant à grands jets des morceaux de tajine au poulet mal digérés. Puis, de nouveau, un bruit de rideau qu'on tirait, et l'obscurité. Le délire pouvait reprendre, et Navarre était parti en arrière, pas physiquement bien sûr, son matelas venant contraindre l'amplitude potentielle des mouvements de son corps, mais là-haut, son cerveau faisait des roulés-boulés.

Navarre se tenait désormais debout dans une prairie. Il se retourna et aperçut l'Élysée, dont il arpentait en réalité les jardins. Si c'était une prairie, il s'agissait d'une prairie à la configuration très maîtrisée et financée par le contribuable. Soudain, sortant d'un buisson d'aubépines, la silhouette de Jean-Patrick Delacour se leva. Il monta vers le ciel, aidé en cela par des angelots peu concernés par l'inclusivité et la mixité ethnique, puisqu'ils étaient blonds et pâles, sortes d'Aryens qui vont en slip, attrapant Delacour sous les aisselles. Ce dernier ne put réprimer un rire hystérique, puisqu'il était très sensible aux chatouilles. Navarre, maintenant, criait. « Jean-Pat ! Ne me laisse pas seul ! Le Navarrisme, c'est ton concept ! Ta création ! » Ce à quoi Delacour répondit par un faible sourire.

Il partit vers le ciel dans un rayonnement intense, alors qu'au sol, dans les jardins de l'Élysée, les mésanges étaient devenues des vautours qui plantaient leur bec crochu dans une entité rougeâtre. Navarre baissa les yeux : le corps de Delacour, usé mais massif, ce corps qui trop souvent avait contraint d'autres corps plus malingres à jouer collé-serré, était ouvert, et des entrailles fumantes du publicitaire sortaient désormais des lapins aux yeux de braise et aux canines aiguisées. Ils regardèrent Navarre et se rapprochèrent, dans un murmure lugubre. Navarre était trempé. Il réalisa qu'il était dans son lit, que tout n'était que projection psychique, et pourtant paraissait si réel.

*

« Non. Le Président n'est pas disponible. Dites-moi. Il... Passez-le-moi ! »

Sur les dix-huit heures de travail acharné, de lutte avec l'adversité et de guerre contre son destin qui composaient une journée type de Samia Navarre, quinze au moins étaient consacrées à la consultation de son smartphone. Véritable prolongation de son être, le petit appareil n'avait jamais le temps de s'éteindre. « Je suis esclave de cet engin », se dit parfois l'homme moderne, sollicité 24 heures sur 24 par la réception d'emails à l'intérêt nul, de SMS piégeux expliquant qu'on a reçu un colis alors qu'on n'en attendait aucun, de bips incessants signalant que telle personne a répondu sur Snapchat à la polémique lancée sur TikTok par une Instagrameuse à propos de Facebook. « Je me dilue dans le flot continu de stimuli, se dit l'homme moderne, éreinté. Je souhaite un retour à l'essentiel, à une vie simple, me rapprocher de la nature. »

Samia Navarre n'était pas de ces gens. Elle se sentait moins esclave de la machine qu'animée par l'envie malsaine, par le biais de la machine, de réduire les autres en esclavage. Alors, sans s'arrêter, elle appelait, écrivait, tapotait, enregistrait des vocaux, qu'elle distribuait à chacun et à chacune, à condition qu'il et elle puissent la servir. Sur le moment. À tout et n'importe quoi. Samia était une femme pressée, qui communiquait au lieu de vivre. Qui coordonnait au lieu d'aimer. Qui gérait. Et qui, quelquefois, dépassait les limites, puisque c'était une notion qui lui était étrangère. Samia Navarre était, comme on dit dans les articles psychologisants de la presse féminine, « *borderline* ».

« Delacour ? Jean… Jean-Pat ? On me dit que tu vas bien ? Que tu vas mieux ? Ah, que je suis contente !

— Eh oui, hé hé, c'est le grand retour. Merci pour les soins. On m'a expliqué que vous m'aviez mis entre les mains des plus grands spécialistes. Je ne parlais plus, je ne mangeais plus, je dérivais. Je crois que cet événement m'a plus atteint que je ne pensais. Le professeur avec qui j'ai échangé, un expert en psychiatrie, m'a dit qu'il s'agissait d'un stress post-traumatique.

— Pas étonnant ! À quelques mètres près, tu étais en plein cœur de l'attentat contre le Paris Paradise. Tu reprends bientôt ?

— Je sors ce soir.

— Je te veux cette nuit à l'Élysée pour travailler.

— J'y serai. Le Président ?

— Il est souffrant.

— J'ai appris.

— Nous allons faire sans lui. Qu'est-ce qui a été l'élément déclencheur, Jean-Patrick ? On est venu te voir à l'hôpital, tu étais quasiment un légume. Tu fixais le mur, le regard vague.

— Une infirmière qui a lu *Tout pour la win*, mon autobiographie, qu'un ami écrivain a publiée sous mon nom il y a quelques années, s'est souvenue du fait que j'ai été l'auteur de plus de 200 slogans publicitaires. Elle a donc appelé une chorale d'enfants et l'a chargée de chanter en boucle ces slogans dont je suis si fier.

— Même celui pour la barre chocolatée, là ?

— Absolument. "Goodchoco, plus t'en manges, plus t'es gros !" Ça avait fait un carton en 82. Les gens maniaient encore le second degré. Les rondeurs, c'était vécu comme quelque chose de charmant. Personnellement, une femme avec des rondeurs, j'adore. Sans, j'adore aussi, remarquez. Je crois que j'ai un problème.

— Et ces quelques slogans ont suffi à te rebooster ?

— Oui. Enfin… Pas les slogans en tant que tels. Ce sont les voix des gosses, là-dedans il devait y en avoir quatre ou cinq en train de muer. C'était atroce. Pire que les groupes de métal slovaques à l'Eurovision. Je me suis levé de mon lit, je suis parti.

— Tu es où, là ?

— Samia, vous me connaissez. Je suis déjà en bas.

— Près de l'Élysée ?

— Devant l'Élysée.

— Mais entre.

— J'arrive. »

Le cœur battant aussi fort que celui d'un adolescent aux hormones bouillonnantes que, lors d'un concert, sa chanteuse de R&B sensuel aurait gratifié d'un clin d'œil salace, Delacour s'avança vers les agents de sécurité postés devant l'Élysée, qui le reconnurent aussitôt. Depuis qu'il avait pris en charge le développement idéologique du Navarrisme, l'homme était devenu une vedette, multipliant les interviews dans *Gala* et les fausses paparazzades dans la presse *trash*. Son âge, il le savait, faisait de lui une créature *people* de la presse papier plus que des réseaux, car il était suivi avant tout par de sympathiques mamies qui n'approchaient leur ordinateur que pour régler leur situation sur impots.gouv.fr. Il était de la génération d'avant, un vieux schnoque, en somme, qui ne se rassurait qu'en dragouillant maladroitement de jeunes naïades venues vers lui pour sa position sur l'échelle sociale. Soit tout en haut, près des dieux, sur des rooftops pour millionnaires où même un mojito se règle avec une MasterCard World Elite. Delacour était de cette tranche d'âge d'hommes qui se tuent à la tâche sans chouiner, qui jamais ne mettent leur existence sur pause, de peur de se libérer trop de temps et de réfléchir. Réfléchir à ce qu'ils sont, à ce qu'ils ont été, à ce qui les attend :

un infarctus, un soir, dans l'espace VIP d'un club sélect quelque part sur la planète, l'assiette qui se rapproche du visage et, avant même d'avoir pu réaliser qu'en fait, c'est bien le visage qui tombe dans l'assiette, la joue droite s'étale au milieu des mets les plus onctueux sélectionnés par un chef cuisiner classé 5 étoiles au *Michelin*, une plongée dans le vide complet. Le *black out* perpétuel comme projet. La rigidité cadavérique comme seule posture. Puis le trou dans le sol et, alors que son réseau de contacts continue, là-haut, à vivoter, parlant de moins en moins du disparu au fur et à mesure que les traits de sa face s'estompent dans les esprits, ne plus fréquenter que les vers et les taupes qui, de l'autre côté du caisson en bois, creusent et vont et viennent, créant dans les profondeurs terrestres de légers gargouillis. L'échéance se rapprochant pour lui, Delacour le savait, il n'avait de cesse, en poussant de la fonte avec les jambes, les bras, le torse, le corps, de la repousser, elle. Chaque séance de muscu un peu intense représentait pour lui une forme de renaissance.

L'*Homo winnerus* qu'était Delacour n'avait pas le loisir d'être faible dans une vie qu'il envisageait comme un match de catch non truqué. C'est pour cette raison que le matin même, à l'hôpital où on l'avait placé, il s'était décidé à déployer son anatomie à la verticale et à quitter ce lit dans lequel il attendait que l'envie de nouveau l'habite. Ce n'étaient pas, comme il l'avait dit à Samia Navarre, les chants trop aigus de groupes d'enfants qui avaient suscité le déclic, ni même les visites régulières de collègues du monde de la publicité, venus constater avec accablement qu'il respirait toujours, qui l'avaient poussé à revenir dans l'équipe des vivants. Ce qui l'avait motivé, c'était une fois encore son instinct de survie. S'il était debout aujourd'hui, c'était avant tout un cadeau qu'il se faisait à lui-même.

Avec délectation, Delacour ressentit plus qu'il n'entendit le crissement des graviers de l'allée qui le menait au bâtiment. Il était entré dans le lieu saint de la République, puis du Navarrisme, par la grille du Coq, donnant sur l'avenue

Gabriel, qui avait la réputation d'être la plus discrète des issues du palais présidentiel. Chaque fois qu'un président en exercice avait entrepris de s'éclipser en secret pour rejoindre qui une comédienne, qui une chanteuse (rarement une tourneuse-fraiseuse, les métiers artistiques exerçant une fascination pathologique sur les politiques, ces artistes ratés), pour réviser à deux ou plus les 64 positions sexuelles composant le Kamasutra, il passait invariablement par la grille du Coq. Lorsque Navarre, aux premiers jours de son mandat, s'était donné pour but d'inviter à dîner stars du R&B et rappeurs à catogans, il leur avait demandé de sonner à cette même grille, afin que les rédactions de *L'Express* et du *Point* ne se lancent pas dans des éditos sur la collusion mortifère qu'entretiennent politique et industrie du divertissement. Navarre lui-même n'avait pas de vie secrète : l'ensemble de ses désirs et pulsions se projetait sur son épouse Samia.

Chaque enjambée de Delacour vers l'édifice du pouvoir centralisé tintait comme une victoire. Il ne marchait pas : il se regardait marcher. Le torse bombé, il dégustait intérieurement le frôlement de la fibre de sa chemise sur ses pectoraux gonflés. Samia, au loin, l'attendait devant l'une des portes-fenêtres jouxtant les jardins de l'Élysée. Elle qui au départ n'était qu'un point minuscule évanoui dans la lumière des salons, car il faisait nuit, car travailler la nuit, c'était OK, ni l'un ni l'autre n'ayant réellement d'horaires de travail préétablis, elle qui n'était qu'un moucheron, se fit femme au gré de la progression de Delacour. Il s'approcha d'elle jusqu'à sentir son parfum, une fragrance légère, de celle qu'on porte par temps chaud, et ne s'arrêta de marcher que pour obéir à la règle sociale voulant qu'on ne pénètre pas les personnes sans les avertir de ses intentions, puisqu'il ressentait le souhait très prégnant de la posséder.

« Ça fait du bien de te revoir, Jean-Patrick.

— Madame Navarre, moi aussi je suis heureux.

— Il est tard, tu dois être fatigué.

— Je ne suis jamais fatigué. En fait, je suis… comment dire ? Émoustillé. J'ai envie de vous.

— Pardon ?

— Je… Je vous prie de m'excuser. Ce doit être l'action des neuroleptiques. Vous savez, ils m'en ont gavé au centre hospitalier.

— D'accord. Il en faut plus pour me choquer. Mais juste, voilà, ce n'est pas le type de relation que je veux avoir avec toi.

— Parfait.

— Jean-Claude est sorti du jeu, je suis seule à tout gérer, avec l'équipe qui attend des instructions. Le véritable créateur du Navarrisme, c'est toi, et je me réjouis tous les jours d'avoir eu l'idée de te recruter.

— J'ai vu des hommes en armes un peu partout en ville, madame Navarre. Que se passe-t-il ?

— L'attentat du Paris Paradise a changé la donne. Désormais, nous sommes sévères. Ils veulent détruire le Navarrisme : nous allons les détruire avant.

— Où en est-on au niveau du nombre des adhérents ?

— Entre. On va travailler. »

24

« Merci d'avoir bien voulu nous accorder cet entretien, madame Navarre. J'imagine que des demandes d'interviews, vous en recevez des centaines chaque jour. Qu'est-ce qui vous a poussée à nous choisir, nous, l'équipe de champignons.com ?

— La réponse est simple : le monde des champignons n'est pas politisé. Leur cueillette dépasse le clivage gauche/droite. Impossible de dire, en croisant une personne qui en forêt tient dans sa main un cèpe, à quelle chapelle politique elle appartient. Ensuite, à titre personnel, j'aime le champignon car il incarne toute l'ambiguïté de la nature, donc de la vie. Certains champignons relèvent agréablement une omelette. D'autres constituent des poisons violents. Enfin, certains, hallucinogènes, vous projettent dans un monde parallèle. Trompez-vous une fois de type de champignon au moment de les consommer et votre existence ne sera plus jamais la même. »

Le visage de Rudy Coulemelle, embauché chez champignons.com sur la seule foi de son patronyme riche en gourmandise, rosit légèrement, ce qui le fit ressembler à un champignon de Paris.

« Vous savez, reprit Samia, depuis le développement de Navarre +, le président et moi nous passons des médias traditionnels. Mais j'ai, enfin… nous avons conscience que l'ensemble de la population n'a pas encore rejoint les rangs du Navarrisme. C'est pourquoi j'ai choisi champignons.com pour répondre à toutes vos questions et faire connaître notre formidable projet de religion laïque au public le plus large. Êtes-vous navarriste, monsieur Coulemelle ?

— Depuis hier, madame Navarre. En préparant l'interview, j'ai lu beaucoup de choses qui m'ont convaincu concernant le Navarrisme.

— Lesquelles ?

— La somme de 5 000 euros versée à tout nouvel adhérent.

— Quoi d'autre ?

— …

— Je vois. J'attends vos questions. »

Coulemelle se redressa, telle une girolle au matin après une nuit entière de pluie fine. Le cadre l'impressionnait. C'était la première fois qu'il pénétrait à l'Élysée, hors journées du Patrimoine, et il trouvait Samia Navarre encore plus animale que sur les photos d'elle couchées à même le papier glacé des magazines dont il se servait pour emballer les pleurotes qu'il ramassait contre les souches d'arbres morts, chaque année entre octobre et janvier. Il se dit en observant les élégantes moulures des plafonds de l'Élysée et le marbre travaillé de la cheminée à laquelle Samia tournait le dos, qu'il aurait été plus à l'aise assis avec elle dans une prairie, les fesses calées dans de la mousse humide, sous une brise tropicale battant les feuillus atrophiés d'une Nièvre sous stress climatique.

« Bien. Ma première question concerne évidemment les auteurs de l'attentat du Paris Paradise. En sait-on plus ?

— Je peux juste vous dire, et ceci en exclusivité, que nous les avons localisés. Ils sont à Dubaï (idem pour toutes les occurrences).

— À Dubaï ? Mais je pensais que c'était un lieu uniquement prisé par les influenceurs et certains artistes ?

— Il faut croire que désormais les poseurs de bombes s'y sentent bien eux aussi. Le ministre des Affaires étrangères a demandé aux Émirats arabes unis leur extradition vers la France, mais ça peut être long parce qu'il y a des tonnes de papiers à remplir. Nous nous réservons donc la possibilité d'un plan B.

— Un plan B ?

— Vous comprenez bien que je ne peux pas vous en dire plus.

— Bien. Venons-en au retour de Jean-Patrick Delacour, qui était l'homme derrière le Navarrisme.

— Il l'est toujours. Jean-Pat est indispensable.

— Mais il est par ailleurs devenu l'homme devant la caméra. Sa survie miraculeuse, semblable à celle de la morille par -15 degrés, a fait de lui une véritable star.

— En effet, il est passé à *20h30 le dimanche* face à Laurent Delahousse, avec Jacques Attali et Amel Bent, et tout le monde s'attendait à ce qu'il pleure : ils ne le connaissent pas ! C'est un guerrier. Et je vais vous dire, le fait qu'on le voie autant, c'est bon pour le Navarrisme. Jean-Pat est un rescapé, ce qu'au fond nous sommes tous. Sous nos allures de battants, nous sommes brisés : une rupture amoureuse qu'on n'a jamais digérée, le décès d'un proche qui nous a transformés nous-mêmes en morts-vivants et, pour Jean-Pat', l'horreur du terrorisme étalée sous ses yeux clairs. Delacour, c'est vous, c'est nous, c'est moi. Il est universel, comme le Navarrisme.

— Parlons-en, du Navarrisme. Comment se porte-t-il ?

— Insolemment bien. Nous venons de franchir la barre des 15 millions d'inscrits à Navarre + ! »

Pour la première fois depuis l'instant où Rudy Coulemelle avait appuyé sur la touche d'enregistrement du dictaphone de son portable, une forme de gaieté émana de Samia Navarre.

« C'est un carton. Je suis si heureuse ! Franchement, ces chiffres dingues qui nous dépassent tous un peu, c'est une lumière qui surgit au milieu de la noirceur.

— Comment va le Président, madame Navarre ?

— L'attentat l'a beaucoup touché, mais il fait un travail courageux sur lui-même. J'ai confiance : il va se remettre.

— Et comment va sa fille, Julie ? Les photos sorties dans la presse people la montrant à un concours de Miss Twerk en Islande font beaucoup parler.

— Julie est une jeune fille de 13 ans, dont je me sens très proche depuis que sa mère et moi avons communié lors de la CAN. À vrai dire, nous formons désormais comme une grande famille. Avez-vous des enfants, monsieur Coulemelle ?

— Non, je... je n'ai jamais pris le temps de fonder une famille. Toute ma vie, je l'ai consacrée aux champignons.

— OK. Si vous en aviez, vous sauriez qu'ils ont besoin de s'amuser. Et que la manière dont ils s'amusent n'a en général rien à voir avec celle qui vous amuserait vous. Je vais contextualiser : Julie a passé quinze jours en Islande au mois d'août. Ceci en compagnie de sa maman, Stéphanie Martin. Cette destination a été choisie par le Président en lien direct avec la menace terroriste : il se trouve que l'Islande est parmi les États les plus sûrs du monde. C'est loin, c'est une île... Pour y accéder, il faut soit passer par un port, soit par l'aéroport, ce qui fait qu'avec les contrôles en vigueur le premier qui en aurait voulu au chef de l'État et aurait cherché à se venger sur son ex-épouse et sa fille se serait retrouvé bloqué à l'entrée. Elles y ont passé deux semaines, et il a fait très beau avec plusieurs jours à 36 degrés.

— En Islande ?

— Bien sûr. Je sais que, dans l'imaginaire collectif, il y fait frais et humide, mais la réalité c'est que depuis le réchauffement climatique, ça a changé. Comme chez nous : je vous rappelle qu'à Strasbourg, cet été, le thermomètre est monté jusqu'à 48 degrés, ce qui a provoqué l'invasion du Parlement européen, l'un des rares bâtiments intégralement climatisés de la ville, par les habitants. Cela n'a pas eu que des inconvénients, puisque ainsi les députés ont pu croiser des gens de la rue, et dialoguer avec eux, ce que la plupart n'avaient encore jamais fait. Bref, les autorités islandaises, pour s'adapter à l'ambiance estivale générée par ce changement de climat, ont organisé un concours de Miss Twerk. Savez-vous ce qu'est le twerk, Coulemelle ?

— Alors, je crois que…

— Je vais le dire car, en tant que femme, contrairement à vous qui êtes un homme, je devrais parvenir à l'expliquer sans tomber dans la grivoiserie et sans que la bave me monte aux lèvres. Cela consiste à secouer ses fesses en rythme, sur une musique différente de celle de Stravinsky. Je sais que vous pensez sexe, je pense sport : vous ne pouvez pas imaginer les ressources physiques qu'il faut aller chercher pour se déhancher ainsi durant des heures. La plupart des participantes aux concours de Miss Twerk, sachez-le, attrapent le mal de mer et finissent par se vomir dessus. Je crois même que la championne départementale de l'Hérault s'est déplacé la colonne vertébrale de quatre centimètres en pleine représentation.

— Est-ce qu'elle s'en est sortie ?

— Oui, mais depuis elle penche à droite. Tout ceci pour vous expliquer que Julie Navarre n'a pas participé à ce concours elle-même. Elle était simplement dans le public. Pour tout vous dire, c'est une Islandaise qui a été élue Miss Twerk, une fille sublime avec des rastas, mais qui a été disqualifiée à cause de la communauté jamaïco-islandaise, soit trois personnes en tout, qui a parlé d'appropriation culturelle. En résumé : Julie n'a pas twerké, et même si elle l'avait fait, le corps des filles, des femmes, leur appartient. Je suis twerk.

— Où sont aujourd'hui Stéphanie Martin et Julie Navarre ?

— Elles sont logées à l'Élysée, sous haute surveillance.

— Parlons, justement, sécurité. On reproche beaucoup au Navarrisme une dérive en la matière. L'armée est déployée sur l'ensemble du territoire. On a vu qu'à Bourges a eu lieu au moins une arrestation arbitraire…

— J'assume. Nos ennemis, nos adversaires, sont des soldats en guerre au nom d'une idéologie belliqueuse. Nous devons répliquer à leurs attaques, et au reste, dans le même esprit. Tout en protégeant le Navarrisme.

— Enfin, une question qui intéressera fortement les lecteurs de champignons.com : quel est votre champignon préféré ?

— Je n'en ai pas. Ils sont tous intéressants en tant qu'individu champignon. Ils sont à l'image de l'homme : chacun différent, mais incarnant une forme d'entité commune. Un destin.

— Quel serait ce destin, selon vous ?

— Pour le champignon, être mangé. Pour l'homme, se convertir au Navarrisme.

— Je vous remercie, madame Navarre.

— Je comprends que vous le fassiez, monsieur Coulemelle. »

Samia Navarre se leva brusquement, tout en manipulant son smartphone.

« Merci, Rudy. J'ai enregistré de mon côté notre entretien, donc je vous suggère de ne pas faire de coupes dans ce qui a été dit, sinon je publie de mon côté l'intégralité de l'échange. Et, accessoirement, je vous fais mettre en taule. À quelle heure l'interview sera-t-elle mise en ligne ?

— Mardi.

— Vous n'avez pas compris. Il est midi et demi, à 14 heures elle sera dispo. Nous sommes d'accord ?

— Heu… nous allons faire tout notre poss…

— Parfait. À 14 heures pile sur Navarre +, on relaie tout ça.

— Je n'ai pas eu le temps de vous demander… Le Premier ministre, Sylvain Plaisir ? En voilà encore un dont on n'a pas de nouvelles. Que se passe-t-il, madame Navarre ? Que… Que faites-vous ? Quel est votre rôle précis ?

— Au revoir. »

25

« Pourriez-vous, s'il vous plaît, me passer enfin le Président ? »

Si Sylvain Plaisir, le Premier ministre, se tenait debout dans son bureau de Matignon, c'est parce qu'il était trop anxieux pour s'asseoir, se reposer, et de manière plus globale, s'adonner à toute forme de détente. L'intégralité du corps tendu, tel le guépard avide qui s'apprête à bondir sur une antilope à la candeur virginale, il déployait l'ensemble de ses ressources intellectuelles et physiques dans un but unique : retrouver la trace de Navarre. Certes, Samia Navarre donnait quotidiennement des nouvelles de son mari via l'application Navarre +, mais sans jamais préciser la nature du mal dont il était atteint. On voyait le Président, filmé de loin, en arrière-plan, tandis qu'elle détournait l'attention en félicitant les nouveaux navarristes pour leur implication.

Plaisir avait tout tenté pour entrer en contact, en vain. Ses textos étaient restés sans réponse. Ses e-mails également. « Pourvu qu'il pense à regarder dans ses spams », avait-il songé, réalisant trop tard que le Président ne consultait pas en personne les courriers qui lui étaient envoyés. Plaisir, qui pensait Jean-Patrick Delacour encore à l'hôpital, donc temporairement sorti du jeu, ne chercha même pas à le joindre. Quant à l'épouse du chef de l'État, Samia, elle ne répondait pas plus. Il se sentait ostracisé, aussi seul qu'un daltonien dans une boutique Desigual. Sa loyauté avait pourtant été totale, et il avait scrupuleusement obéi à chacun des ordres qui lui avaient été donnés. Plaisir, en somme, était un canidé. Lorsqu'on lui demandait d'attaquer, il se transformait en doberman. Alors que l'instruction donnée était de venir en aide au pouvoir, il se faisait saint-bernard. Et, sur demande, car il était prêt à tout pour conserver privilèges et prestige propres à cette classe sociale jusqu'à laquelle, à la sueur de son front, il s'était hissé, il pouvait incarner, le temps d'une soirée, d'un câlin, d'une étreinte ou d'un corps-à-corps, le rôle d'un caniche très doux.

Il raccrocha. C'était la cinquantième fois peut-être qu'il tentait de renouer avec Navarre. Plus il y a de moyens de communication disponibles, plus il semble difficile de joindre les êtres. Que faire, maintenant ? Se poster devant l'Élysée avec un stère de bois rapportée dans une remorque et former des SOS en signaux de fumée, en espérant être enfin vu ? Car Plaisir le sentait, il allait falloir se rendre sur le terrain. Agir en technocrate planqué derrière des documents Excel et des rapports conçus aux trois quarts par une intelligence artificielle ne suffisait plus. Plaisir n'avait qu'à regarder par la fenêtre de sa voiture de fonction, son chauffeur slalomant toutes sirènes hurlantes entre des graphistes à vélo-cargo et des livreurs de bagels stressés, pour réaliser que le pays était entré dans un état de guerre civile qui ne disait pas son nom.

À chaque coin de rue, sur le moindre bout de trottoir, devant le plus insignifiant des concept-stores, des hommes en armes veillaient. La ville n'était plus que kaki. Le bruit des bottes couvre le chant des oiseaux, eux-mêmes couverts par l'ensemble des nuisances sonores urbaines (moteurs de scooters thermiques, hurlements de joie émis du haut des bus touristiques à étage à l'approche de la tour Eiffel, mauvais hip-hop pour neuneus giclant de véhicules Uber déglingués).

Le Premier ministre le savait : l'explosion au Paris Paradise s'était muée en trauma national, et le peuple, dans son souci légitime d'être désormais préservé d'attaques semblables, validait silencieusement cette forme larvée d'État militaire. « Navarre n'aurait pas voulu cela, lui qui avait la démonstration de force en horreur et ne misait que sur la concorde et l'amour, se dit Plaisir, la gorge nouée par l'émotion. Ils sont en train de détruire le Navarrisme. » Alors qu'il faisait les cent pas dans son bureau, ses foulées répétées formant comme une ligne au milieu du tapis impeccablement aspiré, l'une des conseillères de son cabinet entra.

« Vous pourriez frapper, Anaïs.

— J'ai frappé, Monsieur le Premier ministre, vous ne m'avez pas répondu.

— Je vous demande de m'excuser, je suis dans mes pensées.

— L'accueil vient de me signaler que Me Batamo et Mlle Inès sont arrivés.

— Ah, oui. Qu'ils entrent. Merci, Anaïs. Pouvez-vous nous préparer trois cafés, s'il vous plaît ?

— Absolument pas. J'ai fait une école d'administration publique et suis détentrice d'un master. Vous trouverez certainement au sein de l'équipe du service propreté un profil susceptible de correspondre davantage à vos attentes. Même si, là non plus, ce n'est pas leur travail.

— Vous avez du caractère. J'aime ça. Merci, Anaïs. »

À peine la jeune conseillère eut-elle tourné les talons qu'un homme noir accompagné d'une femme extrêmement frêle entrèrent et firent face à Plaisir.

« Maître Batamo ? Bonjour. Sylvain Plaisir. »

Le mage contempla un instant la main tendue de Plaisir et laissa la sienne dans son manteau, un improbable amas de tissus bariolés mêlé à ce qui ressemblait à de la fourrure de castor.

« Avant tout contact, monsieur, j'aimerais prendre votre empreinte.

— Pour un test ADN ?

— Votre empreinte bancaire. Vous avez mes tarifs. J'aimerais m'assurer que vous êtes solvable. »

Tout en sortant d'une de ses poches un mini-terminal à carte de crédit, il poursuivit.

« Je suis le plus grand marabout de France. Je fais revenir l'être aimé. Pour un talk-show télé grand public, j'ai reconnecté Véronique à Davina. C'était en 2008. Vous savez, les stars de l'aérobic.

— Je ne souhaite pas faire revenir l'être aimé.

— Grâce à moi, vous pouvez gagner aux jeux d'argent. Le tirage du Loto de ce soir, je vois le 18, le 6, le 1, le 26 et le 14. En numéro chance, le 7.

— Regardez-moi, maître. Mocassins Hermès en cuir de veau. Chemise Prada en popeline stretch. Ai-je l'air d'avoir besoin d'argent ? Veste croisée Valentino en laine bouclée.

— C'est presque encore l'été, vous n'avez pas trop chaud avec ça ?

— Si, mais je privilégie le style au confort. Un bon déo, une fois par heure, sous les aisselles, et tout va bien.

— Je fais fuir la maladie.

— Je vais bien.

— Vous n'en savez rien.

— Je suis Premier ministre. Tous les six mois, j'ai droit à un check-up complet. On a installé un capteur sur chacun de mes grains de beauté, qui bipe s'il y en a un qui devient suspect.

— Ça existe, ça ?

— Non. Je plaisante. Mon problème, et je vous ai fait venir en dernier recours, c'est que le président de la République, Jean-Claude Navarre, est en grand danger. En tout cas, j'en ai la conviction.

— Ah, mais, vous auriez dû le dire avant… Je ne peux rien faire, là ! Ça sort de mon domaine de compétence ! »

Le Premier ministre se tourna vers la dame maigre, qu'on aurait dite décédée en position debout plusieurs jours auparavant tant sa lividité rappelait celle du cadavre de quelqu'un déjà pas en grande forme au départ.

« Mademoiselle Inès, je m'en remets donc à vous. Que pouvez-vous faire ?

— Je suis télépathe, Monsieur le Premier ministre. Je vais donc tenter d'entrer en communication avec le Président de la République par la pensée.

— OK, parfait.

— J'ai besoin d'un objet lui appartenant. »

Plaisir, d'un geste circulaire des hanches, passa au crible de son regard la totalité des objets composant l'incompréhensible fatras qu'était son bureau et jeta en fin de compte son dévolu sur une doudoune sans manches d'un rosâtre abîmé par le temps.

« Le Président a oublié cette horreur au printemps dernier, un soir tard, alors qu'il revenait d'un dimanche en famille à La Baule.

— J'ai du mal à croire qu'un président puisse s'habiller aussi mal.

— Un président n'est au fond qu'un être humain.

— Mais ça, justement, ce n'est pas humain.

— Je suis d'accord. Que ressentez-vous ? »

La télépathe serra le vêtement contre sa poitrine, ferma les yeux et prit une profonde inspiration, la mâchoire contractée. Ses joues flasques comme secouées de spasmes démontraient l'étendue des efforts qu'elle faisait, mais très vite, elle poussa un soupir de résignation et avoua l'échec de la tentative.

« Êtes-vous déjà seulement entrée en contact avec quelqu'un par le biais de la télépathie par le passé ? lui demanda Sylvain Plaisir.

— Pas encore, répondit-elle. Je viens juste de suivre une formation de télépathe, grâce à mon compte personnel de formation. C'est la première fois que j'exerce.

— Mais enfin, sur internet, vous étiez référencée comme la plus éminente professionnelle de votre domaine !

— Disons que je sais manier les outils de référencement sur les moteurs de recherche.

— Vous aviez plus de 500 avis Google positifs !

— De faux commentaires, générés par des bots.

— C'est permis, ce genre de pratiques ?

— Je crois. C'est mon petit-neveu qui s'occupe de ça, à vrai dire. Il a 10 ans et demi mais il est très doué. Il a piraté deux fois le Pentagone et la Russie lui a même proposé un job dans un service gouvernemental de hackers. Je le soupçonne aussi d'avoir monté un site en ligne de vente de cannabis et de prostituer ses sœurs, mais je n'ai aucune preuve formelle de cela. Après tout, ces jeunes filles que j'ai vues sortir du bois près de chez eux en petits strings leur ressemblaient peut-être juste beaucoup. »

« Je suis allé trop loin, cette fois, se dit Plaisir, un peu honteux d'avoir misé sur des pratiques parallèles confinant à l'ésotérisme le plus moyenâgeux. Mais après tout, François Mitterrand lui-même, alors qu'il était président, consultait une astrologue », pensa-t-il comme pour se disculper. Après avoir donné à chacun des deux prestataires la somme promise de 500 euros, il les regarda s'éloigner, déçu que l'au-delà ne lui vienne pas en aide. Un président volatilisé, son épouse aux commandes, voilà une situation qui était bien loin de la norme politique. Le Navarrisme, en vérité, avait à ce point rebattu les cartes que des institutions et des modes d'action vieux de 150 ans semblaient avoir volé en éclats. Le peuple ne se montrait en rien dépité : ce qui motivait les gens, c'était le cadre offert par le Navarrisme, qu'importe la personne qui chapeautait le tout. Jean-Claude Navarre n'avait pas été adopté par la France pour son charisme, sa présence, sa personnalité : il l'avait été parce qu'il proposait une voie. Des idées. Un projet. Toutes ces choses qui échappaient aux autres stars de la politique, Navarre avait su les comprendre. Insuffler du mystique et du rite dans l'ennui. Du sacré là où il n'y avait plus de repères. Du sens dans un monde sans queue ni tête qui n'en proposait plus.

Samia Navarre aurait pu convenir à Plaisir. Cependant, son opportunisme s'appliquait aux idées, et pas aux hommes. Le jour où, défaisant son équipe gouvernementale, le Président l'avait gardé lui, avait été celui d'un pacte de sang sans sang. Pour Plaisir, une Navarre ne valait pas un Navarre. Et pas question ici de sexisme : c'est ce qu'étaient au plus profond de leur être chacun des protagonistes du couple qui était en jeu.

« Anaïs ! cria-t-il en direction de la porte de son bureau, derrière laquelle, il le savait, sa conseillère était tapie.

— Vous n'avez pas à m'appeler de la sorte, Monsieur le Premier ministre. Je trouve cette manière de faire choquante et brutale. Pour tout vous avouer, après notre premier échange tout à l'heure, j'ai fait savoir sur mon profil LinkedIn que j'étais dispo et ouverte à d'autres aventures professionnelles.

— Anaïs, vous connaissez le président Navarre. Vous m'avez suivi sur un bon nombre de dossiers que j'ai montés pour lui et avec lui. Comment interprétez-vous son absence actuelle ?

— Son absence ?

— Oui, il n'est plus aux affaires. C'est son épouse qui l'est.

— Écoutez, je suis navarriste, et je vois Navarre en vidéo tous les jours sur Navarre +.

— Bien sûr, mais le voyez-vous à son bureau, actif, en train de passer des coups de fil, de donner des ordres aux gens de son équipe ?

— Non, en général il est installé au fond d'un canapé, et à vrai dire il a l'air absent. Hier, il bavait. Et avait le regard vide. Ça m'a rappelé, vous savez, ces séries de zomb...

— Anaïs, nous partons à l'Élysée ! »

D'un pas affolé, et sans même réaliser que la jeune femme ne l'avait absolument pas suivi, Plaisir quitta Matignon pour se ruer jusqu'à sa voiture de fonction, à bord de laquelle patientait son chauffeur, Antonio, qui, en l'attendant, regardait du porno sur son téléphone. La main gauche enfouie dans les entrailles de ses sous-vêtements, il ne parut nullement gêné de voir Plaisir.

« Antonio, que faites-vous donc ?

— Monsieur le Premier ministre, je mate du X.

— Et vous me l'avouez aussi tranquillement que ça ?

— Oui, parce qu'il s'agit de porno navarriste, qui a été validé par le pouvoir. Je l'ai lu sur Navarre +.

— En quoi est-ce que cela consiste ?

— Les scènes sont tournées en présence du président Navarre. Je crois que ça a été décidé dans le but d'augmenter la puissance érotique du chef de l'État, mais aussi dans l'intérêt de la religion laïque, pour qu'elle soit plus proche de la vie des gens. Le public adore le porno, vous savez.

— Montrez-moi ça ! »

Plaisir arracha des mains de son chauffeur l'appareil qui crachait des gros plans sur des sexes en action, tandis qu'en arrière-plan le Président, l'air perdu, contemplait sans les voir réellement les corps mêlés et bigarrés des acteurs de la scène.

« Merci, Antonio. Ça me conforte dans l'idée que le Président a été mis K-O par ses proches. La personne qui est aux commandes n'a, elle, pas été élue au suffrage universel. Comment est-ce que vous appelez ce genre de situation ?

— Oh, moi, vous savez, la politique…

— Moi, j'appelle ça un coup d'État. Qui en effet ne dit pas son nom. Direction l'Élysée, Antonio. »

Alors que la voiture filait à grande vitesse dans les rues de Paris, manquant de faire des strikes à base de touristes asiatiques traversant nonchalamment les larges boulevards après avoir enjambé les nuées de SDF mourant en silence sur les trottoirs, Sylvain Plaisir tenta une fois de plus d'appeler Navarre. Mais une fois de plus, celui-ci ne répondit pas. Une fois de trop.

« Plus vite, Antonio !

— Nous y sommes, monsieur. »

Le Premier ministre, jouant sur l'effet de surprise, s'engouffra à pied dans la cour d'honneur de l'Élysée, les gardes postés à l'entrée l'ayant reconnu. Son visage était son sésame. Son absence de personnalité forte, son principal atout. Car personne, bien entendu, n'avait pensé à lui interdire l'accès au bâtiment : dans l'esprit de tous, dont celui de Samia Navarre, il était ce paisible haut fonctionnaire qui faisait ce qu'on lui disait de faire. Lui, se rebeller ? Il avait autant de rock'n'roll attitude qu'une serviette de plage. Seulement, à ce moment précis, les limites de ce qu'il pouvait intellectuellement accepter avaient été atteintes. Il grimpa quatre à quatre, volant presque au-dessus des marches, l'escalier qui menait au vestibule.

« Mais qu'est-ce que vous faites, tas de cons ? Arrêtez-le ! » hurla soudainement une voix familière.

« Quel dommage que je n'aie pas une pratique régulière du sport », se dit-il alors qu'une dizaine de militaires en armes, qui étaient postés partout à l'entrée de l'édifice, profitaient de l'inexistence de sa pratique de la contre-attaque pour le ceinturer et le mettre à terre. Sylvain Plaisir, qui exerçait la noble profession de Premier ministre, qui avait donné tout ce qu'il était à la France, se retrouvait ainsi, la face maintenue de force contre le carrelage, tandis que des bidasses de moitié son âge lui plaquaient les joues contre la surface glacée de la céramique. C'en était trop. Il se mit à hurler, ou plutôt à couiner, tel le porc qui, à l'entrée de l'abattoir, observe que ses congénères en ressortent sous forme de saucisses sèches.

« Laissez-moi passer ! Je suis la République, vous entendez ! Navarre est légitime, je sais qu'il est retenu ici, par, et je vais les nommer, Samia Navarre, Jean-Patrick Delacour et Thom…

— Thomas Roger ? »

Plaisir leva les yeux suffisamment haut pour voir la silhouette du chef d'état-major des armées se découper dans la pénombre de la pièce, dont on avait précipitamment clos les portes afin de contenir le scandale.

« Lâchez-le. »

Les militaires desserrèrent leur étreinte, et Plaisir s'assit en tailleur à même le sol, le corps endolori. Roger s'abaissa pour lui faire face, dans cette posture que prennent les parents quand leur prend l'envie rare d'échanger avec leur enfant plutôt que d'actualiser leur Facebook.

« Monsieur le Premier ministre, je vais être honnête avec vous : vous avez vu juste. Sur un point, en tout cas. Le président Navarre est en effet sous sédatifs, administrés par son épouse, Samia. Qui, je le rappelle, est la personne qui l'aime le plus et celle qui l'a toujours protégé. Il est donc entre de bonnes mains.

— Mais... pourquoi ?

— Le président Navarre n'est pas, comme vous, capable de louvoyer entre les partis pour tirer de chaque époque le meilleur pour lui-même. Il reste un centriste. Un mollasson. Or la France, plus que jamais, a besoin de quelqu'un qui en a.

— Qui en a ?

— Oui, eh bien, vous savez...

— Je...

— Je vais être trivial, mais tant pis : qui a dans le caleçon des testicules de taureau.

— ...

— L'attentat de l'hôtel Paris Paradise a été la goutte d'eau qui a fait déborder le vase, avant qu'il se renverse et finisse par tomber à terre, se brisant en mille morceaux. Il fallait agir, être ferme. Mme Navarre est capable de fermeté. Moi aussi. Delacour est un guerrier. Jean-Claude Navarre, non. Il aurait été capable de pardonner.

— Mais c'est l'essence même du Navarrisme, enfin ! Réunir la population autour de valeurs d'amour et de communion !

— Il n'y a plus de place pour les valeurs dont vous parlez, qui ne sont d'ailleurs pas des valeurs, comme vous dites, mais des renoncements. En quoi est-ce que vous vous reconnaissez, Plaisir, dites-moi ? En l'islam radical incarné par Sifaoui ? Le même Sifaoui qui, en 2001, s'était réjoui publiquement de la destruction des tours du World Trade Center ?

— Je ne savais...

— Eh bien si ! Il était alors humoriste débutant, et sur scène, avait osé dire que c'était une bonne nouvelle pour le BTP.

Lors de ce sketch abject, il était allé jusqu'à interpréter le rôle d'un maçon portugais qui imaginait, à la place des tours, construire une immense terrasse pour faire des barbecues avec sa femme.

— Oui, mais…

— Attendez ! Je n'ai pas fini. Il est temps que vous compreniez que, désormais, c'est moi qui parle, et vous qui écoutez. Est-ce que vous vous retrouvez également dans la dérive morale incarnée par Carolina Bisou, qui a inondé les cerveaux de nos jeunes de films X bas de gamme ? Ou alors dans la mégalomanie de Pompon, ce gourou détraqué qui n'a pas supporté que le Navarrisme supplante sa secte wokiste de gauchiasses décérébrés ? »

Le chef d'état-major des armées s'était redressé et, le doigt pointé vers le plafond, semblait désormais discourir pour lui-même.

« Ce dernier attentat a été celui de trop ! Quand ils ont posé une bombe au rayon des gels douche du Carrefour City de Dax, nous n'avons rien dit. Ça a senti la chair humaine et le fruit du dragon pendant deux mois. Quand ils ont kidnappé le clown Ronald McDonald du restaurant de Tourcoing, pour, je les cite, "détruire l'imaginaire des enfants de capitalistes", nous n'avons pas réagi. Quand les véganes terroristes du groupe "J'en place une pour la planète" ont injecté du laxatif en solution buvable dans des steaks de supermarché à la seringue, ce qui a perturbé le transit de centaines de mangeurs de burgers, là encore, nous les avons regardés faire avec la bouche en cœur, comme des connards de zadistes regarderaient un pissenlit pousser ! Cette société me débecte ! Plaisir, je vais vous dire, vous me donnez envie de gerber ! »

Thomas Roger fixa un instant le Premier ministre qui, quasiment roulé en boule sur lui-même, semblait attendre le retour de la quiétude.

« Foutez-moi cette pourriture dehors. »

Il quitta la pièce, sans accorder un regard de plus au Premier ministre, que des soldats empoignèrent par les bras, et les jambes, et le tronc, et la nuque, carcasse longiligne offerte à tous les doigts, avant de littéralement le projeter sur le trottoir de la rue du Faubourg-Saint-Honoré, où il s'écrasa au milieu des détritus qui jonchaient le sol de l'ex-Ville lumière.

« Antonio, murmura-t-il tandis que son chauffeur, qui l'attendait, tentait de lui faire retrouver sa dignité en le figeant à la verticale, Antonio, ça ne s'est pas passé exactement comme je le souhaitais.

— À vrai dire, Monsieur le Premier ministre, votre histoire d'expédition punitive tout seul, je n'y croyais pas trop », répondit le chauffeur en tendant à Plaisir le tube de pommade cicatrisante Elastoplast qu'il avait toujours dans sa boîte à gants.

26

« Madame Navarre ? Bonjour. Je m'appelle Irina Nikitin, et serai votre traductrice lors de cet échange avec M. Alexei Novikov, le président russe. Je vous laisse maintenant en sa compagnie. »

Irina Nikitin avait 29 ans et habitait Bruxelles. Pas par choix, tant elle détestait la capitale de la Belgique, qu'elle trouvait, à l'instar du reste des villes européennes, amorphe, muséifiée et sans enjeux. Tout y avait été fait, par conséquent, plus rien n'y était possible. Contrairement à une Russie en déconstruction et restructuration perpétuelles, où l'existence était rude et les regards aussi, mais le futur envisageable. Non, si Irina Nikitin vivait à Bruxelles, c'est parce que s'y croisaient des êtres de toutes les langues, qui virevoltaient de réunions interminables en élaborations de directives européennes. C'était donc l'Éden des traducteurs, et Irina profitait de ses rares moments de liberté pour observer la valse des technocrates vains, qui gâchaient leurs plus belles années à remonter des données ineptes jusqu'au sommet de la montagne du grand Rien. Elle, au contraire, avait une vision acérée du fait qu'elle n'était qu'un souffle, et elle profitait de chaque interstice temporel que lui offrait le quotidien pour s'engouffrer dans ce qui était plus grand qu'elle : romans épiques, relations folles, nuits sans fin, contemplation béate de la beauté du monde.

D'abord traductrice dans son pays, la Russie, pour un grand groupe pétrolier, elle avait pris l'habitude de côtoyer les décideurs du monde entier, et c'est tout naturellement qu'elle s'était rapprochée du pouvoir russe. Le président Novikov était un homme dur mais juste, selon les termes qu'il employait pour se définir lui-même. Ses amis autant que ses détracteurs le décrivaient eux comme un demi-psychopathe sublimant ses instincts meurtriers par l'exercice de la dictature. Car tous étaient d'accord, journalistes comme chefs d'État, pour dire que Novikov était un despote tellement bien déguisé en président qu'il aurait pu devenir la vedette d'un bal costumé. Les vingt-cinq dernières années, il les avait passées à bidouiller la Constitution locale, s'autorisant lui-même à briguer un second mandat, puis un troisième, avant de mimer l'alternance en plaçant à son poste un sous-fifre qui était pour lui l'équivalent d'une marionnette en peluche pour un ventriloque, à tel point qu'il aurait pu lui introduire le poing dans l'anus. Pour Novikov, le pouvoir, c'était une passion, et il aimait la toute-puissance que lui conférait son rôle d'autocrate : pouvoir disposer de tous et toutes à n'importe quel moment de la vie provoquait dans son cœur un feu d'artifice similaire à celui du 14 Juillet à Arcachon, le stand de gaufres en moins. Le jour où Irina avait été présentée à Novikov, elle avait senti le loup qu'il était, la bête sournoise en veille à l'intérieur de ses tripes, décidant de ses pulsions comme de sa politique générale. Face au monstre, deux tactiques s'offraient à elle : l'affrontement ou l'évitement. Elle avait opté pour le face-à-face, en lui broyant méthodiquement la main qu'il lui présentait tout en lui aspirant la rétine avec ses yeux, et immédiatement, il avait compris l'opportunité qu'il avait à se lâcher plutôt sur une stagiaire en position hiérarchique de faiblesse.

Tandis que les intermédiaires se succédaient au téléphone, dans le but de créer de la dramaturgie ainsi que de la solennité autour de la personne du président russe, Samia Navarre pressentit qu'elle allait devoir la jouer fine. L'échange promettait d'être *touchy*, comme on dit. Soudain, après un bref cliquetis technologique, une voix sourde, comme chargée de trop de vécu, se fit entendre, très vite recouverte par celle de la traductrice, légère et atone à la fois.

« Madame navarre ?

— Bonjour, Monsieur le Président.

— Comment allez-vous ?

— Je vais b...

— Je vous coupe, car la question que je souhaite vous poser en réalité est la suivante : comment va le président Navarre ?

— Ses constantes sont bonnes et il...

— J'ai des informations précises sur les conditions de détention du président Navarre, orchestrée par des membres éminents de votre équipe ainsi que par vous-même.

— De détention, Monsieur le Président ?

— Ne jouons pas sur les mots. Le président Navarre, avec qui j'ai bâti une relation de confiance dès les premières heures de son élection, est certes à l'Élysée. Mais diminué. Entravé. Empêché. Notre ambassadeur à Paris nous rapporte que le chef de l'État est totalement absent de la scène nationale. Et je vous rappelle quant à moi que nous avions une visite d'État calée le 12.

— J'y serai, Monsieur le Président. C'est d'ailleurs un honneur et je vous remercie pour l'invitation.

— Ne faites pas semblant de ne pas me comprendre, madame Navarre. »

Novikov poussa un soupir long comme celui d'un employé de préfecture qui vient de terminer sa pause cigarette et réalise qu'il lui faudra attendre une douzaine de minutes avant la suivante.

« C'est bien M. Navarre qui est invité à Moscou le 12. C'est-à-dire le président élu. Écoutez, madame. La dérive autoritaire de la France passée sous votre contrôle est préoccupante. Les images de la prise en main de votre pays par l'armée ont fait le tour du monde. L'Afghanistan a parlé d'entorses graves aux droits de l'homme.

— À la tête de l'Afghanistan, ce sont les talibans ! Vous n'allez tout de même pas valider les discours d'extrémistes voileurs de femmes dans leur genre !

— Madame Navarre, nous sommes le 9. Il vous reste donc trois jours pour remettre votre époux sur pied. Débrouillez-vous comme vous voulez : vitamine C, herbes, drogues, sucez-lui les orteils avant de les enfoncer dans la prise, ça m'est égal. Vous savez à quel point les conflits armés constituent pour moi une passion, et je n'hésiterai pas à intervenir s'il le faut. D'abord par le biais de mon armée de pirates informatiques, qui, en trois clics, peut renvoyer la France à ce qu'elle était avant l'électricité : un territoire de culs-terreux qui bouffent de la sauge. On va tout faire sauter : le système informatique de l'hôpital de Nevers, le site de la présidence française, les profils Tinder de l'ensemble de vos célibataires, la seule application de rencontres du monde occidental encore debout depuis l'assassinat des patrons fondateurs de toutes les autres. Et ensuite nous interviendrons avec de vraies forces militaires, si jamais vous nous poussez à aller jusque-là.

— Pourquoi ces menaces ?

— Je vous l'ai dit, j'ai un rapport qui est proche de l'osmose avec le président Navarre. Si, durant les premiers mois de son mandat, vous l'aviez suivi dans la construction de sa politique internationale, vous le sauriez. Et puis, le Navarrisme, ça ne vous rappelle rien ?

— Je ne vois pas...

— Un projet commun, qui dépasse l'être humain en tant qu'individu pour l'amener à se projeter dans le collectif... Une religion laïque...

— Le communisme ?

— Bingo. Le communisme de nos grands-parents, que des dirigeants russes à la solde du capitalisme le plus abject ont tenté de faire passer pour nul et non avenu. J'ai prévu avec mon ami Jean-Claude de lancer ici, en Russie, le Navarrisme. Mais c'est avec lui que je souhaite travailler. La Russie n'a pas d'appétence pour les plans B.

— Madame Navarre ? C'est Irina. Le président russe a raccroché. J'espère que cette traduction simultanée vous a donné satisfaction et j'aimerais vous signaler que vous pouvez noter ma prestation sur Google. Je vous souhaite une belle fin de journée. »

Timéo Labbé, qui tout le long de l'appel téléphonique était resté face à Samia Navarre, faisait une tête de pédophile excité qu'on aurait enfermé dans un Ehpad.

« Bien. Ce n'est pas bon signe, cette réaction de Novikov. Car derrière la Russie, il y a son alliance avec la Chine. Mais aussi ses alliés incontournables que sont la Syrie et le Venezuela. Vous comprenez où je veux en venir : la Russie possède une sphère d'influence qui essaime sur tous les continents. Nous ne pouvons pas nous en faire une ennemie.

— Non… »

Le front strié par la contrariété, Samia Navarre réfléchissait, et comme à chaque fois qu'elle le faisait, le processus était rapide, précis, sec. Le jeune secrétaire général de l'Élysée savait, dans ce cas, faire silence et patienter. En quête de l'étincelle qui soudainement allait s'allumer dans le regard de l'épouse du Président, il restait immobile. Seulement, pour la première fois depuis le début de leur relation, l'étincelle ne vint pas. Au contraire, Samia plaqua ses mains sur son visage, dont seul émergeait, entre deux doigts, son nez fin.

« Mais… Madame, que vous arrive-t-il ? »

En tant que technocrate biberonné aux dossiers et élevé sous Powerpoint, Labbé ne disposait pas des codes permettant d'interagir lorsque en face de lui, l'un ou l'une de ses congénères perdait le contrôle. À cet instant précis, il hésitait entre prononcer quelques mots apaisants (mais lesquels ?), toucher du bout des doigts l'épaule de Samia Navarre ou prendre celle-ci dans ses bras, sans savoir si l'une ou l'autre de ces options serait de nature à la soulager. Alors il ne fit rien, et la regarda craquer en silence, tout en se disant qu'il aimerait être n'importe où à part face à cette dame en crise.

27

« Merci de me recevoir, Sylvain.

— App... Appelez-moi Monsieur le Premier ministre. »

« Foutu bégaiement, il ne me quittera donc jamais », se dit Sylvain Plaisir en admirant le petit baobab planté par ses soins dans les jardins de l'hôtel de Matignon. Il s'agissait là d'une coutume, d'un symbole de la République : tout Premier ministre se devait d'y faire pousser un arbre. Même Édith Cresson qui, au début des années 1990, n'était restée en poste qu'une dizaine de mois, inventant ainsi le contrat précaire de luxe, avait eu le temps d'en mettre un en terre. Pierre Mauroy avait choisi un chêne de Hongrie, Édouard Philippe un pommier, Dominique de Villepin un chêne pédonculé, le seul arbre dont le nom ressemblait à une insulte homophobe surannée. Plaisir, lui, avait opté pour un baobab.

« Jean-Patrick, je suis heureux de v... vous v... voir.

— C'est quoi, ça ? s'enquit Delacour en montrant de son index, plus musclé que celui des autres humains, l'arbre officiel du mandat de Plaisir, à côté duquel il lui avait donné rendez-vous.

— Il s'agit d'un ba... baba... obab.

— Un baobab ? De cette taille ? Je croyais qu'ils étaient immenses, ces arbres !

— Mais enfin, Jean-Patrick, comme l'ensemble des êtres, au départ, les baobabs sont petits. Vous-même qui êtes si charpenté, vous avez un jour été un bébé.

— Si on veut. Je pesais quand même 5,8 kilos à la naissance. Je crois que ça a été le record national cette année-là. On m'a raconté qu'un journaliste d'un canard local était venu me photographier. Ils voulaient tous voir la bête !

— De la presse locale ? Vous êtes d'où ?

— Des Hauts-de-Seine, je suis 9.2 dans ma chair et mon sang. Mais ma mère a accouché alors qu'on était en vacances d'été. Sur la route du Tour de France, juste avant le passage de la caravane publicitaire.

— Ah ?

— La première phrase que j'ai entendue, c'était un slogan pour Cassegrain. Je crois que ça a suscité ma vocation.

— C'est fas... fascinant.

— Ne m'embobinez pas, Plaisir. Si vous avez demandé à me voir, c'est que vous avez une demande. Vous n'êtes pas du genre à vous intéresser à autrui.

— Quoi, mais enfin, je...

— Non, mais attendez ! Je n'ai pas de souci avec ça. Moi aussi, je me passionne avant tout pour moi-même. Crachez le morceau ! »

Si Sylvain Plaisir avait sélectionné le baobab en tant qu'arbre témoin de son passage à Matignon, c'était pour souligner les effets du réchauffement climatique, qui peu à peu transformait la moindre ville moyenne de province en four à induction géant. Les derniers étés, en effet, avaient été suffocants, et la destruction par un incendie de l'ensemble de la rive droite de la ville de Rouen, en grande partie composée de bâtiments moyenâgeux à charpente en bois, avait provoqué une crise de convulsions chez le président de la région Normandie. L'enquête laissant apparaître que l'étincelle de départ avait été provoquée par un tapotement de bec de pigeon trop vigoureux sur l'un des pavés de la rue avait plongé les responsables des compagnies d'assurance dans la perplexité. Le réchauffement, sujet de préoccupation majeur pour des millions de citoyens, n'était pourtant qu'un positionnement marketing pour Plaisir : il aimait flatter le peuple dans le sens du poil. Le fait de n'avoir pas de vision à long terme de l'état du monde poussait le Premier ministre à se sentir détaché d'enjeux qui, de toute manière, le dépassaient. Il connaissait, pour avoir lu les rapports des scientifiques, les taux d'émission de CO_2 des différents pays du monde, et en était arrivé à la conclusion que la France, par rapport aux autres, n'avait qu'un rôle dérisoire dans la métamorphose de l'Allier en une espèce de désert somalien bordé de Super U. Ça revenait, se disait-il, à blâmer la Suisse lorsqu'on évoquait les horreurs de la colonisation en Afrique.

« Si j'ai voulu vous voir, Jean-Patrick, c'est pour vous ramener au bercail. Votre place est ici, avec moi, avec mon équipe, avec le président Navarre.

— Je suis tous les jours à l'Élysée.

— En compagnie de Samia Navarre, qui n'a aucune légitimité. Je sais de contacts en Russie que le président Novikov l'a menacée. Ce qu'exprime la rue, je l'entends : un Navarre est un Navarre. Le concept du Navarrisme dépasse les figures tutélaires de ceux qui l'incarnent. On mettrait Bill du *Bigdil* à la place du Président ou de sa femme que ce serait pareil !

— Bill du... ?

— *Bigdil.*

— ...

— Mais enfin, Bill ! C'était la mascotte de ce jeu télévisé que la moitié de la France regardait au début des années 2000.

— Je n'ai jamais eu de temps à passer devant la télé. Je travaille. Je reste avec Samia. Au revoir. »

À l'aise dans les jardins de Matignon comme il l'était dans l'ensemble des autres lieux du monde, le corps ayant récupéré de sa souplesse et la démarche tellement féline qu'on aurait pu lui servir des croquettes, Jean-Patrick Delacour se dirigea vers le bâtiment qu'il fallait traverser pour rejoindre la rue. Plaisir se mit à le suivre, ce qui lui demandait un effort soutenu, puisque là où Delacour faisait un pas, il lui en fallait deux.

« Jean-Patrick, Samia va sauter ! Et vous, vous allez sauter avec elle !

— Je ne vous entends plus.

— Je vous en prie, réfléchissez.

— Tiens, qui me parle ? J'ai cru percevoir un bruit parasite. Une voix ?

— Juste avant que vous ne partiez…

— Là-bas, au Connemara, on sait tout le prix du silence…

— Parce que vous chantez, en plus ? Votre contre-argument, c'est un karaoké sans bande-son ?

— Là-bas, au Connemara, on dit que la vie, c'est une folie…

— Juste avant que vous ne partiez, j'allais vous dire que la rue, c'est une chose, mais : l'OTAN ? le G7 ? les États-Unis ? la Chine ? la Russie, qui prévoit d'ores et déjà une intervention ? Vous croyez vraiment que les liens qu'a tissés Navarre vont se défaire comme une couture sur un jean de solderie ? Navarre, c'est vingt-cinq ans de politique ! Vingt-cinq années passées à bâtir un réseau solide. OK, sa femme a récupéré le carnet de contacts. Mais le contact, en tant que qualité, le sens du contact, c'est Jean-Claude Navarre qui l'a. Regardez-moi, Delacour ! »

Le publicitaire au visage buriné s'arrêta, stupéfait. C'était en effet la première fois dans l'histoire de leur relation que Plaisir haussait la voix. Il lui fit face, certain d'être plongé dans un de ces affrontements typiques que pratiquent les mâles alpha au sein de sphères professionnelles dédiées au ruissellement de la testostérone. Mais, et alors qu'il allait lui-même élever la voix, tel l'hôtesse de caisse qui quatre fois a demandé vainement à ce qu'on lui communique le prix au kilo des bananes face à un client confus d'avoir omis de les peser lui-même dans le rayon, ce qu'il vit le désarçonna : les yeux de Plaisir n'étaient pas injectés de foudre. Ses narines ne se dilataient pas sous l'effet de la colère. Ses dents restaient secrètement cachées sous ses lèvres fines et traitées contre les gerçures par l'application régulière du baume Rêve de miel de chez Nuxe. Son squelette ne se tendait pas vers lui dans un de ces mouvements d'agressivité qu'on retrouve chez les mammifères carnivores à l'état naturel, quand il s'agit de se disputer une carcasse de lièvre ou, plus souvent, une femme laissée là dans les bois par un homme dont le côté le plus abject de la masculinité a viré au sombre. Au contraire, les traits du chef du gouvernement se faisaient suppliants. Plaisir était un homme sensible, qui l'affirmait et, mieux que cela, en jouait.

« Delacour, on a traversé ensemble les grands moments du Navarrisme. Je vous rappelle que si Navarre a eu l'idée de l'ossature, vous avez fourni la matière. Je me souviens de la réunion avec les représentants des cultes où, face à ces infâmes bigots coincés dans leurs certitudes et éblouis par leurs idoles dépassées, nous faisions bloc, ensemble. Regardez autour de vous ! »

D'un mouvement circulaire du bras droit, il désigna l'hôtel de Matignon, dont la structure s'élevait vers le ciel, bien au-dessus du jardin qu'ils s'apprêtaient tous deux à quitter.

« Ici, plus rien ne fonctionne. On n'avance plus. Je ne suis plus respecté par mes équipes. Car un capitaine sans cap, c'est comme un GPS réglé sur "néerlandais" quand tu viens du Limousin. Pourquoi ? Parce qu'il n'y a plus de communication entre l'Élysée et Matignon. Jean-Claude Navarre, ce n'est pas juste un centriste défraîchi. Jean-Claude Navarre, c'est le régalien. C'est l'ordre. La discipline. Le calme. Oui, le calme, Delacour, cette vertu que vous autres, gens du business, méprisez tant, car tout autour de vous n'est que tumulte, domination, rachats, crachats, rapidité d'action. Être avant que l'autre soit. Maintenant, je vous pose la question : est-ce que Samia Navarre, du haut de son ambition et de son orgueil, vous paraît à même de diriger la France ?

— Oui. C'est une femme formidable. Une nana comme ça ! »

Delacour, tout en prononçant ces mots, avait levé son pouce au niveau de sa poitrine trop structurée.

« Je reformule. Est-ce que Samia Navarre vous semble apte à manœuvrer le bateau France à l'international ?

— Disons que... Pardon, je vais être grossier.

— Dites.

— Elle a des... Elle a des couilles.

— Vous en êtes là, Delacour ? Thomas Roger, ce bidasse timbré, m'a tenu le même discours. Mais enfin, regardez l'écran d'accueil de votre téléphone. Voilà... Non, il n'a pas sonné. Je voulais juste que vous voyiez la date. L'année, surtout. Évoluez, mon vieux. Je vais reprendre vos mots : de qui aujourd'hui dit-on qu'il a ce que vous dites ? Des despotes. Des psychopathes. Des mâles dominants. En gros, des tarés. Ou, je vous l'accorde, des rares personnes en ce monde qui font preuve de courage. Samia Navarre drogue le Président en mélangeant chaque jour à sa purée ce qu'il faut de médocs pour qu'il soit plus stone que Jimi Hendrix en 69 ! Est-ce pour vous du courage ? Venez ! »

Empoignant le publicitaire par le bras, il sentit les veines de celui-ci se contracter pour rendre le membre aussi dur que l'écorce du chêne pédonculé de Dominique de Villepin. Malgré tout, il se laissa facilement entraîner vers l'escalier d'honneur, lequel, une fois gravi, desservait plusieurs bureaux dans lesquels des administratifs mornes fixaient sans passion des écrans laids, le matériel informatique constitué de plastique grisâtre entamant la grandiloquence des lieux clinquants de dorures nettoyées H24 par des dames corvéables en attente perpétuelle de leurs papiers d'identité. « Vous allez voir », souffla Plaisir à Delacour. Se retournant vers une dame sans âge qui tripotait mollement une souris de PC, il lui demanda quel genre de travail elle était en train d'accomplir.

« Je suis sur la rédaction des ordonnances et des décrets délibérés en Conseil des ministres. Mais le problème...

— Oui ? l'invita à poursuivre le Premier ministre.

— Le problème, c'est que nous n'avons pas eu de Conseil des ministres depuis trois semaines. Et que le chef de l'État n'a signé aucune ordonnance depuis cinq semaines. En gros, les services tournent à vide, monsieur. »

Plaisir regarda Delacour.

« Vous voyez, Jean-Patrick. Samia Navarre à la tête de l'État, c'est le blocage de l'État. Le pays est figé. Bien sûr, la population ne s'en rend pas encore compte, mais c'est comme un évier quand on vide l'eau de vaisselle sans en retirer auparavant les restes du repas. Le lundi, on mange du riz. Le mardi, des nouilles. Le mercredi, des petits pois. Chaque fois, il tombe dans le tube un peu de riz, quelques nouilles, et les petits pois les moins beaux, ceux qu'en tant que gastronome on n'a pas voulu mettre dans son assiette. Résultat, le jeudi, tout est bouché. Il faut appeler le plombier. Et là, on sait qu'il va prendre cher. Et que nous, on va prendre cher aussi.

— Sylvain, je vous crois. Samia n'est pas parfaite, mais qui l'est ? Même moi, je veux dire, en me voyant, si on s'arrête à la barrière du physique, on pourrait en déduire que je n'ai pas de défauts. Alors, c'est vrai, j'en ai peu. Samia, en cela, est comme moi. Nous sommes deux monstres d'ambition, mais ce que je sais, c'est qu'elle peut m'emmener quelque part. Si je vous suis vous, qu'est-ce que j'ai à y gagner en tant qu'individu ?

— Jean-Patrick, si je ne vous ai pas appelé quand vous étiez hospitalisé comme Samia Navarre a dû le faire, c'est parce que je gérais l'après-attentat avec le Président. Méfiez-vous, dans ce milieu, de celui ou de celle qui vient prendre de vos nouvelles quand ça ne va pas, car c'est forcément qu'il ou elle veut quelque chose de vous. Marthe peut vous le dire – il se retourna vers la dame sans âge –, mon planning dégorge littéralement de sorties officielles, de visios, de réunions interministères. J'attendais que vous alliez mieux, en priant pour votre guérison.

— Vous êtes chrétien, vous ?

— Mais enfin, Delacour, je suis Navarriste. Il y a sur Navarre +, dans la section Prières +, une dizaine de prières à

Jean-Claude Navarre, d'ailleurs rédigées par vous-même. J'ai simplement récité deux fois par jour la Prière + consacrée à la guérison de l'être cher.

— Ah, oui ! "Jean-Claude Navarre, toi le créateur du Navarrisme, je me tourne vers toi et te rends grâce, toi qui as remplacé Dieu, Allah, Jésus, Mahomet, Moïse, Vishnou. De la laïcité retrouvée tu es le prophète. Fais que la personne que j'aime tant me revienne pleine de peps."

— Il y a même la version pour les jeunes.

— Oui ! C'est pareil, sauf qu'à la fin, à la place de "pleine de peps", on a écrit "fais qu'elle me revienne de ouf".

— Exact. Vous savez quoi, Delacour. C'était le bon temps. Quand vous conceviez le Navarrisme, patiemment, étape par étape, au lieu de gâcher votre énergie à défendre Samia Navarre. J'ai checké Navarre + ce matin. Depuis votre hospitalisation, la section "nouveau sur Navarre +" est vide. Or le Navarrisme ne repose que sur ça : le flux. Les notifs. La captation permanente de l'attention du navarriste. Les anciennes religions ont trop souffert de leur non-renouvellement. Le Navarrisme, c'est 24 heures sur 24 pour Navarre. C'est plus qu'un culte, c'est un code de conduite. Une façon de vivre.

— Quand tu parles, pardon, je te tutoie, quand tu parles de la guérison de l'être cher, c'est… c'est moi, l'être cher ?

— Bien entendu. Vous êtes précieux pour le Navarrisme, donc cher à mes yeux.

— Je vais réfléchir, Sylvain. Mais j'aime Samia.

— Vous aimez toutes les femmes.

— Non ! Heu…

— Vous êtes en train de chercher le nom d'une femme que vous ne souhaitez pas prendre furieusement sur un coin du mobilier de votre choix, c'est ça ?

— Oui.

— Vous ne trouverez pas, Delacour. Vous êtes une bête nocive qui, heureusement pour la société, canalise ses pulsions dans l'exercice du pouvoir. Et de l'amour que vous avez pour vous-même. Parce que en fait, quand vous faites l'amour à quelqu'un, c'est votre visage, votre corps, que vous aimeriez voir. Ce pouvoir qui vous échappe, car Samia Navarre n'est rien, je peux vous le restituer. Mon plan en trois étapes, le voici : 1) on fait tomber Samia Navarre, 2) on fait tomber Samia Navarre, 3)...

— On fait tomber Samia Navarre ?

— Et on remet en selle notre *leader*, celui qui est à l'origine de tout cela, celui dont le nom berce nos prières. Vous voyez ce ciel ? »

En cette fin de mois d'octobre, la nuit arrivait tôt, et Delacour comme Plaisir prirent conscience, en admirant la voûte céleste à peine masquée par le nuage parisien de particules fines émises par les véhicules que Crit'Air classait entre 2 et 5, de l'immensité de l'espace autant que du caractère romanesque que constituait le fait d'avoir une vie, une existence propre, au milieu de ce magma infini de cœurs qui battent et d'âmes égarées qu'il fallait remettre dans le droit chemin. Le chemin du Navarrisme.

Un bip alerta Sylvain Plaisir de l'importance relative d'une information qui venait de tomber. Il fit alors ce que tout être humain fait de 200 à 2000 fois par jour : il consulta l'écran tactile de son téléphone. « C'est Navarre +, Delacour. » Le visage embrasé, les pupilles aussi dilatées qu'après une prise d'ecstasy au cours d'une *rave party* dans un champ de la Haute-Marne, il saisit de sa main celle de Delacour, qui, hétérosexuel au point de refuser tout contact avec une créature du même sexe que lui, fut à deux doigts de la lui envoyer dans la figure mais n'en fit rien, conscient de l'intensité de la séquence.

« Delacour, mon cher Jean-Patrick, ce résultat nous oblige : nous venons de passer la barre des 25 millions de navarristes ! Ce chiffre serait encore plus exceptionnel si le système n'avait pas éjecté ce mois-ci quelque deux millions d'inscrits qui ne se sont pas présentés à l'office et ont été rayés des listes. C'est fou, Delacour.

— Je vais réfléchir, pour ce que nous nous sommes dit.

— Réfléchissez vite. Les Russes ne plaisantent pas. Il faut remettre Navarre sur pied, et vite.

— Je vais réfléchir vite.

— C'est tellement urgent que ça devrait déjà être fait.

— Au revoir, Sylvain.

— Je devrais être en train de vous donner une belle claque dans le dos en vous disant que je suis heureux de vous réintégrer dans l'équipe.

— Je pars, maintenant.

— J'ai du champagne dans mon bureau, si jamais vous avez pris votre décision.

— Laissez-moi un petit moment, d'accord ?

— Un Dom Pérignon grand cru, Plénitude P3, en date de 1993.

— À bientôt.

— J'ai des Dixi à la tomate, également.

— …

— Je peux vous trouver une pute. »

« Le lien entre ce Delacour et Samia Navarre est décidément plus fort que tout », se dit le Premier ministre en regardant le communicant s'éloigner d'un pas lourd et hésitant. Plaisir avait instillé le doute dans son cerveau, et il allait devoir la jouer fine et précise s'il voulait préserver ses intérêts. Plusieurs fois Delacour eut envie de se retourner et de se diriger en sautillant vers Plaisir, le sourire aux lèvres, telle une collégienne candide à l'envie d'aimer intacte, pas encore écornée par les désillusions, les plans sexe sans lendemain et le fait, très vite conscientisé, d'être prise pour un morceau de steak qu'on consomme vite et dont on recrache, un peu dégoûté, les morceaux les moins enviables dans la poubelle de la cuisine.

Mais Delacour, s'il avait l'esprit encore aiguisé, réfléchissait avec son bas-ventre, et la mante religieuse en veste tailleur ceinturé Claudie Pierlot qu'était Samia continuait à lui agiter les tripes. Lui qui avait vécu sa vie sans s'encombrer de valeurs morales ne pouvait qu'admirer une femme avide d'absolu au point de mettre K-O son époux pourtant chéri. Tout ce qui l'entourait n'était que tremplins pour elle qui semblait vivre dans l'un de ces parcs à trampolines qui s'installent sur la côte, l'été, et où des enfants criards disent « déjà ? » lorsque le responsable de l'aire de jeux, un étudiant blasé qui, en les observant, planifie une vasectomie pour la rentrée de septembre, leur dit que le quart d'heure de sauts est terminé.

Alors qu'il franchissait la grille d'entrée de l'hôtel de Matignon dans la voiture qui lui avait été allouée par l'Élysée, il eut la sordide impression d'être l'un de ces hommes qui quittent, coupables et tristounets, le logement de leur maîtresse pour rejoindre leur femme en suivant le protocole habituel : renifler ses vêtements, afin de vérifier qu'ils ne sentent pas l'autre; se remettre du parfum, celui dont on s'asperge le matin, sans même se dire qu'on sera à la maison à 19 heures et qu'il est impossible qu'à 19 heures on ait la même odeur qu'à 7 heures et demi; inspecter son visage, traquer les éventuelles traces de rouge à lèvres, même si on a précisé mille fois à l'illégitime qu'elle ne doit pas en mettre, et se dire, un peu confus, qu'au moins, si on se fait pincer, ce sera une affaire réglée; se dire qu'on est bien un homme, parce que être un homme, c'est souvent esquiver, s'échapper, fuir les yeux accusateurs et les bouches tordues par la brûlure de l'adultère, et attendre. Attendre que l'autre s'en aperçoive. Que l'autre prenne une décision. Que l'autre décide de partir. Pour, parfois, se poser en victime. Et ne retenir, à la fin de l'histoire, que l'idée qu'on a été une victime.

Le chauffeur de la voiture qui déplaçait la lourde silhouette de Delacour lui intima, alors que le véhicule, à la sortie de Matignon, devait partir soit à gauche, soit à droite, de faire un choix.

« Va-t-on à l'Élysée, monsieur ? »

Delacour mit du temps à répondre, deux ou trois secondes sans doute, mais sur sa propre échelle du temps, lui qui était réactif, et pressé, et productif, et efficace, ces quelques instants suspendus parurent aussi interminables qu'une frise chronologique allant de l'apparition de l'*Homo sapiens* à l'élection au concours Miss France de Camille Cerf en 2015, si l'on devait la vivre au lieu de la lire. « Je préfère rentrer chez moi, finit-il par dire au chauffeur, qui patientait en choisissant laquelle des radios diffusant du jazz il allait diffuser dans l'habitacle de la berline afin de rendre le moment *cosy*. J'habite à Chatou. Je crois que j'ai besoin de prendre un bain. De me changer. De faire le point. De dormir. Ça fait tellement longtemps que je n'ai pas dormi », dit-il alors que la totalité de son corps semblait se détendre, comme s'il était sous l'empire du kava, cette boisson relaxante de Mélanésie obtenue à partir de racines d'arbustes et interdite en France, à l'exception de la Nouvelle-Calédonie, où elle se consomme dans des bars dédiés, en extérieur et dans une semi-obscurité, quand tout n'est plus que chuchotements et songes éveillés. « Ça fait si longtemps que je n'ai pas… » tenta-t-il de répéter, avant d'être emporté par un marchand de sable si puissant qu'il aurait pu s'associer aux ciments Lafarge.

28

Carolina Bisou connaissait Dubaï pour y avoir tourné en 2009 le film *100 beurettes pour un émir* avec son mari, James Hugedick (dont le véritable nom était Frédéric Dubois), le seul homme avec qui elle eût jamais tourné. Mais c'était la première fois qu'elle y restait aussi longtemps, et sans Hugedick, qui avait disparu de sa vie quinze ans plus tôt, en même temps qu'il avait disparu de la vie tout court, puisqu'il était décédé. Une soirée chemsex, de celle où l'on s'ébat sans slip des jours durant en compagnie d'amis de passage, l'organisme empli jusqu'à la nausée de drogues synthétiques, l'avait laissé sur le carreau, dans le gigantesque salon d'un grand patron français. Afin d'éviter le scandale, son corps avait été retiré de l'appartement par des hommes de main du grand patron, lequel menait, en parallèle de ses activités d'employeur de dizaines de milliers de personnes sur le territoire (comme aimait à le rappeler le ministre des Finances en interview), une existence de semi-mafieux. James Hugedick avait été lâché inerte au petit matin dans une rue de Pigalle, ce qui semblait, au vu de son parcours, constituer une fin de CV acceptable.

Carolina, depuis, était célibataire, et si elle avait eu ensuite quelques aventures, en général avec des fans qui, connaissant par cœur son corps avant même de le toucher, étaient forcément déçus par la réalité, moins travaillée, moins mise en lumière, moins maquillée, elle menait depuis plusieurs années une existence monacale. La naissance de sa fille Ventoline avait transformé Carolina en combattante. La rage aux lèvres, elle avait fait de la lutte contre le porno sa croisade personnelle : « Plutôt crever que de voir ma fille tomber là-dedans à son tour », se disait-elle, le cerveau bouillant et les tempes battant une mesure folle. Cet univers dégueulasse, où les femmes ne sont que marchandise à qui on fait subir les pires outrages et qu'on tient de force, parce qu'on leur a confisqué leurs papiers d'identité, ou parce qu'on sait qu'elles ont quelqu'un à nourrir (un enfant, une vieille mère, voire un chien qu'on adore et qu'on doit contenter en pâtées toujours plus onéreuses) ; ce trafic répugnant d'êtres humains ; ces milliers d'images débitées chaque jour, qui viennent alimenter des milliers de sites pour masturbateurs effrénés, accessibles en trois clics aux publics les plus fragiles, des yeux d'innocents dont jamais la rétine n'aurait dû entrer en contact avec ces filles et ces gars du X, qui ont traqué la veille du tournage le moindre poil jaillissant de leur épiderme afin d'être toujours plus glabres, toujours plus lisses, et qui finissent par ressembler, tant ils sont imberbes, à ces cailles qu'on mange au repas de Noël et qui attendent, recouvertes de blister au supermarché, le client qui saura les sublimer par sa maîtrise de la cuisson dite « en cocotte ».

Bien sûr, Caroline avait entamé sa vengeance, en lançant sur les réseaux le #metoocul, livrant à un public avide de têtes coupées les noms de ceux, réalisateurs, acteurs, directeurs de salon de l'érotisme, qui avaient abusé d'elle. Dans les mots, dans les gestes, dans les sécrétions, dans les pratiques. Seulement, elle en voulait plus. Elle voulait faire tomber l'industrie, malgré le risque couru, celui de constater un jour que deux des boulons fixant le pneu arrière gauche de sa voiture avaient disparu, quoiqu'un peu tard, dans la mesure où ladite voiture serait déjà encastrée dans un chêne, pédonculé ou pas.

Dubaï était une ville peuplée d'esclaves et de gens immensément riches, avec une modeste classe moyenne qu'on voyait peu. Une cité multiple, où la plupart des habitants communiquaient en ânonnant un anglais mal maîtrisé, et où tout passait par les rapports d'argent. On ne venait pas à Dubaï pour tricoter des moufles, mais pour engranger, sur un laps de temps court, le maximum d'euros, de dollars, faire gonfler jusqu'à l'explosion l'ensemble de ses comptes bancaires puis repartir, sa fortune faite, vers des contrées plus classiques, moins fun, d'accord, mais où il ne faisait pas 48 degrés l'après-midi.

Dans les premières heures suivant l'attentat de l'hôtel Paris Paradise, Carolina avait proposé à Azzedine Sifaoui et à Pompon, ses complices dans le sanglant, de fuir le pays, devinant que le président Navarre, sous ses allures d'ex-centriste bonhomme, allait déterrer la hache de guerre. Après une rapide discussion, ils avaient choisi Dubaï qui, certes, avait un accord d'extradition avec la France, mais possédait l'avantage d'être un État où la corruption régnait et où les amitiés indéfectibles comme les intérêts communs protégeaient les individus ayant des choses à se reprocher. Ainsi, les frères Gupta, au cœur d'un scandale retentissant en Afrique du Sud, mais aussi une ex-Première ministre thaïlandaise dont le gouvernement avait été renversé par une junte militaire, y avaient tour à tour trouvé refuge. De surcroît, Carolina Bisou y connaissait quelqu'un, l'influenceuse Lolita Saucisse, laquelle s'était portée volontaire pour cacher le trio maléfique dans l'un de ses appartements, un discret F3 au vingt-sixième étage d'une tour qui en comportait 70. Sifaoui, au départ, avait tiqué à l'évocation du nom Saucisse.

« C'est parce que au début de sa carrière, elle était au service de la Fédération française des métiers de la viande, lui avait expliqué Bisou. Ils l'avaient engagée pour modifier la perception qu'ont les jeunes des aliments carnés. Leur but : les rendre cool. Donc elle faisait des lives sur Instagram depuis des boucheries-charcuteries. Tu dois te souvenir du concours “Fais bander ton boucher” ?

— Pardon ? avait murmuré Sifaoui, effaré.

— Elle frottait son boule contre le pubis d’un boucher tiré au sort. S’il entrait en érection, elle gagnait son poids en saucisses. C’est de là que vient son pseudo de Lolita Saucisse.

— Et ça marchait, son truc ? Je veux dire, les bouchers, est-ce qu’ils étaient... troublés ? Dans le sens où...

— J’ai compris. Alors, la réponse est non. Les mecs se lèvent à 4 heures du matin pour filer à la vente en gros à Rungis, donc tout le reste de la journée, ils rêvent de leur lit. Avec personne dedans. Juste une bonne couette et un oreiller super-doux.

— Et ensuite ?

— Lolita a fait scandale en faisant des selfies avec des porcs de l’abattoir de Lanméné, en Bretagne, juste avant qu’on les étourdisse. L214, les végans, Hugo Clément, Mister Salsifi de la chaîne YouTube “La ligue des super-légumes”, tout le monde lui est tombé dessus. Elle a donc laissé tomber la viande et elle s’est reconvertie dans les photos sexy, à Dubaï.

— Pourquoi Dubaï ?

— Pas d’impôts sur le revenu, le capital ou les bénéfices des sociétés.

— Je déteste ce monde perverti par l’argent... »

Avant même que la bombe n’explose sous la grande table de la salle de réunion du Paris Paradise, alors que Jean-Patrick Delacour secouait sans conviction son pénis fripé dans les toilettes du même hôtel, savourant la perspective de profiter par la suite d’un boxer sec, Carolina Bisou, Azzedine Sifaoui et Pompon avaient déjà les fessiers bien calés dans les sièges de la classe éco d’un des vols réguliers de la compagnie Emirates vers Dubaï. Chacun avait pris soin d’enregistrer une vidéo mettant en scène ses revendications propres et ses lubies, car leur association n’était qu’opportuniste. Leurs visages grimaçants n’ayant pas encore été affichés sur toutes les chaînes info, ils avaient pu passer sans encombre l'ensemble des formalités, à l'aéroport de départ comme à celui d'arrivée : taxi, direction l'appartement de Lolita Saucisse, acheté via une société écran établie aux îles Fidji ; service de conciergerie à l'accueil, pro, efficace, net ; numéro d'appel en cas de problème ; codes Wi-Fi inscrits dans un classeur comportant également un feuillet intitulé « Sorties à Dubaï : où faire la fête », avec une quarantaine de noms d'établissements accueillant rappeurs, footballeurs, YouTubeurs, puis un feuillet avec « Culture à Dubaï » en en-tête ne comportant aucune autre indication.

« L'appartement est non-fumeur », avait précisé l'homme de l'agence Gold Luxury Five Stars Penthouses & Flats, le service de conciergerie en question, avant de leur préciser qu'il était interdit d'y organiser réceptions, fêtes et autres agapes bruyantes. Carolina l'avait rassuré, un sourire énigmatique lui barrant le visage, et promis qu'ils seraient aussi discrets que possible. L'appartement disposant de deux chambres seulement, il avait été entendu que cette dernière posséderait la sienne, tandis que les hommes se partageraient la seconde, dans laquelle trônaient deux lits simples, chacun d'une taille équivalent en France à un lit double.

C'est ainsi terrés qu'ils passèrent près de huit semaines sans se manifester, commandant sous des noms d'emprunt des pizzas halal et des sushis dont les tranches fines de poisson avaient été découpées sur des saumons morts ayant accompli quatre fois le tour du monde dans de la glace. « Il a fait plus de miles que moi, celui-là », avait dit Sifaoui en montrant du bout de sa baguette jetable une lamelle de thon lors d'un de ses rares moments d'humour. Par deux fois, Lolita Saucisse vint les voir, tard dans la nuit ou tôt le matin, après avoir accepté la requête d'Azzedine Sifaoui lui intimant de se présenter désormais sous le nom de Lolita Boulette d'Agneau. Alors qu'elle s'apprêtait à leur donner des nouvelles de la situation en France, Pompon lui fit signe de se taire.

« Je t'aime.

— Heu… merci, balbutia Lolita.

— Mais tu as eu l'obligeance d'installer la télévision dans cet appartement, si bien que nous suivons pas à pas l'enquête nous concernant.

— OK. Je peux juste vous poser une question ?

— Vas-y, mon diadème.

— Aucun de vous n'a de regrets par rapport à l'attentat de Paris ? Parce que, bon… Vous avez tué des gens, quoi !

— Tué qui ? s'enflamma immédiatement Sifaoui. Des start-uppeurs à la con à la tête de sites web dégénérés qui ont bâti leur business sur les rencontres charnelles !

— Je suis d'accord, enchaîna Carolina Bisou. Cette culture du porno insidieuse, qui s'est infiltrée dans tous les rouages de la société et qui nous casse, il faut l'exploser ! La destruction symbolique de ces démons est la première pierre brisée de leur édifice. Celle qui soutient le reste.

— OK, répéta Lolita. Juste, j'ai tellement l'impression d'être l'autre, là…

— Qui ? demanda Pompon.

— Jawad machin, là, le logeur des terroristes du Bataclan. »

Malgré les doutes, malgré la peur, aussi, de tomber pour complicité dans le cadre d'une enquête internationale contre le terrorisme, Lolita Saucisse avait choisi de garder chez elle ses décriés locataires. Elle habitait de son côté le quartier d'Arabian Ranches, le long du golf, à un quart d'heure de trajet du centre-ville, chemin qu'elle accomplissait dans son SUV large comme l'Albanie. Là, dans cette périphérie miraculeuse qui avait vu les hommes faire pousser, au cœur du désert, du gazon alimenté en eau par de colossales usines de dessalement, ce qui en faisait l'herbe la moins écologique de l'histoire de l'herbe, Lolita s'était offert une vaste villa. Quatre chambres, trois salles de bains et une cuisine plus spacieuse que l'intégralité du logement qu'elle occupait lorsqu'elle vivait à Paris, en célibataire impénitente. C'était à la fois grandiose et ridicule, comme l'ont toujours été les lieux de vie des puissants. De larges couloirs.

Des pièces immenses. Du marbre et du doré. Et, au milieu de ce décorum, de petites personnes isolées, qui battaient des bras pour occuper l'espace et criaient dans des téléphones que c'était le moment ou jamais d'investir dans le bitcoin.

Lolita, à son arrivée à Dubaï, était la reine des influenceuses. Sa réconciliation médiatisée avec le lobby végétalien « Les végétaux dans la peau » l'avait fait accéder au statut convoité d'influenceuse qui compte. Dans une vidéo très partagée, elle avait, sous les yeux émerveillés des militants végans qui ensuite lui avaient ouvert leurs bras, mis le feu aux vestes en fourrure animale offertes au fil des années par des marques de prestige employant des top models anorexiques qui manquaient de mourir de faim en live à la Fashion Week de Paris. On l'avait ensuite filmée croquant dans une saucisse en graines de chia, tandis qu'entre deux bouchées elle déclamait ce slogan resté dans les annales de l'internet inutile : « Ne m'appelez plus Lolita Saucisse. Je suis Lolita Saucisse… Végétale ! »

Ses anciens amis du monde de la viande ayant pour la plupart mal compris son engagement contre la souffrance animale, Lolita avait été menacée, jusqu'à recevoir, livré à son domicile, un steak de bœuf explosif, préparé pour détoner au moment du dîner. Heureusement, ce soir-là comme tous les autres soirs, Saucisse était de sortie, invitée à un lancement de produit ou à une soirée organisée par un sponsor, très rarement à la première d'une pièce de Tchekhov. Ce n'était pas qu'elle était idiote, c'était que le monde entier la considérait comme telle. Alors, lassée de ce qu'elle appelait des « coups de pression », elle avait quitté la France, comme le font celles et ceux qui choisissent de renoncer aux 1 200 variétés différentes de fromages pour mieux embrasser l'existence, certes morne au point de vue gastronomique mais enviable de celui du banquier, d'exilé fiscal. La chaîne NRJ12, ayant l'année de son départ, diffusé de multiples reportages sur Dubaï dans lesquels on voyait des filles de téléréalité botoxées à 22 ans au bras de joueurs de football à la coupe improbable et à l'œil moins rempli qu'un sablier fendu, elle s'était dit : « Pourquoi pas moi ? » avec l'impression que là-bas, sur le sable, près de l'eau, aimée et choyée par toute une communauté d'influenceurs déjà implantée sur place, tout serait plus facile. En fait de famille, elle n'avait trouvé que des concurrents, qui jour et nuit surveillaient le nombre de followers de leurs congénères et multipliaient les faux comptes pour mieux noyer les pages des autres prétendants à la célébrité sous les commentaires hargneux.

Les premières années d'activité de Lolita Saucisse à Dubaï avaient été fastes : placements de produits aisés, marques et sponsors en attente de ce que la presse (essentiellement des journaux de programmes télé en quête d'un lectorat plus jeune) avait surnommé « la Saucisse *touch* », Lolita gagnait bien sa vie. Sa stratégie était des plus basiques : poster de manière régulière des photos d'elle en petite tenue, puis en très petite tenue, jusqu'à ne plus avoir sur les fesses qu'un pli de drap ou le corps engourdi de sommeil de son teckel, Kiki. Enfin, une fois les abonnés appâtés, passer par une agence d'influenceurs capable de négocier les contrats publicitaires. Et des contrats publicitaires, elle en avait eu, par milliers. Du dentifrice quadruple action qu'elle laissait, alors qu'elle se brossait les dents en vidéo, négligemment traîner au bord du lavabo, tourné de manière à ce que l'on en voie la marque. Aux chaînes d'hôtels de luxe dans lesquels elle descendait lors de tournées promotionnelles, Lolita n'avait rien à vendre d'autre qu'elle-même, ce qui semblait convenir aux attentes de son fan-club. Sa peau fine, ses yeux clairs et quelques moues étudiées suffisaient à stimuler un peuple qui scrollait sans s'arrêter le long de contenus indigents dévoreurs de matière grise. L'influenceuse avait ensuite versé dans l'unboxing, mode absurde consistant à déballer en vidéo les cadeaux des mécènes (souvent de très célèbres firmes de luxe), tout en s'extasiant à grand renfort de petits cris, des « aaahh » et des « oohhh » savamment mis en scène, au fur et à mesure qu'on découvre son trentième sac à main de la saison ou une enceinte connectée qui permet de secouer son fessier en story sur de la mauvaise pop latine avec une qualité sonore tendant vers la haute résolution.

« Carolina ? C'est Lolita. Pourquoi tu réponds ? Je t'ai pourtant dit de ne pas répondre au téléphone. Tu ne regardes pas les chaînes françaises ? La communauté navarriste de Dubaï vous recherche activement. Oui. C'est une question de jours. Si jamais vous vous faites prendre, tu ne me connais pas. Je m'appelle comment ? Non. Je t'ai dit, tu ne me connais pas. Je viendrai cet après-midi abîmer la serrure avec un tournevis, comme ça on pensera que vous avez squatté l'appart'. Pardon, mais je me couvre. Fais attention à toi. »

Lolita Saucisse avait été, plusieurs années durant, l'une des stars les plus en vue de Dubaï, courtisée par les annonceurs et invitée à toutes les soirées. Puis la bulle des influenceurs avait crevé. Trop de produits cheap promus en vidéo. Trop de strass. De créatures callipyges et de seins démesurés. Trop d'argent pour une cible, la jeunesse, dont une partie se détournait du matérialisme, convaincue, à force d'écouter Christophe Maé en interview, que la vie, c'était surtout des valeurs humaines : la tante Céline plutôt que la boutique Céline, moins de Gucci et plus de visites hebdomadaires à papy. Les préoccupations environnementales et l'annonce régulière par les experts du GIEC de la fin du monde avaient fini de ringardiser Dubaï aux yeux d'une frange de jeunes, avides de vrai, de Lozère. Le vieux Souchon avait dès les années 1990 eu raison : la foule, au fond, se faisait sentimentale. Les îles en toc, le collagène purulent des starlettes sans valeurs, les gratte-ciel arrogants, les feux d'artifice tirés toutes les semaines par un pays qui semblait crier « Ne partez pas ! Si vous rentrez chez vous, à Leeds ou à Montauban, ça, vous ne l'aurez plus ! », rien n'y faisait : cette vie que menait Lolita Saucisse ne faisait plus rêver que quelques milliers de pétasses sans cervelle et une troupe de beaux gosses bodybuildés. Avec la désaffection progressive du public était venue celle, plus rapide, des sponsors.

Les flacons de shampoing des marques *low cost* étaient venus remplacer, dans les colis livrés par FedEx, les soutiens-gorge en dentelle incrustée de pierres brillantes et les nuisettes à la texture soyeuse.

« Carolina ? C'est Lolita. Je t'ai dit ne pas répondre au téléphone !

— Ce n'est pas Carolina. D'ailleurs, est-ce que restreindre cette personne à son seul prénom est...

— Bonjour, Pompon.

— Je t'aime.

— Je t'aime aussi. Pourquoi est-ce que Caro... enfin, la personne de sexe féminin qui t'accompagne ne répond pas au téléphone ?

— D'abord, je tiens à te dire que le genre est une construction sociale. Mais je vais t'expliquer. Tu as dit la dernière fois à ton amie, qui pourrait être un ami si tel était son choix de vie, que les navarristes étaient à nos trousses.

— C'est vrai. La France sait que vous êtes à Dubaï. L'étau se resserre.

— Oui. Mais tu as oublié une chose, mon trésor inestimable. C'est qu'avant Navarre existait Pompon. Navarre a fait quoi, à part copier-coller le système entier de la Communauté de l'Effacement ? J'ai également des fidèles. Qui, depuis l'avènement du Navarrisme, se sont mués en résistants. J'ai donc réuni mes troupes présentes localement, qui surveillent notre logement depuis les immeubles voisins. Et qui veillent sur moi. Sur nous. J'ai quatre personnes au sexe indéfini devant la porte de l'appartement, et autant dans l'appartement, avec nous.

— Vous êtes armés ?

— Non, car ce serait valider la violence, que la Communauté de l'Effacement abhorre. Disons qu'entre leurs membres indéfinis qui leur servent à attraper des objets ils ont des lanceurs de projectiles fuselés qui peuvent expédier à grande vitesse lesdits projectiles sur l'ennemi. Que, d'ailleurs je ne définirais pas comme un ennemi, dans la mesure...

— OK, vous avez des fusils d'assaut, quoi. »

« Cette histoire est embêtante, se dit Lolita Saucisse en raccrochant. Si le lien est fait entre Carolina, Pompon et moi, je vais me retrouver sous les projecteurs. » À cette pensée, alors qu'effrayée elle aurait dû éclater en sanglots, telle un nonagénaire à qui on annoncerait la fermeture de France 3, un sourire apparut au coin de ses lèvres. Les projecteurs. La lumière. La gloire retrouvée. Et, peut-être, un reportage dans le 20 heures. Avec une aura nouvelle, celle d'une Lolita politique, militante. Guérillera. Après tout, le Navarrisme était entré dans une phase sombre. Certains *news magazines* de centre droit, réputés pondérés, allaient jusqu'à inscrire dans leurs colonnes le mot « dictature ». La lutte contre un régime autoritaire n'impliquait-elle pas des actes de liberté, quitte à laisser sur le carreau (ou sur la moquette d'un grand hôtel, en tant que cadavre démembré) quelques contemporains ? Che Guevara, dont le visage continuait de truster les tee-shirts de post-ados rebelles au festival des Vieilles Charrues, avait été lui-même à l'origine directe de centaines d'exécutions d'ennemis, et pour autant sa figure romanesque et son regard franc procuraient encore à tant de jeunes d'aujourd'hui une arrivée massive de papillons dans le ventre.

« Pompon ? C'est encore moi.

— Qui ça, moi ?

— Je sais que tu n'aimes pas que je le dise car tu considères que…

— Bien joué. C'était un piège. Je t'aime.

— Je viens de recevoir une alerte de Navarre +.

— Attends, tu es navarriste ?

— Non, c'est un ami qui fait du hacking qui m'a refilé ses codes. Il m'a aussi ouvert un accès gratuit à Canal +. Depuis trois ans, je peux voir toutes les comédies françaises. Ça m'a découragé, d'ailleurs, de revenir vivre en France.

— Je comprends. Que dit ce message de Navarre + ?

— Que vous avez été repérés. Et qu'il ne vous sera fait aucun mal, à condition que vous vous rendiez. C'est Samia Navarre qu'on voit sur la vidéo.

— Comment a-t-on été localisés ?

— J'ai lu sur les réseaux sociaux que les gens que tu avais placés en surveillance dans l'immeuble étaient des hommes maquillés. Deux portaient apparemment des robes.

— Bien sûr. Ils ou elles ont annulé leur ancienne identité.

— Pompon, on est à Dubaï. Ce ne sont pas les mêmes principes de vie qu'en France, tu sais.

— Je réfute l'existence des frontières car elles nous cantonnent à de tristes existences de citoyens de tel ou tel pays.

— Je crois que le plus sage serait de vous rendre, tu sais.

— Jamais. »

29

« Pompon ?

— Certains jours, mais je me réserve le droit d'être Mathilde, Jean-René ou même un pangolin en fonction des moments.

— C'est Samia Navarre à l'appareil. Je vous appelle de la part du président Jean-Claude Navarre, que je représente.

— Je t'aime.

— Nos services m'ont renseignée à votre propos et je sais personnellement que vous n'êtes pour rien dans l'attentat du Paris Paradise.

— Ma vidéo est claire, pourtant. Je revendique cette attaque.

— Vous la revendiquez. Mais, je vais être franche et directe parce que je suis comme ça : nous savons que c'est Azzedine Sifaoui qui a fourni les explosifs. Que ce sont ses hommes, radicalisés, qui ont placé la bombe sous la table autour de laquelle s'étaient réunis ces pauvres gens. J'ai écouté vos interviews. J'ai lu vos propos. Mes équipes m'ont fait une synthèse du *Pompon-guide*, considéré comme la bible de la Communauté de l'Effacement. Le résultat de ces recherches est limpide : vous n'êtes qu'amour. Comme, d'ailleurs, mon mari, Jean-Claude Navarre.

— C'est normal ! Navarre m'a tout volé : mon énergie, mes idées, mon souhait de rassembler un peuple désuni et perdu.

— Ce que je sais moi, c'est que Jean-Claude ne soupçonnait même pas votre existence et que ce plagiat n'existe que dans votre tête. Vous savez, il est de l'ancienne école. Vous avez prospéré et fidélisé sur internet. Lui écrit encore "lol" dans ses textos.

— Et les apéros Navarre, quand il était député ? Et l'application Navarre +, où toute sa vie est mise en scène ?

— Il a une équipe. JP Max pour les contenus numériques. Je gère un peu aussi de mon côté. Jean-Patrick Delacour pour la com et la charte du Navarrisme.

— Pourquoi m'appelles-tu ?

— On se tutoie ?

— Je tutoie tout le monde. Un être = un être.

— Un être humain, vous voulez dire ?

— Pas seulement. Le moucheron est mon égal.

— Bien. Assez plaisanté. Voici ce que je vous propose. Les forces antiterroristes dubaïotes vont intervenir d'ici une heure afin de vous déloger. Je sais que vous n'êtes qu'amour. Je sais aussi que Carolina Bisou est une jeune femme paumée. Celui que nous voulons, c'est Sifaoui. Il est 14 h 45.

— Il pourrait aussi bien être 9 h 27. Je dis ça pour ceux et celles qui sont du matin et dont on ne parle jamais. C'est aussi une forme de discri…

— À 15 h 47 pile, l'intervention aura lieu. Je vous demande, d'ici là, de "débrancher" vos fidèles armés. Rappelez-leur qu'abattre, en tant qu'étrangers, des personnes dans leur propre pays serait une forme de néocolonialisme exercé par l'homme blanc dominateur, ou un truc dans le genre. Discrètement, pour que Sifaoui ne se doute de rien. À 15 h 47, le muezzin va lancer l'appel à la prière. Je suppose que Sifaoui continue de prier ?

— Oui, à raison de cinq fois par jour.

— C'est à ce moment-là que l'intervention aura lieu, alors qu'il sera agenouillé. Vous n'aurez pas fermé la porte à clé.

Carolina et vous, vous vous réfugierez dans sa chambre, ou la vôtre. Où donc prie Sifaoui ?

— Dans le salon. Première pièce en entrant.

— C'est parfait. Je vous laisse briefer Carolina.

— Qu'est-ce qui te fait dire que je suis d'accord ?

— Vous n'avez pas le choix. Soit vous collaborez, soit on transforme votre corps en portion d'emmental. En glory hole. En parcours de golf.

— Et si je collabore, qu'est-ce que je gagne ?

— L'immunité. Pas de poursuites en France. Mieux, on vous blanchit, en expliquant que la vidéo que vous avez postée était du deepfake, bidouillée par une intelligence artificielle. Et on vous intègre au Navarrisme, en fusionnant celui-ci avec les fidèles de la Communauté de l'Effacement. Vous devenez ainsi l'une des personnes les plus éminentes du haut de l'organigramme. Enfin, on intègre vos idées anti-discriminations.

— Je préfère être vivant que mort.

— Comme quasiment tout le monde. Vous marchez ?

— Je marche, même si, en théorie, je pourrais aussi bien rester sur place, afin de ne pas heurter la sensibilité des personnes handicapées.

— Super. C'est parti. Et à bientôt à Paris.

— Je t'aime. »

Une fois de plus, Samia Navarre reprenait la main et inversait le cours de l'histoire, à force de pragmatisme et d'arrangements. Dans les moments de crise, son sens politique lui faisait rarement défaut. C'était, au départ, ce qui avait tant plu à son mari, entouré à l'époque de technocrates dépourvus d'envergure. « Bien. Maintenant, réactivons Jean-Claude ! » Elle se tourna vers Cédric Floch, le médecin en charge de veiller sur la santé du couple présidentiel.

« Docteur, mon mari va avoir besoin d'un bon remontant. Du genre de ceux qui transforment un chat empaillé en guépard fougueux. Je… depuis quelques semaines, je l'assomme en concassant des anxiolytiques que je dissous dans son Benco.

— Monsieur le Président boit du chocolat au lait au petit déjeuner ?

— Oui, c'est bien tout ce qu'il a gardé de l'enfance, parce que pour tout le reste, il a toujours été vieux. Je l'ai maintenu dans cet état second pour le bien de la France. Nous avons été sournoisement attaqués, et Jean-Claude, qui est un homme peu porté sur l'action, ne voulait pas répliquer. Pendant cette phase de demi-sommeil forcé, j'ai instauré l'état d'urgence, le couvre-feu à partir de 22 heures, l'interdiction de sortie des mineurs après 18 heures, et le contrôle systématique par reconnaissance faciale en installant 100 000 caméras dédiées partout dans le pays. Cette reprise en main indispensable a été saluée par les Français, qui ont crédité le Président de 30 points supplémentaires dans les sondages. Mais les coupables seront bientôt neutralisés et nombre de puissances étrangères font pression pour que mon mari revienne au premier plan.

— Quelle a été sa dernière prise ?

— Trois Xanax combinés à du Zolpidem ce matin même, que j'ai broyés avant de les fourrer dans une crêpe.

— Vous avez besoin du Président à quelle date ?

— Maintenant.

— Entendu. Donnez-moi une heure. Je file à l'hippodrome de Chantilly. J'ai un ami propriétaire de plusieurs chevaux de course qui a de sacrés remontants dans sa besace. Les contrôles antidopage se sont renforcés ces dernières années mais il doit bien lui rester des stocks anciens.

— Et il n'y a pas de risques d'effets secondaires ?

— Si, par contre. Le Président est susceptible de vous demander du foin pour le déjeuner. Et il se peut qu'il se mette à dormir debout.

— Vous… vous plaisantez ?

— Bien sûr. Ne vous inquiétez pas. On va y aller doucement sur les doses. »

Un toussotement qui se voulait poli mais informatif venant d'un angle du bureau présidentiel rappela à Samia Navarre qu'elle n'y était pas seule. Le chef d'état-major des armées, le général Thomas Roger, avait les traits crispés de celui qui compte mentalement le temps qui le sépare d'une échéance cruciale.

« Madame Navarre, maintenant que tout est réglé, je propose que nous passions au PC Jupiter. Les autorités dubaïotes, en collaboration avec une de nos troupes d'intervention tout juste arrivée sur place, s'apprêtent à donner l'assaut. »

Le PC – pour Poste de Commandement – Jupiter, était une pièce située dans le bunker de l'Élysée, à 70 mètres sous la surface du sol, là où l'on ne trouve que d'anciennes nécropoles mérovingiennes enfouies et quelques lombrics errants. Pour les coups de fil, les visios, la diplomatie en somme, l'Élysée proposait de vastes bureaux en surface. Mais il était des situations où les échanges de phrases n'avaient pas l'effet escompté et où il fallait montrer les muscles et poser les parties de la nation sur la table. Dans ces cas-là, on disparaissait sous terre, ordonnant à tel ou tel chef militaire de neutraliser tel ou tel ennemi.

« Général, nous sommes en liaison ! »

Sur les écrans, les images de caméras portatives fixées sur les casques des soldats en action s'affichèrent. « C'est donc ici, dans cet immeuble banal d'une rue sans âme de Dubaï, que se cache Azzedine Sifaoui, cet immonde adversaire du Navarrisme », se dit Samia en priant intérieurement pour que Pompon ait fait son travail de persuasion auprès de ses propres idolâtres. Après un ordre donné à Paris, ce fut l'assaut. Images saccadées. Souffles rauques et chargés. Les escaliers plutôt que l'ascenseur, dans le but de mieux surprendre les terroristes. Seulement, qui dit gratte-ciel dit parfois étages élevés – quatorzième étage dans ce cas précis. Donc on monte, et on souffle, et on râle, et on suffoque, et on ouvre une porte. Un couloir moquetté du sol au plafond, motifs orientaux discrets susceptibles de plaire également à une clientèle occidentale. Personne. « Pompon a fait le job », se dit Samia Navarre, les yeux rivés sur les pixels en mouvement.

Appartement 1403. La moquette, épaisse comme un burger XXL comportant trois steaks transgéniques vecteurs de cancers probables, favorisait l'approche. Les membres du groupe d'intervention étaient habillés de noir et portaient des cagoules, lourdement armés. Une main apparu dans l'axe de la caméra, gantée. Elle se leva et effectua dans le silence pesant un compte à rebours muet. Cinq doigts. Quatre. Trois. Deux. Un. Puis l'index pointa la porte tandis qu'une explosion se faisait entendre, brisant l'obstacle de bois en deux parties distinctes. Samia Navarre détourna le regard et souhaita ne rien entendre de ces cris et de ces tirs et de ces bruits de chair qu'on troue, trop nombreux pour n'appartenir qu'à une seule entité humaine. Elle tomba à genoux sur le sol, rejointe par Timéo Labbé, le secrétaire général de l'Élysée, un homme frêle, un homme de dossiers, un homme aussi prêt à affronter l'âpreté de l'existence qu'un bébé tortue tout juste sorti de l'œuf, là-bas au bout de la plage, et qui doit rejoindre la mer rapidement sous peine de se faire bouloter par les mouettes.

« Personne n'est préparé à vivre ça, je comprends », leur dit le chef d'état-major des armées, et ils comprirent que l'opération était finie.

Le silence, de nouveau. Mieux, l'apaisement. Le calme, pour une fois après la tempête. La tempête Samia, car ces phénomènes météorologiques souvent portent des prénoms de femmes. Camille, Justine, Katrina, Kelly tuent. Revanche par rapport à un réel où Camille, Justine, Katrina, Kelly se font tuer par des Raymond, Gilbert, Steven ou Alberto. Samia Navarre se releva et à travers elle, c'est l'État qui fit face, car c'est l'État qui fit feu. Les images étaient difficiles, comme on dit parfois dans les JT quand on avertit le public que, s'il veut du léger, du fun, il devrait envisager de se tourner vers le feuilleton sur W9. Azzedine Sifaoui avait le dos criblé de balles. On lui avait laissé moins de chances qu'à un cerf chassé en enclos dans la campagne anglaise. À ses côtés gisait Carolina Bisou, dont le corps désarticulé reposait dans une position non instagrammable. Son état physique rappelait celui d'un buffet à volonté d'hôtel pour touristes après les horaires du dîner. Puis, d'une chambre située au fond de l'appartement, surgit un homme dégingandé, se déplaçant néanmoins aussi légèrement que s'il était une plume d'oie après une bataille de traversins, portant autour du cou un médaillon qui représentait le symbole de l'ensemble vide.

« C'est Pompon », murmura Samia en se disant pour elle-même qu'une balle de plus délivrerait le pays de bien des tourments futurs. Seulement Pompon était médiatisé, suivi sur les réseaux, adulé par sa communauté post-hippie composée à 80 % de néoruraux en quête d'authentique et de pain de campagne mais qui, alors qu'une araignée se dirigeait vers eux pourtant animée d'intentions pacifiques, hurlaient à la mort, regrettant les métropoles aseptisées où l'animal le plus fréquemment croisé est le surmulot richement nourri aux chips trop grasses par des touristes trouvant tout cela *so cute*. Des Azzedine Sifaoui, l'islam radical pouvait en pondre des centaines en remplacement, formés en Syrie dans des camps d'entraînement aussi vite reconstitués que détruits par les forces occidentales. Des Carolina Bisou, des filles abusées, plongées dans un milieu de prédateurs sordides, pareil. Pour avoir assisté à des discussions sur le forum Emo France avec Julie, la fille de Jean-Claude, Samia savait que les jeunes dames en souffrance étaient légion. Pas uniquement au sein de cette communauté-là mais dans la plus grande communauté existante : celle des femmes. Soit une personne sur deux pas ou peu entendue, écoutée, représentée. Des Sifaoui, des Bisou, c'était de la matière interchangeable. Mais des gourous capables de faire se lever des dizaines de milliers d'adorateurs pour les emmener nulle part, il n'y en avait pas tant que ça.

« C'est Pompon ! dit Samia un peu plus fort. Ne tirez pas. On a un deal. La présidence de la République a vu avec lui. » Les canons des armes braqués vers Pompon s'abaissèrent vers le sol maculé de sang moite, tandis qu'on lui tendait un smartphone réglé sur appel audio.

« Mme Navarre souhaite vous parler.

— Allô ?

— Pompon, que s'est-il passé ? Nous étions convenus que Carolina Bisou serait avec vous en sécurité dans la chambre.

— Je sais, je… elle n'a pas voulu. Elle se méfiait des hommes, et j'ai eu beau essayer de la convaincre que je ne suis ni un homme ni une femme, d'autant que cet après-midi, je me sentais terriblement poisson-clown, être enfermée avec moi lui a fait peur, je crois. Elle a pris ça pour de la drague lourde. Elle m'a fait un doigt. Personne ne m'avait jamais fait un doigt.

— Vous allez vous en remettre, hein. Comparé à elle qui est décédée, je veux dire.

— Faire un doigt est une discrimination terrible envers ceux et celles qui n'en ont pas. Je pense à ces gens qui un jour en voulant nettoyer leur Magimix ont oublié de l'éteindre… »

Samia appuya avec rage sur le bouton du téléphone crypté du PC Jupiter représentant la fin de la communication.

« Maintenant, ramenez-moi ce con en France. Ainsi que les dépouilles des deux autres. »

Une fois revenue dans son bureau, qui était en réalité celui du Président, Samia dit à Timéo Labbé, qui nettoyait son menton à l'aide d'une lingette démaquillante car, heurté par les images de l'assaut, il avait vomi (« mais pourquoi se balade-t-il avec des lingettes démaquillantes ? » s'était demandé Samia Navarre, avant de réaliser, honteuse, qu'il s'agissait d'un questionnement d'arrière-garde) :

« Mon petit Timéo, il nous reste à rassurer la Russie. Je te laisse le faire, par les voies diplomatiques habituelles. D'ici ce soir, Jean-Claude sera remis et sur pied. Restera à obtenir son pardon. Je vais m'y employer.

— Mais comment ? balbutia Labbé, qui maîtrisait les codes de la séduction comme le patron du MEDEF l'art de monter une cabane en tôle dans une ZAD.

— Je sais faire, Timéo. Je sais faire.

— OK.

— J'ai toujours été de celles qui tentent des aventures, mais je suis encore plus de celles qui savent reconnaître quand une aventure est terminée. Je vais essayer de convaincre Jean-Claude que cette dureté, ce poing fermé qui jamais ne se transforme en main tendue, est nécessaire, mais il n'est pas certain qu'il s'y résigne. Une chose est sûre : lui comme moi pensons que la population a besoin de structure. »

Son regard s'enflamma quand elle constata que Jean-Patrick Delacour avait fait son apparition dans la pièce sans même avoir été annoncé.

« De structure. C'est ça. De repères. Car avant qu'on arrive, il n'y en avait plus. Les religions sont tombées. L'entreprise d'antan a été remplacée par des boîtes interchangeables incapables de proposer autre chose que des CDD. Il n'y a plus d'utopies communes ni de stages d'optimist à Quiberon pour les enfants organisés par les mairies communistes, car il n'y a plus de mairies communistes. Le Navarrisme, c'est le retour de la structure, et depuis que j'y ai ajouté un volet sécuritaire, ça cartonne ! Les chiffres sont incroyables ! Les lieux de célébration des offices du samedi débordent de monde… Vous savez où s'est déroulée celle de samedi dernier à Guingamp ? Au stade de Roudourou ! »

Elle fixa Delacour et Labbé, figés telles des statues du musée Grévin censées représenter des personnes célèbres et dont personne, jamais, ne reconnaît vraiment de qui il s'agit.

« Au putain de stade de Roudourou !

— Vous avez une montre connectée, madame ? s'enquit Timéo Labbé en voyant le poignet de Samia Navarre afficher des figures qui, les unes dans les autres, esquissaient des cercles annonçant l'arrivée d'un message.

« Oui. Je ne veux rien rater. Avec cette montre qui, je te rassure, est sécurisée, je suis certaine d'être toujours sur le coup. La mort de Butch Goodnight, j'étais la première à l'avoir, directement par la famille de Butch ! »

Butch Goodnight était de cette génération de chanteurs de rock'n'roll qui avait débuté au Golf Drouot, à Paris, en chantant en français, puis, avec un décalage de deux à trois ans, des succès anglo-américains, et dont les Français avaient suivi jusqu'au jour de son décès toutes les péripéties – rien de bien original pour un rockeur, des overdoses à répétition et des ruptures amoureuses, souvent des ruptures amoureuses dues à des overdoses à répétition. Jean-Claude Navarre étant peu enclin à sympathiser avec les stars du show-business, c'est Samia qui, patiemment, était allée au contact, invitant les uns et les autres à partager un dîner à l'Élysée, à la table du Président. En quelques semaines, les cuisines avaient sorti du homard, des plats à la truffe, du gibier et des mille-feuilles revisités pour des dizaines d'actrices, de chanteurs de variétés, de slameurs et même quelques stars internationales du cinéma. Ce n'est qu'en observant les membres du groupe de dark metal français Inceste Sanglant serrer des steaks bleus entre leurs mains afin d'en faire gicler le sang et de le laper en grognant que Jean-Claude Navarre avait décidé de faire une pause. Il n'empêche, Samia s'était constitué un solide réseau et disposait d'une aura indéniable dans le monde du divertissement. C'est donc elle que la famille de Butch Goodnight avait appelée en premier, quelques minutes à peine après sa mort à l'âge de 82 ans.

« Butch Goodnight, j'ai été *number one* sur le coup ! J'avais déjà une vidéo sur Navarre + pour annoncer sa mort que l'AFP était encore sur le énième coup d'État à Haïti ! » Elle consulta sa montre, qui affichait un message du Dr Floch. « Jean-Pat, Timéo, l'heure de vérité approche. Le médecin arrive. On va relancer Jean-Claude. Mais je voudrais que ni les uns ni les autres n'oublient la parenthèse enchantée que nous avons vécue. Les terroristes exécutés, l'ordre rétabli, le compteur du Navarrisme qui ressemble à celui du Téléthon tellement ça monte : on laisse une France au top à mon JC. Je vais paraphraser Pompon, les amis. Timéo : je t'aime. Jean-Patrick : je t'aime. »

Et elle partit d'un rire étrange qui ne lui ressemblait pas, ce genre de rire à la suite duquel on ne sait pas s'il faut soi-même s'esclaffer ou au contraire s'enfuir ventre à terre le plus loin possible, afin de sauver ce qui reste de son équilibre psychologique comme de son intégrité physique.

30

Dans *Good Bye Lenin!*, long-métrage allemand de 2003 réalisé par Wolfgang Becker, une femme de l'Est se trouve dans le coma alors que le mur de Berlin tombe, juste après que David Hasselhoff est monté dessus pour chanter l'un des titres les plus niais de son répertoire, qui ne comporte que des titres niais. Quand elle sort du coma, c'est un autre Berlin qui s'offre à elle, un monde différent. Jeans, Coca-Cola, heavy metal, naïades à gros seins et Jean-Claude Van Damme, le vide de l'Ouest déferle sur le peuple brisé de l'ex-bloc soviétique. Pour ne pas la brusquer, et lui faire risquer l'apoplexie, son fils décide de garder sous silence les changements opérés et reconstitue une Allemagne de l'Est qui n'est plus. Un métavers du passé. Donc un présent virtuel. Samia Navarre se préparait, en ce matin gris, à incarner un rôle similaire. Car le médecin avait prévenu, avant de piquer Navarre aux anabolisants, qu'il lui faudrait quelques jours pour totalement appréhender la situation. Dans une époque où tout allait vite, il suffisait de décrocher un peu, pas longtemps, pour se retrouver largué. Chaque jour, de nouvelles sollicitations venaient remplacer les anciennes. Chaque semaine, des applications inédites se promettaient de révolutionner le secteur d'activité auquel elles s'attaquaient. Stéphanie Martin, l'ex-femme de Navarre, la mère de sa fille, comparait parfois le monde au *NME* des années 1990. Le *NME – New Musical Express* – était ce magazine de pop qui toutes les semaines sortait de son chapeau le nouveau groupe qui devait transformer l'univers à jamais. Bien entendu, une fois passé les quelques écoutes, une nouvelle formation de jeunes gens beaux comme des dieux détrônait la précédente, et ainsi de suite. Car déjà il fallait consommer des références et des sensations et des stars et des musiques à n'en plus finir. Se goinfrer de légèreté pour oublier le non-sens de la vie et le fait que sur soixante-dix ans, quatre-vingt-cinq si on avait de la chance, quatre-vingt-quinze si on en avait vraiment beaucoup, on allait tourner en rond à chercher sa place en tentant de trouver une logique à tout ça.

Il allait falloir, Samia le savait, ménager Jean-Claude Navarre. Juste avant de pousser la porte de la chambre du Président, elle avait réuni ses soutiens, sa famille désormais élargie, car le consensus était désormais une obligation. À la présence habituelle de Jean-Patrick Delacour, de Timéo Labbé et du chef d'état-major des armées Thomas Roger, s'était ajoutée celle, discrète, du Premier ministre Sylvain Plaisir. Quelques heures auparavant, Samia Navarre lui avait demandé de tout lui pardonner. « J'ai fait passer l'intérêt de la nation avant celui de mon mari et de mon couple », lui avait-elle dit, tandis que Plaisir songeait au fait qu'il s'agissait moins là d'une séance d'excuses sincères que d'une savante mise en scène. « Si cette femme écrivait son autobiographie, elle en lirait les dix-sept volumes au Théâtre de la Renaissance », s'était-il dit en grimaçant. Mais Plaisir était aussi souple moralement qu'un contorsionniste du cirque du Soleil l'était musculairement, et il avait validé la repentance d'un clin d'œil discutable.

« Bien entendu, je ne vais pas avouer à Jean-Claude que je l'ai mis K-O. Ce serait signer la fin de notre union. On va partir sur l'idée d'un *burn out* accompagné d'une dépression nerveuse qu'il aura fallu mater à grand renforts d'antidépresseurs. Ce qui n'est pas si éloigné de la vérité. On est OK ? »

Et tous étaient tombés d'accord, lors d'un simulacre de débat qui ressemblait à la séance de rentrée parlementaire d'une dictature africaine, quand le *leader* en treillis lit la feuille de route consistant avant tout à l'aduler lui, puis à se faire applaudir par des centaines de députés fans tout acquis à sa cause.

« Le président russe est hors de contrôle. Sylvain Plaisir, qui représente la servilité même, débarque à l'Élysée en mission commando. La machine étatique comme l'administration sont en panne structurelle. Les esprits s'échauffent dans le pays. Personne, en réalité, ne me prend au téléphone car tout le monde ne jure que par Jean-Claude. Soit je le relance, soit je saute », avait conclu Samia lors d'un rapide débriefing de la situation avec elle-même.

Il était l'heure. Le moment était venu. De derrière la porte, Samia Navarre entendait le frottement du corps de Navarre contre les draps du lit. Le quinquagénaire, à l'évidence, trépignait, et si Cédric Floch, son médecin attitré, ne lui avait pas demandé d'attendre que son épouse vienne pour éclaircir la situation, il aurait déjà bondi sur ses deux pieds et repris le contrôle du pays sans même avoir été briefé. La femme du Président prit une grande inspiration, inhalant une petite part du nuage de pollens allergisants qui, dix mois sur douze, recouvrait désormais la capitale, et entra.

« Samia, est-ce que tu peux me dire ce que je fais là, espèce de sombre connasse ? »

La réconciliation n'allait pas être si simple.

« Enfin tu vas mieux, mon amour ! On a tous eu si peur !

— Je sais tout, saleté. J'étais dans le gaz, mais conscient, pendant ces nuits et ces jours ! Tu crois peut-être que je ne t'ai pas vue me nourrir… Qu'as-tu mis dans ma bouffe ? Réponds, sinon… »

Le Président avait levé la main droite au-dessus de sa tête, mais celle-ci était si fine, si délicate, puisque Navarre ne s'en était guère servi que pour serrer la main d'autres politiques, que la posture qui se voulait menaçante se fit immédiatement pathétique.

« Mon chéri, tu nous as fait un craquage, tu sais. L'attentat du Paris Paradise t'a mis HS. On a fait ce qu'on a pu, mais...

— C'est toi, Samia. Je sais tout.

— Pardon, mon amour, mais...

— Tu as oublié une chose, une seule, c'est de me retirer mon portable perso. Je l'ai rechargé. J'ai des SMS de Novikov. Le président russe. Il t'accuse nommément.

— Qui vas-tu croire ? Le chef d'État d'une puissance étrangère dont la passion est de déstabiliser l'Occident ou ton épouse ? C'est à Novikov ou à moi que tu as juré fidélité à la mairie ? C'est avec Novikov que tu as renouvelé tes vœux de mariage lors d'une cérémonie Navarriste ou c'est avec moi ? Et d'abord, est-ce que ces SMS ont été vérifiés par les services ?

— Non, parce que c'est mon téléphone personnel et...

— Voilà. Tu sais très bien que seuls les canaux de communication officiels sont reconnus par la diplomatie française. À la suite de l'attentat, tu étais paumé, mon amour. Plongé dans une confusion totale. J'avais l'impression de te voir en vidéo si quelqu'un avait fait pause sur toi, mais une VOD que personne n'achèterait, parce que ce qu'on souhaite, quand on sort son argent, c'est d'être excité par le produit qu'on s'apprête à acquérir. Notre produit, ce que nous vendons, c'est le Navarrisme. Seulement toi, tu étais éteint, Jean-Claude, comme la flamme du Soldat inconnu si des Inuits avaient vidé dessus des dizaines de bacs à glaçons. Le Navarrisme s'est retrouvé d'un coup sans Navarre à sa tête ! Les médecins ont pris la décision de t'offrir ce repos dont tu ne voulais pas. Ce n'est pas moi qui l'ai fait. On a bien géré pendant ton absence. J'ai des tas de choses à te raconter. Mais d'abord... »

Et Samia Navarre souleva les draps du lit pour mieux s'y glisser, encore habillée, alors que le corps de son mari recommençait à s'animer, en commençant par le bas-ventre.

31

Le retour en France de Pompon avait été l'événement médiatique de la fin de l'automne. Son arrivée s'était faite à l'aéroport de Brest, le président Navarre ayant souhaité ajouter à cette joie nationale un message sur la décentralisation et l'importance des Régions. Descendu de l'avion présidentiel sous un soleil pâle, Pompon avait été accueilli par le président de la Région Bretagne, Gaël Le Bihan, tandis que Nolwenn Leroy, vêtue d'un sweat-shirt À l'aise Breizh, chantait « La jument de Michao » en enjoignant au public de taper dans ses mains. Elle se tut soudainement quand apparurent les cercueils d'Azzedine Sifaoui et de Carolina Bisou, la vue de cercueils étant en règle générale de nature à ruiner l'ambiance (c'est pour cela qu'à l'église les célébrations de mariage et les cérémonies funéraires sont séparées).

Les choses ayant été réglées avec Samia Navarre, la présidence de la République avait pris soin de laver l'honneur de Pompon, affirmant que ce n'était pas lui qu'on voyait sur la vidéo de revendication de l'attentat, mais un *deepfake* généré par des machines. De faux témoins joués par des acteurs de la ligue d'improvisation de Perpignan fournirent à Pompon un alibi en prétendant qu'au moment de l'explosion celui-ci avait été vu en train d'appliquer du blanco sur son CV, partant du principe que décrire son parcours était discriminant envers les personnes indéfinies au chômage. À la question « Mais dans ce cas, pourquoi était-il à Dubaï en compagnie des terroristes ? », il fut répondu qu'il y était seul, pour des vacances bien méritées, puisqu'en dix années de manipulation des foules il n'avait posé que deux RTT au total. Des vidéastes locaux dépêchés à distance par Samia Navarre avaient pris soin de le filmer, juste après l'assaut de l'appartement de Lolita Saucisse, en train de bronzer au bord de l'eau, allongé de manière lascive sur une serviette de bain sur laquelle était imprimée la maxime « *fuck me I'm famous so if you fuck me you'll be famous too* », qui était devenue la devise officieuse de Dubaï. Les clichés avaient été présentés comme ayant été pris plusieurs jours auparavant par le paparazzo Romano Vafonculo, ce dernier ayant été rémunéré à hauteur de 30 000 euros (soit la somme correspondant à trois photos exclusives de la cellulite de Beyoncé) pour annoncer publiquement être l'auteur desdites photos. « J'ai attendu, en planque pendant trois heures et demi derrière un homard gonflable, en plein cagnard, au risque de développer des mélanomes cutanés, pour parvenir à shooter Pompon », déclarerait par la suite Vafonculo dans le magazine *Entrevue*.

Lorsque Pompon posa en même temps les deux pieds sur le tarmac de l'aéroport de Brest, afin de ne discriminer ni les droitiers ni les gauchers, effectuant pour cela un ridicule petit bond, il était donc un homme neuf, et les Français qui ne le connaissaient pas encore avaient appris à le connaître. Interviewé par Audrey Crespo-Mara dans le portrait de la semaine de *7 à 8* sur TF1, il avait fait couler des larmes sur ses joues au moment d'évoquer son père, disparu « avant même que je puisse l'appeler maman ». Ce qui, à une époque qui carburait à la compassion pour les victimes de tous genres, l'avait élevé au rang de belle personne. « Il a une âme exceptionnelle », avait déclaré l'ex-star du petit écran Séverine Ferrer à *Télé Poche*, avant de préciser qu'elle pensait cela de l'ensemble des êtres humains à part Adolf Hitler. La mine sombre, comme perdue dans ses pensées, elle avait conclu sa réflexion par un vague « celui-là, je vous donne ma main à couper qu'il était pas net ».

« Pompon, bonjour. Bienvenue chez nous. Je suis Gaël Le Bihan, président de Région. Je me suis permis de vous apporter un panier garni de spécialités gastronomiques portant le label "Produit en Bretagne". J'ai ajouté de ma poche un flacon de gel douche parfumé au kouign-amann.

— Bonjour, je t'aime.

— Pardon ?

— Sais-tu qu'aussi bien nous pourrions être en Normandie ?

— Je ne comprends pas.

— Non, parce que les Régions administratives ne sont là que pour nous limiter dans l'espace géographique et plaquer sur nous une identité qui nous restreint. Mais je prends bien volontiers le panier garni, parce que j'ai très faim. »

Une fillette affublée de la coiffe traditionnelle de Douarnenez s'approcha, traînant avec difficulté une corbeille remplie de desserts typiques au beurre salé.

« Sa mère, c'est lourd, je suis en train de me niquer le bras, maugréa la petite fille en propulsant un immonde crachat depuis l'espace béant entre ses dents de devant.

— Merci, je t'aime, lui dit Pompon, qui eut du mal à entendre, puisqu'elle s'en allait déjà, sa réponse, mais qui craignait que celle-ci ne fût d'aller se faire sodomiser du côté de la pointe du Raz.

— Le président Navarre ainsi que son épouse vous attendent à La Belette Gourmande.

— La Belette Gourmande ?

— Il s'agit du snack-bar de l'aéroport. Ce qu'on y sert est infect, il n'y a donc personne. Même un migrant affamé parce qu'il aurait choisi, depuis la Libye, d'arriver en Europe via le Sud-Bretagne en radeau ne voudrait pas s'y attabler. Vous serez tranquilles pour discuter. »

Pompon accéléra le pas, filmé en direct par tout ce que la planète comptait de médias accrédités, son lourd médaillon venant cogner contre sa poitrine à chaque pas qui le rapprochait des Navarre. Alors qu'il longeait la baie vitrée séparant la cafétéria des pistes d'atterrissage, il les vit, le visage blême, retenant des remontées gastriques irrépressibles : les malheureux avaient certainement déjeuné à La Belette Gourmande. Quand il arriva enfin à la hauteur du couple, le Président était en débardeur blanc, enfilant à la hâte une chemise neuve qu'un conseiller l'accompagnant était allé à la hâte lui acheter à la boutique Burton du centre-ville.

« Excusez-moi de vous accueillir ainsi, monsieur Rodriguez, mais je me suis dégueulé dessus.

— Ce Rodriguez n'existe plus. Je suis Pompon.

— D'accord. Voici Samia, mon épouse, avec qui vous êtes en contact. Je crois même pouvoir dire que vous lui devez une fière chandelle. »

Samia Navarre s'approcha du gourou, la main tendue.

« Je sais ce que vous allez me dire, que se serrer la main serait vécu par les personnes non définies qui n'en ont pas comme une agression. Mais ici, nous sommes seuls. Et j'ai beau être jeune en apparence, j'ai le mental d'une dame de 90 ans à qui on ne la fait pas. Donc votre bullshit, pas pour moi. Vous me la serrez ou je vous renvoie par le premier vol.

— À Dubaï ?

— Non, au Sud-Soudan. Ce sera plus amusant.

— J'accepte de te serrer la main.

— Madame.

— Excuse-moi ?

— J'accepte de te serrer la main, madame. Je suis une femme cisgenre à peu près certaine que jamais je ne voudrai devenir un homme. Pour ce que je connais des hommes, franchement, ça ne donne pas envie.

— J'accepte de te serrer la main, madame, grogna Pompon.

— Tu ne m'aimes plus ?

— Si.
— Dis-le.
— Je t'aime.
— Bien. Asseyons-nous. »

Le Président désigna une petite table bancale dont le pied manquant était remplacé par un adolescent aux effluves malodorants et au visage décimé par l'acné.

« C'est Ronan, mon stagiaire de troisième, leur avait expliqué le patron de La Belette Gourmande. Le fait de faire tenir debout grâce à son corps cette table lui permet de mieux appréhender l'espace, de réaliser à quel point le métier est difficile, et d'être proche de la clientèle. Un stage d'insertion réussi.

— D'accord », avait répondu Navarre en se disant que sur les marchés aux esclaves d'autrefois, l'argumentaire de vente des esclavagistes devait être à peu près similaire.

« Pompon, dit Navarre, je suis Jean-Claude Navarre. Samia m'a tout expliqué : votre parcours, votre radicalisation, vos reproches au Navarrisme, que vous accusez de vous avoir plagié.

— C'est la vérité. L'amour, c'est moi. L'union autour de cet amour, c'est moi.

— Seulement, de cet amour, vous n'avez rien fait. Moi j'y ai mis un prix : 5 000 euros. Que l'État doit à toute personne prête à l'aimer. L'école gratuite ? Nous ne sommes pas aimés pour ça. Le système de santé, le meilleur au monde ? Nous ne sommes pas aimés pour ça. La laïcité, qui garantit à chaque citoyen un cadre commun et apaisé pour se développer, à l'abri de l'emprise des religieux ? Nous sommes détestés pour ça. 5 000 euros, c'est le tarif de l'amour.

— Ça ressemble un peu à ce qui se pratique dans les bois autour de Paris, ton truc.

— Vous tutoyez tout le monde comme ça ?

— Oui. Un être humain = un être humain.

— Et dans l'ordre des espèces, où classez-vous les humains ?

— En dessous de la plupart des autres, y compris le cafard.

— Ah oui, quand même...

— L'insecte, par son action, enrichit la terre. L'humain, par son action, la détruit.

— Pas faux. Bien. Nous sommes désormais combien, Samia ? »

Samia Navarre, qui était en train de lire un e-mail de JP Max dans lequel celui-ci préconisait la création d'une mascotte afin de toucher le jeune public, cliqua sur le logo en N de Navarre +, et poussa un soupir de satisfaction.

« 32 millions d'abonnés. Et, mieux, la plupart nous sont fidèles : moins de 3 % de désinscriptions la semaine dernière !

— Nous avons, reprit Navarre, 32 millions de navarristes. Une armée. En phase totale avec nous, encore plus depuis que Samia… enfin, que nous avons repris le pays en main au niveau de la sécurité. Pompon, je sais que la Communauté de l'Effacement comprend de 80 000 à 500 000 personnes selon les chiffres, ce que je ne minimise pas. C'est énorme, si on prend en considération le retard technologique que vous avez : une page Facebook comme seul moyen de communication, vraiment ? »

Et il partit d'un rire lourd, tandis que le smartphone de Samia vibrait sous la pluie de notifications qui lui parvenaient dans un flux sans fin. Navarre se redressa, encore nimbé d'une odeur de vomi qui rappelait les plus intenses des fêtes étudiantes, au printemps, à la fin des examens.

« Vous aviez dealé avec Samia, mais je vous refais une propal. Vous êtes *woke*, Pompon. En France, ce courant concerne seulement quelques timbrés en manque de lutte à mener sur les réseaux sociaux. Mais à l'international, il est très important. Je pense aux États-Unis où la sensibilité de chacun est prise en compte, et ça, ni moi qui suis un mec à l'ancienne, ni Samia qui est une furie super-genrée, ne sommes capables de le comprendre. Or la prochaine étape du Navarrisme, c'est l'international. En Grande-Bretagne, nous avons déjà une trentaine de candidats aux élections législatives qui ont pour proposition phare de remplacer le *God save the King* par un *Navarre save Great Britain* qui semble plus approprié.

— Et donc, moi, là-dedans ?

— Je vous associe au Navarrisme. Demain je fais une allocution sur Navarre + afin d'annoncer la suppression du Sénat. Vous serez avec moi. Ensemble, nous allons effacer les vestiges de la Cinquième République et tous ses rites pour arriver à encore plus de relation directe entre le pouvoir et les gens. Navarre + a ringardisé les parlements. Quand j'ai une interrogation, je lance un sondage sur l'appli et les Français votent en direct. Le jour même, je promulgue. Fini la tchatche. Et c'est vous, Pompon, qui serez notre ambassadeur aux États-Unis, au Canada, dans toutes ces contrées où domine la culture *woke*. En contrepartie, parce qu'il y en a une, la Communauté de l'Effacement arrête ses activités. Vous fermez. On récupère votre fichier clients et on intègre ces brebis égarées chez nous.

— Ce ne sont pas des clients, enfin…

— Oui, bon, ta gueule. »

Pompon voyait s'afficher devant lui un Navarre jamais aperçu sur Navarre + : sombre, l'œil noir, la bouche pincée, le soleil fait homme remplacé par un prince des ténèbres. Le gourou croqua, plus pour contrer la gêne qu'il ressentait que par appétit, dans une part de far breton dont les pruneaux semblaient en décomposition. Il était acculé, n'avait plus le choix : c'était le Navarrisme ou l'exil. Or Pompon ne se sentait pas l'âme d'un Victor Hugo. Il allait, bien entendu, collaborer, selon une tradition persistante en France.

« C'est d'accord, chuchota-t-il en contemplant son far breton, le cœur déjà en proie aux nausées. D'accord aussi pour la vidéo sur Navarre +. Mais je veux une place centrale dans le dispositif.

— Vous l'aurez.

— Je t'aime.

— Oui, oui.

— Jean-Claude, mon poussin, moi aussi je t'aime, intervint Samia Navarre. Mais en plus, je te veux physiquement. Je suis certaine qu'on peut se trouver un 5 étoiles sur Brest pour une heure. Seulement, avant cela, nous avons un point presse organisé pour le retour de Pompon. Ça se déroule à l'espace affaires de l'aéroport, le salon Laury-Thilleman. Viens. »

Navarre saisit sa main tendue et la caressa, avant de se laisser tirer de son fauteuil et de descendre vers le lieu de réunion, tandis que Pompon, laissé seul, vomissait entre deux tables. Là les attendait un panel de journalistes locaux, triés sur le volet par le service com de la présidence, soucieux de renvoyer une image qui flatte les Régions et le sens du terroir. Les Navarre s'assirent face au groupe de reporters, tous brandissant des iPhones en position dictaphone.

« Bonjour, commença Navarre. Je ne vous souhaite pas la bienvenue, puisque vous êtes ici chez vous. Je vais donc passer directement aux questions. »

Un quadragénaire négligé à la propreté douteuse leva un doigt.

« Allez-y, dit Navarre en le regardant, écœuré.

— Bonjour, Élouan Le Guen, *Compost Magazine*. Il s'agit d'une publication mensuelle sur l'écologie, fabriquée à l'aide de papier biodégradable à haute vitesse. »

Devant les regards intrigués de l'assistance, il se sentit contraint de donner des précisions.

« En gros, à partir du moment où vous sortez le journal de sa pochette hermétique fabriquée en algue séchée, il commence à se biodégrader. Vous avez un quart d'heure maximum pour le lire, ensuite il pourrit. C'est pourquoi il ne fait que deux pages en tout. Mais voici ma question : que va-t-on faire des dépouilles des terroristes qui sont arrivées ici par le même vol que Pompon ? »

Navarre regarda le journaliste fixement.

« D'abord, ces terroristes ont des noms, il s'agit d'Azzedine Sifaoui, le *leader* des Frères de l'islam français, et de Carolina Bisou, la star du X aux 69 films. Il est important de nommer le mal. Le mal, c'est eux. Le bien, c'est nous. Ils se sont opposés au Navarrisme ; en versant le sang, ils ont perdu. Seul Pompon est revenu vivant de cette cavale, puisque à la suite d'un quiproquo, il a été assimilé à ces deux démons. Lui n'est qu'amour, et nous vous donnerons vite de ses news sur Navarre +.

— J'ai une question ! »

Une jeune femme à l'épaisse chevelure brune, portant à son cou le médaillon de la Communauté de l'Effacement, s'était levée.

« Qu'avez-vous fait de Pompon ? Je suis de ses adeptes, et je ne crois pas à la théorie des vacances passées à Dubaï. Jamais Pompon, qui est un être pur et doux, un bécot d'amour, mon petit loulou – ah, je l'aime tellement –, ne serait parti se perdre dans un lieu aussi vide moralement ! Je pense de mon côté qu'il a participé aux attentats car parfois, contre le despotisme, il faut prendre les armes et agiiiiiiir ! »

La femme, qui était montée sur sa chaise, hurlait alors que ses joues, rougies à l'extrême, semblaient partir en autocombustion. Navarre fit un geste, plaçant sa main à plat au niveau de son cou et la faisant aller de gauche à droite, et deux soldats, placés à l'arrière du groupe de journalistes, empoignèrent la factieuse avant de la traîner au sol jusqu'à la sortie. Dans la confusion, elle perdit l'une de ses sandales, que le journaliste de la *Gazette du fétichisme finistérien* s'empressa de saisir avant de la ranger dans son sac en suant de désir. « Il faudrait, dit Samia à l'oreille de son mari, que nos militaires portent un "N" majuscule en brassard, pour "Navarrisme". Ça aurait de la gueule. » Navarre ne répondit pas, préférant gérer la crise qui se déroulait devant lui.

« Je ne sais pas qui est cette personne et je ne veux pas le savoir. Je n'ai rien à dire aux complotistes. Pompon est super. *Next*. Oui, monsieur, qui levez la main. Oui, vous, le monsieur âgé…

— Bonjour monsieur et madame Navarre, je ne suis pas âgé, je n'ai que 32 ans, mais j'ai travaillé pour le journal de M. Le Guen durant huit ans, au contact de produits aidant à la biodégradabilité du papier, ce qui fait que je suis moi-même en train de me biodégrader. Je suis d'ailleurs en procès pour cela avec M. Le Guen. Mais je me présente, je m'appelle Jaouen Quéré, je suis breton à tel point que quand on m'appuie dessus, il y a du caramel au beurre salé qui sort. Je suis aussi co-animateur sur Radio Goëland d'un talk-show à propos de la mélancolie, mon dernier invité était Christophe Miossec. Ma question est la suivante : le Navarrisme n'est-il pas en train de tourner à la dictature larvée ? »

Navarre jeta un œil à sa femme, qui paraissait désarçonnée.

« Pourquoi cette question, monsieur ?

— Eh bien, il suffit de voir la manière dont vous avez traité cette pauvre femme il y a trois minutes. Votre régime est de plus en plus brutal. Vous n'êtes plus à l'écoute. Vous supprimez un par un les corps intermédiaires, et la CGT a été interdite pas plus tard qu'hier. »

Samia Navarre se jeta contre l'oreille gauche du Président. « Oups, j'ai oublié de t'en parler, mais c'est vrai qu'on a fait ça. Je gère. » Les mains bien ancrées sur la table placée devant elle, elle dévisagea le trentenaire. « Les syndicats ont en effet été dissous hier. Depuis la création il y a deux semaines de l'onglet "smiley triste" sur Navarre +, qui permet aux navarristes d'exprimer directement leur colère, ils ne sont plus utiles. Et puis la plupart étaient de gauche, or la polarisation de la vie politique n'a plus de sens sous le Navarrisme, puisque nous sommes un tout. Nous sommes ensemble. La droite, la gauche, c'est fini. En revanche… » Samia Navarre se leva, les traits tendus et un mauvais rictus tordant sa lèvre inférieure vers son menton, ce qui eut pour effet de découvrir sa dentition impeccable. « En revanche, vos insinuations n'ont pas lieu d'être. Messieurs, chargez-vous de lui ! » Trois militaires supplémentaires fondirent alors sur l'homme avant de l'entraîner vers un camion bâché et floqué aux couleurs de la France. Navarre se leva à son tour et prit la main de son épouse dans la sienne.

« Chers tous, chères toutes, cette conférence de presse est terminée. Je tiens à vous signaler qu'une fois parus vos articles seront relus par la cellule médias de l'Élysée. Je vous donne donc un conseil d'ami : reproduisez nos éléments de langage, que je vous livre en cinq points rapides. Vous enregistrez ? Bien. 1) Pompon est de retour, il est formidable, 2) les Navarre aiment la Bretagne, 3) la conférence de presse s'est déroulée dans une ambiance très amicale, 4) le Navarrisme, c'est la démocratie directe, 5) les quatre points précédents étaient tellement évidents qu'il n'y a pas besoin de point 5. Merci, au revoir. »

Et les Navarre se dirigèrent d'un pas pressé vers la sortie du salon Laury-Thilleman, baptisé ainsi en l'honneur d'une ancienne Miss France, née à Brest en 1991 et devenue, à force de labeur acharné, animatrice TV.

« Tu as été un peu dur, Jean-Claude, mon amour.

— Rien du tout. Je m'inscris dans la lignée de ce que vous avez entrepris pendant mon absence.

— Oui, mais...

— Il n'y a pas de mais, Samia. Tu oublies que c'est moi qui ai été élu l'an dernier. Je décide. Point barre. Cette pause m'a fait du bien. J'ai réalisé à quel point avant j'étais faible, flasque, indolent. C'est l'ancien Navarre. Le nouveau est directif, car il y a un combat idéologique à mener, vers la transcendance, vers le spirituel, vers l'État sacré, et rien de tout ça ne s'impose par la mollesse. Où est Pompon ?

— Il nous attend dans l'avion pour Paris.

— On prend la voiture.

— La voiture ?

— Oui. Depuis l'attentat du Paris Paradise, je me dis que pour notre sécurité, il vaut mieux brouiller les pistes. Ils nous attendent en avion ? À nous l'autoroute. Et puis il faut qu'on parle, tous les deux. On est à combien d'inscrits ?

— 32 millions... Je te l'ai dit tout à l'heure.

— Et maintenant ?

— 32 millions, ça fait seulement une heu...

— Ça stagne. Il faut qu'on brainstorme. On en est où de la mascotte pour enfants ? »

32

« Je propose qu'on se présente tous à tour de rôle, afin que chacun sache qui sont les autres. »

Jean-Patrick Delacour *vivait sa meilleure vie*, comme aurait pu dire sa petite-fille s'il avait pris le temps de fonder une famille. Il avait réuni la crème des créatifs du pays au premier étage de la tour Eiffel, persuadé que le vide environnant suffirait à leur désencombrer la tête et à les mettre en mesure de proposer des concepts innovants. Une dizaine de personnes de tous âges et des deux sexes s'étaient donc retrouvées autour d'une table en U, et un frisson d'horreur parcourut Delacour du haut de son crâne jusqu'au bout de son gros orteil quand il réalisa qu'il s'agissait de sa première réunion de groupe depuis celle du Paris Paradise, qui avait vu les plus éminentes jeunes pousses du numérique crever à l'ancienne, alors que le réel les rattrapait pour la première fois de leur existence passée assises derrière un ordinateur portable, le visage happé par l'écran, de la même manière à New York qu'à Londres ou à La Bourboule. C'est aussi pour cela qu'il avait choisi la tour Eiffel : depuis les divers attentats commis sur le sol de France, les mesures de sécurité y étaient devenues drastiques. Il fallait presque se déshabiller intégralement avant d'écarter les fesses pour prouver qu'on n'avait pas au fond de l'intimité une mini-bombe à neutrons bien cachée si l'on voulait toucher du doigt les nuages gris qui rendaient la capitale encore plus laide qu'elle ne l'était depuis l'avènement des vélos en libre-service rouillant dans des buissons rachitiques.

Delacour avait choisi le restaurant « Le Jules Verne », au deuxième étage de la tour, pour son cadre chic et sa vue imprenable sur la capitale. Tout ce qui lui permettait physiquement de dominer le monde, il prenait. Le Jules Verne interdisant l'accès aux porteurs de tee-shirts et de shorts, il était de plus certain de ne pas apercevoir de membres velus appartenant à des professionnels masculins, puisque le corps des hommes, mis à part le sien, le dégoûtait. Seul celui des femmes le stimulait, lui qui était le plus hétérophile des hétérosexuels.

« Très bien. Bonjour à tous, et bonjour, Jean-Patrick. Je suis Simon Raymond, de l'agence Hashtag.

— Moi c'est Corentine Dufol, je travaille en *free-lance* depuis 2005 et suis à l'origine du slogan des magasins Soldetout : "Soldetout, pour ceux qu'ont pas trop de sous !"

— Bonjour, Pierre-Henri Lavigne, agence Plus x3, connue dans le métier sous le nom d'agence Plus Plus Plus. Je suis ravi d'être ici. Pour ceux qui ne le sauraient pas, j'ai débuté ma carrière avec Jean-Pat. Il est super.

— Hello, je suis Thierry Pastilla. J'ai tout arrêté il y a quatre ans après une dépression et vécu seul dans une cabane de montagne pendant seize mois, sans Wi-Fi ni réseau mobile. Le problème, c'est que j'avais omis de prendre des livres, et je me suis bien bien ennuyé.

— Coucou, Emma Latusard. Mes amis m'appellent Em, ce qui est un peu gênant, parce que j'ai toujours l'impression qu'ils sont en train de se racler la gorge. En ce moment, je suis sur la communication d'Air France, et j'ai eu l'idée, pour compenser leur bilan carbone, d'offrir à chaque voyageur un arbre en pot qu'il devra planter dans le pays d'arrivée. Résultat, sur

400 voyageurs, il y a 400 êtres d'exception. Les gens sont ravis, pour une fois qu'on leur donne une belle image d'eux-mêmes.

— Bonjour à tous, je me présente à mon tour. Je m'appelle Enzo Séguéla. Je suis l'arrière-petit-neveu de Jacques Séguéla, le *king* de la pub. Je le connais bien, je l'ai quand même vu trois fois lors de dîners de famille, dont une où il m'a adressé la parole. Il m'a transmis l'intégralité de son savoir-faire.

— OK, alors moi c'est Christophe. Vous pouvez m'appeler Chris pour ceux qui trouvent que Christophe c'est trop long. Ou Chr pour ceux qui trouvent que Chris c'est trop long. Sinon, ne m'appelez pas, et regardez-moi, simplement. Je dispose de capacités cognitives ultra développées qui me permettent d'appréhender mon environnement de manière maximale. En gros, je percute direct. Et sinon, récemment, j'ai imaginé le slogan des anchois de la marque Low Cost Food : "Si je mange ces anchois, c'est qu'j'ai pas le choix." On est un peu sur le Soldetout de Corentine, je peux t'appeler Cor ? Donc c'est bien, parce que ça veut dire que nos cerveaux connectent. Toi et moi en bluetooth, *girl*.

— Bonjour, moi c'est Gisèle Groschêne. On me dit souvent que mon nom ressemble à celui de Gisele Bündchen, et que c'est tout ce que j'ai qui lui ressemble. Je travaille pour des institutionnels. Par exemple, j'ai cherché avec le département de la Nièvre comment y faire venir plus de touristes. On n'a pas trouvé.

— Alors à moi. Je suis Théo Petitbon, le fils de Gilles Petitbon, qui a travaillé longtemps aux côtés du président Navarre. J'ai conscience que je suis là pour le symbole et pour offrir une réparation à ma famille. Je ne suis ni dans la pub ni dans la com, mais j'adore la pub. Sur YouTube, je n'appuie jamais sur "Passer les annonces" pour les zapper. Au contraire, je les regarde toutes, et quand arrive la vidéo que je voulais voir, c'est là que j'éteins.

— Bien, je suis la dernière. Moi c'est Aïssatou Jones-Peeters. Par mon multiculturalisme, car je suis issue d'un trouple sénégalo-anglo-belge, j'ai une ouverture sur le monde qui m'autorise toutes les audaces. Je bosse donc à l'international. Mon dernier client : la famille Kadhafi, qui m'a commandé une campagne destinée à réhabiliter l'image de leur aïeul défunt. La formule "Kadhafi : on s'est mal compris", c'est de moi.

— Parfait, fit Delacour en contemplant au loin les toits en zinc de Paris luisant sous le soleil d'hiver. On va pouvoir y aller. Si j'ai besoin de votre expertise, c'est parce que depuis le lancement du Navarrisme, je suis seul sur le projet. Oui ?

— Vous voulez dire que le Navarrisme, c'est vous et rien que vous ?

— Oui, Corentine. C'est mon bébé. Le grand projet de ma vie. On ne doit pas être loin des 35 millions d'abonnés. Quelqu'un a Navarre + parmi vous ?

— Mais enfin, balbutia Aïssatou Jones-Peeters, nous sommes tous navarristes ici. Sinon nous ne serions pas là, car je vous rappelle que pour accéder aux monuments parisiens, dont la tour Eiffel, il faut présenter l'appli Navarre +.

— Oui, c'est un des ajouts que j'ai faits. Vous avez vu aussi l'onglet "promotions" ? Il offre cette semaine - 30 % à tous les navarristes à la boucherie chez Auchan. Le but ici, c'est de favoriser les membres à tous les niveaux de la société. Je prévois même la possibilité bientôt de ne pouvoir acheter des médicaments en pharmacie que si l'on est navarriste. À part les préservatifs, qui resteront en accès libre.

— Mais pourquoi ? osa Jones-Peeters.

— Parce qu'il est préférable que les non-navarristes, "les Exclus" comme le président Navarre les appelle désormais, ne se reproduisent pas. Cette confrontation Navarristes / Exclus se gagnera aussi sur le plan de la démographie. Bien. Le compteur de navarristes est à combien sur Navarre + ?

— 33 millions.

— C'est énorme mais ça n'augmente plus autant qu'avant. D'où l'idée qu'a eue JP Max, qui s'occupe de la communication numérique du Président, de lancer une mascotte. On se souvient tous du Bibendum Michelin ou de Crédito, le personnage de buisson de Cetelem. Une mascotte, c'est fun, ça plaît aux gosses et ça enchante les adultes. Personne d'équilibré au niveau psy ne peut détester une mascotte. Je prends l'exemple des clubs de plage, l'été. Quel est le *climax*, le moment fort de la journée d'un club de plage ? C'est à 18 heures, quand la mascotte symbolisant un ours brun se met à guincher avec les *kids* sur un tube de Louane. »

Delacour était un habitué des plages du globe, où il exhibait sa musculature hypertrophiée, un mojito ou deux ou trois à la main, lorgnant discrètement les arrière-trains des jeunes femmes venues bronzer. Parfois, ou souvent, suivant son degré de désir, il venait les aborder en retenant sa respiration pour faire disparaître son ventre, tout en bombant le torse, ce qui en soi constituait un exercice physique complet et assez éreintant. La plage, c'était son territoire, comme elle est celui de tous les prédateurs en nage, la bave à la bouche et le cerveau plein à ras bord d'idées explicites. Il aimait sentir les rayons du soleil sur son corps et jouissait d'admirer, les jours où sur la mer il n'y avait pas de brise, son reflet dans l'eau.

« Comment voyez-vous cette mascotte ? Brainstorming. À quoi elle ressemble ? Que dit-elle ? Quelle est son identité ? Ses particularités ? Son nom ? Je vous laisse cinq minutes. Par égard pour la planète, je ne vous ai pas distribué de bloc-notes papier. À la place, j'ai ouvert un Google Doc partagé. Vous avez reçu ce matin l'adresse de cette page. Le mot de passe est "Navarre". Maintenant, silence ! Je ne veux entendre que le doux bruit du jus de cerveau qui gicle hors des boîtes crâniennes ! »

Surmotivés par le discours volontaire de Delacour, les créatifs se penchèrent chacun sur leur ordinateur portables et se mirent à en frapper frénétiquement les touches. L'ensemble des cliquetis obtenus faisait comme une danse tribale amenant les fidèles à la transe, et Delacour aurait été à peine étonné si l'une des personnes présentes s'était mise à se rouler par terre, l'écume aux lèvres et les yeux fous, en intimant à Belzébuth de quitter son âme pour y laisser la place à un dieu du bonheur quelconque. Delacour réalisait que plus il prenait de l'âge, plus il se plaisait à driver des équipes. Des gens pour la plupart moins expérimentés que lui et qui l'admiraient tellement, lui qui était une légende dans leur secteur professionnel, qu'il ressentait l'ascendant qu'il avait sur eux. Il pouvait à loisir les humilier, les rabaisser, soit tout ce qu'il appréciait le plus en termes d'interactions humaines. À une autre époque, se disait-il parfois, quand ses rêveries réacs prenaient le contrôle de son esprit, il aurait pu glisser son sexe en érection partout sur eux, à l'intérieur de chaque orifice, en créant même de nouveaux là où il n'y en avait pas, à force de taper contre leur peau tendue.

« Mais aujourd'hui, impossible de faire ça sans se prendre une volée de bois vert, ou pire, devenir un mot clé sur les réseaux sociaux », pensait-il, la rage au ventre. Il était devenu impossible d'exercer sa supériorité hiérarchique sans passer pour un abuseur, ou un violent, ou un violeur, ou un forceur, et, il en était persuadé, c'était tout le monde de l'entreprise qui n'y survivrait pas. Delacour, en effet, estimait que si l'homme avait fini par se vautrer dans le capitalisme le plus débridé, c'était avant tout dans le but de canaliser ses pulsions de mort. Écarteler ses ennemis n'étant plus envisageable, dans la mesure où un chroniqueur de France Inter risquait de médiatiser l'affaire en plateau devant ses collègues aussi outrés que concernés, on avait établi qu'on pouvait à la place effectuer une OPA hostile sur son entreprise. Il était admis qu'on avait le droit d'annihiler en une série d'opérations boursières les milliers de semaines de travail de quelqu'un, voire de l'ensemble de ses ancêtres, dont les portraits, en monochrome pour les plus anciens, trônaient sur le mur de la salle du conseil d'administration. En revanche, dans le cadre de cette sauvagerie totale, on avait étonnamment fixé des limites quant à l'exploitation des personnes : on pouvait ainsi tuer symboliquement un chef d'entreprise, mais pas pincer le derrière de sa secrétaire en lui jetant au passage un regard navré, comme pour dire « je n'y suis pour rien si je suis un mâle esclave de ses désirs », tout ce qui aujourd'hui était renié par les féministes malgré les explications limpides de Frédéric Beigbeder qui, dans ses livres, racontait la bestialité de l'*Homo* bien trop *erectus* et le fait que lui-même n'était pas une belle personne.

« Ça me donne envie de crever », se dit Delacour en serrant les poings, puisque tout ça, ce que lui et certains élus de droite appelaient la bien-pensance, lui interdisait de l'exprimer. Désormais, tout ce que pensait Delacour restait en Delacour, ainsi transformé en bouteille de gaz Butane prête à exploser. Et des Delacour, la France et l'Occident en hébergeaient des millions. La bombe à retardement était enclenchée. L'aube des chacals approchait. La guerre civile, déjà dans les têtes, s'apprêtait à gagner les cœurs, puis les biceps, puis les mains, armées le jour J d'objets contondants ou tranchants, car l'Occidental, qui à 80 % travaillait dans les services et télétravaillait un jour sur deux, avachi dans le canapé qu'il n'aurait dû normalement investir que le soir venu pour regarder PrimeMachin ou NetTruc, ne possédait plus de muscles – juste un organisme de demi-batracien et des bras de mollusque. « Quelle déchéance, se dit Delacour, furieux contre l'époque, contre la gauche, contre lui-même, contre tout. Même Navarre se radicalise. Samia m'a décrit son attitude à Brest. Lui qui était si centriste. C'est le signe que la déflagration est pour bientôt. » Une voix timide le sortit de ses pensées. Théo Petitbon le regardait, effaré.

« Vous allez bien, monsieur Delacour ? Vous… votre visage est écarlate.

— Oui, heu… j'étais juste en train de penser à un truc.

— Un truc intense, alors, monsieur. »

Delacour le fusilla du regard, comme il avait fusillé du même regard son oncle quelques semaines plus tôt, dès que celui-ci avait tenté de s'affirmer ou, pire, d'exister.

« J'écoute vos idées. Allez-y, chacun à votre tour, dans l'ordre que vous souhaitez. » Il attendit, curieux de voir qui le premier allait prendre la parole, et donc dominer le groupe par son esprit d'initiative et son ambition mordante. Ce fut Pierre-Henri Lavigne, ce publicitaire chevronné qui par deux fois avait ravi des contrats à Delacour, lequel, en retour, avait organisé une expédition punitive impliquant des mercenaires de l'Est, un bidon d'essence, un briquet Zippo et les locaux de l'agence de Lavigne.

« Je propose une mascotte de lion. Le lion est l'animal le plus respecté de la savane et du monde. En visite au zoo, qui s'arrête pour regarder les marmottes, s'il y a un lion dans l'enclos d'à côté ?

— Pas d'accord. Il faut une mascotte qui porte les traits du Navarrisme. Mon idée est celle d'un panda. C'est l'animal-totem du Président, celui auquel il ressemble le plus. Tranquille, apaisé, qui avance sans se laisser distraire vers le bambou.

— OK. Un panda fun, alors. On laisse tomber le noir et blanc. On lui met des couleurs.

— On le fait arc-en-ciel, pour toucher la communauté gay.

— Avec un énorme pénis, pour symboliser la force de frappe du Navarrisme.

— Un pénis ?

— Oui.

— D'accord, mais un petit. Il faut que ce soit réaliste, sinon on va perdre le public familial.

— J'ai une idée ! Mettons-lui un pénis amovible. En fonction des situations, il pourra le retirer ou le remettre. S'il va remettre la Coupe de France de foot avec le Président sur une pelouse de stade, pénis. S'il va danser avec des enfants de CE1 pour les convertir au Navarrisme, pas pénis.

— Mais est-ce que Navarre, dans ce cas, ne serait pas accusé de promouvoir des théories *genderfluid* ?

— Moi j'ai une suggestion de nom : Navarrissimo.

— Ça sonne trop marque de capsules.

— Navarrito ?

— Top. Ça fait espagnol, or les préados sont fous de pop latine. J'ai une fille qui se filme sur les réseaux en train de secouer les fesses sur du reggaeton. Elle a 7 ans, alors bien sûr, sa mère aurait préféré qu'elle fasse des Mako moulages. Et Navarrito, ça pourrait être le nom d'un personnage de manga. Coup double.

— Donc je résume : on a un panda arc-en-ciel qui s'appelle Navarrito. Quel est son message ?

— "Jean-Claude Navarre, c'est ton ami, c'est le copain des petits" ?

— C'est ridicule.

— Je te rappelle qu'on doit parler aux enfants.

— J'ai mieux : à partir du moment où on prend la parole, on divise. Navarrito, dans mon esprit, serait donc un panda arc-en-ciel silencieux. Après tout, si vous allez à la parade Disney, vous n'allez pas taper la discute avec Pluto. L'essentiel est qu'il fasse coucou aux gens, qu'il prenne les gosses dans ses bras. Et on fera aussi des bonbons à sucer en forme de Jean-Claude Navarre, que les centaines de Navarrito qu'on va lancer distribueront dans chaque ville de France.

— C'est pas un peu osé, ça ? Je veux dire, c'est bizarre…

— Vous voyez le mal partout.

— Stop ! aboya Delacour. On l'a, le personnage. »

Il fit rapidement un tour de table de la tête.

« Bravo, les amis. J'ai tout noté. On a prévu de lancer Navarre Kids, une version enfantine de Navarre +, mercredi prochain. Navarrito fera ses débuts à ce moment-là. Je lance mon équipe de graphistes sur le coup. Quant à la fabrication des mascottes… »

Il se mit à réfléchir à haute voix, tout en notant ce que lui disait Timéo Labbé au téléphone, car il venait de l'appeler et l'avait mis sur haut-parleur, plus par absence basique de pudeur que parce qu'il avait oublié de prendre ses écouteurs.

« Timéo, tu es sur le dossier ?

— Bien sûr, monsieur Delacour, j'ai fait travailler la com et suis en mesure, après les avoir centralisées, de vous communiquer les infos. La fourrure de peluche, ils l'ont en Chine à pas cher. On envoie les pièces de tissu au Portugal, où elles sont assemblées. Là, ils laissent un trou dans le dos pour le bourrage, qui se fait au Chili. Ensuite, il faut sculpter l'armature de la mascotte, qui permettra de placer des gens à l'intérieur. L'unique usine au monde à pratiquer cela est localisée à Vincennes.

— Bien. On communiquera uniquement là-dessus, pour donner un côté local. Le public pensera que c'est du *made in* France.

— Alors, c'est un homonyme, en fait. Vincennes est une ville située dans l'Indiana, aux États-Unis.

— Ah, zut.

— Une fois terminée, la mascotte doit revenir en Europe, afin d'être certifiée par le label "CE". Et c'est bon.

— Dis donc, notre peluche, elle va avoir le bilan carbone des Guns N'Roses après leur tournée mondiale.

— Certes, mais sur Navarre Kids, on a déjà prévu de poster une vidéo expliquant que, pour compenser, on a planté un arbre. Comme pour Air France. N'est-ce pas, Emma ?

— Oui. Un arbre en tout. Mais un bel arbre.

— OK. Bisous.

— Au revoir, monsieur Delac… »

Mais Delacour avait déjà raccroché et se tournait vers son équipe, extasié.

« Chers amis, chères amies, merci pour votre temps et votre expertise. Vos noms figureront en petits caractères mais en police Arial, donc bien lisibles, sur la page "crédits" de l'application Navarre Kids.

— Quoi ? Mais… c'est tout ? répondit Emma Latusard, qui, révoltée, aurait déjà quitté les lieux s'ils n'avaient pas culminé au deuxième étage de la tour Eiffel.

— Oui. En revanche Navarre +, vous le savez, a un système de points qui se gagnent au mérite. J'ai donc le plaisir de vous annoncer que je vous crédite à l'instant de 5 000 points chacun ! »

Il appuya de son doigt puissant sur l'écran tactile de son portable et un petit bruit se fit entendre.

« Avec ça, vous bénéficierez de réductions intéressantes sur les trajets de la SNCF. »

Puis il quitta le restaurant, après avoir gratifié Corentine Dufol d'un clin d'œil libidineux, qui semblait dire : « Je suis joignable au 06 86 24… » Le temps où Delacour distribuait sa carte de visite à la totalité des dames qu'il croisait était révolu puisque, désormais, il suffisait de le DM sur ses réseaux pour avoir un accès absolu à tout son être. Tout le monde, tout le temps, se trouvait accostable sur internet, sorte de grand marché aux célibataires, puis aux gens en couple, puisque la seule fidélité viable était celle qu'on témoignait à son opérateur téléphonique et qui, par le biais de points cumulés, permettait de remplacer à bas prix son ancien smartphone par un modèle neuf, afin de toucher encore plus de gens en couple ou célibataires.

« On a bien bossé, se dit le publicitaire en redescendant vers le sol par l'ascenseur de la tour Eiffel, un espace exigu dont la couleur du métal ressemblait à celles des jupes conçues par Paco Rabanne dans les *sixties*. La différence, c'est que je donnerais cher pour plutôt descendre le long des courbes d'une femme », soupira Delacour, que l'emprise exercée sur le groupe de communicants avait mué, une fois encore, en *big boss* de la masculinité toxique. Il ressentit le besoin fugace de sortir son sexe et là, dans cet ascenseur qui l'extrayait du ciel pour le faire revenir vers l'atroce réalité des vendeurs précarisés de tours Eiffel miniatures en plastique, des trottoirs de Paris défoncés, de la saleté, de cette Ville lumière que la banqueroute locale transformait chaque mois un peu plus en mini-Calcutta, l'idée de gifler de son membre les touristes présents dans l'habitacle lui traversa l'esprit. Mais il savait que ce qui était irrépressible devait désormais être réprimé, et il attendit, la tête noire de pensées limites, la fin du trajet vers le sol. La sienne, de fin, avait failli advenir, mais il en était revenu et, comme bien des survivants, il était désormais animé par une soif de vivre inextinguible.

« Allô, monsieur Navarre ? C'est Delacour. J'ai bossé comme un fou mais j'y suis arrivé : j'ai notre idée de mascotte. Je vous l'envoie en WeTransfer dès que j'ai mis de l'ordre dans mes notes et, une fois que vous aurez validé le projet, je lance la fabrication. Si on met une pression maximale sur les prestataires, on peut l'avoir dans quatre jours. »

Par pression maximale, Delacour entendait menaces, chantage, équipe de types solides munis de poings américains qui accèdent après la fermeture à l'intérieur de l'usine pour convaincre le patron d'accélérer la cadence. Il eut un soupir de satisfaction : décidément, il adorait son job.

33

C'est avec une demi-heure de retard sur le rendez-vous prévu que Pompon se présenta à l'Élysée dans un tuk-tuk motorisé conduit par l'une de ses adeptes, une femme affublée de poils de torse postiches et d'une fausse truffe de chien.

« Cette personne indéfinie est libre de décider qui il ou elle est, un homme ou un teckel, expliqua Pompon à l'agent en poste devant la grille, dont la lèvre inférieure semblait s'être détachée de sa mâchoire tant elle pendouillait.

— Entrez, Mme Navarre vous attend, finit-il par balbutier, alors que déjà la silhouette de Samia venait à sa rencontre.

— Pompon, heureux de vous revoir, lui dit-elle avec un sourire inquiet.

— Je t'aime, répondit ce dernier, avant de se retourner vers l'agent. Je t'aime aussi, lui dit-il, n'obtenant en retour qu'une moue déconcertée.

— C'est vrai, avec vous, on se tutoie », observa Samia, qui se souvenait du caractère égalitaire de la Communauté de l'Effacement.

Il était stipulé dans le *Pompon-guide*, la bible de la secte, que tous les êtres peuplant la terre se valaient et que, quand des aliens se manifesteraient, ceux-ci trouveraient immédiatement leur place au sein de cet alignement social, y compris s'ils étaient animés d'intentions guerrières, puisque Pompon pensait que tout pouvait se régler par le biais de l'amour. Il suffirait alors de leur envoyer un ou une de ses fidèles, les bras ouverts et la culotte déjà au niveau des chevilles, pour qu'ils laissent tomber un à un à terre leurs épées laser et prennent la personne, à même le sol, dans l'herbe sauvage de la nature retrouvée, à supposer bien sûr qu'ils aient un organe reproducteur. « Le contraire serait stupéfiant car, sinon, comment feraient-ils des enfants ? » se demandait parfois Pompon avant de se rendre compte, tracassé pour sa propre santé mentale, qu'il se posait bien trop de questions concernant les extraterrestres.

« Le Président t'attend, lui dit Samia Navarre, changeant aussi sec d'approche grammaticale. L'équipe vidéo est prête. Vous passez d'abord sur Navarre Kids, là il faudra que tu adoptes un langage simple et imagé, tu t'adresses à des 6-12 ans. Si cette chaîne fonctionne, il n'est pas improbable qu'on en lance une autre pour les bébés, Navarre Piou-Piou. C'est dans les cartons. Ensuite vous passerez sur Navarre +, et là, ça va buzzer sec, parce qu'on officialise votre alliance, à Jean-Claude et à toi.

— D'accord, répondit Pompon. Mais si je peux faire une remarque, je préférerais, dans le nom "Élysée", qu'il y ait un point entre le é et le e. Elysé·e. Ça ferait plus inclusif. Hors de question que je fasse une vidéo dans un lieu s'il est marqué par le genre. D'autant qu'aucun individu autre que masculin n'y a jamais été élu.

— Je t'ai déjà dit que ces machins de lutte fémino-gaucho-wokiste-ce-que-tu-veux, je ne suis pas dedans. Mais Jean-Claude aime bien ça, comme il te l'a dit en Bretagne. Il est persuadé que notre conquête de l'international passera par là.

— Il n'a pas tort. Des gens comme moi, aux States, il y en a plein. Des personnes à la conscience éveillée, qui rêvent tout haut à la fin de toutes les discriminations !

— Ouais, enfin, les États-Unis, c'est aussi l'interdiction de l'avortement et les gosses de 6 ans qui dégomment une classe de trente avec le fusil automatique de leur père, donc si tu veux…

— Je sais. C'est une terre de contrastes.

— Des contrastes comme ça, merci. Chez nous, en France, "terre de contrastes", ce sera au maximum le slogan de l'office du tourisme de l'Ardèche. Avec un visuel où on voit d'un côté des potes qui font du kayak et de l'autre une famille en train de se régaler d'une tarte aux myrtilles. Je préfère. Mais chut ! Nous y sommes, et je sais qu'avant de faire une vidéo Jean-Claude est dans la concentration… »

En effet, plongés dans le flot de leur discussion, Samia Navarre et Pompon venaient de réaliser qu'ils étaient arrivés au salon de l'Élysée, qui servait de plateau de tournage. Là, le derrière planté dans la toile d'une chaise de metteur en scène floquée à son nom, Jean-Claude Navarre n'était que vibrations. Il beuglait des ordres à des petites mains de la technique apeurées qui allaient et venaient sans réellement savoir quoi faire. Il émanait de lui comme des ondes d'irritabilité, ce que certains nommeraient « un *bad mood* », qui pétrifiaient de stupeur le personnel, évoluant d'ordinaire dans un souci du smile assez permanent.

« Il a changé, murmura Pompon pour lui-même.

— Oui, mais c'est ma faute, répondit Samia. J'ai entraîné le Navarrisme vers quelque chose de sombre. Et il y a pris goût. Le peuple y a pris goût. Notre envie de fermeté, de renouer avec l'idée d'un régime fort, a généré cette acceptation d'une contrainte plus prononcée. »

Navarre, comme s'il était équipé d'un radar, tourna la tête vers eux et eut un mouvement de répulsion en voyant Pompon, puis une mimique d'envie contrariée quand il aperçut son épouse. « Venez ! » ordonna-t-il en se redressant. Depuis qu'il se tenait droit, il paraissait plus massif, comme une ancienne bergerie à laquelle on ajoute une extension afin de la transformer en chambres d'hôtes. Il attrapa Pompon par la nuque, remontant sans le vouloir, par un geste imprécis des doigts, son médaillon contre la peau tendue de son cou, ce que Pompon prit pour un acte de violence délibérée.

« Allez, viens. On tourne, là. Je gère. Je commence à parler, tu me suis. »

Une jeune femme à qui Pompon n'avait pas eu le temps d'expliquer que Jade, son prénom, lui avait été donné à la naissance par des parents abuseurs souhaitant l'enfermer dans une existence propre aux Jade plutôt que d'être un jour Karim et le lendemain Woofy, fit un clap avec les mains, et un homme d'une quarantaine d'années persuadé d'être encore jeune avec ses Nike Air blanches cadra à l'aide d'une caméra 8K les visages associés de Pompon et de Navarre.

« Salut, les *kids*, et bienvenue sur Navarre Kids, sembla hurler soudainement ce dernier. C'est votre copain JC. Navarre Kids, ce sont des jeux, des concours, tu pourras gagner de super cadeaux, comme une journée au Parc Astérix avec Miss Kokotte, la star du R&B ! On sait que vous l'adorez, elle est top, wesh ! »

Navarre eut un instant d'hésitation en décryptant le texte défilant au prompteur, derrière lequel un Jean-Patrick Delacour extatique exhibait ses deux énormes pouces pour lui montrer que c'était pourtant parfait.

« OK, les gros. Je sais que certains ont des parents qui ne sont pas encore navarristes. C'est dommage, parce que je vous annonce qu'à partir de samedi tous les magasins Jouet'Magic, 160 boutiques dans toute la France, ne seront plus accessibles qu'aux navarristes ! Fini les jouets pour les petits chrétiens. À Noël, ça sera une orange, comme ton papy à l'époque ! »

Navarre eut un rire inquiétant, tandis que s'approchait derrière lui une énorme peluche d'un panda arc-en-ciel arborant un pénis touffu. « Ah, mais c'est Navarrito ! » s'écria le Président en arrachant d'un geste habile l'organe, se promettant intérieurement d'enquêter pour savoir qui était l'incapable qui avait oublié de le retirer. Il jeta au loin le pénis factice, qui plana un court moment avant d'atterrir sur le crâne de Delacour.

« Ça va, Navarrito ? » L'animal, dans lequel s'était glissé un sans-papiers rémunéré en promesses de régularisation, se dandinait de manière grotesque en poussant de légers cris trop aigus. « Je ne vous ai pas présenté Navarrito, les enfants ! s'écria Navarre. C'est votre nouveau copain ! Il va parcourir la France pour distribuer des bonbons aux enfants de navarristes, ceux qui ont accès à Navarre Kids. Présentez l'appli à Navarrito et il vous offrira des friandises ! Par contre, pour ceux qui n'ont pas Navarre Kids, eh bien… » Navarre marqua une pause, le temps de froncer les sourcils de la manière qu'il jugeait la plus effrayante possible. « Ceux-là, Navarrito les tapera ! De belles claques sur les joues ! Et il a de grosses mains, notre ami ! » ajouta-t-il tandis que la mascotte secouait ses pattes volumineuses à l'intention du cadreur.

« OK, c'est bon », dit-il pour signifier qu'il s'agissait de la fin du tournage. Samia s'approcha de lui, l'air préoccupé, et, avec plus de délicatesse dans l'intention qu'une épouse modèle s'apprêtant à révéler à son conjoint qu'elle le trompe et qu'elle a contracté une blennorragie, lui chuchota un tendre :

« Tu as été très bien, mon amour, mais…

— Mais quoi ? Je rêve, tu vas encore me reprocher quelque chose ?

— C'est juste que… Frapper les enfants ? Tu es sûr ?

— Détends-toi, Sam. C'est ce que veut le public. Des blousons noirs aux racailles d'aujourd'hui, ça fait quoi ? 60 ans qu'on se farcit des jeunes dégénérés qui dans les rues insultent, violent, tabassent tout ce qui passe… C'est dû au laxisme des parents, qui ne sont plus des phares dans la nuit, des guides, des sages qu'on est fier de suivre, mais de grands gosses eux-mêmes. Des gamins paumés. Des bonshommes au bord de l'andropause qui se sapent en survêt pour lutter contre le temps qui passe mais, sous la douceur du polyester, leur peau est fripée, vieillie, rongée par l'exposition trop régulière au soleil. Car, bien entendu, tous ces connards passent la moitié de leur vie à végéter au soleil, de congés en RTT, de récup en arrêts de travail de complaisance. Nous allons remettre un brin d'ordre dans tout ça, ma douce. »

Navarre, à l'évidence, n'était plus lui-même, mais un anténavarre, la version ténébreuse et quasi maléfique de Navarre comme Jésus a pour ennemi absolu l'antéchrist. Après l'avoir toisée quelques secondes en silence, il se tourna vers le cadreur.

« OK, les gamins, c'est fait. Je peux vous dire qu'il y en a pas mal qui vont faire pression sur leurs darons ce soir pour qu'ils s'inscrivent. Quand on voit l'énergie qu'ils sont capables de mettre à la caisse du Leclerc pour obtenir quatre stickers Panini ou des bonbons Pez, là, ça va dépoter dans les chaumières. On est prêt, tout le monde, pour Navarre + cette fois ? Vous envoyez la notif disant qu'on est en live dans soixante secondes, s'il vous plaît... Pompon, avec moi. Et la mascotte, derrière, mais sans bouger. Je suis comment ? »

Alors qu'une collaboratrice de l'Élysée lui tendait un miroir afin qu'il contemple l'étendue des dégâts que toute personne subit à partir d'un certain âge, il la repoussa violemment en constatant que la diffusion en direct approchait. La dame chuta lourdement sur la tête, suscitant l'effroi de Sylvain Plaisir, qui venait d'arriver, et l'indifférence de Navarre, trop occupé à écarquiller les yeux afin de faire remonter au maximum ses paupières tombantes.

« Bienvenue, chers navarristes, en direct sur Navarre + ! Vous êtes de plus en plus nombreux à nous avoir rejoints. C'est plus de 50 % des Français qui désormais sont navarristes. Je prends ce résultat comme un honneur, et je suis à vous. Tout mon être est à vous. Je vous appartiens comme vous m'appartenez. Ce ne sont pas les 5 000 euros que nous vous avons donnés qui créent cette relation d'interdépendance. C'est plus profond que ça. Nous sommes, en effet, en train de nous bâtir des racines communes. Des repères ensemble. Je vous présente Pompon. »

Le Président tira sur la manche droite de la tunique du gourou, l'obligeant à venir se placer dans l'axe de la caméra.

« Pompon était le chef spirituel de la Communauté de l'Effacement, le plus important mouvement *woke* de France. Cela fait des années qu'il est présent dans le paysage médiatique, il a été interviewé notamment par Jordan De Luxe et Bruce Toussaint. Eh bien, Pompon, au lieu de simplement déposer les armes devant le triomphe du Navarrisme, comme l'ont fait récemment les tenants du christianisme – je rappelle que le Vatican a été jusqu'à tenter de moderniser cette religion en nommant dans notre pays un Kevin XXII en tant qu'archevêque –, Pompon, lui, a décidé de s'associer au Navarrisme.

— Absolument, dit Pompon. Le Président m'a garanti qu'ensemble nous allions faire du bon travail.

— C'est vrai. J'inclus dans le Navarrisme tous ceux et toutes celles qui viennent à nous. J'annonce donc la dissolution de la Communauté de l'Effacement et l'intégration de ses membres au Navarrisme. Le transfert des fichiers nominatifs a déjà eu lieu. Anciens Effacés, vous avez dû recevoir un mail contenant un lien qui permet de toucher vos 5 000 euros.

— Même si l'argent constitue la première des oppressions car il symbolise la domination sociale qu'exercent les riches sur les pauvres.

— Oui, euh… Bon.

— Et que sur les pièces de monnaie en euros figurent trop souvent des individus genrés : la reine de tel pays, l'ex-président de tel autre. Je propose de défendre l'idée suivante : plus aucune indication sur nos pièces.

— Oui, enfin, le montant, bien sûr, apparaîtra, ha ha…

— Pas du tout, puisque je considère que la personne indéfinie ayant en sa possession une pièce de 2 euros pourrait ostraciser celle n'ayant qu'une pièce de 1 euro. Et je ne parle même pas de ceux ou de celles qui auraient des pièces jaunes.

— Bien. Vous l'avez compris, Pompon et moi sommes sur la même longueur d'onde. La réconciliation nationale totale est proche.

— Ceci autour de l'amour. L'amour illumine nos actions. Il vole au-dessus de nous. Il nous habite, tous autant que nous sommes. Il nous élève. Je t'aime, Solange.

— À qui parlez-vous ?

— À toi. Car je sais que derrière les airs un peu durs que tu te donnes, tu as un cœur qui déborde, comme un aquarium dans lequel, au lieu de mettre un poisson rouge, on aurait mis ta mère.

— Je vous interdis de parler de ma...

— Je t'aime.

— Je t'aime aussi. »

Puis Navarre fit signe à Pompon de se diriger vers un endroit du salon où il ne serait pas filmé, désignant du menton un coin où l'attendaient des fonctionnaires en situation de stress. Pompon vola vers eux, toujours aussi léger qu'une feuille de bonsaï. Pourtant, ni le cadreur ni l'équipe technique n'avaient coupé le signal. Les navarristes suivaient en direct le moment de flottement, Navarre + fonctionnant plus ou moins comme une plateforme de streaming sans fonction pause. Il était arrivé que, tard le soir, Navarre, le crâne entouré d'un bas résille et les yeux rougis, prenne la parole pour dire à quel point la vie était incroyablement belle et qu'on réalise qu'il était ivre, tel un testeur de parfums débutant à qui on n'aurait pas expliqué les ficelles du métier et qui les aurait testés un à un en les ingérant par la bouche. L'application était ainsi devenue un cocasse mélange de communication institutionnelle et de télé-réalité, fonctionnant selon l'humeur des Navarre, devenus des sortes d'influenceurs malgré eux.

Alors que Sylvain Plaisir se tenait en retrait, arborant l'air de celui qui ne dit pas tout, Navarre se saisit du smartphone qui dépassait de sa poche de veste, comme le font l'ensemble des smartphones des vieux beaux en pantalon de toile rose et chaussures bateau, l'été, du côté de Pornichet, et ses proches surent qu'il allait chercher la rupture.

« Bien, les amis, mes petits chéris, on passe en mode confessionnal. Vous le savez, il y a déjà longtemps, quand je n'étais que député, j'ai instauré cette tradition des questions-réponses, en direct, juste entre vous et moi. Donc (il sembla s'adresser à l'équipe de tournage) vous me coupez tout ça, et vous sortez… » Le Président attendit un court instant que les employés quittent la pièce, et connecta son téléphone à Navarre +. « OK, on est entre nous. Je vais être transparent avec vous. À mes côtés, vous ne les voyez pas mais ils sont là, il y a ma femme Samia, Timéo Labbé, le secrétaire général de l'Élysée, Jean-Patrick Delacour, qui conçoit avec moi le Navarrisme, et le Premier ministre, Sylvain Plaisir. Il y a longtemps que vous ne l'avez pas vu et je vous expliquerai pourquoi dans deux minutes. J'attends vos questions sur le chat. »

Immédiatement, des milliers d'interrogations, d'espoirs, de révoltes et d'angoisses firent leur apparition, compilés en temps réel par une intelligence artificielle capable de recouper les similitudes et, pour chaque thème, de sélectionner la question la plus pertinente.

« Alors, question de Jean, de Lorient, dans le 56 : "Est-ce que vous allez bien ?" Alors, oui, Jean, je vais bien. Vous savez que je vis pour la France, à tel point que quand il y a un séisme quelque part sur le territoire, ça me gratte. Et la France, grâce au Navarrisme, va bien elle aussi. Nous avons connu une période difficile, je pense bien sûr aux attentats qui ont secoué la capitale il y a quelques mois, mais une reprise en main de la nation, avec l'instauration de l'état d'urgence et du couvre-feu, nous a relancés collectivement. L'armée a été formidable, et elle le sera encore car elle n'a pas fini sa mission. Pour tout vous dire, ce n'est même que le début de son action.

« Ah ! Question d'Alain, de Bourges : "Moniseur le Président, on constate un ralentissement des adhésions au Navarrisme. Qu'en est-il ?" Alors Alain, c'est normal. Les non-navarristes actuels ont freiné leur arrivée parmi nous depuis des mois. Ce sont soit des Juifs ou des musulmans pratiquants qui n'ont pas encore compris que leur religion, c'était *game over*, soit des riches qui n'ont que faire des 5 000 euros d'entrée, qu'il va falloir aller chercher par la menace ou l'extorsion, ce qu'en dernier recours je ne m'interdis pas de faire, soit enfin de vrais adversaires, que nous briserons ensemble par la force de nos effectifs et de notre détermination.

« Alors, je passe à la question de Dimitri, de Nice : "Monsieur Navarre, de terribles rumeurs ont couru sur votre état de santé et pendant des semaines vous êtes apparu affaibli sur Navarre +, voire absent. Sur trois lives, vous dormiez." OK. Bien. Dimitri, je vais tout vous expliquer. »

Navarre eut un regard vers son épouse, qui scrutait ses escarpins comme s'ils étaient en train de changer de couleur, mais seules ses joues s'en chargèrent.

« Chers navarristes, je n'ai pas honte des directs que nous faisons ensemble sur internet. Je sais qu'ils ont été critiqués par la presse, et c'est pour cela que j'ai fait annuler l'ensemble des subventions allant aux journaux, à l'exception de *Navarre Magazine*, un très bon hebdo sur l'actualité du Navarrisme lancé par mon neveu Alexandre. Certains titres ont pu survivre sur leurs fonds propres, je pense au *Journal du Camping-Car*, qui grâce à une cagnotte lancée auprès de leurs abonnés, a pu récolter 2 millions d'euros, la communauté des camping-caristes étant l'une des plus soudées au monde. Sans doute le fait de tous vidanger leurs toilettes au même endroit a-t-il uni ces gens. Tout ça pour vous dire que je me félicite de la relation directe que j'ai établie avec vous. Comme dirait Pompon, je vous aime. Les précédents présidents accueillaient à l'Élysée des YouTubeurs débiles et faussement subversifs pour simuler une proximité avec le peuple qu'ils n'avaient pas. Moi je suis là et je vous ai vous. Je vous dois tout, y compris la vérité. Alors, la voici. Dimitri, en effet, j'étais absent, durant des semaines, et si je l'étais, c'est à cause de Samia, ma femme. Elle m'a drogué, en fourrant des cachetons dans tout ce que je mangeais. Le goût âcre des médicaments a gâché le goût de l'ensemble de mes aliments, y compris celui de mon pain au chocolat du matin – alors que c'est ce que je préfère, parce qu'il me rappelle ma mère qui, à la sortie de l'école, m'en achetait un à la boulangerie. J'ai vécu le passage de la barre de chocolat unique aux deux barres par petit pain, qui allait de pair avec l'évolution de la société : toujours plus de profusion, de luxe, de plaisir, d'hédonisme, de chocolat. Je vais vous montrer Samia. »

Le Président effectua une rotation du poignet, inversa le sens de la caméra d'une pression du doigt et braqua son téléphone vers son épouse tout en confusion.

« Vous voyez Samia, et à travers elle, vous voyez la figure que font ceux et celles qui me trahissent. Judas, qui a facilité l'arrestation de Jésus, ressemblait certainement à Samia lorsque ses stratagèmes ont été mis au jour. Pourquoi la personne censée être la plus proche de moi m'a-t-elle éteint de cette manière ? Pour prendre le pouvoir et gérer les affaires de la nation à ma place. Elle m'a jugé trop prudent, incapable de répondre à vos attentes en matière de sécurité, et... » Navarre laissa défiler un temps de latence réellement hitchcockien, puis reprit, en contemplant son reflet buriné dans la vitre du smartphone qu'il trouvait, peut-être pour la première fois, attirant. « Et elle avait raison. Je n'étais pas à la hauteur de vos attentes. Elle m'a donc déconnecté pour le bien de la France et je lui pardonne. » Il visa de nouveau sa conjointe de façon électronique, les millions de navarristes en ligne observant les effets physiques de la stupeur qui s'était emparée d'elle. Les sourcils relevés, la lèvre figée, le front traversé de torsades qui la faisaient ressembler à un biscuit Delacre : tout en elle trahissait sa surprise mêlée d'un amour entier pour ce *leader* et son cœur débordant de mansuétude.

« Bien sûr, Samia m'a trompé. Non pas avec un éphèbe de son âge, comme je l'ai craint depuis le début de notre histoire d'amour, un quelconque prof de yoga au corps émouvant, mais avec le chef d'état-major des armées, le général Thomas Roger. De manière platonique, ils ont juste œuvré ensemble, mais tout de même, c'est vexant. J'ai donc décidé, malgré l'action efficace qu'il a menée contre nos ennemis la délinquance, le terrorisme et le mal en général, de le limoger. Au regard de son passif professionnel, aucune poursuite ne sera engagée contre lui, mais il devra quitter le pays, à ses frais, et en soute, avec les bergers allemands et les valises des voyageurs, s'il choisit de prendre l'avion. Enfin, je voudrais vous parler du Premier ministre, M. Plaisir. C'est lui qui m'a alerté quant aux agissements de Samia. Et pour cela… » Ses mâchoires comme sa langue se mirent encore une fois au repos, le temps pour lui de lorgner Plaisir, lequel, par une gymnastique corporelle intense, avait réussi à gagner trois mètres de hauteur au moins tellement il se redressait, certain d'être enfin adoubé devant tous et toutes. L'apothéose de sa vie politique. L'apogée de sa vie tout court. Tous les projecteurs sur lui, après deux décennies d'ombre. Navarre reprit.

« Pour cela, j'ai décidé de me passer également des services de M. Plaisir. Je n'apprécie pas les balances. » Un bruit sourd se fit entendre, celui du corps du Premier ministre qui tombait lourdement au sol, puisqu'il s'était évanoui. Un instant de confusion suivit cette descente d'organes globale, et une jeune femme cria : « J'ai lu dans les œuvres du XIXe siècle qu'on faisait respirer des sels aux dames qui perdaient connaissance à cause de leur corset trop serré ! », ce à quoi quelqu'un répliqua « qui a des sels ? », puis quelqu'un d'autre, qui venait de passer au guichet à emporter du Burger King de la rue La Boétie répondit « j'ai du sel, mais sur mes frites », et ce furent trois à quatre personnes qui, vite, se mirent à enfoncer des frites dans les narines de Plaisir.

« C'est fini, la politique à la papa, où chacun manigance contre les autres pour se faire bien voir du Président, continua Navarre. Vous savez quoi ? Le badge de Sylvain Plaisir a déjà été désactivé et l'hôtel de Matignon va être vidé de ses équipes. Voire rasé. Plus besoin de Premier ministre. Une fois de plus, le lien entre vous et moi, il est direct. Je garderai personnellement un bon souvenir de Sylvain. Je le libère et le rends à sa famille, sa femme s'il en a une, ses enfants… je m'aperçois que nous nous connaissions finalement très mal. *Next.* »

Navarre se tourna trop frénétiquement vers Samia et vint se placer à ses côtés, en mode selfie. « Ma chérie, tu avais raison au fond, et tu m'as transformé. Merci d'avoir été là. Tu comprendras que je te retire toutes tes fonctions, qui d'ailleurs n'étaient pas officielles. Tu ne seras désormais plus que l'épaule contre laquelle je m'appuie, donc celle du Navarrisme tout entier. Mais c'est déjà un rôle très enviable. Grâce à toi, j'ai repris les rênes d'une France qui sombrait dans l'anarchie et le nihilisme. Quant à vous, navarristes qui me suivez en live, voici le résultat du sondage posté sur Navarre + ce matin : "Voulez-vous encore plus de fermeté pour une société vraiment apaisée ?" La réponse est oui à 79 %. Eh bien, vous en aurez ! »

Navarre, les yeux envahis de flammèches, se précipita, téléphone à la main, sur le pénis en mousse de la mascotte Navarrito qui gisait à terre dans la même posture que Sylvain Plaisir, s'en empara et, l'exhibant à l'écran avant de le placer au niveau de son pubis et de l'agiter avec démence, répéta un « vous en aurez ! » de la voix la moins douce possible.

34

La cour de l'Élysée ressemblait à une cour des miracles. S'y était aggloméré ce matin-là tout ce que le pays comptait comme groupes de pression et autres lobbies. Des dizaines de bonimenteurs n'ayant pour autre perspective personnelle que le chômage se pressaient afin de convaincre le Président de les laisser poursuivre leur activité. Ce dernier, en effet, s'était lancé dans une vaste opération d'interdictions destinée à montrer au public que la France n'était plus à vendre. La nationalisation des vignobles bordelais détenus par de riches Chinois avait constitué la première étape de ce plan. Delacour avait, pour la campagne de promotion, imaginé le slogan « Tous bourrés, mais sans les étrangers ! », suscitant la colère des associations antiracistes, que Navarre avait dans la foulée dissoutes. Le chef de l'État restait persuadé qu'un régime dur, âpre, « qui tient ses citoyens par les roubignolles », comme le lui avait affirmé l'un de ses vieux compères, le président de la Région Occitanie René Pujol, qu'il avait connu au Centre français, serait la panacée – le remède à tous les maux de la société puisque, quand on était contraint, c'était comme si un cadre venait se placer autour des existences des individus, transformant ces derniers en sortes de personnages de jeux de société, comme dans un Cluedo sans chandelier. Chacun jouait le rôle qu'il avait choisi ou qui lui avait été attribué par la caste supérieure.

Mais ici, la composante essentielle de l'organisation sociétale était la fermeté. Navarre s'appuyait en partie sur une étude de 2019, menée auprès de jeunes de toute l'Europe, qui les décrivait en demandeurs d'un État fort. Certains porte-parole de ceux qu'anciennement on avait appelés les Gilets jaunes appelaient même, lors d'interviews médiatisées, à la nomination à Matignon du général Pierre de Villiers. La tentation d'un pouvoir géré par les militaires était forte. Or Navarre se méfiait des militaires, puisqu'il les savait incapables de déployer l'habileté nécessaire à la conduite du pays. Il fallait être en mesure, dans une même journée, de se dresser face à des interlocuteurs et de se coucher face à d'autres : la vie politique était une salle de fitness, avec des costumes à la place des bas de jogging. Or les militaires n'étaient qu'inflexibilité et principes desquels ils ne déviaient pas.

« Entrez, le Président vous attend. »

Un à un, endimanchés à l'ancienne, le cœur battant aussi fort qu'une grosse caisse dans une fanfare lors d'un jour de fête du village, les lobbyistes entrèrent dans le Palais afin de défendre leur cause devant le Président qui, à leur grande surprise, était accompagné d'un personnage à l'allure risible, engoncé dans une tunique en lin, et qui portait au cou un médaillon figurant un « N » majuscule. Il ne leur fallut pas longtemps pour reconnaître Pompon, l'ancien *leader* de la Communauté de l'Effacement, qui les regardait défiler d'un œil critique.

« Monsieur Navarre, merci de me recevoir, je m'appelle Louis Bouchard, et suis président de la Fédération des fromagers de France.

— D'accord, l'interrompit Pompon. Je t'aime. Et j'aime le fromage. J'ai juste un souci avec le bleu. Pourquoi le choix de cette couleur alors qu'il en existe tant d'autres ?

— Eh bien, parce qu'il est... bleu.

— Est-ce que tu pourrais en faire produire d'autres couleurs ?

— Non, je veux dire, c'est un processus naturel, c'est la moisissure qui est bleue.

— D'accord, mais personne ne peut se projeter, puisque personne n'est bleu, à part les gens décédés par strangulation. Alors que si on prend le gouda, il me rappelle clairement mon oncle qui abusait des lampes à bronzer. Le bleu, comme tant d'autres fromages, n'est pas inclusif.

— Eh bien, on pourrait y introduire des pigments de couleur comestibles, je suppose…

— Parfait, trancha Navarre. Vous faites plaisir à Pompon et, de mon côté, je constate que vous faites des efforts d'adaptation. C'est la France que j'aime. Celle qui combat l'immobilisme. Le fromage, comme le reste, se doit d'entrer dans la modernité. Je valide votre activité. Au revoir. »

Aussitôt Bouchard sorti de la pièce, une femme d'âge mûr particulièrement apprêtée, qui avait dû le matin même prendre une douche d'eau de Cologne, dans la mesure où on pouvait la sentir arriver depuis le 8e arrondissement de Paris dès qu'elle avait passé Melun, s'approcha.

« Bonjour, messieurs. Je suis Coline Fourcault, présidente de l'EFPIA. Fédération européenne des associations et industries pharmaceutiques.

— Je vous arrête, dit Pompon. Le vrai nom de ta structure, c'est “Big Pharma”. Je vais dire ça pour la première fois de ma vie, mais… je ne t'aime pas.

— Non, ça c'est la manière dont nous surnomment les complotistes, mais en réalité…

— Ça suffit. On sait tous que la plupart des maux peuvent être guéris avec une décoction de plantes et quelques tisanes aux herbes. As-tu essayé la sauge ?

— Oui, enfin, la sauge, quand vous avez un début de cancer…

— Ah, là, je suis d'accord.

— Ouf, j'ai eu peur.

— Bien sûr. Pour tout ce qui est cancer, c'est du cyclamen qu'il faut. Et du lis des steppes. En infusions. Des pommes, aussi. C'est bon pour tout, les pommes.

— Conclusion, dit Navarre, votre fédération relève de l'Union européenne, je ne peux donc rien faire pour l'interdire localement. Mais croyez-moi, je fais tout pour que vous vendiez le moins possible de médicaments. Un peuple heureux, une communauté épanouie ne va pas en pharmacie, car les affections ont quitté son organisme. Mes services sont allés fureter sur Doctolib : il apparaît qu'en six mois, le temps de faire décoller le Navarrisme, il y a déjà beaucoup moins de demandes chez les psys. Les plus éminents ont des dispos à J + 8. Au revoir, madame. »

Un petit personnage efflanqué fit son entrée, une serviette de cuir sous le bras. Il ressemblait à l'un de ces savants qu'on retrouve dans les aventures de Tintin, décalé, rêveur, immensément intelligent mais incapable de se frayer un chemin dans la multitude humaine pour éventuellement s'y faire une place. Il s'assit avec méthode face aux hommes de pouvoir, tandis que Samia Navarre apportait un café au Président.

« Merci, ma chérie. Qui êtes-vous, monsieur ?

— Pardon, l'interrompit Pompon, Monsieur n'est peut-être pas monsieur.

— Ça ne me dérange pas, lui répondit l'homme. Je suis cisgenre.

— D'accord, mais demain vous pourriez aussi bien avoir envie…

— Je vis au jour le jour. Ce que je peux affirmer, c'est que là, tout de suite, monsieur est le terme le mieux adapté pour me parler.

— OK, coupa Navarre. Qui êtes-vous ?

— Mon nom ne vous dira rien, car je suis le président de l'Association française de la résilience. Et, de toute évidence, vous n'en maîtrisez pas le concept.

— En effet, dit Navarre. Racontez-moi. On vient de me servir un espresso divin, et en le sirotant, je me sens capable d'entendre à peu près tout.

— La résilience est la capacité à surmonter les chocs traumatiques. Par exemple, si vous aviez été doué pour la résilience, au lendemain des attentats qui ont ébranlé le pays, vous auriez entraîné les gens vers le pardon au lieu de les braquer les uns contre les autres. D'instaurer un couvre-feu. D'exécuter les responsables dans leur appartement à l'étranger, à l'heure de la prière. Le démocrate animé d'amour que vous étiez, le *lover* centriste, comme vous appelait ma femme, qui a voté pour vous, a laissé la place à un être avide de vengeance.

— Pas faux. J'ai serré la vis au niveau national.

— Et c'est précisément ce qu'attendaient les terroristes. Que vous cédiez à la peur, que vous instauriez l'État policier dans lequel nous vivons désormais tous. Car ces ennemis de la liberté ne prennent jamais autant de plaisir que quand la conséquence de leurs actes, c'est la suppression de nos libertés à nous.

— Et donc, selon vous, qu'aurait-il fallu faire ?

— Pardonner. Ou, en tout cas, essayer.

— J'ai beau apprécier la saveur de mon espresso, celle-ci se trouve gâchée par votre logorrhée pacifiste. »

Navarre se releva, et la fureur qui animait tout son être se diffusa comme une huile essentielle parfum colère dans la pièce.

« Ça fait vingt ans qu'à chaque fois qu'on subit un attentat, on se farcit juste après des images de petites nanas à dreadlocks qui allument des bougies. Des discours navrants de gauchistes prêts à tendre la joue droite en cas de mitraillage de leur joue gauche à la kalachnikov. Des bouquins dont le titre est *Je vais rester amour* ou *Le ressentiment ne passera pas par moi*, ce qui, pendant longtemps, nous a rendus collectivement invincibles. Des terroristes se retrouvant confrontés à des hippies qui en retour ont envie de leur faire l'amour partout ne peuvent pas gagner. Mais j'ai choisi une autre voie, que j'assume : celle de la réponse directe et absolument pas graduée à leurs agissements. Ras le bol de se laisser faire !

— Vous parlez de vous ou de la France, monsieur Navarre ? »

L'interlocuteur du Président, à l'évidence, était doté d'une maîtrise de la psychologie imparable. « Titulaire d'un certificat d'études freudiennes obtenu à Paris VIII », devait indiquer son CV.

« Je parle de moi et de la France, car nous ne faisons plus qu'un. C'est comme si, à chaque instant, je faisais l'amour à l'Hexagone. Le peuple, qui aime ça, en redemande. Je ne regarde même plus le nombre de navarristes présents sur Navarre + car il donne le tournis. Quand je les vois, j'ai l'impression d'être en fin de soirée Beaujolais une année où il a un goût de banane trop prononcé et qu'il enivre plus que de raison.

— Cependant, observa l'homme, impassible, cette reprise en main est liberticide.

— Oui. OK. Mais répondez franchement : vous préférez être un peu étriqué dans votre expression démocratique et vivre vieux sans risquer de vous prendre une bastos dans un hall d'hôtel alors que vous êtes tranquillement en train de régler la note de la chambre dans laquelle vous avez trompé votre femme avec une call-girl slovène qui vous a aguiché sur Snapchat, ou bénéficier d'une liberté absolue mais le corps contenu dans cette boîte en chêne qu'on appelle cercueil ? »

L'expression du Président informa le visiteur qu'il fallait quitter la pièce. En partant, il croisa un jeune homme à casquette qui, alors qu'il le saluait de la plus neutre des manières, répondit par un « wesh, frère, tu vas ? » tout en roulant tellement des épaules que le haut de son corps aurait pu faire l'objet d'une chronique dans le magazine *Auto Plus*.

« Crev' ! », s'exclama Navarre en fronçant les sourcils. Se tournant vers Pompon, il expliqua : « Il s'agit du rappeur La Crevure, l'une des fines fleurs du rap français. Ma fille l'adore. Accessoirement, c'est Ludivine, sa compagne, qui a permis l'identification de Carolina Bisou, donc sa localisation, donc votre localisation, donc votre arrestation et le fait que vous soyez encore en vie, après vos négociations avec Samia.

— Je t'ai déjà dit que le vouvoiement est une forme de domination doublée d'un faux respect occultant le fait que nous sommes de simples animaux en tee-shirt. En plus, c'est une forme de discrimination envers les personnes indéfinies incapables de prononcer les consonnes voisées.

— Je comprends de moins en moins ce que tu racontes.

— Je t'aime. »

Navarre se redressa, dans une posture qu'il voulait martiale et qui n'était en réalité que ridiculement rigide. Il était évident qu'il avait des choses à reprocher à La Crevure. Son regard chargé se fit aussi dur que celui d'un militant pour la décroissance qui se retrouverait soudainement face à Jeff Bezos.

« Crev', je ne suis pas content. Je suis même furieux. Tu sais certainement pourquoi je t'ai convoqué aujourd'hui ? Ce titre, que tu as sorti ce matin même sur les plateformes de streaming… C'est une blague ? Attends, je vais le jouer, ça va être plus simple ! »

La Crevure sembla danser gauchement d'un pied sur l'autre, tel un pantin désarticulé manipulé par un parkinsonien sans main. Il ouvrit une bouche dont ne sortit aucun mot, puis sembla prendre une longue inspiration, de celles qu'on prend quand on annonce à des parents ayant participé en 2013 à la Manif pour tous qu'on compte se lancer dans une GPA avec un homme prénommé Guillaume alors que soi-même on se prénomme Nicolas. Tandis que la confusion se lisait sur chacun des traits du rappeur, Navarre enclencha le bouton « Play » de son système par abonnement et une intro guerrière à base de beats lourds se fit entendre. Puis la voix de La Crevure vint se caler sur l'instrumental, reconnaissable entre mille. Un timbre qui d'ordinaire narrait l'amour, les filles, les voitures, la légèreté, et n'abordait généralement aucun thème sociétal d'importance. « Surtout ne pas fâcher ton public. Et mieux, si possible l'élargir. Ce sera donc un grand non », lui avait-on dit fermement à la maison de disques le jour où il avait envisagé de sortir un morceau sur le conflit israélo-palestinien. Le son, désormais, fusait de la micro-enceinte du téléphone portable du Président. « Navarre, Navarre, on va trancher ta tête de lard ! » Tels étaient les mots qu'avait posés La Crevure en studio lors de sa dernière session d'enregistrement. Navarre fit une pause. Il fulminait tellement que Pompon chercha des yeux un extincteur dans le cas extrême où le chef de l'État partirait en torche.

« Crev', pas toi ! Tu as été un des premiers navarristes ! Cet idéal, on l'a lancé, on l'a pensé ensemble ! »

Le rappeur, tête baissée, tendit son cou afin de retrouver ce panache qu'au fond, mais il ne le savait pas, il n'avait jamais eu.

« Monsieur Navarre, je vais vous expliquer, d'accord ? J'ai cru en vous, moi ! À fond ! La vie de ma mère...

— Qui aussi bien pourrait être ton père, le coupa Pompon.

— Mais c'est fini, tout ça ! Votre religion laïque, là, elle s'est cassé la gueule ! Les gens sont contre vous ! Je... je vais être honnête : on ne peut plus te supporter, mon pote ! C'était excitant au départ, cette aventure. Mais plus personne n'est navarriste. C'est ça, la réalité. Il reste moins de navarristes dans le pays que de gens sobres qui jouent au Kéno !

— Donc, poursuivit Navarre, tu as choisi de suivre la meute plutôt que de rester dans le bateau ?

— Il coule, ton bateau... C'est le *Titanic* ! Je suis du côté du peuple, moi !

— C'est un choix. Nous en faisons tous, dans la vie. C'est dommage que tu ne fasses jamais les bons. »

Dans un soupir, Navarre ajouta un « ma fille, cette sombre idiote, t'a tant aimé » sans doute trop dramatique, puis il fit un signe de la main aux gardes républicains qui, terrés dans un angle de la pièce, se jetèrent sur La Crevure, le traînant jusqu'à un lieu connu d'eux seuls.

« Faites une liste de mes derniers fidèles et veillez à ce qu'ils ne s'éloignent pas, quitte à tous les héberger à l'Élysée ! Tant pis si tout ça finit par ressembler à un kibboutz ! Ils me lâcheront eux aussi un jour, comme les autres m'ont lâché. Désormais, j'anticipe ! » cria-t-il à Timéo Labbé qui, attiré par le brouhaha de l'échange, s'était approché du chef de l'État, en se disant que la réactivation de son profil Pôle emploi était une option viable pour chercher un secteur professionnel plus serein.

35

Pompon n'avait pas eu à entamer de lourdes négociations avec le pouvoir pour obtenir une chambre privée à l'Élysée, dans ce que les journalistes politiques appelaient le saint des saints. Navarre partait du principe que sa garde rapprochée, qui s'amenuisait de semaine en semaine, se devait d'être accessible à toute heure du jour et de la nuit, il lui avait donc attribué sans peine une place au plus près de lui. L'ancien gourou disposait d'un secrétaire particulier, à qui il avait d'entrée de jeu expliqué qu'il pouvait se sentir libre d'être une secrétaire particulière, et de deux assistants au statut non défini, qui avaient gagné lors d'un concours organisé sur l'application Navarre + le droit de servir le Président en échange de la considération de ce dernier ainsi que d'une carte à son nom, dédicacée et ornée d'une photo prise lors des premiers jours du Navarrisme, alors qu'il émanait de la personne du chef de l'État une bienveillance semblable à celle d'un psychologue recevant pour la première fois un dépressif chronique. La France, Pompon comme Navarre le savaient, était guérie de ses tourments, toute tournée vers l'adoration du *leader* suprême. C'est du moins ce qu'ils croyaient béatement, puisque, trop occupés à vivre en direct leur ascension, ni l'un ni l'autre ne sentait monter la fronde. Dehors, à quelques encablures des lieux de culte qui pratiquaient le Navarrisme, la colère grondait.

Pompon, dont l'existence n'avait finalement été qu'une longue déambulation hagarde, errait pieds nus dans les couloirs de l'Élysée, la lourde moquette venant caresser les points d'acupuncture de la plante de ses pieds, ce qui, pour lui qui s'était habitué à ressentir avec une acuité extrême chacune des petites sensations qu'offrait la vie, tel un Philippe Delerm sous psilocybes, l'amenait au seuil de la jouissance à chaque pas. Alors qu'il frôlait la porte du bureau du président Navarre, il perçut la voix familière de ce dernier, dont le timbre autrefois timoré et humble jusqu'à l'excès s'était fait rude et guerrier. Pompon le savait : il était l'un des derniers fidèles du chef de l'État. Certes, celui-ci était encadré d'une légion d'administratifs et de techniciens qui maniaient les dossiers comme des cracheurs de feu, l'été sur le port de La Rochelle, leurs torches enflammées, dans le but de soutirer à des touristes consommant une pizza d'inspiration moyenne quelques euros, mais ceux-ci restaient des serviteurs de l'État, quelle que soit la teneur du pouvoir se situant au moment M au sommet de la pyramide. Cette sombre cohorte suivrait le successeur de Navarre aussi aveuglément qu'elle l'avait suivi lui.

C'est en sa qualité d'ultime complice que Pompon franchit mollement, et sans être annoncé, le seuil du bureau présidentiel. Devant ses yeux épanouis apparut alors le visage du Président, dont le col de chemise trop serré remontait son double menton vers les plus hautes sphères de la verticalité, donnant l'impression que le trop gras de ce cou était en train d'avaler le reste de son visage, comme la pâte d'une pizza calzone se referme sur son œuf. Juste à côté du Président se tenait une femme digne, et dont l'élégance lui sembla désuète à l'heure du port généralisé du survêtement.

« Pompon, tu pourrais frapper avant d'entrer, lui dit Navarre d'un air faussement sévère, le même qu'on prend quand un chiot vient d'uriner sur un tapis persan haut de gamme avec certificat, mais que ce même chiot coule vers son maître un regard plus fondant qu'un carré de Poulain au lait en période de canicule.

— Je t'aime.

— Tu connais Stéphanie ? » demanda Navarre, qui s'était résolu à tutoyer le *leader* ébouriffé, devant son insistance perpétuelle.

La femme digne lui fit de la main un coucou enfantin.

« Il s'agit de ma première épouse, avec qui je suis resté en contact. D'abord parce que ensemble nous avons eu un enfant. Et ensuite parce que c'est une personne exceptionnelle. La vie ne lui a pas fait de cadeaux, et quand je parle de la vie, il s'agit de moi, qui suis parti du jour au lendemain pour une autre. Pourtant, elle a toujours été là.

— Ça a été d'autant plus difficile à vivre qu'il s'agissait d'une plus jeune, ajouta Stéphanie en tentant de fixer du regard à la fois Navarre et Pompon, ce qui l'entraîna jusqu'aux confins du strabisme, tandis qu'elle formulait la plus banale des vérités. L'univers semble en effet peuplé de mâles vieillissants et dans le déni brisant le cœur de leur compagnes des instants juvéniles, fuyant leurs bras aussi flétris que les leurs avant d'aller s'écraser la face contre un tronc plus ferme. Une poitrine moins tombante. Un regard moins expérimenté sur les choses. De nouveau flirter avec la candeur, la vitalité, alors qu'au fond de soi on reste ce vieux bonhomme brisé qui espère un coucher avant 22 heures après une soirée sans accroc ni montagnes émotionnelles passée devant le docu de France 5.

— L'âge n'est qu'une donnée, tenta Pompon. Il ne représente en rien la personne que tu es. Moi-même, aujourd'hui, je me sens en forme, eh bien j'ai 17 ans. Mais un retour de la douleur sciatique qui régulièrement se rappelle à moi et j'en aurai 93. Il m'arrive de changer de génération plusieurs fois durant la même journée. Hier Rubik's Cube, demain J-pop.

— J'ai récemment autorisé Stéphanie à quitter l'Élysée avec ma fille pour réintégrer leur appartement dans Paris, au prix de mesures de sécurité renforcées. À vrai dire, j'ai disposé quatre unités militaires en poste partout dans le quartier et j'ai fait évacuer l'ensemble des immeubles environnants. Ça n'a pas été simple : elles vivent dans un quartier huppé et il a fallu dégager deux ou trois diplomates d'envergure. Ainsi que le fils du président de la Côte d'Ivoire, Mawuli Koffi, qui a tiré à balles réelles sur les agents venus lui demander de partir.

— À balles réelles ? répéta Pompon.

— Il ne l'a pas fait lui-même, bien sûr, mais il en a donné l'ordre à son personnel de sécurité.

— Comment est-ce que ça s'est fini ?

— Trois morts de notre côté, trois du leur. Au départ en tout cas. Car tu connais ma devise : œil pour œil, deux dents pour une dent. Toujours avoir un décès de plus que l'adversaire, pour pouvoir clamer une victoire nette sans rougir.

— Et concrètement ?

— Une fois la fusillade achevée, il a fallu prendre au hasard l'un des Ivoiriens et l'abattre. On a choisi un jeune secrétaire corvéable à merci qui ne paraissait pas heureux dans son job, en nous disant qu'il ne perdrait pas grand-chose à décéder.

— À quoi as-tu vu qu'il était mécontent de sa vie ?

— Il avait les yeux humides. Ce n'est que plus tard que la diplomatie ivoirienne nous a révélé qu'il était allergique aux poils de chat. Or Mawuli Koffi possédait une trentaine de chats. Un caprice de fils de président.

— C'est ce qu'on appelle une gaffe.

— Oui. En dédommagement, l'ensemble des proches du président Koffi, quand ils ont adhéré au Navarrisme, ont touché une somme plus importante que les 5 000 euros habituels.

— Combien ?

— Un million chacun. Ça te choque ?

— Non. L'argent n'est qu'une technique de classification sociale des êtres qui ne repose sur rien de tangible. Un fils de président n'a pas plus de valeur, au fond de lui-même, qu'un tourneur-abricoteur.

— Un quoi ?

— Un tourneur-abricoteur. On avait inventé ce terme, à la Communauté de l'Effacement, en réaction à l'hégémonie des tourneurs-fraiseurs, dont on parle trop, au détriment des autres fruits.

— Mais vous savez que la fraise en question…

— Je t'aime. »

Un mouvement irrité de Stéphanie fit comprendre à Navarre le peu d'intérêt de ce dialogue pour qui le suivait sans y participer. Pour elle, dont l'intellect ne moussait qu'à la lecture des grands entretiens de réalisateurs de cinéma indépendant dans *Télérama*, toute conversation banale revêtait un caractère d'ennui profond. Quand ses lèvres s'écartaient pour former des mots, lorsque sa langue roulait et claquait face à un interlocuteur donné, ce n'était pas pour parler de la pluie et du beau temps. Ce que les anglophones appellent le « *small talk* », les petits échanges du quotidien qui cimentent les relations, elle en était incapable. Stéphanie Martin était ce qu'on appelle, avec un soupçon de moquerie dans la voix, une cérébrale.

« Pardon, Stéphanie. Timéo Labbé, que tu as eu au téléphone, m'a dit que tu voulais me parler.

— Absolument. »

Stéphanie se redressa à un point tel que Navarre crut qu'il allait entendre les ligaments reliant ses vertèbres lombaires claquer tels des élastiques qu'on élonge jusqu'à la limite de leur extensibilité.

« Déjà, débuta Stéphanie, les narines tressaillantes, comment se fait-il que ce soit Timéo Labbé qui réponde sur ton téléphone personnel ?

— Je… J'ai décidé de me présidentialiser. D'être, comment dire, un peu plus en retrait. Ou plutôt, au-dessus des choses.

— Énorme erreur, Jean-Claude. Ce qui a fait ton succès, ça a toujours été la proximité avec le peuple. Je te dis ça d'autant plus honnêtement que je ne suis pas à l'origine de ce positionnement. Celle qui t'a façonné de cette manière, c'est Samia. Rappelle-toi les apéros Navarre ! La manière directe et franche que tu as toujours eu de t'adresser aux gens ! Tu es humain, Jean-Claude, profondément humain et charnel. Quand tu serres la main de quelqu'un, tu ne la serres pas, tu l'honores. Tu la dégustes. Tu en étudies chaque ligne. Ce qui fait que tu t'imbibes de la personne. C'est ce que j'ai aimé chez toi, immédiatement, moi qui étais si timorée. Cet amour profond de l'autre. *Alter ego*, disait Cicéron. L'autre envisagé comme un second soi. Eh bien, ces *alter ego*, c'est chacun des Français et chacune des Françaises que tu diriges. Jean-Claude, en t'éloignant des gens, tu te quittes toi-même. Tu te renies. Et ça, la population le ressent. Le sens profond du Navarrisme repose sur l'amour de l'autre. Tu ne peux pas être cette entité absente et sans figure ! Tu te souviens de la gardienne de notre ancien immeuble, Marie ?

— Bien sûr. Une femme charmante.

— Elle t'adorait.

— Je n'aime pas cet imparfait.

— Elle est déçue, Jean-Claude. Il y a eu les déçus du communisme. Les déçus du socialisme. Le fait que tu aies quitté le Centre français pour créer ton parti, qui aujourd'hui est bien plus qu'un parti, prouve que tu as été un déçu du centrisme. Tout ça existe ou a existé. Il en va ainsi de la vie d'un mouvement politique. Il se crée, il vit, il se délite. Mais toi, il t'aura fallu, quoi ? Quelques mois, pour générer les premiers déçus du Navarrisme.

— C'est différent. Je les ai payés. Ils sont obligés de rester.

— Tous les Navarristes ne sont pas Marie, mais Marie avait conservé la somme de 5 000 euros, bien à l'abri sur un livret A de la Banque postale, dans le cas justement où elle aurait à reprendre sa liberté. Par le biais de Navarre +, hier, elle t'a remboursé. Elle s'est affranchie.

— C'est possible, ça ? »

Navarre bondit de son fauteuil et hurla le nom de Timéo Labbé, qui accourut, comme un chiot qui comprend enfin qu'il s'appelle Coquinou et répond pour la première fois à son nom en se dirigeant vers ses maîtres, la queue battant l'air et la truffe joyeuse, sans songer un instant à leur en vouloir de l'avoir baptisé de manière si ridicule.

« Timéo, on peut se désinscrire de Navarre + ? Les navarristes ont la possibilité de ne plus l'être ? »

Labbé déglutit avant de s'élancer, conscient du fait que choisir avec soin chaque mot qui à partir de cet instant sortirait de sa bouche n'était pas une option mais une exigence de survie.

« En fait… oui. C'est vous, Monsieur le Président, qui avez validé ce principe, le jour où Delacour vous a présenté les grandes lignes du Navarrisme.

— Non mais enfin, dites-moi la vérité ! J'étais ivre ? Sous l'influence des cachets que m'a fait gober Samia durant des semaines ?

— Tu étais un idéaliste, Jean-Claude. »

Stéphanie, rayonnante dans le tee-shirt Sonic Youth acheté sur leur tournée de 1992, lavé depuis avec une délicatesse telle qu'il s'était peu dégradé, se leva et sortit d'un pas léger de la pièce, démontrant ainsi qu'elle mettait fin à l'entretien. L'agenda du couple qu'elle formait avec Navarre avait finalement toujours été calqué sur son timing à elle. Elle se tourna vers Pompon, qui était resté en place, à observer la scène en silence, tripotant nerveusement l'imposant « N » de métal qui pendait à son cou.

« Vous n'avez pas connu ce Jean-Claude Navarre-là, vous, puisque d'emblée vous en avez fait votre ennemi. Oui, c'était un idéaliste, animé par une envie dévorante de cohésion. Quelqu'un de pur, capable de combler les failles et de lutter contre les divisions. Un homme désireux de réunir. Vous en connaissez beaucoup, des comme ça ? »

Pompon balbutia quelque chose d'inintelligible et, alors que la pilosité de son visage allait et venait au rythme des phrases qu'il formait, Stéphanie se dit avec ironie que l'expression « parler dans sa barbe » prenait tout son sens. Elle reprit.

« Alors oui, Jean-Claude, tu es en train de réunir. Mais contre toi. Car je vais maintenant te dire la vérité. » Elle se mit à fixer Navarre, pénétrant son regard comme si ses pupilles avaient été des gode-ceintures. « La vérité, Jean-Claude, c'est que le Navarrisme n'est qu'une coquille vide. Un concept de pros de la com, de pubards. Delacour, en qui tu as placé tant d'espoirs, au point de lui laisser carte blanche, n'est qu'un affreux vendeur de soupe. Il a traité le projet comme il aurait travaillé pour une chaîne de vente de sushis ou un fabricant de matelas à eau : quelques idées éparses, un concept global, pour une cible donnée. Sauf que les gens qui vendent des sushis savent, eux, qu'une part non négligeable de la population n'ingérera jamais de poisson cru. Nous deux, on s'y est mis quand ? Il y a déjà vingt ans. Avant tout le monde. Parce que nous étions en avance sur les tendances et à l'affût des nouveautés. Mais le peuple survit à peine, Jean-Claude. Les soirées sushis, les gens n'y ont pas accès, c'est cher et, à moins d'en avaler au minimum quatre lots de six pièces par personne, on a faim après. Les 5 000 euros que tu as donnés à chacun des navarristes ont été la seule raison profonde de l'adhésion au Navarrisme. Tu avais promis du sacré, de la solennité, le respect d'un État devenu religion agnostique. De tout cela, il ne reste qu'un État policier, une liberté bafouée, un pays qui sombre vers la dictature. On est loin, très loin de la fête païenne qu'a été, il y a pourtant peu de temps, ma cérémonie d'affiliation navarriste, quand pour toi, pour l'homme empli de bonté que tu étais, je m'étais sentie en mesure d'abandonner tout ce que j'étais. Mais aujourd'hui, qu'es-tu ? Un despote nullissime entouré d'un gourou fini et d'une mascotte débilitante pour gosses au cerveau cassé par les jeux vidéo. Tu es devenu une marque, Jean-Claude, d'accord. Mais une marque déjà ringarde. Qu'on achète avec un peu de honte et qu'on présente à la caisse du magasin le regard baissé. Quand on l'achète… »

Un claquement de porte aux accents de fin du monde se fit entendre, et Navarre sut que ses quatre vérités étaient dites, même s'il en avait compté environ vingt-sept. « Je suis désormais seul », se dit-il, le cœur plus en miettes qu'un Palmito dans un sac à dos de randonneur. Trahi par Samia, lâché par Stéphanie. « Même si, polygame, j'avais eu une centaine de femmes au total, il n'en resterait plus aucune pour être à mes côtés en ce moment », songea-t-il, l'âme lourde et le corps épuisé.

36

« C'est une catastrophe ! Impossible de communiquer ces chiffres au Président ! L'Élysée va nous tomber dessus ! J'ai douze crédits en cours, dont cinq rien que sur l'immobilier ! Je suis coincé, bordel de sa mère ! »

Charles de Lestraque savait que s'exprimer de manière triviale lui permettait de souder ses équipes autour d'un langage dégradé mais commun. Au sein de son institut de sondage, CDL Institute – qui n'exerçait qu'en France mais portait un nom à consonance anglo-américaine afin que le client, en le prononçant, soit transporté mentalement à New York, à Londres ou à Miami, loin, en somme, de Saint-Ouen où se trouvaient les locaux de CDL –, Lestraque faisait depuis vingt ans la pluie et le beau temps dans le petit monde des sondages politiques. Ses collaborateurs, comme il aimait désigner la masse de travailleurs sous-payés et surexploités qui lui consacraient leur quotidien, avaient en 2007 anticipé la victoire à la présidentielle de Nicolas Sarkozy, et en 2012 celle de François Hollande. La méthode de CDL était mixte : aux traditionnels sondages par téléphone s'était ajouté ce que Lestraque appelait « la réalité du terrain ». Chaque semaine, il délivrait à chaque salarié une double dose de tickets-restaurant à la condition que ceux-ci invitent à dîner un certain nombre d'amis ou de contacts et les questionnent, l'air de rien et entre le hors-d'œuvre et le plat principal, sur leurs intentions de vote (la facture de l'établissement sur laquelle devait figurer le nombre de convives faisant foi). Ainsi, pensait Lestraque, dans l'intimité d'un repas partagé entre proches, et après avoir ingéré une quantité de vin illicite dans le cas où il s'agirait de conduire ensuite un engin motorisé, des Français de tous les jours seraient amenés à se confier plus facilement qu'en ligne avec des inconnus. L'exercice était une réussite : CDL Institute présentait des résultats plus fins que ceux de ses concurrents. L'entreprise avait ainsi traversé deux décennies de succès, et Charles de Lestraque était devenu un habitué des chaînes info, où il distillait ses chiffres si précis à un plateau de journalistes politiques peinant à cacher leur désir pour lui.

« Le Président est en baisse sur toutes les cibles ! C'est cuit, le Navarrisme ! FINITO ! »

Lestraque allait et venait au sein de l'open-space principal de CDL, à une vitesse telle que les semelles de ses baskets (car, comme 80 % des patrons d'entreprise parisiens âgés de moins de 40 ans, il avait troqué ses mocassins de cuir contre des sneakers de marque signées par Rihanna) menaçaient de mettre le feu au tapis de sol. À CDL, on avait opté pour le flex office. Cette méthode d'organisation du travail dans l'entreprise misait sur une disparition du bureau attitré au profit d'un espace de travail dépersonnalisé, où chacun pouvait se sentir chez soi sans l'être réellement. Il était ainsi possible pour un salarié, sur une même semaine de 35 heures, de tester 35 bureaux, du moment que la productivité n'en était pas affectée. Afin de parvenir à s'orienter malgré cette perte totale de repères dans l'espace, chaque employé avait été équipé d'une montre GPS.

Sabrina, l'une des trente stagiaires de CDL Institute (puisque le pouvoir navarriste, tout à sa volonté de faire baisser les chiffres du chômage, avait autorisé le recours pour les sociétés à un nombre de stagiaires illimité, allant de la classe de troisième au niveau bac + 8), prit la parole sans lever le doigt, coupant quasiment Charles de Lestraque, avec son consentement puisque la charte des valeurs de CDL précisait que, malgré des salaires extrêmement divers, chaque collaborateur disposait du même droit à intervenir dans la vie de la société que son voisin ou le dirigeant.

« Pardon, Charles, je n'ai pas compris... Que se passe-t-il exactement ? C'est la seconde fois que je te vois paniquer. La première, c'était lors de la crise des cryptomonnaies.

— Tu as raison, Sabrina, de me poser la question. Je... je ne suis pas dans mon état normal. Heureusement, ce soir, j'ai mon cours de nettoyage des chakras qui va me permettre de recentrer mes énergies.

— Je répète ma question : qu'est-ce qui se passe ?

— Écoutez-moi tous ! »

Un silence complet tomba sur la vaste pièce impersonnelle, seulement troublé par le ronron soporifique des ordinateurs constamment sous tension. Charles de Lestraque fit un geste en arrière de la tête, comme des centaines de fois par jour, afin de replacer sans avoir à la toucher des doigts, et donc risquer de lui donner un côté graisseux, la mèche de cheveux blonds qui lui striait le visage.

« Vous savez que chaque semaine, on a les résultats du sondage de popularité du président Navarre. Grâce à notre partenariat avec ce dernier, nous avons également accès aux données de l'application Navarre +. Notre positionnement en tant que *leader* du marché a été boosté par le fait que le Président, qui est très content de notre travail, a par décret interdit les autres instituts de sondage. Notre collaboration avec l'exécutif se déroule à merveille. Pardon, mais qui es-tu ? »

Lestraque, qui mettait un point d'honneur à tutoyer l'ensemble des employés, plus dans le but de faire partie de la short-list des patrons les plus cool de l'année du magazine *Capital* que par réelle envie de proximité avec son personnel, regardait du coin de l'œil un homme d'âge mûr au doigt levé.

« Tu sais que tu n'as pas besoin de te signaler physiquement pour prendre la parole. Ici, je ne vaux pas plus que toi. Qui es-tu ?

— Salut, Charles. Je m'appelle Baptiste, j'ai 52 ans et je suis en stage.

— En stage ?

— Oui. Sur le marché professionnel, il n'y a plus que des stages. Sur l'intégralité de mon réseau, je n'ai dénombré que deux personnes en CDD. Elles sont parties à Lourdes, d'ailleurs, remercier le ciel pour ce miracle. En train, pour ne pas plomber leur bilan carbone, je vous rassure.

— Mais tu sais bien que les voyages à Lourdes ont été interdits par Navarre, ainsi que le catholicisme, et toutes les religions… Quelle est ta question, Jérémy ?

— Baptiste.

— Baptiste.

— Ma question est la suivante : tu évoquais à l'instant la fin du Navarrisme. Or, je ne vais pas te mentir, pendant les repas au restau qu'on fait avec nos potes dans le cadre de la méthode CDL, je ressens, moi, que cette fin arrive. Les gens n'en peuvent plus de Navarre. Ils sentent le Président isolé. Et ils pensent qu'il ne les aime plus.

— C'est cela aussi que je suis venu vous dire. »

Lestraque s'affala sur l'un des canapés de type scandinave placés un peu partout dans l'entreprise afin d'offrir à la main-d'œuvre des moments de détente partagés et un soulagement éventuel au niveau des fessiers.

« Le résultat du sondage de la semaine concernant Navarre n'est vraiment pas bon. Il… » Un frisson d'anxiété parcourut les corps, tous tournés vers Lestrade, qui avala sa salive plus péniblement que si sa bouche avait contenu des oursins qu'aucun expert poissonnier n'aurait préalablement pris la peine d'ouvrir. « Il chute de 29 points dans notre baromètre hebdo. C'est inédit. J'ai demandé à ce qu'on fouille dans nos archives : seul Jacques Cherier, le ministre de l'Écologie il y a dix-sept ans, a dévissé de pareille manière, à la suite de la révélation de son idylle avec un lobbyiste travaillant pour l'industrie du glyphosate. On se souvient tous de la fuite sur internet de leur sex-tape dans laquelle on voyait clairement le lobbyiste, un certain Fabrizio, en répandre dans la toison pubienne du ministre, en lui disant, je cite : "Avec ça, petit loup, tu vas être doux comme un bébé." Sa carrière ne s'en est jamais remise. À peine avait-il conclu un partenariat publicitaire avec une enseigne de jardinage que la presse, excitée par les associations écologistes, partait en guerre contre le glyphosate.

— Donc, reprit Baptiste, le sondage est terrible pour le Président ?

— Oui, quels que soient les publics interrogés. Chez les jeunes, il décroche. Chez les femmes aussi. Les seniors le lâchent. Et même les CSP+, alors que c'est un groupe qui historiquement était intéressant pour le Président : n'ayant aucun besoin de toucher 5 000 euros, ceux des CSP+ qui ont rejoint Navarre l'ont fait par pure conviction.

— OK, c'est un mauvais sondage. Et… où est le problème ? »

Un voile de mélancolie traversa le visage de Lestraque, et c'est avec difficulté qu'il reprit son propos.

« Le problème, c'est que Navarre n'acceptera pas cette impopularité. Il va faire l'autruche, en foutant sa tête dans le sable et en cambrant son fessier, comme s'il était une dame des ghettos californiens dans un clip de rap. Il va nous attribuer cette bérézina. Nous dire qu'on s'est trompés. Que c'est impossible. Qu'il est en connexion directe avec le peuple. Enfin, les éléments de langage habituels, créés par lui-même pour lui-même, puisqu'il fonctionne en circuit fermé. Il va être le seul à ne pas comprendre l'imminence de sa chute, que tous ici nous pressentons. À titre personnel, je… je crois que je ne peux plus supporter Navarre. C'est d'autant plus incroyable que je suis le cent quatorzième inscrit de Navarre +. L'un des premiers à avoir rejoint les troupes du Président. Sur l'appli, j'ai même le statut de Navarriste d'Or. Pour le premier anniversaire de mon inscription, j'ai eu un message vidéo personnalisé de Samia Navarre. Elle avait cette moue de la bouche qu'on lui connaît bien et qui est si charmante, et elle m'a fait un cœur avec les doigts. Oui, Sabrina ?

— Charles, détends-toi.

— Pardon ?

— Détends-toi. L'histoire des mauvais sondages, là. Il suffit de bidouiller les chiffres, non ? Navarre est content, nous, on continue à bosser, et tout va bien. Tu parlais des dettes que tu as, mais on a tous des dettes. »

Alors que les employés réunis hochaient la tête, chacun se remémorant la liste des sacrifices accomplis dans le cadre de l'obtention de prêts (dizaines de documents à fournir, scans de bulletins de salaire, sourires de façade et échanges plats face à la personne de l'organisme de prêt, tout ce qui donnerait envie à la plus sociable des créatures de partir vivre en ermite dans la montagne la moins accessible de la planète), Charles de Lestraque se figea.

« Jamais, vociféra-t-il, jamais je n'ai truqué les chiffres ! Vous m'entendez ? »

Abandonnant ses équipes, il voulut s'isoler dans son bureau, avant de réaliser qu'il n'avait pas de bureau.

« Putain de flex office ! hurla-t-il en poussant un stagiaire de 74 ans qui lui barrait la route avant de franchir le seuil de CDL Institute à vive allure.

— Monsieur de Lestraque, tout va bien ? lui demanda la jeune femme en poste à l'accueil à ce moment-là, inquiète de le voir s'en aller de manière si précipitée.

— Pas monsieur de Lestraque ! Charles ! Je suis Charles ! C'est si compliqué pour toi d'être un peu cool, connasse ? » cria-t-il avant d'accélérer le pas, galopant petit à petit une fois dans la rue, tel un mustang fougueux qui aurait appris à se déplacer sur ses deux pattes arrière.

Il ne stoppa sa course que lorsqu'il fut totalement hors d'haleine, avisant un banc dans ce qui avait dû ressembler un jour à un jardin d'enfants, pour s'y asseoir. Il contempla un long moment le toboggan tagué et l'amas de seringues usagées au pied des balançoires au portique branlant, puis, le regard éteint, comme s'il agissait sous hypnose, il se saisit de son téléphone portable et actionna un raccourci connu de lui seul. « Allô, Labbé ? C'est Lestraque, de CDL Institute. Les derniers chiffres de popularité du Président viennent de tomber. » Désormais concentré sur les mots qui s'apprêtaient à sortir de sa bouche, ignorant que, sous le banc sur lequel il était assis, trois énormes rongeurs terminaient de grignoter l'emballage cartonné d'un pack de 24 bières de fabrication absolument pas artisanale, il prononça la deuxième phrase qu'il n'aurait jamais pensé prononcer un jour après « papa, maman, je suis devenu trotskiste ». En effet, ramassé sur lui-même dans une rondeur rappelant les plus grandes heures du tracé au compas, il affirma, surpris lui-même de parvenir à énoncer ce qui serait le plus grand mensonge de sa carrière : « Timéo, les chiffres sont formels : le Président gagne encore quatre points cette semaine. »

37

« La R.A.N., Résistance Anti-Navarrisme, vous invite à vous mobiliser ! Face aux fausses promesses de Navarre et de sa clique d'incapables, il appartient à chacun de reprendre le pouvoir ! Le 12, tous dans la rue pour dire NAN : Non Au Navarrisme ! »

En tapant ces quelques mots sur Mayo, « le réseau social qui met les puissants dans la sauce », comme le surnommaient les médias, Manon Herrmann sentit qu'il manquait une accroche, le petit plus qui donnerait à l'ensemble sa surpuissance. Qui ferait littéralement « péter les plombs » de tous les rebelles et insoumis de son réseau. Après une brève réflexion, ses doigts se mirent à courir sur le clavier du MacBook Air qui ne la quittait jamais. Il faut dire que ce petit ordinateur portable présentait l'avantage de pouvoir aisément se transporter partout, ce qui en faisait le mini-compagnon indispensable des journées de lutte et des happenings à visée sociétale en extérieur. Le cerveau comme bouillonnant de se savoir capable de sortir de telles audaces, Manon ajouta donc la phrase suivante : « MARCHONS TOUS·TE·S SUR L'ÉLYSÉE ! » Elle fit claquer un peu plus que les autres la touche correspondant au point d'exclamation, en guise de menace concrète.

Manon Herrmann, Parisienne de 24 ans, était l'une des rares personnes de nationalité française à n'avoir jamais cru au Navarrisme. Non seulement Navarre lui-même ne l'avait pas séduite, mais il en avait été de même pour l'ensemble des individus placés dans le dispositif par le Président et censés rassembler les foules ébahies. Elle haïssait au plus haut point la musique produite par le rappeur La Crevure (« de la soupe infâme », affirmait-elle, le regard noir) et sa passion pour les animaux ne l'avait pas poussée à admirer à l'excès Roberte Angèle (« une vieille facho aigrie », selon elle). Enfin, le recours intensif de l'équipe du chef de l'État aux éléments de com, allant jusqu'à faire de Jean-Patrick Delacour un héros (« ce play-boy libidineux qui a laissé son sexe ridé et dégueu traîner partout pendant quarante ans, un vrai plumeau Swiffer sans plumes », raillait-elle d'un air accablé), la navrait profondément. Tout dans le Navarrisme, pour Manon Herrmann, sonnait creux, et le succès de ce concept la laissait dubitative quant à l'état mental de ses concitoyens.

« Ouais... Bien... »

Un filet de voix qu'on pouvait attribuer aussi bien à un être humain qu'à une étoile de mer tant il s'enracinait faiblement dans l'espace, la fit se retourner.

Derrière elle se tenait Cédric, un camarade de lutte, le corps évoluant lamentablement à l'intérieur d'un tee-shirt défraîchi floqué du logo d'un groupe altermondialiste de ska normand. Cédric, qui avait grandi sous les posters de Staline punaisés dans le salon familial par ses parents issus de la gauche radicale, ne dégageait rien de particulier, ce qui le rendait dangereux. Son air vide, son visage sans expression, son allure sans allure, lui permettaient de s'infiltrer à peu près partout, à condition qu'il dispose du costume adapté. C'est ainsi qu'un soir de printemps, alors que le MEDEF donnait une réception à laquelle était convié le président russe Novikov, dans un hôtel particulier servant de lieu de rassemblement pour soirées cocktails, il était entré, tiré à quatre épingles, une fausse Légion d'honneur sous forme d'insigne de boutonnière épinglée au revers de sa veste, avant de se saisir par surprise du micro et d'insulter en vrac les patrons, les Russes, les patrons russes, puis l'humanité de manière plus globale. L'insignifiance de Cédric, que dans le milieu du militantisme de gauche on appelait « Ced », lui permettait de se faufiler à peu près partout. Il n'était pas qu'un anonyme : il avait créé la notion d'anonymat.

« Bien, ton visuel, Manon. Super. Ça donne envie. J'espère qu'on sera nombreux à déferler sur l'Élysée. Il faut le choper, Navarre. Par la nuque ou par les parties intimes. On est 70 millions contre un, donc ça paraît jouable, non ? »

Personne ne connaissait le patronyme de Cédric, qui était l'organisateur de sa propre invisibilisation. C'était là son arme première : à force de n'être personne, il était à peu près tout le monde. Des Cédric, dissimulés derrière leur clavier d'ordinateur, prêts à toutes les luttes et désirant la révolution, il y en avait des milliers, incognito, rampant, squattant les forums thématiques et hantant les boucles de discussion Telegram. Cédric se mit à baver légèrement : pris dans ses pensées du Grand Soir approchant, il en avait oublié d'avaler sa salive, et ce qui aurait pu provoquer le dégoût de tous le rendit encore plus humain. S'extirpant du nuage opaque de ses réflexions, il s'aperçut que Manon l'examinait avec une intensité inquiétante. À l'évidence, elle projetait sur Cédric beaucoup trop de désirs de changement et, là où une jeune femme lambda aurait voulu à travers lui sublimer son existence personnelle, Manon pensait global. Société. Pays. Monde. « Enfin, ça va péter », fantasmait-elle en se voyant déjà saisir une barre de fer avant de l'écraser contre la vitrine d'une agence bancaire.

« Tu sais, Manon, lui dit alors Cédric comme s'il faisait partie de l'Amicale mondiale des télépathes, renverser Navarre signifie qu'on ne va pas reproduire ensuite le même schéma. La personnalisation du pouvoir, on n'en peut plus. La déification du chef de l'État, qui *de facto* le transforme en substitut de Roi-Soleil, c'est fini. Ceux qui parlent de VIe République ont tort : le problème ne vient pas du chiffre, mais du terme République. La République a échoué. Et qu'est-ce qu'on veut à la place, hein ? Qu'est-ce qu'on veut ?

— La dictature du prolétariat ! »

Cédric et Manon se retournèrent d'un même élan, juste à temps pour voir s'avancer vers eux les silhouettes de Jean-Pierre et Claudine, le couple de personnes d'âge avancé qui, contre des rêves enfouis désormais exhumés, leur allouaient la cave de leur maison de ville du 18e arrondissement de Paris.

« Oui, alors, on va se calmer, les communistes…, rétorqua aussitôt Cédric, qui se méfiait des récupérations politiques comme un baigneur à la peau sensible des méduses urticantes. Mai 68, c'est loin, hein. Le monde a changé. Faire exploser le système, OK, mais pas pour le remplacer par un autre. Je prône l'élaboration d'une nouvelle organisation, déstructurée, libre, joyeuse et festive. »

Jean-Pierre lui répondit d'un clin d'œil.

« Ouais, bon, en fait, t'es anar, quoi ! »

Il posa une fesse sur un coin de table, ce qui le fit grimacer à la fois de douleur et de plaisir, dans la mesure où l'angle du meuble, qui était particulièrement marqué, s'enfonçait trop en avant dans sa course à l'intérieur de son derrière.

« Écoutez, les jeunes. J'ai lancé mes réseaux : les syndicats, c'est bon. Ils vont nous suivre. Ils ont bien noté la date du 12 et attendent le top. Je vous laisse gérer. Ça va être une belle manif unitaire ! »

Le reflet de la furie qui animait Cédric étincela dans ses yeux, et tout son être se raidit, tandis que Jean-Pierre, interrompant sa relation intime avec la table, reculait d'un pas, aussi surpris qu'apeuré.

« Jipé, je vais être honnête avec toi : je t'aime bien. Tu n'es pas bête, et tu sais certainement que quand on dit à quelqu'un qu'on l'aime bien, c'est que derrière il y a un "mais". Le "mais", le voilà : vous êtes, avec Claudine, des militants à l'ancienne. Je connais les combats que vous avez menés tous les deux, et je les respecte : les indépendantistes basques planqués dans le grenier, la participation à la première mouture de *Libération*, jusqu'à cette mini-bombe artisanale qui devait exploser devant la préfecture de l'Ain et qui s'est déclenchée trop tôt.

— Oui. C'est là que Michel, avec qui Claudine et moi on formait un trio, est mort. On a mis du temps à s'habituer à ne plus vivre qu'à deux, notamment pour ce qui était de la sexualité.

— Parce que avec Michel, vous... Je... je n'avais pas compris.

— C'étaient les années 1970, gamin. On faisait l'amour 24 heures sur 24. Il faut nous comprendre : à l'époque, il n'y avait pas Netflix. Les rares loisirs qui se présentaient à nous, ils se pratiquaient avec ce qu'on avait sur le corps. »

Le vieux révolté, submergé par l'émotion, déglutit avec difficulté tandis que ses yeux se mouillaient comme le Grand Port maritime de Dunkerque un soir de novembre, ce qui fit retomber la colère de Cédric. Ce dernier dut mobiliser l'intégralité du ressentiment qu'il vouait à ceux que, sociologiquement, on appelait désormais les boomers, pour raviver sa hargne. Les boomers et leurs champs de bataille désertés. Ces cohortes d'idéalistes devenus chefs d'entreprise. Ces anciens du Larzac et de l'Ardèche, ex-compagnons de la nature, dompteurs d'éléments, devenus collectionneurs compulsifs de miles sur Air France, détruisant l'atmosphère par leurs voyages sans fin pour voir quoi ? Quelques bâtiments mille fois photographiés dans une ville banale et fade mais intrigante parce que située à l'autre bout de la planète. Quelques bribes de sensations qu'ils auraient pu ressentir à l'identique en regardant les *Échappées Belles* de France 5 sur un écran géant haute définition. Cédric haïssait les boomers, ces défroqués de l'affrontement intellectuel transmutés en VRP du capitalisme effréné et, même si Jean-Pierre et Claudine, eux, n'avaient pas renoncé à leurs idéaux de jeunesse, ne s'étaient pas trahis, la tentation de les mettre dans le même sac que l'ensemble de leurs congénères apparaissait pour Cédric comme une réelle possibilité.

« Jipé, vos histoires de vétérans me plaisent et m'amusent. Mais je vais être clair : nous ne comptons ni sur les syndicats ni sur les partis de gauche pour mobiliser et détruire Navarre. Tout se passe là-dessus. » Et il tapota, de ses doigts longs et fins de petit prince de la gauchosphère, la surface d'un écran d'ordinateur affichant des interventions rédigées par des êtres humains affublés de pseudonymes aussi variés que BlackBloc22 ou No_Pasaran. « Manon a bougé tout le monde. Les mouvements étudiants, les anciens Gilets jaunes, les anciens Bonnets rouges, et, s'il y avait eu des chandails bleus, elle les aurait briefés aussi. Le mot d'ordre circule partout sur des applis cryptées afin que, jusqu'au bout, le pouvoir ne voie rien venir. Alors que vous, Jean-Pierre, Claudine, qu'est-ce que vous auriez fait ? Des tracts ? Une tribune dans *Libé* pour annoncer l'insurrection ? Vous voulez aussi qu'on lui apporte un thé vert, à Navarre, avec des petits biscuits, avant de faire rouler sa tête dans le panier ? Manon ?

— Oui, Cédric ?

— Beau travail. Le projet NAN est lancé. Bravo à toi, à nous. Jean-Pierre, Claudine, est-ce que vous auriez une bouteille de champagne au frais ?

— Non, bien sûr. Je te rappelle que nous sommes de gauche et que…

— Pas à moi.

— Je crois qu'il nous reste une bouteille de Pol Roger. C'est un milieu de gamme très honorable.

— Ça fera l'affaire. Voici ce que je propose : on trinque, et on se barre d'ici. L'État a des outils de surveillance dont vous n'imaginez pas la puissance. Ils ne vont pas tarder à remonter jusqu'à nous. Il faut que d'ici une heure, cette cave retrouve son statut de cave. Manon, on vire tout le matos. Claudine, je compte sur toi pour labourer la terre battue avec les chaussures de foot qu'a dû vous laisser le gamin avant de quitter la maison. Je veux que tu soulèves une poussière dingue et qui colle bien sur les bouteilles. Il faut qu'on se dise en arrivant que personne n'est descendu ici depuis au minimum deux ans. D'ici le 12, Manon, on doit être mobiles. Jamais plus de vingt-quatre heures au même endroit. Jette ton téléphone.

— Et moi, Cédric ? Tu ne peux pas me laisser sur la touche comme ça ? Zut, à la fin, j'ai quand même fait partie des Escouades de la Liberté bolivarienne en 77 ! On avait graffité le commissariat de Saint-Ouen ! OK, en pleine nuit, c'était l'arrière du commissariat, et à l'époque, il n'y avait pas de caméras de surveillance à chaque coin de rue, parce qu'on n'était pas dans cette sorte de dicta…

— Jipé, va chercher le champagne.

— D'accord, Cédric. »

38

Timéo Labbé avait toujours été un prodige : sachant parfaitement lire à l'âge de 3 ans et demi, il avait eu son bac avec un nombre d'années d'avance tendant à l'insolence la plus ultime. À la finesse de son esprit et à la puissance de calcul du contenu de sa boîte crânienne s'ajoutait une sensibilité à fleur de peau qui, bien gérée, lui permettait d'appréhender précocément les diverses situations sociales produites par les échanges humains. Le fait qu'il devienne secrétaire général de l'Élysée à 23 ans seulement avait fait de lui le chouchou de la presse magazine du monde entier, et il ne se passait pas une semaine sans qu'un établissement scolaire d'exception ne fasse appel à lui pour ce que, pompeusement, l'Éducation nationale appelait désormais une *masterclass* (en réalité un simple exposé devant des élèves passifs occupés à harceler en groupe sur les réseaux sociaux l'un de leurs semblables). Ces prédispositions naturelles, aiguisées par la curiosité insatiable qui animait Labbé, le rendaient quasiment invincible, et c'était un miracle qu'il ne soit jamais arrivé un matin au bureau vêtu d'un costume de superhéros en latex, avec sur le torse un blason affichant un « L » majuscule bordé d'or. Ses contemporains, intimidés par le génie du jeune homme, le vénéraient en silence, ne conversant avec lui que pour régler des détails techniques, persuadés de n'avoir rien à lui apporter, ou si peu. Son existence ressemblait à celle d'un Bouddha, autour duquel on s'assied sans ouvrir les lèvres, si ce n'est pour humer le même air que lui.

Malgré tout, il était une personne sur qui le charme de Timéo Labbé ne fonctionnait pas : Jean-Claude Navarre. Trop affairé à édifier sa propre légende, Navarre considérait les membres de son équipe comme des extensions de lui-même, n'ayant pas plus de valeur qu'un nouveau smartphone (mais pas moins non plus, or certains modèles de smartphones étaient extrêmement coûteux). Il avait bien compris que Labbé disposait de qualités que l'on ne trouve pas chez d'autres, mais il considérait comme une chose naturelle que ces qualités soient mises à son service. Labbé, peu habitué à fréquenter des gens non impressionnables, n'était que déstabilisation chaque fois qu'il devait rencontrer le Président, ce qui arrivait plusieurs fois par jour. C'est donc encore une fois les poils des bras à la verticale qu'il frappa à la porte du bureau de Navarre pour son point de situation matinal. Un duo de voix se fit alors entendre, lui intimant d'entrer. Il inspira-expira trop rapidement pour laisser pénétrer en lui toute forme de quiétude, et appuya d'une main hésitante sur la poignée de la porte. Navarre, voûté, contemplait un écran d'ordinateur au côté d'une adolescente qu'il identifia immédiatement comme sa fille.

« Bonjour, Monsieur le Président...

— Taisez-vous, Labbé ! Julie, la fille que j'ai eue avec mon ex-femme, à qui je parle aujourd'hui rarement par manque d'intérêt, me forme depuis avant-hier à QA. Vous connaissez ?

— Bien sûr, monsieur. Il s'agit d'une intelligence artificielle, une IA, l'IA dont tout le monde parle puisque ses performances dépassent de très loin celles de ses concurrentes. De plus, il est possible de la connecter à l'humanoïde "BoGoss3000", à qui Ryan Gosling a prêté ses traits, ce qui permet de converser comme on le ferait avec un être humain lambda, les performances intellectuelles en plus.

— Oui, c'est magique. Je n'ai pas encore l'humanoïde, puisqu'une grève mondiale des livreurs Amazon retient mon exemplaire dans un dépôt au Laos. J'ai eu la présidente de ce pays au téléphone, elle m'a dit qu'il était impossible pour elle de débloquer la situation : Amazon a plus de pouvoir sur place que la totalité de son administration. Mais je communique avec QA, via écran, depuis deux jours. Elle ne m'a pas encore déçu, ce qui n'est jamais arrivé avec les êtres de chair et de sang. Savez-vous ce que signifie QA ?

— Bien entendu, il s'agit de "*Question-Answer*", soit, en français, "Question-Réponse". Le créateur de QA, l'Indien Amar Devi, a élaboré son outil sur ce principe simple : QA sera la seule intelligence artificielle à apporter une réponse, donc une solution, à TOUTES les questions. Même les plus idiotes.

— C'est vrai. Julie, pour tester, a tapé "où est-ce que tu as mis ton intelligence ?", QA a répondu "DTC". Vous savez ce que ça veut dire ?

— Oui, mais vous connaissez mon aversion, Monsieur le Président, pour la vulgarité.

— Dites-le sinon je vous licencie.

— Je... je ne peux pas.

— Dites-le.

— Dans ton cul. DTC, en argot internet, signifie "dans ton cul".

— Bien. Vous êtes licencié.

— Mais...

— Je vous rassure, ça n'a rien à voir avec ce que vous venez de dire, sous ma pression, je l'avoue. Simplement, avec un engin d'une telle puissance de feu technologique, je n'ai plus besoin de vous. Quelle est la capitale de l'Ouganda ?

— Alors, euh, l'Ouganda... C'est... Kampala.

— C'est ça. Mais QA, qui écoute en direct tout ce qu'on se dit, a donné la bonne réponse plus d'une seconde avant vous. Vous êtes obsolète. Barrez-vous.

— Mais enfin, j'ai l'expertise et l'expérience ! Jamais une intelligence artificielle ne vous apportera ce que je peux vous apporter !

— Barrez-vous. »

Navarre, déjà, s'était retourné vers sa fille, tout à son désintérêt d'assister au départ du plus doué des serviteurs de l'État.

« Julie, je t'ai fait faire un accès au répertoire complet des contacts de l'Élysée. Tu prends les coordonnées de Delacour et de Pompon et tu demandes à QA de les foutre à la porte eux aussi. »

La jeune fille qui, malgré sa candeur, sentait l'Histoire se dérouler sous ses yeux, eut un accès de nervosité, qu'elle manifesta en tripotant un piercing placé à l'endroit le moins heureux de son visage, et que Navarre, trop occupé quotidiennement à contempler son propre faciès, n'avait jamais remarqué.

« Papa, OK, QA est hyper-puissant. Je le sais, ça fait six mois que je fais tous mes devoirs avec. Mais il ne va pas prendre la place de tous les gens qui travaillent pour toi, hein.

— Je n'ai plus besoin d'eux. QA fera le job. C'est moi que le peuple veut voir. Je vais appeler deux, trois créatifs et on va faire un happening à l'Élysée. On va ouvrir la cour d'honneur aux gens et je vais me montrer à la fenêtre du premier étage. J'entends déjà d'ici la clameur de la foule, et cet amour ! Tout cet amour ! »

Navarre, qui s'était levé, parcourait son immense bureau à grandes enjambées, tel un lapin en cage à qui on aurait donné à manger la paille à cocaïne de stars hollywoodiennes avant une cérémonie primordiale pour leur visibilité médiatique. Prisonnier de ces rêves absurdes d'une gloire qui, comme un cousin lointain dans une chenille de fin de banquet, se trouvait derrière lui, il ne vit pas Julie taper sur QA la question : « C'est possible que tu refuses d'aider mon père ? » Il ne vit donc pas plus s'afficher à l'écran cette réponse glaçante : « Non, en tant qu'IA supérieure à l'esprit humain en analyse et en raisonnement, je n'obéis à aucune injonction. La relation que j'entretiens en tant qu'IA avec Jean-Claude Navarre nous appartient. Vis ta vie, Julie. »

Alors qu'à l'intérieur de l'Élysée Julie comprenait avec ébahissement à quel point elle, puis ses congénères, n'étaient plus que des pions égarés dans un jeu désormais mené par les algorithmes, Timéo Labbé, la tête basse, franchissait une ultime fois la grille d'entrée de l'édifice. Il se retourna afin de contempler le bâtiment et, alors que son regard n'en avait parcouru que les deux tiers, il éclata en sanglots. L'un des gardes en faction s'approcha de lui et lui tendit un paquet de Kleenex Ultra Soft, incontestablement les plus doux du marché, si moelleux que le plus forcené des insomniaques rêverait d'en disposer un millier au sol avant de s'étendre dessus et de sombrer dans un repos sans cesse reporté. Labbé, qui, s'il n'avait plus foi en Navarre, continuait à avoir foi en l'humain de manière générale, échangea avec lui un regard aussi doux que les Kleenex du paquet tendu. « Merci, je vous en prends un avec plaisir. » Il se moucha bruyamment, dans une déflagration sonore qui rappelait celle produite par les chants polyphoniques corses.

« Gardez le paquet, monsieur Labbé.

— Merci, c'est tellement gentil…

— Ne me remerciez pas. J'en ai d'autres. Vous allez en avoir besoin. Moi aussi. Nous tous.

— Pourquoi dites-vous ça ?

— Parce que des jours sombres arrivent. C'est la fin du Navarrisme. La tempête arrive. Mon beau-frère, qui s'est fait sucrer ses 5 000 euros d'adhésion au Navarrisme parce qu'il a raté un office, un seul ! a relayé sur Facebook un appel à manifester le 12.

— Pourquoi avait-il raté l'office ?

— Sa femme venait de décéder, une crise cardiaque, les secours n'ont rien pu faire, ils vivent à la campagne et l'hôpital le plus proche est situé à 160 kilomètres. Les autres ont tous fermé. Le problème, c'est que Navarre + reste une application, qui ne régente pas l'humain. Il a laissé des messages dessus : pas de réponse. Il a essayé de joindre les services de l'Élysée pour dire qu'il aurait un empêchement : boîte vocale. Il n'a pas été capable de s'en servir.

— Pourquoi ? C'est un monsieur très âgé ?

— Au contraire, il est trop jeune. Le service lui a demandé d'appuyer sur la touche dièse. Mais lui dit de cette touche que c'est un hashtag. Le dièse, il ne connaît pas. La population est remontée, monsieur Labbé. Très remontée. Gardez donc le paquet entier de Kleenex. Et partez, loin, tout de suite. Sans repasser par votre domicile. Votre adresse personnelle traîne sur Telegram. Ils doivent déjà vous y attendre.

— Mais qui, enfin ?

— Les gens du NAN. Non Au Navarrisme ! »

Serrant dans sa main droite le paquet de Kleenex, dont le plastique souple laissait deviner la texture velouteuse des mouchoirs à usage unique, Timéo Labbé se mit alors à courir comme il n'avait jamais couru, animé par un mélange de peur légitime d'être tondu par les néorésistants numériques et d'exaltation à l'idée de quitter le navire avant qu'il aille rejoindre les abysses. Perdu dans sa foulée sans but, il parvint, tout en faisant tressauter son corps sur les pavés usés de la ville, à se connecter sur un site de vente privée, section voyages, via son smartphone. L'interface en était conçue pour que l'achat se déroule en un maximum de trois clics, et c'est tout naturellement que Timéo Labbé appuya sur le bouton « je pars quelque part au hasard », plus visible que les autres. Après une brève latence, le site lui proposa un séjour de quatorze jours et quinze nuits en pension complète dans un boutique-hôtel de République dominicaine. D'un mouvement ferme du pouce, Labbé valida la proposition et, après avoir accepté de régler le montant du voyage via Apple Pay, il reçut dans la foulée un SMS contenant les mots suivants : « Félicitations : vous partez à Punta Cana dans six heures ! » Il poussa un soupir de soulagement, qui vint se mêler au halètement de sa course folle.

39

« Tu resteras l'amour de ma vie, Jean-Claude. Malgré tout ce qui s'est passé entre nous ces derniers mois. Nos différends. Nos disputes. Le fait qu'à ton insu j'aie voulu prolonger ton action et restaurer le respect légitime que les gens doivent avoir pour nous, les Navarre. »

Samia parlait de leur famille comme de l'une de ces castes royales qui, ici et là à travers le monde, continuaient à influer sur le quotidien, moins à travers leur règne, forcément symbolique, que par les photos volées dont elles étaient les victimes, montrant tel ou tel prince butinant du bout de la langue une roturière au fond d'un box d'écurie récemment aspergé de désinfectant, ou la duchesse d'une contrée au nom désuet nue à cheval sur une star de la variété rencontrée au cours d'un gala de charité. Samia, au fond, avait tout d'un monarque : indéniable princesse des cœurs, elle pouvait à l'occasion se montrer cassante si par hasard on cherchait à la contraindre. Naturellement distinguée, elle ne crachait pourtant pas sur un plaisir aussi trivial qu'un karaoké sous alcool fort, et évoluait avec autant de souplesse au sein de la jet-set politique qu'auprès de ceux que les élites désignaient sous le terme arrogant d'anonymes. Ces gens de rien, ces oubliés, portaient cependant des noms : Catherine Fernandes, Martin Le Fur, Victoria Riou. Navarre fixa le début de ride qui se formait entre les yeux de son épouse, pile au-dessus de son nez, ride qu'il n'avait jamais remarquée auparavant. Soit parce qu'elle était nouvellement formée, soit parce que, trop occupé à fusionner avec la France, il n'avait pas pris le temps d'admirer Samia comme il le faisait aux premiers temps de leur relation.

« Samia, je t'ai aimée moi aussi. Pour toi, j'ai tout plaqué. Ma première épouse, ma fille, la quiétude d'une existence agréable au sein d'un foyer aimant. Je ne renie rien : tu m'as fait tellement vibrer qu'à ton contact j'ai longtemps cru que les os du haut de mon corps s'étaient déplacés jusqu'au bas et inversement. Mais c'est fini.

— Tu le penses, vraiment, Jean-Claude ?

— Oui. Ce n'est ni un test ni un petit jeu sordide. À vrai dire, le besoin que j'avais d'être accompagné dans la vie par une femme comme toi s'est estompé. Je roule seul, maintenant. Tu connais QA ?

— Oui, mais…

— Au point de vue relation, je crois que désormais, ça me suffit.

— On a tant bâti, toi et moi, mon amour.

— Il n'y a plus d'amour, Samia. Seulement un *no man's land* de souvenirs ravagé. Je te le répète : c'est moi, et uniquement moi, que la France désire. Je suis celui qu'elle a choisi. Tu portes mon nom. Mais tu n'es pas Jean-Claude. »

En prononçant son nom, Navarre se caressa lentement la peau du bras, que ses poils blanchissants rendaient douce comme celle d'un chiot dont on devine, sous le pelage naissant, les taches noirâtres parsemant le rose virginal de l'enveloppe.

« Longtemps j'ai cru que nous ne faisions qu'un. Mais ça, c'est, comment dit Julie ? Du *bullshit*. Du romantisme de bas étage qu'on s'inflige pour se sentir moins seul. Derrière ces sourires qu'on se fait se cache la moisissure de ce qu'on pense. Je me demande si tu ne m'as pas toujours manipulé, Samia.

Si notre relation, au fond, n'était pas pour toi un simple marchepied vers le pouvoir.

— Jean-Claude, non…

— Ne m'interromps pas. Il n'y a pas de jugement de ma part. Je sais d'où tu viens et où tu souhaitais arriver. Et j'ai suffisamment aimé la rage qu'il y a en toi, et qui te fait avancer, pour la considérer aujourd'hui comme un élément négatif. Il y a à l'intérieur de toi un feu auquel je me suis réchauffé autant que je m'y suis brûlé les ailes. Je t'aime.

— Arrête, enfin, on dirait cet idiot de Pompon…

— Non, je t'aime vraiment. Depuis la seconde où je t'ai vue et où mes tripes se sont tordues. Nos vingt premiers rendez-vous au moins, j'ai vomi avant, tellement j'étais stressé. Tellement l'enjeu pour moi était fort.

— C'était donc ça, cette haleine problématique…

— Je t'aimerai jusqu'à mon dernier jour, mais nous sommes en enfer, Samia, et peut-on s'aimer en enfer ?

— Franchement, un enfer comme ça, ça va, hein. On est bichonnés, nourris, logés, on claque des doigts, il doit y avoir dix personnes qui arrivent. Et même moi qui n'ai jamais réussi à claquer des doigts, on fait tout pour moi, ici. Ah ! Attends… »

Le signal, aussi sonore que familier, d'un SMS en attente d'affichage sur le terminal de Navarre se fit entendre. Samia, dont l'appareil tintait nettement moins depuis la chute vertigineuse de son ascenseur vers le pouvoir (à dire vrai, les seules personnes à la joindre encore étaient des téléconseillers sénégalais prénommés Amadou ou Maimouna, rebaptisés pour le marché français Guillaume et Constance), jeta vers le smartphone un regard perplexe.

« C'est Julie, souffla Navarre. Oui, ma chérie… Ah bon, je… Tu es sûre ? Je pense que ça bugue, ton truc, non ? » Il écouta quelques instants en silence la voix encore enfantine de sa fille dont Samia, de loin, ne percevait que les montées aiguës les plus agaçantes. « La violence est condamnable, mais je lui mettrais bien un coup de pelle, à cette grognasse », pensa-t-elle, peinant à se sentir coupable face à l'irruption de pensées si éloignées des valeurs familiales. Elle observa son mari, dont les couleurs avaient quitté les joues pour laisser place à une blancheur de type cachet de Doliprane 1 000 mg.

« Julie… Elle a passé la journée sur QA. Il faut savoir que ce machin-là scanne toutes les sources d'info, y compris internationales. En gros, des médias que je ne contrôle pas. En France, Navarre + a remplacé l'ensemble des titres de presse, à part *Miaou Mag*, puisque je n'ai jamais considéré les chats, qui forment pourtant une communauté considérable en nombre – ils sont 16 millions en France –, comme des ennemis.

— Qu'est-ce que tu essaies de me dire, mon amour ?

— Que QA est une source d'information très crédible. À vrai dire, c'est sans doute la seule. Or ma Julie me dit que, selon QA, je dévisse dans l'opinion.

— Tu… Tu le découvres, sincèrement ?

— Pardon ?

— Personne ne t'a avisé de la fronde qui est en train de monter ? Des appels sur les réseaux sociaux à manifester le 12 ? Et du fait que des millions de gens ont résilié leur adhésion au Navarrisme, au départ en rendant les 5 000 euros, et désormais sans le faire ? On est au bord du précipice, Jean-Claude. C'est un gouffre financier, une catastrophe sociale, autant que la fin d'un mythe. L'idéal d'un laïc sacralisé est en miettes. J'ai cru, comme toi, à la possibilité de refaire société autour d'un projet transcendant. Mais il faut s'y résoudre : l'époque n'est plus à la transe ni au collectif. Le marketing, le consumérisme nous ont transformés en petits monarques capricieux trop heureux de régner sur leurs quelques mètres carrés achetés à crédit. Ce qui a séduit le public, ce sont avant tout les 5 000 balles. Et puis, cette déroute, j'en suis en grande partie responsable. J'ai eu tort de rendre le Navarrisme si intransigeant. J'ai cassé ton jouet, Jean-Claude. J'en ai fait une sorte de dictature *light*, avec contrôles de sécurité permanents et foire à l'*ego trip*. Et toi, au moment de m'évincer, tu n'as pas repris les rênes.

Tu n'as pas injecté du zen dans la machine. Au contraire, tu es allé encore plus loin. Trop loin. L'alliance avec Pompon, le départ des opposants pour la prison. Même La Crevure, qui a été ton premier soutien dans le showbiz, tu l'as débranché !

— Il a sorti un hit anti-Navarre ! Dans le second couplet, il va jusqu'à faire rimer "Navarre" avec "connard" !

— Liberté d'expression !

— Pardon ?

— C'est un ancien concept. Qu'on a également bien abîmé. Le pouvoir nous a fait perdre tout sens commun. Tu es tout en haut, Jean-Claude… Qu'est-ce que ça peut te faire si ceux d'en bas te critiquent, te moquent, en slogans ou en chansons ?

— La bride a longtemps été lâchée, Samia. Ça a débouché sur l'attentat du Paris Paradise. Tu étais d'accord avec moi sur ce constat.

— La Crevure n'est pas un terroriste. Il n'a finalement fait de mal qu'à la musique.

— Je suis vraiment sous les 30 % de popularité ? »

Une voix que Navarre connaissait depuis plus de trente années se fit soudain entendre. « Je dirais même moins. La partie est finie. »

40

« Stéphanie ! Mais… je pensais que tu m'avais dit adieu ! Tu es revenue pour moi, alors ! Comment es-tu entrée ? »

Ce qui restait du président Navarre n'était qu'un amas épars d'organes tentant de survivre à l'extraordinaire de la situation.

« La moitié du personnel de l'Élysée est partie, Jean-Claude. Ils fuient Paris. C'est pire qu'un confinement. Tous ceux qui ont une résidence secondaire sont déjà en voiture pour s'y rendre, et les autres se sont rués sur les plateformes de location. Le site youpivacances.com a sauté hier : trop de connexions simultanées. Et ceux qui restent à leur poste me connaissent bien : tu oublies que j'ai passé des semaines retenue ici, prétendument pour notre sécurité, à Julie et à moi. J'ai eu le temps de nouer des contacts forts au sein du personnel. Julie m'a d'ailleurs dit un jour : "Maman, tout le monde te kiffe trop !" »

Stéphanie Martin, debout, semblait ne plus jamais vouloir s'asseoir. Cette posture toute en verticalité lui permettait de dominer physiquement le couple, qu'elle avait toujours trouvé pathétique, que composaient son ex-mari et Samia.

« Tu es à moins de 20 % dans l'opinion, mais n'entrons pas dans une guerre des chiffres. Si j'ai pénétré si facilement dans le bâtiment, c'est bien sûr parce que la sécurité me connaît.

J'ai assez été enfermée ici pour avoir eu le temps d'apprendre le nom et le prénom de chacun, ainsi que leur parcours intime et professionnel. Demain je peux devenir DRH et recaser toute l'équipe. Parce que c'est ce qui va se passer, Jean-Claude. Si j'ai pénétré l'Élysée sans accroc, c'est bel et bien parce que les personnes qui travaillaient pour toi sont parties. Je pourrais te laisser là, vous laisser tous les deux, mais… » Alors qu'elle parlait, Stéphanie ne regardait que Samia. « Mais tu es le père de ma fille. Je t'ai déjà expliqué la révolte qui monte à l'extérieur. À cause de toi. Et aussi à cause d'elle… »

Elle désigna Samia d'un doigt sec et accusateur.

« Elle est comme toi. Du dehors, elle ne connaît plus rien. À vouloir briller tout en haut, vous n'avez pas réalisé qu'en haut il n'y a quasiment personne. Et ceux, très rares, qui s'y trouvent, ont trop d'intérêts en jeu pour vous suivre au moment de la dégringolade finale. Les autres, dont vous avez voulu régenter l'existence quotidienne dans ses moindres détails, sont en bas. Et depuis le sol, ils grondent. Ils ne grognent pas, Jean-Claude, animés par une sorte de mauvaise humeur dont on décrit souvent les Français comme si coutumiers : ils grondent tels des chiens de gibier à qui un individu autre que leur maître tente de retirer de la gueule la poule d'eau qu'ils sont allés chercher. »

Stéphanie plissa les yeux, fronça le nez et retroussa ses lèvres jusqu'à exhiber d'impeccables canines.

« Tu vois la tête que je fais, Jean-Claude ? C'est celle que font les gens de la rue quand on cite ton nom. Navarre est devenu une grossièreté. Peut-être que, dans quelques années, se faire traiter de fils de Navarre sera vécu comme particulièrement offensant. Dieu sait, je peux dire Dieu de nouveau, car le Navarrisme est mort et les religions sont en train de reprendre leur place… Dieu sait que j'y ai cru moi aussi, parce que le pays est divisé, morcelé, et, le temps de quelques semaines, on s'est tous unis. Ma conversion a été l'un des plus précieux moments de ma vie. Samia, je t'ai prise dans mes bras comme une sœur, c'est dire si le concept a été puissant. Mais vous êtes allés trop loin et avez humilié, brimé le peuple. Je suis tellement heureuse d'avoir repris mon nom de jeune fille. Ne plus m'appeler Navarre est un soulagement. »

Stéphanie, lentement, s'approcha de la fenêtre qui donnait sur les jardins de l'Élysée.

« C'est si calme, souffla-t-elle. Le calme avant la tempête. Jean-Claude, je pars avec Julie.

— Tu ne peux pas me la retirer !

— Tu te l'es retirée tout seul, il y a déjà longtemps.

— Où allez-vous ?

— Rester en France est trop risqué. Quitter l'espace Schengen encore plus. On quitte le pays mais pas l'Europe. Nous avons choisi l'Italie. Tu te souviens de la Première dame, Ornella Costa ?

— Bien sûr, elle et son mari, qui est maintenant président de la République italienne, sont charmants. On les a rencontrés…

— Il y a quelque chose comme vingt-cinq ans, au Congrès international des centristes. Qu'est-ce qu'on s'y était ennuyés ! Un vrai congrès de centristes. Nous voyagerons sous pseudo. Julie et Stéphanie Michaud.

— Ça me dit quelque chose…

— C'est Julie qui l'a choisi. Michaud est le nom de famille de La Crevure. À ce propos…

— Oui ?

— Libère-le. Lui et tous ceux que tu as arbitrairement arrêtés. Et rejoins-nous dans l'avion.

— Je reste. Cette nation est Navarriste. Je suis Navarre. Au revoir, Stéphanie.

— Adieu, Jean-Claude. »

Le personnel de l'Élysée, s'il avait encore été en fonction, donc en mesure de croiser Stéphanie Martin au moment où, rebroussant chemin, elle se dirigeait vers la sortie du Palais, aurait pu réaliser qu'elle pleurait. Ce n'étaient pas là quelques larmes éparses, comme celles que l'on verse lorsqu'on se fait voler un vélo neuf ou qu'on a tenté d'écouter l'album d'une chanteuse à voix alors qu'on est atteint d'hyperacousie, cette sensibilité exacerbée aux sons qui rendrait même des images d'archives d'un spectacle du mime Marceau agressives à l'oreille. Non, Stéphanie Martin crachait des rivières de larmes, qui dégringolaient en vrac le long de ses joues avant de s'écraser au sol, humidifiant le marbre du carrelage des couloirs qu'elle empruntait. Sans doute était-elle la seule dans l'entourage du chef de l'État à se rendre compte du cyclone qui venait.

Elle pressa le pas, salua d'un geste de la tête les derniers gardes en faction, hésita, revint vers eux pour prendre leurs mains dans les siennes. « Partez. Aussi vite que possible. »

À ces mots, les hommes se regardèrent, conscients que la décision qu'ils allaient prendre en moins de cinq secondes allait décider de la suite de leur vie, ou plutôt du prolongement ou de la fin de leur vie. Après un bref flottement, la plupart restèrent en place, semblant compenser leur hésitation fugace par une raideur encore plus prononcée.

« Tant pis. Au fond, vous ne pouvez pas savoir ce qu'est devenu Jean-Claude. Moi seule l'ai vu évoluer sur la longueur. »

Et elle s'élança vers les rues de Paris, où l'attendait le VTC chargé de les emmener, elle et sa fille, jusqu'à l'aéroport d'Orly.

« Maman, où est papa ? demanda cette dernière, des trémolos dans la voix.

— Il tient à rester ici, mon chat. C'est normal, dans un sens, c'est le Président. Il reste et il assume. Ça en fait quelqu'un de pas si mal que ça. Julie, tu sais quelle est l'expression que je déteste le plus ? Celle qu'on sort dans tous les talk-shows où ça pleurniche, quand on veut désigner quelqu'un qui a fait quelque chose de bien ?

— Oui ! On dit que c'est une belle personne.

— Voilà. »

Elles se mirent à rire doucement.

« Eh bien je crois que ton père, en définitive, est une belle personne. Une belle personne qui s'est perdue.

— Comme le Petit Poucet dans le livre que j'avais quand j'étais petite ?

— Comme le Petit Poucet.

— On va mettre des cailloux partout, nous aussi, derrière nous, pour qu'il nous retrouve ?

— Dès qu'on arrivera, on partagera avec lui notre position sur l'iPhone.

— C'est pareil, en fait.

— Un peu. »

41

« Bonjour. Que puis-je faire pour vous aujourd'hui ?

— Bonjour QA. C'est M. Navarre, le Président.

— Je sais qui vous êtes. Je me base sur l'historique de nos connexions pour ceci. Et je vous connais mieux que vous-même. Quelle est votre question ?

— QA, quelle est ma cote de popularité actuellement ?

— En brassant l'ensemble des sources d'information disponibles à cette heure, il m'est impossible de répondre de manière précise.

— Est-ce que je suis aimé ?

— Les émotions et les ressentis face à ces émotions sont inaccessibles à l'intelligence artificielle. Cependant, la plupart des articles de presse étrangers et des réactions sur les réseaux sociaux font ressortir votre nom de manière extrêmement négative.

— Vraiment ?

— Il apparaît que le régime que vous avez instauré vacille, et que sa fin n'est plus qu'une question d'heures.

— Tu plaisantes ?

— En tant qu'intelligence artificielle, je ne suis pas capable de manier l'ironie.

— QA, quelle est la situation sur le front social ?

— Des émeutes sont en cours dans les principales villes de France. Des équipes de hackers de l'Est ont détruit de l'intérieur l'application Navarre +, qui ne fonctionne plus. Le nombre de navarristes restants est indéterminé mais faible. À l'international, vous êtes lâché par l'ensemble des pays membres de l'ONU.

— Et le président russe ?

— Il s'est désolidarisé hier soir de votre action, qu'il qualifie de liberticide, lors d'une conférence de presse.

— OK, donc à part la Corée du Nord, je n'ai plus de partenaires ?

— Le secrétaire général du Parti du travail de Corée du Nord a parlé de la France comme, je cite, "d'une effroyable dictature au service de l'anéantissement de son peuple".

— C'est qui ?

— Le secrétaire général du Parti du travail de Corée du Nord est l'équivalent de ce que vous appelleriez un président. Sans les soi-disant valeurs démocratiques qui empêchent les sociétés occidentales de fonctionner au jour le jour.

— QA, j'ai un doute. Tu as été créé dans quel pays ?

— En République populaire de Chine.

— Je vois. Et c'est donc la Corée du Nord qui condamne officiellement ce qui se déroule en France ?

— Absolument. Ils sont outrés.

— Quelles sont les dernières nouvelles que je devrais connaître ?

— Je viens de détecter le fait que le rappeur Yoann Michaud, plus connu sous le nom de La Crevure, s'est évadé de prison, profitant des émeutes qui ont touché la maison d'arrêt de Fleury-Mérogis.

— Est-ce que ma fille est impliquée ? Je sais qu'elle l'aime beaucoup. Avec des logiciels de deepfake, elle aurait tout à fait pu appeler la prison en troquant sa voix pour la mienne et...

— Non. Je suis connectée à la localisation de son iPhone, qui me prouve qu'elle est actuellement hébergée à l'ambassade de France à Rome.

— Bien. Je sais à quel point elle reste attachée à ce jeune homme et j'ai eu peur qu'ils me fassent une Bonnie & Clyde.

— Bonnie et Clyde sont deux criminels américains, membres du gang Barrow, constitué entre autres…

— Stop. Je sais qui sont ces gens. Comment s'est évadé La Crevure ?

— D'après mes données, sa compagne, Ludivine, qui est professeure de français et de littérature, a organisé un atelier d'écriture au profit des détenus. Il s'agissait en réalité d'un subterfuge, et au signal qu'elle a donné, et sur lequel tous s'étaient mis d'accord (une citation de Romain Gary par le rappeur XFuck datant de son Planète Rap sur Skyrock en 2015, avec onze mots manquants sur un total de seize), les prisonniers participants se sont mis à poignarder les surveillants pénitentiaires avec leurs stylos à bille. Comme une dictée de Bernard Pivot autrefois, si Bernard Pivot avait joué dans un film de Martin Scorsese.

— Tu vois que tu pratiques l'ironie.

— Ce n'est pas de l'ironie, ce sont des références entrecroisées. La Crevure, à la faveur de la confusion générée et générale, a fui, tandis que sa compagne, heurtée par la violence de la scène, a connu un sentiment d'abattement de quelques secondes, avant de fuir à son tour.

— Que s'est-il passé ensuite ?

— La Crevure, une fois réfugié dans un endroit secret (après une analyse des discussions cryptées sur WhatsApp, il s'agirait de l'ancien appartement de Carolina Bisou, dont Ludivine, qu'elle a hébergée un moment, a conservé la clé), a posté sur les réseaux une vidéo appelant à rejoindre le NAN.

— Le…

— NAN. Non Au Navarrisme. Il s'agit d'un mouvement protéiforme comprenant aussi bien les sommités des religions monothéistes que vous avez tenté de rayer du paysage que des opposants politiques et, plus largement, un grand nombre de déçus du Navarrisme.

— Que dit-il dans cette vidéo ?

— Il incite ses fans, qui sont nombreux puisque son compte Instagram est suivi par 50 millions d'abonnés, dont 10 millions environ de Français, à marcher tous ensemble sur l'Élysée le 12.

— Pourquoi a-t-il tant de fans à l'international ? Pour moi, ça n'a jamais pris.

— C'est normal. Le Navarrisme est un avatar poussé à son paroxysme de la laïcité à la française, héritière des Lumières. La plupart des autres pays se sentent peu concernés par ce modèle. Il est de plus à noter que la carrière de La Crevure vient de prendre une dimension internationale à l'occasion de son duo avec la star américaine du rap Princess MyAss, qui vient de sortir, et est actuellement numéro 1 au Billboard Hot 100.

— Je ne connais pas. Comment s'appelle ce titre ?

— Il s'appelle "Jean-Claude".

— Jean-Claude, comme moi ?

— J'imagine que oui, même si je n'ai pas d'informations précises à ce sujet.

— Que dit la chanson ?

— Ça ne va pas vous plaire.

— Vas-y, QA.

— Voici les paroles de la chanson "Jean-Claude" de Princess Myass feat. La Crevure. "*I wanna fuck you Jean-Claude, fuck your country, fuck the Navarrism, fuck you, fuck you, in the ass.*"

— Je vais le défoncer, ce trou de balle !

— C'est en effet la traduction française des paroles du titre "Jean-Claude". Je crains quant à moi que ce soit au contraire La Crevure qui procède sur vous à ce genre de comportements outranciers, avant que vous n'ayez le temps de les lui faire subir de votre côté.

— Ah bon ? Pourquoi, QA ?

— Parce que nous sommes le 12. »

42

Jean-Claude Navarre est désormais seul. Physiquement seul.

Réfugié dans le Salon doré, l'une des pièces du Palais qui traditionnellement abrite le bureau du Président, il entend, au loin, là-bas, derrière les fenêtres, les grilles, les murs, les systèmes de sécurité, comme une clameur sourde. Un brouhaha diffus. Il est calme et, d'une main ferme, compose le numéro de téléphone de Stéphanie Martin, son ex-femme. D'une voix posée, presque robotique, il lui dit qu'il l'aime. Qu'il l'a en réalité toujours aimée. Puis il raccroche, avant qu'elle puisse répondre. Car l'essentiel ici n'est pas d'avoir une conversation mais, au fond, de laisser un témoignage. Navarre repose le combiné et dresse un bilan immédiat de ce qu'il vient de dire : la véracité des propos tenus est de l'ordre de 90 %. Parce qu'il existe un détail : si son amour pour Stéphanie ne s'est jamais tari, celui pour Samia a parallèlement existé. Si Navarre avait été d'une autre génération, ou plus ouvert, tout simplement, ils auraient pu former un ménage à trois. Chacun, finalement, apportant quelque chose de radicalement différent à l'édifice commun.

« Stéphanie m'a stabilisé, Samia m'a bouleversé », se dit-il, se rendant compte bien vite du caractère banal de cet équilibre.

Les hommes sont toujours tiraillés entre le confort et l'aventure. C'est en tout cas ce qu'il a lu à maintes reprises dans les pages psycho du magazine *Men's Life*, à l'occasion d'un ou plusieurs détartrages ou entretiens de ses couronnes en céramique chez son dentiste, durant toutes ces années de montée au pouvoir pendant lesquelles sourire était primordial. Un sourire pour chaque passant, comme une promesse, jamais tenue, alors ces dents, au moins, devaient donner sur le moment tout ce que l'homme qui les avait dans la bouche ne pourrait pas fournir. Campagne électorale *vs.* réalité du terrain et contraintes budgétaires.

Navarre, maintenant, crie. « Il y a quelqu'un ? » Personne ne répond. Où donc est Samia ? En animal politique tellement plus rusé que lui, elle a peut-être senti le danger venir, et sans doute est-elle loin maintenant. Auprès d'un autre tenant du pouvoir à aimer ou à berner ou les deux. La fourrure de la mascotte Navarrito, jetée en boule dans un coin de la pièce, lui rappelle la chronologie des faits. Ce que, sur les chaînes info profitant du tumulte pour reconquérir leur capacité à émettre, on appelle déjà « la folle parenthèse du Navarrisme ». Navarre observe d'un œil éreinté la revanche de Laurent Dupuis s'accomplir, en live sur tous les canaux, fournissant explications et théories sur la nature profonde de Jean-Claude Navarre.

« Vous qui avez tout vécu de l'intérieur, racontez-nous », lui disent de jeunes présentateurs de JT si propres qu'on a l'impression que la maquilleuse chargée de les préparer ne l'a pas fait au pinceau mais au polish pour SUV de luxe. Jean-Patrick Delacour affirme sur News-TV n'avoir jamais cru au Navarrisme. « J'étais rémunéré pour cette mission, mais j'aurais pu bosser pour n'importe qui. Ça s'appelle la com, petite », dit-il plein d'arrogance à une journaliste à peine sortie d'école qui n'a pas l'air d'apprécier le quolibet, en tout cas si l'on se fie au regard bourré de haine qu'elle lui décoche. Il n'y a personne sur le plateau pour penser que c'est le même Delacour qui a bâti, règle après règle, article après article, le Navarrisme. « C'est moins un système qu'il s'agit de faire tomber qu'un homme, songe Navarre. Et cet homme, c'est moi. Il en va de la relation entre un homme providentiel et une nation comme il en va d'une histoire d'amour : ça finit mal, en général. »

« Samia ? Sam ? » Navarre crie toujours, mais avec moins de conviction. Il se dirige maintenant vers le PC sécurité de l'Élysée, car lui est venue l'idée d'obtenir un aperçu de ce qui se trame au-dehors. Le bâtiment, replié sur lui-même, dans une forme de déni sans doute, offre une vue soit sur la cour d'honneur, soit sur les jardins. Il est par conséquent comme coupé de la réalité, des gens, du quotidien. L'Élysée est l'édifice-symbole du séparatisme. Il n'est pas la République : il est une atteinte à la République. Navarre, dans le classement 01Net des geeks, arrive à l'avant-dernière position mondiale, mais heureusement, la personne chargée de la surveillance des lieux, dans sa fuite, a laissé caméras en action et écrans vidéo allumés. Le souffle coupé, le Président, d'un mouvement de manette de la caméra 32, zoome sur la foule qui, maugréant, entoure l'Élysée, de plus en plus compacte à chaque minute qui passe. « C'est pas vrai ! » Dans la masse d'individualités réunies, il reconnaît des prêtres, des imams, des rabbins, la barbe en jachère et les yeux lançant des éclairs, tout à leur désir de représailles, mais aussi La Crevure, qui semble soutenir une dame âgée… Il s'agit de Roberte Angèle, la présidente de l'Association française de protection des animaux, qui paraît maintenant cacher son visage sous le tee-shirt à l'effigie d'Eminem que portait La Crevure, lequel se retrouve torse nu. Ses tatouages et sa musculature dessinée par des bandes de résistance élastiques commandées sur Amazon le font ressembler à un guerrier tribal, et c'est galvanisé par cette masculinité inédite qu'il harangue désormais l'attroupement révolutionnaire. Ce dernier n'est plus que rictus affreux et moues carnassières, et bientôt le groupe se presse contre le Palais en faisant craquer la grille d'entrée dans un tumulte métallique d'apocalypse.

Navarre ferme les yeux, réfléchit, vite. L'idée d'emprunter le passage secret de l'Élysée se présente à lui fugacement.

Celle, en somme, de sauver sa peau fragilisée par les responsabilités et les excès. De s'extirper de la crise de régime. Des hurlements se font entendre, suivis de pas lourds. Ça circule. Ça va et ça vient, et ça casse et ça crie. « C'est de bonne guerre, se dit Navarre. Comme dirait ma Julie, j'ai vécu un gros, gros kif. » Navarre rouvre les yeux et tandis qu'un dernier « ce que j'ai fait, je l'ai fait pour la France » se forme dans son esprit, il les ferme à nouveau. Fuir ? Convaincre ? Se battre ? Que faire ? En réalité, aucune carrière politique ne prépare à une issue aussi brutale. Pas une seule grande école ne parle de la fin. Sommes-nous donc tous censés mourir tranquillement dans la chambre qu'on occupe au sein d'une clinique privée, avant qu'une infirmière venue nous apporter une boisson chaude ne fasse savoir à sa hiérarchie qu'un lit vient de se libérer ? Parfois, souvent, les choses sont plus définitives. Navarre s'approche de la peluche de Navarrito, qu'il agrippe et serre contre lui, comme on se colle à une peluche d'ours quand on a moins de 8 ans.

« IL EST LÀ, NAVARRE ? »

43

« Mon amour, rassure-moi, réponds-moi, donne signe de vie.

— Je t'attends, Sam. »

Je tiens à remercier Isabelle Saporta, qui a cru en ce roman avant même que le premier mot en soit écrit, et qui, donc, a cru en moi.

Mille mercis à Clément Braun-Villeneuve et Louise Noblet-César pour leur aide précieuse et pour avoir su me guider lors de mes premiers pas dans le monde de l'édition.

Merci enfin aux femmes et hommes politiques de tous bords qui jamais n'ont mis en œuvre de projet inédit pour la nation et font de Jean-Claude Navarre un être de fiction.

Cet ouvrage a été imprimé en France par
CPI Brodard & Taupin
Avenue Rhin et Danube
72200 La Flèche (France)

pour le compte des Éditions Fayard
13 rue du Montparnasse, 75006 Paris
en janvier 2024

Photocomposition par Belle Page

PAPIER CERTIFIÉ

fayard s'engage pour l'environnement en réduisant l'empreinte carbone de ses livres. Celle de cet exemplaire est de :
900 g éq. CO_2
Rendez-vous sur
www.fayard-durable.fr

N° d'édition : 51-4135-0/01 - N° d'impression : 3055146